国家社科基金
GUOJIA SHEKE JIJIN HOUQI ZIZHU XIANGMU
后期资助项目

文学地理学视野下的明初岭南诗派研究

The Study on Lingnan School of Poetry in the Early Ming Dynasty from the Perspective of Literary Geography

陈恩维 著

上海古籍出版社

2016年度国家社科基金后期资助项目（16FZW021）

孫蕡遺像

（清道光十年刻本《西庵集》卷首）

五言古體

雜詩

飄風報長薄夕日澹無輝良人久楚蜀今在沅水西別
時春花發秋葉忽巳飛無由通精神夢寐長相隨欲寄
一尺書臨風久徘徊游鱗没水曲征鴈杳雲涯哀猿常
對吟凍鳥亦並栖居然獨處廓坐使恩愛違何能一會
晤以慰悽惻懷

浮萍無根株泛泛江海間狂風簸巨浪漂泊何當還亦
似離家客長年去郷關莽莽涉萬里迢迢度千山沉憂

孙蕡《西庵集》书影
（明弘治十六年金兰馆铜活字本）

孙矿《跋王右军瞻近帖》手迹

（《三希堂法帖》卷一第一册第六帖）

国家社科基金后期资助项目
出版说明

　　后期资助项目是国家社科基金设立的一类重要项目,旨在鼓励广大社科研究者潜心治学,支持基础研究多出优秀成果。它是经过严格评审,从接近完成的科研成果中遴选立项的。为扩大后期资助项目的影响,更好地推动学术发展,促进成果转化,全国哲学社会科学工作办公室按照"统一设计、统一标识、统一版式、形成系列"的总体要求,组织出版国家社科基金后期资助项目成果。

全国哲学社会科学工作办公室

序　一

　　二十世纪九十年代中期，我曾在香港一所大学访学。一天，我对一位讲授中国古典诗赋的先生说，你们香港人和广东人都讲粤语，教习中国古代诗赋恐怕有所不便吧。只见一向温和的老先生凛然作色道："完全不是这样！粤语保留了入声，而且分为阳入、中入、阴入，平、上、去三声也都分阴、阳，因此共有九个声调，比普通话的声调丰富多了。用粤语吟诵古典诗赋，能体验到更优美的音韵效果。"我当时深为自己的无知和唐突感到羞愧，同时也庆幸因此对粤语与古代诗赋的关系获得新的认识。后来我发现，从近代到现当代，研究中国古代音韵的著名学者，多出于方言资源比较丰富的湘、赣、闽和两广地区。不仅如此，近代以至现当代，上述地区民众中喜欢写作旧体诗词者的比例也明显高于其他地方。这种状况的形成，应该是多种因素共同作用的结果，但也可能与这些地区的人士对古代语音有一种天然的敏感有关。粤人好吟诵，而且其创作风格独具特色，已构成一道引人瞩目的文化景观，但它并非现在才出现，而是渊源有自，其直接源头至少可追溯至元末明初的"南园五先生"开创的"岭南诗派"。

　　岭南在中国古代总体上属于开发较迟的地区。在文学艺术方面，至盛唐时代始有著名诗人张九龄杰然挺出，而后又后继乏人。虽晚唐的邵谒和陈陶、北宋的余靖、南宋的崔与之和李昴英等都有一定知名度，但影响皆有限。当时岭南文化的主体，还是贬谪到此的外来文人。整个元代，岭南更无一人登进士第，也没有出现过重要文学家。至元末明初，以孙蕡、王佐、黄哲、李德、赵介"南园五先生"为核心的岭南诗派崛起，才彻底改变了此前岭南本土诗人寥若晨星且多以个体形态存在的局面，岭南文学才正式形成自己的阵营和系统，在全国文化版图中获得独立地位。此后相继出现的明中叶嘉靖年间的"南园后五先生"、明末清初的"南园十二子"、晚清近代的"南园近五子"和当代的"南园今五子"等，均继承"南园"传统，形成中国文学史上传承时间最久的地域诗派。在这六百年里，"岭南诗派"一直是岭南文学发展的主流，而"南园"传统又是贯穿其中的血脉和灵魂，因此毫无疑问，元末明初"南园五先生"及"岭南诗派"的出现,在广东地域文学与文化发展史上具有标志性意义。

将"南园五先生"及"岭南诗派"放在元末明初特定的历史文化环境和中国古代文化格局变迁的大背景中来看,它也具有十分重要的意义。中国古代文化的格局总体上呈现重心由西向东转移、由北方独领风骚向南北并峙演变的趋势。中唐以下特别是两宋以后,随着南方得到进一步开发,这一进程有所加快。包括"南园五先生"及"岭南诗派"在内的一系列文化现象的出现,都是这种总体趋势的产物。元末明初"南园五先生"及"岭南诗派"的出现及其消歇,又与当时特定的社会历史文化环境有关。中国自古幅员辽阔,各地文化发展水平存在较大差异,且各具特色。在整个国家处于分裂状态、或虽然统一但没有实行强有力的统一文化政策的时期,这种差异和特色就会更加凸显。元朝虽然统一了全国,但蒙古统治者对文化不太重视,作为各地之间文化交流主要渠道的科举考试也长期废置不行,于是各地文化分头发展。及至元末红巾军农民起义爆发,朝廷失控,各地割据势力兴起,当地文人依附于地方军阀,形成了一系列地方文人群体,如依附于朱元璋集团的浙东文人群体、依附于张士诚集团的吴中文人群体、依附于陈友定集团的闽中文人群体等。"南园五先生"就是依附于当时割据广州的何真集团的一个文人群体。虽然早在元至正十一年(1351)左右,孙蕡、王佐、黄哲、李德等人已在"南园"结社,但至正二十三年(1363)何真自惠州出兵夺取广州后,开署求士,孙蕡等均入藩府任职,并受倚重,这个文人群体的地位和影响才得到进一步加强。明王朝统一全国后,实行高度集权的政治体制和高压的文化政策,上述各个文人群体独立存在和发展的客观环境不复存在,于是相继星散。洪武元年(1368)四月,廖永忠入广州,何真请降;洪武三年(1370),孙蕡、李德等被荐入京任职,此后不久即因故被杀,该文人群体的其他成员也各奔东西,"南园诗社"遂告消歇。总之,元末明初"岭南诗派"的兴衰,与当时社会历史文化环境的变化密切相关,是当时文人命运及文学思潮发展变迁的一个缩影。

综上所述,无论是考察广东地域文学和文化发展史,还是探讨元末明初文学与文化的发展变迁轨迹,深入研究"南园五先生"及"岭南诗派"都是非常必要的。前哲时贤对此已多有论述,而陈恩维教授的新著《文学地理学视野下的明初岭南诗派研究》,堪称该领域的一项总结性和开拓性的重要成果,我认为它有如下特点:

第一,本书对该领域的学术研究史进行了全面系统的梳理,对相关研究成果作出了客观准确的评价。学术研究一般应该"接着讲",而非"从头讲",新的研究应该在全面梳理相关研究成果的基础上进行,这样才能避免重复和倒退,才能真正推进学术的发展。这个道理很简单,但并不是每个研究者都能做好。中国人口多,从事学术研究的人也多,几乎没有哪个领域没有人研究过,很少有所谓真正有意义的空白留下来。这就对人们开始新的研究形成了挑战。于是有的人干脆无视已有相关研究成果,自说自话;有些人虽然也做了学术史梳理,但或多有遗漏,或评骘失当。本书则对古往今来关于"南园五先生"和"岭南诗派"的研究成果进行了全面检视,对它们的贡献和不足作出了细致的分析和公允的评价,在此基础上确定了研究的思路和目标,体现出严谨求实的优良学风,也展示出因长期沉潜于该领域的探索而具有的学术自信。这份学术档案并非多余,它不仅构成本书的研究起点,也为其他学者进一步研究提供了丰富信息,本书也就成为从事该领域研究绕不过去的一座里程碑。

第二,材料丰富,考辨详实。陈恩维教授长期关注本课题,广泛收集相关文献,对"南园五先生"的生平和著述、"南园诗社"的始末、"岭南诗派"的发展源流等都作过精审的考辨,已发表许多高质量的前期成果,为本书的写作奠定了坚实基础。如他收集了明清以来刊刻的孙蕡《西庵集》7个版本、《南园五先生诗》6个版本,对南园五先生的作品进行了进一步辑佚;综合利用各种文献,厘定了孙、王、黄、赵四人的生卒年,编制了详细的《南园五先生年表》;考证出南园结社在元末至少有两次,相关的诗歌酬唱活动延续到了明初;根据首次发现的赵介行状及佚作,找到了赵氏参与南园诗社的直接证据,从而解决了本课题研究的若干关键问题。

第三,纵横结合,个案研究与整体研究相结合,体系完整。本书首先考察了明以前岭南形象的变迁与岭南文学的发展历程,揭示了元末明初"南园五先生"及"岭南诗派"生成的文学背景和文化渊源;全书主体部分既注意探讨"南园五先生"的思想和文学创作风格的共性,如"音韵铿锵,情思凄怆"等,又细致分析了他们各自的个性特征及其在不同时期的发展变化,如李德思想颇有理学色彩,赵介则受道教思想影响颇深,孙蕡的文学创作经历了由"山林之文"到"台阁之文",再到"江湖之文"的演变过程等;既以"南园五先生"为关注的重点,又延伸开去,对围绕在"南园五先生"周围的岭南文人群体进行了全面观照,展现了元末明初"岭南诗派"的全貌;既描述了"南园五先生"的富有地域特色的文学思想和对岭南的地域书写,又考察了六百年间"南园"传统的传承和"岭南诗派"的流变。毫无疑问,这是迄今为止对"南园五先生"及元末明初"岭南诗派"研究最为全面系统的一部著作。

第四,思考深入,富有创新意识,为地域文学研究的理论建构作出了重要贡献。现在地域文学与文化研究是学术界的一个热点,但很多研究成果都流于泛泛介绍,缺乏理论和方法上的自觉意识。本书不满足于对地域文学现象的描述,而是力图在地域文学与文化研究的理论和方法上有所开拓,挖掘岭南诗派所具有的特殊样本意义,对弱势文化区域文学流派的形成机制、文学景观与地域诗派形成之间的关系、地域文学传统的传承规律等理论问题进行了深入思考。如第五章中指出,"南园五先生"的岭南地域书写,"不断伴随着一种文化和审美的发现,其语义经由以家乡风物为中心的地方生存的层次,进入以人文景观为中心的地方记忆层次,进入以文学空间为中心的地方认同层次,最后进入以生命共同体为中心的美学家园的层次。南园五先生的地域书写表征的地域文化内涵和文化特征不断深化、不断明确,因而能够形成鲜明的地域特色,并在岭南文学和文化史上产生持久的认同与影响。"对地域文人群体的地域书写作出如此精微而清晰的分析,在已有的地域文学与文化研究成果中是少见的,在一定程度上具有范式性意义。

陈恩维教授和我同为湘人,又都离开了家乡。他先至东吴再至岭南,我则先去浙江再来北京。不约而同的是,他以"岭南湘客"为号,我也曾以"楚客"为笔名,这里面自然包含了对故乡的怀念,也算是一种地域文化认同,同时也蕴含了客居他乡的漂泊感。但以一个外来者的眼光,打量一种新的地域文化,进而探寻它的内在脉络,不断有令人惊喜的发现,有时会颠覆自己原来想当然的猜想,也是一件饶有趣味的事情,陈恩维教授对此或与我有同感吧。承他不弃,命我为其新著作序,故聊书读后感如上。

廖可斌

2016 年 5 月 19 日于燕园

序　二

士别三日,当刮目相看,何况一别数年! 2014 年,佛山科技学院邀请我到该校讲学,前此,恩维已经升为教授,且出任该校科技处副处长,担任省级的广府文化研究基地常务副主任,又参与创建了佛山岭南文化研究院,并担任了常务副院长。当然,职称和职位只是一种"名声",不可能反映学者学术的真实面貌。这数年间,恩维于 2007 年出版《梁廷枏评传》(人民出版社);2010 年出版《模拟与汉魏六朝文学嬗变》(中国社会科学出版社),我为此书撰序;2011 年,《岭南诗宗孙蕡》(人民出版社)出版。其间,恩维还发表了三十多篇论文。我到佛山之后,恩维说,他的另一部书稿《文学地理学视野下的明初岭南诗派研究》已经基本完成,请序。今年 4 月间,恩维把完整的书稿发来。每年 4 月,都是最忙的时候,加上已经应聘台湾金门大学,出境之前,得把手头一些事情处理清楚,所以写序的事情拖了一段时间。8 月,我如期来到金门大学,回过头来为恩维此书撰序。

恩维治学的走向,和我有些相似:先是治汉魏六朝,后来转向区域文学。中国文学史的时间跨度长,从先秦到近代,近代之后又有现当代,通代研究专家固然有之,但大多以断代作为区隔。同行之间,通常用会说某人硕博士读的是某代文学,某人是某断代的专家。另一种区隔,则是文体,如词、曲、小说、散文。除了散文,词集中在宋元明清,曲主要集中在元明清,小说集中在明清,实际上也是断代,只是"断"的时间或长或短而已。如果说,整部文学史是一个大层面的话,那么区域文学的研究,则是这个大层面的某一个"块块",许许多多的块块拼在一起就是完整的中国文学的大面貌。如果说,中国文学史的研究,更多是着眼于时间的跨度来研究文学的话,那么,地域文学的研究则更多地着眼于从地域空间的角度来观照文学。当然,以史为线索研究中国文学史,也会注意到地域的空间点,但主要还是从时间的长河上观照文学;地域文学的研究,也不能离开时间的"线",但是更加强调研究区域空间的文学特征和特色。以时间跨度为线索的研究,与以区域空间作为观照点的研究,两者的叠合,或许更能完整地看清整个中国文学的全貌。

　　以时间为线索,连缀起来的更多是历代重要的作家、文学流派和重要的文学理论问题。我们看到的更多的是一棵树木的强大躯干和壮实分枝,或其基本外貌,但是较少看到、或者根本看不到细小的局部的枝叶;较少看到、或根本看不到南北东西权权桠桠以至枝端末梢叶片的异同。南北东西的权权桠桠以至枝端末梢的叶片,同是强大的躯干所衍生,但因或受阳或受阴,或迎风或背风,肌体形貌可能会有所差异,甚至很大的差异。仔细观察权权桠桠以至枝端末梢的叶片的特征,无疑是区域文学的研究的任务。

　　民国以前,乡先生大多熟悉当地历史掌故;新任知县,下车伊始,通常要读读县志,读读当地的名诗名文。不知从何时起,乡先生不再知晓当地掌故,官员不再关注当地历史名人(与风气有关的人物除外)和名作。陆游曾任福建常平茶公事(任所建安),十数年前,我指导一位硕士生作陆游闽地行踪的论文,她请教过该市方志办主事、第一中学的语文老教师,他们都说没听说过陆游到过该城。我自己到了这座城市,蒙主管旅游的领导错爱,餐桌上我提到陆游在该市的游踪(有作品传世),亦可开发为景点,没想到该领导对陆游到过该地任职也一无所知。陆游是刻在文学史主干上的大作家。但是,即便是大作家,文学史的阐述也不可能面面俱到,陆游在福建任职的时间不是太长,其事迹及作品的重要性远不如南郑时期,就整体而言,文学史著作忽略也无可厚非。但就我上面所说的那座城市而言,大作家陆游在此地前后待了两年,写下一百多篇作品,行迹依然历历可寻,作品依然朗朗可诵,我们的"乡先生",我们的地方主事者,如果一无所知,似乎有点说不过去。我们无意责怪"乡先生"和主事,我想说的只是我们地方院校区域文学教育的缺失、研究的缺失,以至大多学生一离文学史主干(躯干),几乎茫茫然无所措手足。如果对陆游任福建茶平章公事前后两年作些深入研究,进而把成果稍作普及,小的方面可以推动当地旅游业的发展,大的方面也以提高这座城市的文化质量。就学术而言,亦可弥补学界陆游研究的不足。

　　说到地方院校区域文学教育和研究,并非说地方院校可以削弱文学史主干作家、流派或重要理论问题的研究,而是说地方院校更有责任承担地域文学的教育和研究,增加院校地域的办学特色。也不是说重点院校不必关心区域文学教育和研究工作,重点院校也是建设在某一城某一地,对该城该地的历史、文学多做些研究工作,显然也很有必要。近年,中山大学文献所编辑整理《全粤诗》陆续出版、厦门大学刘荣平教授编校《全闽词》即将问世,都是很有益的工作。毕竟,重点院校和地方院校在招生和办学目标都存在较大的差异,地方院校的办学主要是面向地方,所以在区域文学的教育、研究,以至人才培养方面,职责更加重大,也更加直接。

研究区域文学,时或被人讥为尽研究些小作家、小课题,难登大雅之堂。其实,以区域相对稳定的闽粤而言,宋明以降也不乏大家,不乏流传千古的名篇,不乏有影响的文学流派。着眼于地域背景的文学研究,有时也可弥补大作家的研究的缺憾,如上文所说的陆游在建安。再如钟惺,天启三、四年(1623—1624)间为福建学使,时间虽然不长,但对福建诗风也产生了一定的影响。这是一方面。另一方面,即便是小作家、非一流的作品、不见经传的诗社文社或小课题,似也不应当歧视。常言道:小题目也可以写出大文章;即便做不了大文章,但也未必不能写出好文章。例如,明代莆田诗人陈昂,遭逢倭患,举家漂泊,最后贫病交加,卒于金陵,林古度为之葬并为之刻遗稿《白云集》,其集有钟惺、林古度序。陈昂及其《白云集》,今天知道的人甚少,但陈昂和《白云集》的研究,难道就没有意义?

我相信恩维从传统的汉魏六朝文学研究,转向岭南区域文学研究,一定会有压力,但是,我到佛山之后,恩维讲述他的岭南文学和文化的研究,眉飞色舞,乐在其中,充满自信和憧憬。恩维不是岭南人,而是湖南籍的岭南客。当地人研究当地文学和文化,精通方言、熟悉地理环境,自有其优势。恩维缺少的是这种优势,但是他的热情,他的对区域文学和文化的热爱,大大弥补了他的不足,再加上他有较强的观察事物的能力,分析问题和解决问题的能力,以及硕博士、博士后阶段的严格学术训练,很快就走上地域文学研究的轨道,出了成果。

区域文学研究在研究方法方面,自然有它的特殊性,例如必须重视该区域的地理环境(政治地理环境、经济地理环境和文化地理环境),又例如方志是十分重要的参考文献,通常都需要作田野调查等,所有这些,恩维都做到了。另一方面,区域文学研究,最基本的研究方法,仍然是古代文学和文献学的基本方法。积十多年的研究经验,恩维的研究仍然从文献入手,考证、辑佚,做最基本的文献工作。从单个研究起步,进行学术积累,等到条件成熟,进而研究一个作家群及其相关诗社、研究一个区域流派,并在理论上加以阐述,有所突破。可以说,恩维这部新著这两个方面都做得很好,很出色。

在恩维请序到我动笔作序的几个月间,恩维由佛山科技学院调到了广东外语外贸大学。近十年来,广东外语外贸大学的中国语言文学学科有长足发展,让许多老牌中文系刮目相看。广外发展迅猛的原因很多,其中一条是引进人才,以天下英才为我所用的气派调进不少优秀中青年教授,恩维便是其中之一。如果我的类推大体不错的话,恩维被广外所重,也证明他确实有较强的实力。同时我也相信,本书的出版将进一步提升他的学术竞争能力,相信今后他的研究会做得更好。

陈庆元

2016 年 8 月 15 日于金门大学

目　　录

导　　言

　　所谓"南园五先生"，是指孙蕡、王佐、黄哲、李德、赵介五人，他们于元末明初在广州南园结社赋诗，史称"南园五先生"，又称"广中五先生"、"岭南五先生"。明嘉靖年间欧大任、梁有誉等五人重修南园旧社，人称"南园后五先生"，孙蕡等五人又被称为"南园前五先生"。五先生通过南园结社，聚集了一批文人，开启了传承六百余年的"岭南诗派"。不过，岭南诗派虽然与浙东诗派、吴中诗派、江西诗派、闽中诗派并称明初五大地域诗派，但长期以来一直处在"边缘和弱势"地位①。不过，"边缘和弱势"其实是相对的。就岭南文学发展史而言，南园五先生一直处于岭南文学史的"中心"位置，南园也因此成为延续至今的岭南文学圣地。南园五先生所开创的岭南诗派，是五大诗派中传承最久的地域诗派，不仅为中国地域文学发展作出了独特的审美贡献，而且其诗派构建过程具有特殊的样本意义，蕴含了诸如弱势文化区域诗歌流派形成、地域书写与地域诗派形成之关系、地域诗歌传统的传承、地域小传统与大传统的互动等新的课题和富有理论创新意义的学术增长点。因此，"南园五先生与明初岭南诗派"，是一个重要的文学史现象和地域文化现象，值得作专门深入研究。而今，距离南园五先生的时代已经超过了六百年，以学术史的眼光检视前贤今彦的研究成果，成为了本课题的研究起点。

一、明代的"南园五先生"研究

　　洪武末年，南园五先生相继离世，岭南文人对南园五先生进入了一个不

---

① 左东岭教授近年来连续发表了《20世纪刘基与浙东诗派研究》(《复旦学报》，2014年第2期)、《20世纪高启与吴中诗派研究》(《苏州大学学报》，2014年第3期)、《20世纪的江西诗派与台阁体研究》(《故宫学刊》，2013年第2期)、《20世纪闽中诗派研究》(《中国诗歌研究动态》，2012年第2期)四篇综述文章，对20世纪浙东诗派、吴中诗派、江西诗派和闽中诗派研究进行了全面综述，唯独不见对于岭南诗派研究的综述。这既反映了岭南诗派在明初的弱势地位，也说明了其研究的相对薄弱。

绝如缕的追忆怀想期。这主要体现在修复南园旧社、撰写传记以及以诗歌追忆三个方面。对南园五先生的追忆，是从他们的亲友和弟子开始的。洪武二十三年（1390），孙蕡被杀，门人黎贞收集其遗文，整理为八卷本《西庵集》，这是孙蕡诗文集的最早版本，孙蕡诗文得以流传，赖其力也。赵介之子赵绚，为孙蕡作传，称其"究天人性命之理、濂洛关闽之学，为岭表儒宗。官虽不甚显，而所至有声，出处穷达夷险一致"①。这篇失传的传记，可能是最早的孙蕡传记，后来为黄佐所本。永乐十九年（1421），黎贞应赵介之次子赵绚之请作《临清先生行状》，介绍赵介的生平经历和参与南园诗社的情况②。同时，赵介之第四子赵纯为其父编订了《临清集》，并请陈琏作序。陈琏序言大力推崇赵介诗歌"气充才赡"，并辨明赵介参与南园诗社的事实，称"当元季，吾郡有南园诗社……于时先生实与之"③，从而证实赵介参与南园诗社的事实。赵绚还为王佐编订《听雨轩集》，表达了自己对南园父辈的仰慕④。天顺年间，南海诗人潘蕃《读雪篷集》回顾黄哲生平，称赞其杰出才华和忠心报国、勤政为民的品质⑤。弘治十六年（1503），苏州人张习根据所得旧本，加以校订，编成《西庵集》十卷，并以铜活字排印。此集有诗无文，卷首有张习所撰《西庵集序》，卷一为五言古诗，卷二、卷三为乐府，卷四为歌行，卷五、卷六为七言古体，卷七为五言律、卷八、卷九为七言律，卷十为七言绝句。张习序称于旧箧得《西庵集》一帙，固非全帙而诸体稍备，因此校其亥豕，厘为十卷。序文还分题材评述了孙蕡诗歌。卷尾有顾恂跋语，指出孙蕡诗散佚严重，见于《岭南珠玉集》仅九十首，认为此本"诸体略备"，有利于他日续编全集⑥。此选本是《西庵集》唯一的岭外刻本，也是收录孙蕡诗歌最多、现存最早的版本，为万历本所无者多达 91 首，能补诸本之阙，但可惜流布不广，岭南人士多不知有此本，因此关注利用极少，后因收入《北京图书馆古籍珍本丛刊》，学界才得以有所利用。

第一个对南园五先生进行深入研究的学者是岭南大儒黄佐（1490—1566）。他根据所能收集到的各种资料撰写了南园五先生的传记，介绍了

① 黄佐：《广州人物传》卷一二，《四库全书存目丛书》史部第 90 册，齐鲁书社，1996 年，第 513 页。
② 黎贞：《重刻秫坡先生文集》卷七，《四库全书存目丛书》集部第 25 册，齐鲁书社，1997 年，第 514—515 页。
③ 黄佐：《广东通志》卷四二，广东省地方史志办公室誊印，1997 年，第 1060 页。
④ 黄佐：《广东通志》卷四二，第 1060 页。
⑤ 钱谦益：《列朝诗集》甲集第二一，中华书局，2007 年，第 2102 页。
⑥ 张习：《西庵集序》，《西庵集》，《北京图书馆古籍珍本丛刊》第 100 册，书目文献出版社，1990 年，第 1、94 页。

南园五先生的生平事迹和著述情况，并对他们的创作情况、艺术风格作了简要介绍①。这些传记资料为明清两代不同时期的地方志书和人物传记文献所本，成为研究南园五先生生平最重要的基础史料。黄佐还将家藏孙蕡、王佐、黄哲、李德的别集提供给时任广东巡抚谈恺。谈氏在此基础上，再加上汪广洋的诗集，刊刻而成《五先生诗选》，这是目前所见最早的南园诗人合集，但遗憾的是没有收集到赵介的诗。嘉靖中后期，欧大任等岭南诗人结社南园故址，开启了一个以诗歌追怀南园五先生和南园诗社的高潮。欧大任《五怀》组诗②，逐一概述南园五先生的生平，评述了各自他们的诗歌成就和艺术特点，表达了对他们的追思和赞扬。万历八年（1580），时任顺德县令叶初春，"哀先生所遗佚，若古诗、歌行、五七言律诸体，合而梓之"③。这是万历本《西庵集》。此集共九卷，诗八卷，文一卷。四库馆臣指出："蕡殁，诸书散逸，其诗文今行世者，为门人黎贞所编。然佐称《西庵集》八卷，而是编诗八卷，文一卷，卷端题姑苏叶初春选，或初春另加厘定欤？"④换言之，这个版本可能是在黎贞本的基础上进行了辑佚和校订。此本没有吸收弘治十六年本的成果，收录孙蕡的作品也并不全面，但为孙蕡作品的流传提供了一个文字比较可靠的版本，因而成为通行本，在清代为《四库全书》所本。万历二十四年（1596）郭棐《岭海名胜记》刊行，其卷三收录有梁柱臣、陈堂《南园五先生》，刘介龄、郑用渊、邓时雨、郭棐、杨瑞云、李时郁《怀南园五先生》，冯绍京《南园旧社》等，它们或评述南园五先生生平，或想象南园旧社盛况，或评价南园五先生之影响，集中展示了明代中后期怀想"南园五先生"的成果。欧大任还尝试将岭南诗派与其他地域诗派进行比较研究。例如，其《潘光禄集序》云："明兴，天造草昧，五岭以南孙蕡、黄哲、王佐、赵介、李德五先生起，轶视吴中四杰远甚。"⑤这是岭南人第一次自觉将"南园五先生"放在明初诗坛中进行比较。嗣后，胡应麟在其《诗薮》中指出："国初吴诗派昉高季迪（启），越诗派昉刘伯温（基），闽诗派昉林子羽（鸿），岭南诗派昉于孙蕡（仲衍），江右诗派昉于刘崧（子高）。五家才力，咸足雄踞一方，先驱当代。"⑥

　　崇祯十一年（1638），按粤使者葛征奇修葺了南园所在的三大忠祠，接着

①　黄佐：《广州人物传》卷一二，《四库全书存目丛书》本，第513—516页。
②　欧大任：《欧虞部集·蓬园集》卷二，《北京图书馆古籍珍本丛刊》第81册，书目文献出版社，1990年，第567页。
③　郭汝诚修，冯奉初等纂：《顺德县志》卷一八，成文出版社，1967年，第1627页。
④　孙蕡：《西庵集》卷首，《景印文渊阁四库全书》第1231册，台湾商务印书馆，1986年，第471页。
⑤　欧大任：《欧虞部集·文集》卷六，《北京图书馆古籍珍本丛刊》本，第643—644页。
⑥　胡应麟：《诗薮》续编卷一，上海古籍出版社，1979年，第342页。

又修复南园抗风轩,同时他重订五先生诗集,梓行于世。随后,陈子壮、黎遂球等十二位岭南诗人复开诗社于南园,史称"南园十二子"。葛征奇和"南园十二子"最重要的贡献,在于强调了"南园"和"五先生"的联系,明确了南园五先生在岭南文学史上的"首宗地位"。如葛征奇认为"岭海逶迤浩森,蔚为人文,风雅代开,狎主齐盟,而首宗者则称五先生。……有五先生不可无南园,有南园不可无五先生。"陈子壮指出:"太史公谓,齐鲁,文学其天性,粤于诗则有然矣。我国家以淮甸为丰镐,则粤应江汉之纪,《风》之所为首二《南》也。而五先生以胜国遗迭(佚),与吴四杰、闽十才子并起,皆南音。风雅之功,于今为烈。"①黎遂球则从岭南地域诗歌发展史的角度肯定了五先生的贡献。他在《岭南五先生诗选序》中曰:"岭之南人人言诗,其在国朝,盖有五先生。……于唐诗有张文献,于我明有五先生,粤昔者称之,盖无异词云。"②屈大均是有明一代关于南园五先生和南园诗社最重要的研究者。其《广东新语》卷十二"诗社"、卷十七"大忠祠",是研究南园诗社和南园的专题文章。他把南园诗社和南园五先生视为广东风雅之源。"诗社"条详细梳理了广东诗社的发展历史、形成原因以及明代岭南文学发展的源流,列举了以欧大任为代表的"南园后五先生"、以陈子壮为代表的"南园十二子"对南园五先生的继承和发展,实际上简单勾勒出了明代南园诗社史。"区海目诗"条引陈子壮语指出:"海目太史之为诗也,濬南园五先生之源,而汇梁、黎诸公之流,盖雅道莫尚已。卷十七"大忠祠"条交代了南园三大忠祠、南园诗社、南园五先生祠的关系,认为南园诗社"开有明岭南风雅之先"③。薛始亨《元超堂稿序》也指出:"国初若孙、若黄、王、李、赵,奋起于草昧,是为五先生,继而黄泰泉、梁兰汀、欧仑山、黎瑶石、李青霞、吴而诗、区海目,后先振响,黼黻皇猷,使曲江复作,追宗开元,殆无以过之矣,猗欤盛哉。"④陈子壮、薛始亨、屈大均三人的观点基本一致,这说明南园五先生"开有明岭南风雅之先"的观点,是明末岭南士人的共识。

二、清代的"南园五先生"研究

清代学者继承了明人对于南园五先生和南园诗派研究的基本观点,但

---

① 葛征奇编:《南园前五先生诗》,《四库全书存目丛书》集部第 375 册,齐鲁书社,1997 年,第 2、3 页。

② 黎遂球:《莲须阁集》卷一八,《丛书集成续编》第 149 册,台北新文丰出版公司,1988 年,第 394 页。

③ 屈大均:《广东新语》,中华书局,1985 年,第 355—356、348、463 页。

④ 邹兆麟修,蔡逢恩纂:《高明县志》卷一四,《中国方志丛书》第 186 册,成文出版社,1974 年,第 942 页。

研究重点转向对南园五先生诗歌艺术特点和岭南诗派发展历史两个方面。

　　清初,南园五先生最为重要的研究者是朱彝尊。其《静志居诗话》卷三,逐一对南园五先生的诗歌艺术进行溯源与点评,多自出机杼,非人云亦云。如"孙蕡"条云:"自蕡以下,世所称南园五先生也。仲衍才调杰出四人,五古远师汉魏,近体亦不失唐音,歌行尤琳琅可诵,微嫌繁缛耳。集句亦工。"又如明人多认为李德诗歌模仿李贺,但朱彝尊言"其诗实与长吉相远"。又称赵介:"其集虽不传,然名在五先生之列。乃刊诗者去伯贞而冠汪忠勤于卷首,可为失笑也。"①其《明诗综》卷十五则对孙蕡等人的进士身份进行了甄别,指出:"如南海孙蕡、番禺李德,皆乡贡进士,而缉地志者削去'乡贡'字,竟称进士。后人因之不察,遂谓蕡中洪武三年进士。不知洪武三年第下科举之诏,以是年八月为始,未尝会试天下士。后虽下三年叠试之诏,惟辛亥有登科进士尔。此一误也。"②其《丁武选诗集序》指出:"当是时吴有北郭十子、粤有南园五先生,名誉实相颉颃。其后吴中之诗屡变,而闽粤独未之改。梁公实名列七子,诗犹循南园遗调。"③成书于乾隆癸巳(1773 年)的檀萃《楚庭稗珠录》卷二"南园"条,详细介绍了明代的三次南园结社,并具体介绍了南园五先生的德行文章④,这可以视为对屈大均所做工作的进一步发展。

　　对南园五先生诗歌艺术及地位做出全面总结的是《四库全书总目提要》。四库馆臣指出,四先生诗"虽网罗放失,篇帙无多,然如哲之五言古体,祖述齐、梁;德之七言长篇,胎息温、李;俱可自成一家。惟佐气骨稍卑,未能骖驾;而介诗所存太少,不足以见所长耳。然粤东诗派,数人实开其先,其提唱风雅之功,有未可没者"⑤。乾隆《番禺县志》卷一五进一步分析了南园五先生诗歌风格形成的原因,并清晰地描绘了一条岭南诗派的传承谱系:"哲慕司马奇游,缔交豪俊,故有奇气。德研究六经,持论雄伟。介闭户立言,寓意临清,希踪元亮,无忝高士。岭南文学发源于始兴文献公,至国朝孙仲衍传金华之衣钵,唱导岭海。德、靖之间,黄才伯、梁公实、区海目、黎惟敬、欧桢伯夹毂争胜。余于公车得韩孟郁于词林,得香山、南海二相君于门墙,皆

---

①　朱彝尊:《静志居诗话》卷三,人民文学出版社,1990 年,第 70—77 页。
②　朱彝尊:《明诗综》卷一五,《景印文渊阁四库全书》第 1459 册,台湾商务印书馆,1986 年,第 480—481 页。
③　朱彝尊:《曝书亭集》卷三七,《景印文渊阁四库全书》第 1318 册,台湾商务印书馆,1986 年,第 73—74 页。
④　檀萃:《楚庭稗珠录》,广东人民出版社,1982 年,第 50 页。
⑤　永瑢等:《钦定四库全书总目》卷一八九,《景印文渊阁四库全书》第 5 册,台湾商务印书馆 1986 年,第 66 页。

衔华佩实,质有其文。由诸子以溯仲衍,由仲衍以溯金华云云。粤中诗派,实始于五先生。垂三百年,与明始终,其源流可睹。"①这里的"金华",指宋濂。县志编者认为,由岭南诸子可以溯源至孙蕡,由孙蕡可以溯源至宋濂,这构成了粤中诗派的发展脉络。

嘉庆年间,诗人李黼平《南园诗社行》以诗歌形式力赞南园五先生"力挽颓纲无限功",并描述了"抗风轩里诗三变"的历史过程②。道、咸以来,各种地方志丰富了对于南园五先生生平以及南园诗社传承的研究。如咸丰《顺德县志》卷二二所录梁廷枏作《孙蕡传》,结合孙氏家谱,参考其他文史资料以及多个版本《西庵集》,介绍了孙蕡的生平行迹,并加考证,其详细程度超过了明代各种地方志,但是由引述了孙氏家谱"蕡生至元四年"的错误记载,再加之梁廷枏没有看到过明金兰馆本《西庵集》,所以其对孙蕡生平的考证有一些他自己也承认的抵牾不合之处③。光绪年间,陈田编纂《明诗纪事》,其甲签卷九收录南园五先生诗歌,以诗录为主,次引诗评,并加按语,或考证南园五先生及南园结社事迹、或分析其艺术特点与源流,颇便读者参看④。

三、民国的"南园五先生"研究

如果说明清两代的南园五先生主要体现在传记资料整理和诗歌艺术的评点上,那么近现代以来,南园五先生研究在基础文献整理和拓宽研究视野方面均有了明显的发展,开始呈现一种学理化倾向。

首先,有关南园五先生的文献研究仍处在发展之中。1934 年,顺德龙官崇重刻《西庵集》,详细梳理了《西庵集》的版本情况,他在跋语中指出"吾邑孙西庵先生,就命于洪武二十六年,岁在癸酉。门人新会黎贞,首为编集刊行。惜原本久佚,锓版年月,羌无可考,意亦在洪武终叶、甲戌尽戊寅五年间耳。初版传世最久,阅一百九十余年。会古吴叶侯来宰邑,已绌《南园五先生集》中孙诗,并裒逸篇,梓之。时万历十五年丁亥。是为再版,即今四库全书所著录者也。又阅一百五十二年,至乾隆四年己未,里人叶逢春、刘汉斋校订重锓,是为三版。又阅三十一年,至乾隆三十五年庚寅,裔孙士斗旋取黎编翻雕,是为四版。又阅六十年,至道光十年庚寅,邑哲章冉梁公廷枏

① 任果、檀萃等纂修:乾隆《番禺县志》卷一五,故宫博物院编《故宫珍本丛刊》第 168 册,海南出版社,2001 年,第 242 页。
② 陈永正:《岭南历代诗选》,广东人民出版社,2012 年,第 424 页。
③ 郭汝诚修、冯奉初等纂:《顺德县志》卷二二,成文出版社,1967 年,第 2050—2058 页。
④ 陈田:《明诗纪事》,上海古籍出版社,1993 年。

复据乾隆叶、孙两本,暨里人李琯琅(朗)所刻《五先生集》校刊,是为五版。虽当时编次,略加补删,然剖析异同,考核详博,殆出余本之上。惟卷首载梁泉序末题'乾隆二十五年'为独误。考孙康业本自序称'乾隆庚寅春三月玄侄孙孙士斗康业氏谨述',而梁泉序末实题作'三十五年',通体为八分书,因三写作古文'弍',而梁本误认作'式'字尔。继是又阅一百奇五年,至民国纪元甲戌,官崇辑印自《明诚楼丛书》,乃将梁本收入,一照原编,仅正阙谬之显然者,是为六版。"①这是迄今为止最详细的有关孙蕡《西庵集》的版本源流研究,为人们整理《西庵集》奠定了基础。其不确之处有两点:一是承梁廷枏之误,将孙蕡卒年定于洪武二十六年;二是在叙述版本源流时,遗漏了弘治十六年的明金兰馆本《西庵集》。1940年,傅增湘从友人处借得明弘治十六年金兰馆活字本,以之与明万历叶初春本互核,发现此本有而万历本无者多至九十一首,进而认定此本"当为蕡诗之最古之本"②。傅增湘的发现与版本研究,解决了龙官崇所留下的问题。

其次,民国时期的南园五先生研究,视野较前代大为开阔。1947年前后,郭绍虞先生相继发表了《明代的文人集团》和《明代文人结社年表》二文,将南园五先生纳入了文人集团和文人结社的研究视野,开辟了南园五先生研究的新视角,对后来的研究起了非常重要的示范作用。《明代的文人集团》介绍了"广中四杰"、"南园前五先生"的"南园社"、"南园后五先生"的"续南园诗社"。其研究有三点最为后来者所关注:一是指出"南园诗社以孙蕡为中心";二是指出"南园诗社成立之初,亦在元末,不过继续维持,直至明初";三是分析了"赵介未入社之疑"的成因,明确指出赵介在明初加入了南园诗社,"遂有五先生之号"③。其《明代文人结社年表》④则以年表形式,窥一时文人活动之轨迹,其研究对象也包括岭南的文人。郭绍虞先生将南园五先生放在有明一代的文人集团中加以考察,启发人们在开阔的视野中思考南园五先生在明代文学中的地位和影响。同时,他注重基本史实考察的研究方法,也值得后来者借鉴。

1948年,岭南人陈融撰成《读岭南人诗绝句》,继承并发展了明代以来"怀南园五先生"诗歌的做法,以诗歌形式对某些尚未弄清或存有分歧的文献与史实进行简要的考证辨析,或丰富了以往载记之不足,或辨明存有歧见的史实。如品评孙蕡之诗第四首云:"身畔蒋陵秋梦多,箫声凉夜逼天河。

① 龙官崇:《孙西庵集跋》,《西庵集》,顺德中和园自明楼丛书本,1937年,第1页。
② 傅增湘:《藏园群书题记》,上海古籍出版社,1989年,第837页。
③ 郭绍虞:《照隅室古典文学论集》上,上海古籍出版社,1983年,第526页。
④ 郭绍虞:《照隅室古典文学论集》上,第498页。

骚坛有碍人如玉,剑及儒冠果为何?"注云:"孙蕡,仲衍,西庵。南海平步,即今顺德。洪武举乡,官至翰林典籍。何真归附,求蕡作书,与王、李、赵、黄开抗风轩于南园,世称南园五先生。以题画坐蓝玉党,竟置之法,门人黎贞收葬于安西之阳(叶遐庵云:'西当系山之误。西庵葬沈阳之安山,又名鞍山,即日本设重工业处。余曾访孙墓,已无人知矣。')。有《和陶》《集古》《西庵集》《通鉴前编纲目》《理学训蒙》等著。"①除对孙蕡因为蓝玉题画而被目为蓝玉同党、竟至被杀的遭遇深表同情外,值得注意的还有所引叶恭绰语,对孙蕡所葬之地进行了考辨。

四、当代的"南园五先生"研究

建国以来,由于政治运动和极左意识形态的影响,南园五先生的相关研究基本处于停止状态。1962 年汪辟疆发表的《近代诗人述评》一文,将"近代诗歌以地域系者"分为六派,岭南派列第五,并且初步勾勒了岭南诗派的发展脉络:"岭南诗派,肇自曲江;昌黎、东坡,以流人习处是邦,流风余韵,久播岭表。宋元而后,沾溉靡穷。迄于明清,邝露、陈恭尹、屈大均、梁佩兰、黎遂球诸家,先后继起,沉雄清丽,蔚为正声。迨王士禛告祭南海,推重独漉;屈大均流转江左,终老金陵;岭表诗人,与中原通气矣。乾嘉之间,黎简、冯敏昌、张维屏、宋湘、李黼平诗尤有名,李氏稍后,卓然名家。"②该文最具启发意义之处在于从地域视角来论岭南诗派,并且具有一种全国比较的视野。遗憾的是,由于此文只是专论"近代",因此对"岭南派"的论述,只是约略提及黎遂球等南园后劲,没有论及南园五先生继张九龄之后对于粤诗的"振起"作用。其《近代诗派与地域》一文,内容与前文相同,但是从标题的改动,可以看出汪氏从地域文化传统来论近代诗歌流派的学术思想的自觉,这无疑直接启发人们从地域文化的角度来研究岭南诗派。其实,岭南学人似乎觉悟更早一些。1948 年番禺屈向邦自印出版的《粤东诗话》之第一、二卷对南园诗歌传统论述颇为详细。1967 年,屈氏又对其加以增补,翌年以《广东诗话正续编》之题在香港出版。该编以"维持风雅于不坠"为宗旨,开篇第一则就记叙"吾粤风雅地"南园,介绍自明代起直至民国各代诗人南园结社赋诗的情况,并且强调指出:"南园诸贤,不独主持风雅,且兼和崇尚节义。盖文章气节之士相与砥砺切劘之地也。"③1974 年,汪

① 陈融:《读岭南诗人绝句》,香港 1965 年誊印本,第 35 页。
② 汪辟疆:《近代诗人述评》,《南京大学学报》,1962 年第 1 期。
③ 屈向邦:《广东诗话正续编》,香港龙门书店 1968 年,第 99 页。

宗衍《南园诗社杂谈》首次梳理了南园之变迁,以及南园诗社简史,为后来的研究奠定了基础①。

20世纪80年代以来,随着学术研究的逐步繁荣和地域文化研究热潮兴起,南园五先生得到越来越多的关注,相关论文明显增多,其研究进一步走向专业化,成果主要集中在以下三个方面:(1)南园五先生生平和诗歌创作研究,(2)南园诗社研究,(3)岭南诗派研究。

(1)南园五先生生平和诗歌创作研究

孙蕡是南园诗社的主盟者,且留存作品最多,所以相关研究成果最多。1981年,寒操发表的《广东诗人孙蕡》②,拉开了新时期南园五先生研究的序幕。官大梁《孙蕡的卒年》注意到《中国历史人物生卒年表》关于孙蕡卒年的记载与《明史·文苑传》所载孙蕡死于蓝玉之狱的记载有冲突,认定《明史》所载可靠,并引述几条明人笔记佐证,将孙蕡卒年定于洪武二十六年③。这种论证似失之简单,其结论也不够准确,但引发了人们对于孙蕡生卒年及死因的考察。随后,何冠彪《孙蕡生卒年考辨》详细地梳理比较了有关孙蕡生卒年的各种说法,虽然否定了孙蕡死于蓝玉党祸的说法,但最后支持的还是1337—1393的说法④,此说为众多文史工具书和文史论者沿用。汪廷奎《孙蕡之死考辨》细致考证了孙蕡的死因和卒年,认为洪武二十二年无党祸,而洪武二十三年则重兴胡惟庸案,李善长、陆亨等人被杀,梅思祖虽已亡故,但其家族仍受此案牵连。当时孙蕡因罪流放辽东,为辽东都指挥使梅义(梅思祖之子)所重,因此牵连而被杀,故其卒年当在洪武二十三年⑤。陈恩维《元末明初南园五先生生卒年考补证》一文,引用孙蕡的两首诗歌为内证,证明孙蕡生于元顺帝元统二年,而有关孙蕡卒年则赞同并补充了汪廷奎的说法;此外他还首次对黄哲、王佐、赵介的生卒年进行了考证和推定,厘清了地方史志上一些模糊和错误的记载⑥。陈圣争《孙蕡生平事迹考辨》一文,补充了孙蕡的一些生平细节材料⑦。

在厘清孙蕡生卒年和生平事迹的基础上,对孙蕡诗歌艺术的研究也开始同步发展。梁守中《岭南诗宗孙蕡及其集句》,研究了孙蕡集句诗的创作艺术,发展了朱彝尊《静志居诗话》的相关研究⑧。谢敏、李春华《孙蕡前期

①　汪宗衍:《广东文物丛谈》,中华书局香港分局,1974年,第1—6页。
②　寒操:《广东诗人孙蕡》,《羊城晚报》,1981年5月11日。
③　官大梁:《孙蕡的卒年》,《学术研究》,1982年第3期。
④　何冠彪:《孙蕡生卒年考辨》,《中华文史论丛》第四十六辑,上海古籍出版社,1990年。
⑤　汪廷奎:《孙蕡之死考辨》,《广东史志》,1996年第2期。
⑥　陈恩维:《元末明初南园五先生生卒年考补证》,《古籍整理研究学刊》,2010年第5期。
⑦　陈圣争:《孙蕡生平事迹考辨》,左鹏军主编《岭南学》第3辑,中山大学出版社,2009年。
⑧　梁守中:《岭南诗宗孙蕡及其集句》,《羊城今古》,1988年第4期。

诗歌探析》对孙蕡诗歌作了阶段性的分析研究①。张明《孙蕡的诗及其人生
态度》,通过对孙蕡的一些有代表性的诗作进行分析,探讨他在对待苦难、对
待死亡以及对待朋友等方面的态度②。陈恩维《岭南诗宗孙蕡》是第一部研
究孙蕡的专著。该书共分七章,分别对岭南地域文学传统、孙蕡的家世生
平、人生经历、题材特点、艺术成就和诗史地位做了全方位的介绍③。李甜
的硕士论文《孙蕡研究》,分三章对孙蕡的生平著述、创作特色及诗史地位进
行了梳理,其有价值之处在于对孙蕡《西庵集》版本情况的梳理④。左东岭
《孙蕡的诗歌创作历程与明初文人命运》,第一次从文人心态和政局变化两
个角度,考察孙蕡创作的过程,揭示了他在明初所代表的文人命运的典型
意义⑤。

与孙蕡研究的"热闹"情况相比,王佐、黄哲、李德、赵介四人相关研究显
得"清冷"。因为他们的别集早已散亡,现存作品(收集在《南园前五先生
诗》)不多。梁守中先生曾对南园五先生诗进行过辑佚⑥,近年出版的《全粤
诗》又做了一些辑佚增补⑦,陈恩维《南园前五先生诗辑补考》在此基础上又
做了进一步增补⑧。同时,陈恩维还相继发表了《元末明初岭南诗人黄哲简
论》⑨、《试论明初岭南诗人赵介的生平、结社与创作》⑩、《试论明初岭南诗
人王佐的生平与创作》⑪、《元末明初岭南诗人李德简论》⑫四篇专文,史洪
权发表了《李德洛阳任职》一文⑬,共同推动了相关研究。陈艳《南园五先生
生平疑事考》一文⑭,对南园五先生的生平资料进行了梳理,提出了自己的
疑问,但并没有补充新的材料。

对于南园五先生的综合研究,也不断走向细化与深入。宁祥《南园五先

---

① 谢敏、李春华:《孙蕡前期诗歌探析》,《山东文学》,2009 年第 6 期。
② 张明:《孙蕡的诗及其人生态度》,《顺德职业技术学院学报》,2010 年第 1 期。
③ 陈恩维:《岭南诗宗孙蕡》,《顺德文丛》第 3 辑,人民出版社,2011 年。
④ 李甜:《孙蕡研究》,上海师范大学硕士论文,2012 年。
⑤ 左东岭:《孙蕡的诗歌创作历程与明初文人命运》,《中国文化研究》,2012 年第 2 期。
⑥ 梁守中:《"南园五子"佚诗辑录》,《羊城今古》,1990 年第 4 期。
⑦ 中山大学中国古文献研究所:《全粤诗》卷五七一六六,岭南美术出版社,2008 年。
⑧ 陈恩维:《南园前五先生诗辑补考》,左鹏军主编《岭南学》第 5 辑,中山大学出版社,2013
   年,第 159 页。
⑨ 陈恩维:《元末明初岭南诗人黄哲简论》,《岭南文史》,2009 年第 2 期。
⑩ 陈恩维:《试论明初岭南诗人赵介的生平、结社与创作》,《佛山科学技术学院学报》,2009
   年第 2 期。
⑪ 陈恩维:《试论元末明初岭南诗人王佐的生平与创作》,《韶关学院学报》,2009 年第 4 期。
⑫ 陈恩维:《元末明初岭南诗人李德简论》,《五邑大学学报》(社会科学版),2010 年第 3 期。
⑬ 史洪权:《李德洛阳任职》,《岭南文史》,2010 年第 4 期。
⑭ 陈艳:《南园五先生生平疑事考》,《阅江学刊》,2016 年第 3 期。

生》一文全面介绍了南园五先生的诗歌创作的整体成就①。梁守中点校出版了《南园前五先生诗》②，相继发表了《"南园五子"佚诗辑录》③、《试论南园前五先生的诗》④，完善了南园五先生研究的基础文献。谢敏硕士论文《元末明初南园五先生研究》⑤、常贵梅《南园前五先生近体诗用韵研究》⑥、高建旺、郭永锐《"南园五先生"来历考论》⑦、陈艳硕士论文《元末明初南园五先生研究》⑧等，标志着对南园前五先生的整体研究走向细化。其中，其中高建旺、郭永锐《"南园五先生"来历考论》一文，在联系明中叶"南园后五子"、晚明"南园十二子"的基础上，进一步指出"南园"已从一个自然的地域概念转化为一个具有精神内涵的人文语汇——南园诗魂，颇富新意。但他认为"'南园五先生'的说法是明中叶才晚起的概念"，似与历史事实不符。余艳萍硕士论文《南园五先生笔下的文学景观研究》⑨尝试运用文学地理学理论和方法研究南园五先生的诗歌创作，角度较新颖，可惜的是论之不深、发明不多。

（2）南园诗社研究

有关南园诗社的研究，主要集中在两个方面。一是对南园旧址和南园结社时间的考证。戴毅《南园史话》详细考证了南园从南汉以至民国的历史变迁⑩。林贵添《南园旧址考证》在分析不同时期地方志的记载后，通过查阅晚清旧地图弄清了南园的准确地址⑪。关于南园结社的时间，汪廷奎《孙蕡、王佐等结社南园的时间》认为："孙蕡、王佐、黄哲、李德四先生与其他一些名士约于元末至正十一至十四年（1351—1354）（这是最大时间跨度，只能更短，不可能更长）结南园诗社于广州，因兵火之故而散，散后再未重开南园诗社。赵介始终未曾加入过该诗社，因其在元末最后几年及明初与孙、王、黄、李四先生齐名，故与孙、王等并称为'五先生'。"⑫陈恩维《南园五先

① 宁祥：《南园五先生》，《佛山科学技术学院学报》（社会科学版），1988 年第 5 期。

② 梁守中点校：《南园前五先生诗》，中山大学出版社，1990 年。

③ 梁守中：《"南园五子"佚诗辑录》，《羊城今古》，1990 年第 4 期。

④ 梁守中：《试论南园前五先生的诗》，《中山大学学报》（社会科学版），1992 年第 1 期。

⑤ 谢敏：《元末明初南园五先生研究》，江西师范大学硕士论文，2003 年。

⑥ 常贵梅：《南园前五先生近体诗用韵研究》，《五邑大学学报》（社会科学版），2006 年第 2 期。

⑦ 高建旺、郭永锐：《"南园五先生"来历考论》，《山西师大学报》（社会科学版），2006 年第 3 期。

⑧ 陈艳：《元末明初南园五先生研究》，复旦大学硕士论文，2013 年。

⑨ 余艳萍：《南园五先生笔下的文学景观研究》，广州大学硕士论文，2013 年。

⑩ 戴毅：《南园史话》，《东山文史资料》第 3 辑，中国人民政治协商会议广州市东山区委员会学习文史委员会，1994 年。

⑪ 林贵添：《南园旧址考证》，《羊城今古》，2006 年第 1 期。

⑫ 汪廷奎：《孙蕡、王佐等结社南园的时间》，《广东社会科学》，1997 年第 6 期。

生结社考论》认为汪文关于第一次南园结社时间的说法是正确的,但"赵介参与了南园诗社","南园结社至少有两次"①。这一结论,实际上厘清了学界对于南园诗社起于元末还是明初、"南园五先生"还是"广州五先生"的争议。二是有关南园诗社的诗歌活动及诗风的研究。游建业《顺德诗人和南园诗社》②、侯月祥《"南园"诗社与岭南诗风》③、台湾李德超《粤东南园诗社及前后五先生》④、饶展雄、黄艳嫦《也谈广州"南园"诗社》⑤、谭赤子《南园诗社——岭南诗坛的第一个交响乐章》⑥、王颋《"南园诗社"、"广州五先生"考辨》⑦等,都做了有价值的梳理。其中,唐朝晖《南园诗社新探》考证了南园诗社活动除南园五先生外的其他地方文人,认为南园诗社诸人通过教书授徒等活动极大地推动了岭南文学的发展;南园诗社对岭南文学而言,不仅是一个文人社团,更是一种文化精神与行为方式,对南粤士子文人影响深远⑧。左东岭《南园诗社与南园五先生之构成及其诗学史意义》,从元明之际的时代转折与南园诗人群体的人生遭遇切入,重新探讨了南园五先生所代表的南园诗社的构成过程以及所体现的诗学意义。文章认为,南园是南园五先生美好的精神家园,成为记忆中自由的象征。正是由于他们这种反复的美好回忆,使得南园成为像玉山草堂那样的雅致园林,使得南园诗社成为如北郭诗社那样的诗学流派,使得南园五子成为如吴中四杰那样的著名诗人⑨。左文最为可取之处,在于将孙蕡等放在全国视野下考察士人心态和知识分子的命运以及南园结社的诗学意义,跳出了一般的就事论事式的研究,视野开阔,颇有启发意义。

当代关于南园诗社传承的研究,远源是屈大均《广东新语》卷十二"诗社"条,近源则是郭绍虞先生《明代的文人集团》。嗣后,研究者皆大致按照南园前五先生——南园后五先生——南园十二子的叙述脉络展开。如梁僦

① 陈恩维:《南园五先生结社考论》,《广东社会科学》,2010年第3期。
② 游建业:《顺德诗人和南园诗社》,《顺德文史》第6辑,中国人民政治协商会议广东省顺德县委员会文史资料研究组,1985年。
③ 侯月祥:《"南园"诗社与岭南诗风》,《广州史志》,1987年第2期。
④ 李德超:《粤东南园诗社及前后五先生》,《华岗文科学报》第十六期,1988年。
⑤ 饶展雄、黄艳嫦:《也谈广州"南园"诗社》,《广州史志》,1987年第5期。
⑥ 谭赤子:《南园诗社——岭南诗坛的第一个交响乐章》,《广东农工商管理干部学院学报》,2000年第1期。
⑦ 王颋:《"南园诗社"、"广州五先生"考辨》,东莞市政协编:《东莞历史文化论集》,广东人民出版社,2007年。
⑧ 唐朝晖:《南园诗社新探》,《湖南城市学院学报》,2010年第1期。
⑨ 左东岭:《南园诗社与南园五先生之构成及其诗学史意义》,《西北大学学报》,2013年第1期。

然《广州诗社略考》①、冯沛祖《南园与南园诗社》②,都是如此。另有一些学者对以南园诗社为源的其他广州诗社,进行了拓展性的研究。如陈永正《广州历代诗社考略》③、李绪柏《明清广东的诗社》④、林立《当代广州诗社考察与研究》⑤、李艳《明代岭南文人结社研究》⑥等,都介绍了南园诗社及受其影响的其他诗社。其中最为重要的是陈永正《南园诗歌的传承》一文。通常人们对南园诗社传承的研究,多集中在有明一代,但陈永正先生详细梳理了南园诗社在明清两代六百余年的传承,指出“南园诗社史,就是一部岭南诗派史的简编。”⑦不过,即使是陈永正先生的梳理,仍有一些重要遗漏,比如学海堂文人在南园抗风轩的雅集、丘逢甲在南园的诗钟会,均未遑论及,不免遗珠之恨。

（3）岭南诗派研究

明代胡应麟曾指出:“岭南诗派昉于孙蕡。”这一观点在当代得到了重点关注。20 世纪 80 年代,中山大学教授王季思曾在《诗词》杂志上撰文,呼吁“振兴岭南诗派”⑧。1989 年,王学太发表《以地域分野的明初诗歌派别论》指出:“粤(今广东省)出现的诗人并不多,《明诗纪事》中只收 6 人,但因为出现了卓有成就的诗人孙蕡和以孙为首的南园诗社,他们有着共同的创作倾向,对于粤地以后的诗歌创作有着深刻的影响,因此,形成了人们所谓的粤派。……粤派诗人没有遗下什么论诗或论文主张,但他们在创作上确有共同之处,这与他们彼此唱和、相互影响有关。也就是说他们的群体意识是在创作中自然形成的。……明初的粤派诗人在广东文学史上有着重要的地位。他们在广东诗史上是起着开创作用的。……在南园五子的带动下,广东一带的文化与诗歌创作在明朝二百余年中有了长足的发展。”⑨王先生对于粤派虽然着墨不多,但是清楚交代了孙蕡及南园诗社的特点及其在广东文学史上的影响。他的论点,对后来者的学术研究也产生了持久的影响。不过,他关于“粤派诗人没有遗下什么论诗或论文主张”则未免武断,粤诗人

①　梁俨然:《广州诗社略考》,《开放时代》,1988 年第 5 期。
②　冯沛祖:《南园与南园诗社》,《炎黄世界》,2009 年第 3 期。
③　陈永正:《广州历代诗社考略》,《羊城今古》,1998 年第 6 期。
④　李绪柏:《明清广东的诗社》,《广东社会科学》,2000 年第 3 期。
⑤　林立:《当代广州诗社考察与研究》,郑培凯主编《九州学林》,2005 春季 3 卷 1 期,复旦大学出版社,2005 年。
⑥　李艳:《明代岭南文人结社研究》,西南大学硕士论文,2014 年。
⑦　陈永正:《南园诗歌的传承》,《学术研究》,2007 年第 12 期。
⑧　王季思:《振兴岭南诗派的设想》,《诗词》,1988 年第 2 期。
⑨　王学太:《以地域分野的明初诗歌派别论》,《文学遗产》,1989 年第 5 期。

留下过明确的诗歌主张,且有着清晰的代际传承。陈恩维《"岭南诗宗"孙蕡佚文辑考》一文①,辑录了孙蕡的一些佚文,为研究岭南诗派的诗论奠定了文献基础,其《试论岭南地域诗学传统的构建——以明初"南园五先生"为中心的考察》一文,进一步阐释了孙蕡"发舒蕴积"和"诗学汉唐"的两大诗学主张,并论述了这两大主张强化与传播的过程②。

近年来,陈永正先生对岭南诗派做了深入的研究。他曾撰《岭南诗派略论》一文,对岭南诗派的发展演变状况及历代评家的有关论述作了勾勒③。其后,他又在专著《岭南诗歌研究》中辟专章探讨该诗派的发展脉络与基本特点。他把近数百年来岭南诗坛的创作特色归纳为"标举唐音"、"诗风雄直"、"地方色彩鲜明"、"富于革新精神"与"善于向民歌学习"诸点,认为这些共同点构成了岭南诗派的存在基础④。陈恩维《论地域文人集群与地域诗派的形成——以南园诗社与岭南诗派的形成为例》以南园诗社为中心考察了岭南文人集群及其群体意识和传播网络,认为文人集群和结社的存在、地方文化特质在创作中的作用、诗作的异地与代际传播、审美特质和精神文化传统的凝定与内化等,是岭南诗派成为地域性诗派的前提条件⑤。香港的黄坤尧《"岭南诗派"相对论》一文,对岭南诗派是否存在则持半保留的态度,他说:"所谓岭南诗派,如果限指明代黄佐及南园十先生说的,相对于当时各地的诗歌流派,自成体系,我没有异议。如果兼包古今,将整个粤诗称之为岭南诗派,泛指整个广东地域诗歌说的,风格不一,时代情怀亦异,就未免过于庞杂了。"⑥杨权、陈丕武《诗派标准与"岭南诗派"》一文,认为岭南诗人群体能满足诗派成立的四条标准:(一)由一定数量的诗家组成并有其代表人物,(二)以某种组织形式聚合在一起,(三)彼此审美旨趣大体一致、诗风接近或类似,(四)在诗坛产生过重要影响并为当时或后代的评家所认可。但由于历史上的岭南诗人群体并没有十分明确、共同的诗学主张,因此只能算得上是一个"非自觉"的"纵向型"诗派⑦。李玉栓《文人结社与明代岭南诗派的发展》,认为岭南诗派是以一个结社为依托得以形成和发展的诗

① 陈恩维:《"岭南诗宗"孙蕡佚文辑考》,《古籍整理研究学刊》,2012 年第 6 期。
② 陈恩维:《试论岭南地域诗学传统的构建——以明初"南园五先生"为中心的考察》,《广州大学学报》,2014 年第 5 期。
③ 陈永正:《岭南诗派略论》,左鹏军主编《岭南学》第 1 辑,中山大学出版社,2007 年。
④ 陈永正:《岭南诗歌研究》,中山大学出版社,2008 年。
⑤ 陈恩维:《论地域文人集群与地域诗派的形成——以南园诗社与岭南诗派为例》,《学术研究》,2012 年第 3 期。
⑥ 黄坤尧:《"岭南诗派"相对论》,《学术研究》,2012 年第 3 期。
⑦ 杨权、陈丕武:《诗派标准与"岭南诗派"》,《学术研究》,2012 年第 3 期。

派,对于此种结社与流派关系的探讨有着极其特殊的价值,对于中国古代文学尤其是文学流派的研究有着普适性意义①。这一看法,深有见地。不过,他的研究仅限于明代南园诗社,没有论及清代。

此外,还有一些综论明代诗歌和明代诗学的综合性论著,也都或多或少的涉及了对南园五先生和岭南诗派的介绍和研究。这些论著的可取之处,是能够站在有明一代诗歌和诗学基础上来认识南园五先生和岭南诗歌,不足之处则在于因为论题所限而所用材料不广、开掘不深。

五、对已有研究成果的总体检讨

从明清两代对于南园五先生的生平、创作、诗史地位的研究,到现当代以来对于南园诗社的结社情况以及岭南诗派的研究,其学术积累表现出日益走向精细化、学理化、专业化的趋向。

明代的南园五先生研究,研究者多为岭南人士,他们多从个人情感和乡邦文献的整理出发,利用他们与南园五先生所处时代相距不远的优势,收集保留了南园五先生的基本资料,并尝试从岭南地域诗歌传统的角度评价南园先生在岭南文学史上的地位。相比之下,清代对南园五先生开始跳脱了地方的局限,从诗歌艺术和诗派地位两个维度来评价南园五先生,其研究也呈现了精细化和学理化的特点。总体而言,明清两代的研究成果,主要以诗文评的形态存在,多感性描述而缺少学理性分析,还谈不上是现代意义的学术研究。现、当代以来,特别是近三十年以来,学术界对南园五先生和岭南诗派的研究取得了显著的成绩,研究成果呈现学理化、专业化的特点,其主要成就在于对于南园五先生诗歌艺术、南园结社和岭南诗派的深入研究,不仅拓宽了南园五先生和岭南诗派研究的范围,还推动了明代地域诗歌流派和岭南文学研究的深入。

不过,毋庸讳言,相关研究也还存在着某些不足,较明显的问题表现在:

(1)文献基础不扎实。比如一些研究孙蕡的论文,居然不知有金兰馆本《西庵集》,对于各种版本也知之甚少,对其他材料也涉猎不广,因而导致结论缺乏材料支撑,经不起推敲。比如一些考证孙蕡死因的文章,多推测之言,对孙蕡弟子黎贞《秫坡集》的有关记载视而不见;对赵介究竟有没有参加过南园诗社,也无视其子留下的直接文献;有些学者对研究对象并未作深入研究,对他人的研究成果也缺乏了解,或者陷入自话自说的境界,或者"掇

---

① 李玉栓:《文人结社与明代岭南诗派的发展》,《安徽师范大学学报》(人文社会科学版),2013 年第 6 期。

拾"前人成果来铺陈文字,对学术发展的贡献有限。

（2）选题出现重复,研究分布不均衡。比如以南园五先生研究为题,有3篇硕士论文,其研究内容比较接近。南园五先生之中,对孙蕡的研究比较集中,而对于王佐、黄哲、李德、赵介的研究则显得薄弱,整体研究也显得深度不够。

（3）研究视野不够开阔,缺少理论建构。在研究视野上,多数论文只是将南园五先生当做一个地方性的文人群体,较少在明代诗坛的发展大局、岭南地方文苑和中央文坛、他方文苑的互动中思考南园五先生和岭南诗派的意义,所论多就事论事,缺乏理论创新。

六、本书的章节结构及创新思路

1. 本书的章节结构

本书以南园五先生为中心,紧扣南园结社及岭南诗派的发展历史,对南园五先生的生平创作、结社过程、群体活动、地域书写、诗学建构、诗派传承诸问题,逐一进行梳理分析,按照先个案后综合、先基本问题再专题研究的逻辑顺序,在岭南文学和中国诗学发展的整体视野下,层层深入地阐释明初岭南诗派的形成过程、审美特质及其在岭南文学史和明诗流变史上的贡献与地位。全书共分七章,其章节结构如下:

第一章,明前岭南文化和文学发展。本章通过对明代以前岭南文化和岭南文学的发展的梳理,为我们深入研究南园五先生创作的文化背景、岭南诗派的文化渊源奠定基础。由于五岭的阻隔,再加之民族成分的复杂,以及政治上的边缘地位,岭南文化长期处于一种"他者"状态。汉晋岭南地理志对岭南的异物书写,建构了一种奇异瑰丽的、蛮荒的"异文化"形态,这使得岭南形成了鲜明的地理文化特征。唐宋贬谪诗人将自身的贬谪命运与岭南的山水风物以各种不同形式结合起来,反复描写岭南的蛮烟瘴雨,在客观上也提升了岭南山水的人文意蕴,但仍然是一种他者化的表述。相比之下,唐、宋岭南本土文人的岭南书写,表现为一种乡邦意识的自我觉醒,表现为对岭南自然和人文景观的珍视,开始改变岭南文化长期以来一直处于一种被表述的他者化状态,为明初岭南文人的崛起和岭南诗派的形成准备了条件。

第二章,南园五先生与南园结社考。有关南园五先生的生卒年和南园结社的时间,众多文史工具书和研究论著或者不做考证,或者歧异颇多。这就造成了我们无法给南园五先生及南园结社一个准确的时间定位。本章主要依据南园五先生的诗文别集和合集,同时结合丰富的地方文献,厘定了孙、王、黄、赵四人的生卒年,并且考证出南园结社至少有两次,相关的诗歌酬唱活动延续到了明初。南园诗社的诗歌活动,前后持续了十余年,这是"南园五先生"形成南园情结以及南园诗社在岭南文学史影响巨大的原因之一。

第三章,南园五先生的生平与创作。"南园五先生"是一个合称,但他们又是五个独立的个体。南园诗社的活动,并不是他们生活和创作的全部,因此有必要对他们进行逐一的个案研究。本章逐一对孙蕡、王佐、黄哲、李德、赵介的生平事迹、个性特点、诗歌创作、艺术特征及其阶段性变化与形成原因做了具体分析,认为他们的诗歌在元明易代之际由于身份改变、地域流动等因素,而呈现出阶段性变化的特征。但是,与其他地域诗派多数由山林而转向台阁不同,他们入明后的诗歌创作主要转向了江湖之文,曲折地保留了自身个性和地域特征。孙蕡作为南园诗社的盟主,不仅以"发舒蕴积,学为词章"诗学主张和创作实绩影响了南园诸子,而且通过对接汉唐传统融入了明初全国诗坛,从而在五大地域诗派中占有一席之地,成为岭南诗派名符其实的开派者。

第四章,南园诗社的群体文学活动。本章以南园为中心,讨论南园结社的规模和文学文化活动。南园结社使岭南首次出现了一个超过二十人的文人集群,而五先生从中脱颖而出,并发挥了集体领导的作用。他们通过群体书写形成了共同的诗学主张,共同的审美特征,同时形成了一个诗社、家族、乡邦的文学传播网络,通过集合力量,培养后学,不仅构成了一种文雅宏焕的当时氛围,而且形成了风流标映的承传系统;南园五先生走出岭南后,积极参与官方和民间的各类文化和文学活动,与其他地域诗派展开文学交流,传播了个人和群体的诗名,也实现了岭南诗派的全国崛起,因而形成了岭南诗派。

第五章,南园五先生的地方书写。南园五先生的地域书写,不断伴随着一种文化和审美的发现,其语义经由以家乡风物为中心的地方生存的层次,进入以人文景观为中心的地方记忆层次,进入以文学空间为中心的地方认同层次,最后进入以生命共同体为中心的美学家园的层次。南园五先生的地域书写表征的地域文化内涵和文化特征不断深化、不断明确,因而能够形成鲜明的地域特色,并在岭南文学和文化史上产生持久的认同与影响。

第六章,南园五先生的诗学理论。学界普遍认为"粤派诗人没有遗下什么论诗或论文主张",但这并不符合事实。南园五先生在实践层面通过"追迹前古",汇合了汉魏古诗传统、盛唐近体诗传统以及岭南的民歌传统。在理论层面,孙蕡不仅有颇为丰富的诗论遗留,而且通过结社与酬唱,将其有关诗歌"发舒蕴积"的本质论、明道见性的功能论和"学为词章"的创作论，发展成为岭南诗学的核心主张。明统一后，南园五先生除赵介外皆相继入京，他们一方面与各大地域诗派进行广泛交流，以积极的姿态融入全国诗论话语当中；另一方面则通过内部的往来酬唱，不断强调南园的诗论主张，从而使岭南诗学在全国独树一帜。

第七章，南园记忆与岭南诗派传承。南园不仅是五先生的结社唱和之所，也是后世南文人心中的文学胜地。从明中叶的"南园后五先生"，到明末清初的"南园十二子"，直至晚清近代"南园近五子"和当代的"南园今五子"，皆以南园为精神依归，南园成为岭南"六百年文人总会"。南园后学对南园的修葺，对南园五先生的祭祀，对结社传统的传承，对五先生诗集的刊刻，在创作和批评上对岭南文学传统和岭南文学地域特征的强调，实质上建构了岭南诗歌的传统，岭南诗派因此而得到了代际传承。

附录分别对孙蕡之文、南园五先生的诗歌作品进行了辑佚和补正，并编制了一份《南园五先生年表》，简要排列了当时岭南和全国的政治文化背景、南园五先生的生平活动，对一些重要的作品进行了系年和必要的考证。

2. 本书的创新之处

创新何其难哉。如果说本书有什么创新的话，我不免王婆卖瓜，条陈如下，祈方家有以教之。

（1）扎实的文献基础。本书全面收集了明清以来刊刻的孙蕡《西庵集》7个版本、《南园五先生诗》6个版本、不同时期的南园五先生传记资料和诗文评，全面检视了六百余年来前贤今彦的研究成果。在此基础上，本书还对南园五先生的作品进行了进一步的辑佚，考证了一些基本史实，如南园五先生的生卒年、南园结社的时间与过程等，编制了一份资料翔实的《南园五先生年表》，对南园五先生的活动与作品进行了言必有据的系年。新发现的一些有价值的资料，推进了对一些疑难问题的研究，比如孙蕡佚文的辑录，解决了南园诗社究竟有无明确的诗学理论的问题；赵介行状及作品的辑录，找到了他参与南园诗社的直接证据；南园结社时间的考证，厘清了南园诗社究竟是元末还是明初抑或元末明初。上述工作，对于推动因文献不足而难以深入的南园五先生和岭南诗派研究，无疑将起到积极的作用。

（2）坚实的个案研究。目前学界对于南园前五先生的研究，除南园诗社盟主孙蕡得到了研究者较多关注外，其他四人以及一批诗社外围的岭南诗人则明显缺乏研究。本书对南园五先生逐一进行了认真细致的个案研究，公开发表了多篇系列专题论文（见本书参考文献），为整体上综合研究南园五先生和岭南诗派奠定了基础。

（3）鲜明的理论创新。这主要表现在两点：

一是宏观视野方面。业师陈庆元先生在 90 年代即提出"区域文学史的建构，非常强调它的地域特殊性"，但同时"也必须将其置于整个中国文学发展史的进程中来进行"①。但是，遗憾的是，具体到南园五先生和岭南诗派的研究，学界长期以来只是把南园五先生当做一个活跃在岭南的文人集群，没有充分注意到南园五先生诗歌创作在精神文化上在"岭南"这一特定文化环境中形成的"土音"，也没有对南园五先生与其他地域诗派的互动加以深入研究，更没有认识到对于此种结社与流派关系的探讨对于中国古代文学尤其是文学流派的研究有着普适性意义。缘此，本书紧扣南园结社、明初诗坛、岭南地域诗学传统这三大关键，将南园五先生放在明代文学和岭南文学发展网络中，着眼于地方书写与地域文学的关系，也着眼于明初地域诗派之间的互动，从大传统和小传统的关系中考察南园五先生及明初岭南诗派在明代以及岭南文学发展史上的贡献和地位。

二是理论视角方面。近年来，区域文学研究渐受重视，相关成果也日渐丰富，但是理论研究却相对滞后。本书尝试以文学地理学视野研究地域诗歌流派，同时引入地方书写、空间理论、文化记忆等理论，对一些学界涉及甚少的文学史专题和理论论题，如联系诗社活动和南园情结研究南园五先生的群体书写，南园五先生的地方书写及其意义、岭南地域诗学传统构建、南园结社传统、文集刊刻等对于地域诗学传统形成和诗派传承的作用等问题，进行了深入研究，得出了一系列新的观点，也形成了一系列的理论思考。笔者期待本项研究能够有助于深入研究岭南诗派的诗学内涵、发展脉络和地域传统，也希望它有一定的普适性意义，能为地域诗派研究、文人结社研究、文学流派以及文学地理学研究提供一定的参考。

---

① 陈庆元：《区域文学史建构刍议》，《江海学刊》，1994 年第 4 期。

第一章　明前岭南文化和文学发展

屈大均《广东文集》序云:"广东居天下之南,故曰南中,亦曰南裔。火之所房,祝融之墟在焉,天下之文明至斯而极。故其发之也迟,始然于汉,炽于唐于宋,至有明乃照于四方焉,故今天下言文者必称广东。"①明以前,岭南一直被视为蛮夷之地和瘴疠之乡,到明代其文化地位才明显上升。与此相应,岭南文化形象在历代诗人的地方书写②中也经历了明显的变迁。那么,岭南地方形象为什么会有这样大的变迁呢?变迁是如何发生的呢?古人没有作出详细的说明,但我们对明初岭南诗派的研究,有必要了解这一基础问题。有鉴于此,本章拟对明代以前岭南文化形象变迁和岭南文学的发展作一个梳理,从而为我们深入研究岭南诗派的文化渊源、明初岭南诗派的形成背景和发展历程奠定基础。

第一节　从蛮荒走向神州的岭南

岭南,历史上是指五岭以南的广大地区,范围包括了今广东、海南、广西的大部分和越南北部。五岭之名,最早起于秦。《史记·张耳陈余列传》云:"秦为乱政虐刑以残贼天下,数十年矣。北有长城之役,南有五岭之戍。"裴骃《集解》:"《汉书音义》曰:岭有五,因以为名,在交阯界中也。"司马贞《索隐》:"裴氏《广州记》云:大庾、始安、临贺、桂阳、揭阳,斯五岭。"③五岭,并不专指五座山的名称,而是指五条入岭通道。《晋书·地理下》指出:"秦始皇既略定扬越,以谪戍卒五十万人守五岭。自北徂南,入越之道,必由岭峤,

---

① 屈大均:《广东新语》,第316页。
② "地方书写",指文学中对某个地理空间的描写,对应于英语的 Topographical Writings。参李贵:《地方书写中的空间、地方与互文性——以黄庭坚〈书磨崖碑后〉为中心》,《学术月刊》,2014年第3期。
③ 司马迁:《史记》,中华书局,1982年第2版,第2573—2574页。

时有五处,故曰五岭。"①宋周去非《岭外代答》卷一亦云:"自秦世有五岭之说,皆指山名之。考之,乃入岭之途五耳,非必山也。自福建之汀,入广东之循、梅,一也。自江西之南安,逾大庾,入南雄,二也。自湖南之郴入连,三也。自道入广西之贺,四也。自全入静江,五也。"②五岭大体分布在广西东部至广东东部和湖南、江西、福建五省区交界处,是中国江南最大的横向构造带山脉,是长江和珠江二大流域的分水岭。它既是天然的地理阻隔带,也是区隔岭南和中原文化的一道屏障。

三代至春秋时期,岭南地区为百越之地。春秋、战国时代,岭南与闽、吴、越、楚国关系密切,交往频繁。《国语·楚语上》有"抚征南海"的记载③,可见当时岭南与楚国有军事、政治联系。到秦始皇时期,岭南地区开始纳入中原王朝版图,嗣后其行政建置虽有所变动,但范围与秦代大致相当。《岭外代答》卷一指出:"自秦皇帝并天下,伐山通道,略定扬粤,为南海、桂林、象郡。今之西广,秦桂林是也;东广,南海也;交阯,象郡也。汉武帝平南海,离秦桂林为二郡,曰郁林、苍梧;离象郡为三,曰交阯、九真、日南;又稍割南海、象郡之余壤为合浦郡;乃自徐闻渡海,略取海南为朱崖、儋耳二郡,置刺史于交州。汉分九郡,视秦若多,其统之则一交州刺史耳。至吴始分为二,于是交广之名立焉。时交治龙编,广治番禺。唐太宗分天下为十道,合交广为一,置采访使于番禺,其规模犹汉时,唯帅府易地也。"④唐太宗时所分十道中有岭南道,治所位于广州(今广州市),辖境包含今广东全部、广西大部、云南东南部、越南北部地区。"岭南"作为特定区域名称,当起于此时。岭南分属广州、桂州、容州、邕州、安南五个都督府(又称岭南五管),655年以后,五府皆隶于广州,长官称为五府(管)经略使,由广州刺史兼任。唐懿宗咸通三年(862),原来的岭南道分为东、西道,广东属岭南东道,这是广东省名中"东"字的由来,也是两广分为东、西的开始。宋太祖开宝四年(971)平南汉后,复置岭南道,后来改为广南道,继而改"道"为"路"。宋太宗至道三年(997),广南路分为广南东路和广南西路,东路治所在广州,西路治所在桂州,广东大部分属广南东路,广西则属广南西路。元朝地方实行行省制度,广东属湖广行中书省,行省下设道(道是省以下、路府之上的承转机构),今广东省境分为广东道和海北海南道。广东道道治在广州,海北海南道道治在今雷州市。明朝洪武二年(1369),改广东道为广东等处行中书省,并将海

---

①　房玄龄:《晋书》,中华书局,1974年,第464页。
②　周去非著,杨武泉校注:《岭外代答校注》,中华书局,1999年,第11页。
③　上海师范大学古籍整理研究所校点:《国语》卷一,上海古籍出版社,1998年,第4页。
④　周去非著,杨武泉校注:《岭外代答校注》,第1页。

北海南道改隶广东,广东成为明朝的十三行省之一。这一变化,使过去长期与广西同属一个大区的雷州半岛、海南岛划拨广东统辖,广东省区域轮廓自此基本形成。清初承袭明制,但将明时的布政使司正式改称为省,"广东省"名称正式使用,所辖范围与明广东布政使司相同。

自秦汉以来,统治中心多在中原,历代政府在选任官吏时多以内地为重,以边远为轻,故"汉魏以还,守官广南者多以贪墨,坐激吏民之叛,启蛮獠之寇。……广南之地,去京华为尤远。瘴疠蛊毒,种种秽恶,内地之人,南辕越岭,不啻斥逐,必罪庆屠庸,不得已然"①。隋唐以来,随着流刑制度的确立,岭南又发展成为政治上的"他者"之区。《隋书·刑法志》:"其制,刑名五:……二曰流刑,谓论犯可死,原情可降,鞭笞各一百,髡之,投于边裔,以为兵卒。未有道里之差。其不合远配者,男子长徒,女子配春,并六年。"②唐朝初年在隋律的基础上制成唐律,有笞、杖、徒、流、死五刑。其中流刑是仅次于死刑的一种刑罚,分为三等,即"自流二千里,递加五百里,至三千里"。贞观十四年,"又制流罪三等,不限以里数,量配边恶之州"③。岭南道最北部的桂州距京城 3 705 里,最南部的骧州距京城 6 875 里,远远超出了唐律三流所规定的流放里程,仅从地域来看乃是不折不扣的边州④。到了北宋,这种情况并没有好转,转运使有路分轻重、远近之差:"河北、陕西、河东三路为重路","成都路次三路","京东西、淮南又其次","江南东、西,荆湖、南、北两浙路又次之","二广、福建、梓、利、夔路为远小"⑤。直至靖康之变,北方大片土地和人口沦陷,宋室南渡,广东从流放地发展成为避乱所,移民纷至沓来,人口激增。另一方面,由于传统的通往西方的陆路商道"丝绸之路"先后为辽、西夏、金、西辽等政权所阻隔,宋政府转而经营海上交通。广州地处海上要冲,广东海岸线漫长,开始得到了中央政府的重视而大力发展海外贸易。相应地,岭南的经济文化地位明显提升。到南宋中期,至有"二广为天子南库"的说法⑥。1235 年,蒙古军大举南侵,蒙宋战争揭开了序幕。1276 年元军入临安,俘宋恭帝赵㬎,南宋皇族南逃。十一月端宗逃奔

---

① 章如愚:《群书考索》续集卷五一,《景印文渊阁四库全书》第 938 册,台湾商务印书馆,1986 年,第 620 页。

② 魏征等:《隋书》,中华书局,1973 年,第 705 页。

③ 刘昫等:《旧唐书》,中华书局,1975 年,第 2137、2140 页。

④ 王雪玲:《两〈唐书〉所见流人的地域分布及其特征》,《中国历史地理论丛》,2002 年第 4 辑。

⑤ 文彦博:《奏除改旧制》,《潞公文集》卷二九,《景印文渊阁四库全书》第 1100 册,台湾商务印书馆,1986 年,第 744 页。

⑥ 可详参郎国华:《试论宋代广东的经济地位与中央政府的政策》,《中山大学学报论丛》,2004 年第 1 期。

泉州、潮州,主战场开始移入广东。1279年,经惨不忍睹的崖山保卫战,陆秀夫抱帝投海死,南宋政权灭亡,广东政治经济文化也因战争的破坏而元气大伤。元末农民起义爆发,广东偏安一隅,受到的冲击较小,地方局势因为何真而得以大体保持安定。洪武元年(1368)朱元璋于应天即帝位,国号"明",年号"洪武"。四月,征南将军廖永忠取广东,"不戮一人而南海帖然"①。广东,也迎来了一个新的发展时期。屈大均指出:"当唐、宋时,以新、春、儋、崖诸州为瘴乡,谪居者往往至死。仁人君子,至不欲开此道路。在今日岭南大为仕国,险隘尽平,山川疏豁,中州清淑之气,数道相通。……今之岭南,地之瘴亦已微薄矣。"②

第二节　岭南地理与文化特性

古代以王畿为中心,按相等远近作正方形或圆形边界,依次划分区域为"甸服"、"侯服"、"宾服"、"要服"、"荒服",合称"五服"。《荀子·正论篇》云:"封内甸服,封外侯服,侯卫宾服,蛮夷要服,戎狄荒服。"③《国语·周语》也记载:"夫先王之制,邦内甸服,邦外侯服,侯卫宾服,蛮夷要服,戎狄荒服。"④不过,"五服"之说,置蛮夷于"要服",与实际情况不符。岭南属于蛮夷之区,其所在地区应为"荒服"。"荒服"距离王畿二千五百里,最为遥远。《书·禹贡》:"五百里荒服。"孔传:"要服外之五百里,言荒又简略。"⑤《礼记·王制》云:"中国戎夷,五方之民,皆有性也,不可推移。东方曰夷,被发文身,有不火食者矣;南方曰蛮,雕题交趾,有不火食者矣;西方曰戎,被发衣皮,有不粒食者矣;北方曰狄,衣羽毛穴居,有不粒食者矣。中国、夷、蛮、戎、狄,皆有安居,和味宜服,利用备器,五方之民言语不通,嗜欲不同。"⑥在诸夏看来,中原(即中国)居天地之中,风土最佳,为文明的诸夏所居;东、南、西、北四方为其边缘,风土各有欠缺,为野蛮的蛮、夷、戎、狄所居,他们的气性、语言、衣服、器用等均明显不同于中原。这实际上是一种从地域和民族上划分自我与他者,将中原以外的四裔地区及其所居住的少数民族视为他者。

---

① 黄佐:《广州人物传》卷一二,《四库全书存目丛书》本,第513页。
② 屈大均:《广东新语》,第24页。
③ 荀况著,杨倞注:《荀子》,上海古籍出版社,2014年,第214页。
④ 上海师范大学古籍整理研究所校点:《国语》卷一,第4页。
⑤ 孔颖达:《尚书正义》卷六,影印阮刻《十三经注疏》本,中华书局,1980年,第153页。
⑥ 孔颖达:《礼记正义》卷一二,影印阮刻《十三经注疏》本,中华书局,1980年,第1338页。

这种建立在空间距离和华夷之辨上的划分,其实也是政治经济权利的划分。《史记·五帝本纪》云:"方五千里,至于荒服。南抚交阯、北发,西戎、析枝、渠廋、氐、羌,北山戎、发、息慎,东长、鸟夷,四海之内咸戴帝舜之功。于是禹乃兴《九招》之乐,致异物,凤凰来翔。天下明德皆自虞帝始。"[①]将荒服地区纳入王土,其目的是为了"致异物",即招致各方不同物产入贡。中央政权罗致各地异物,这不仅是一种物质上的需要,同时也是一种意识形态的需要,即中央政权通过罗致异物,以显示四方来朝,而地方政权则通过贡物的方式表达对中央政权的承认。因此,"五服"的划定和"致异物"一样,都是一种权利划分,汉晋时期地理志的"异物"书写传统与此有深刻的内在关联(详见本章第三节)。

从先秦一直到唐代,由于五岭之地理阻隔,民族成分的复杂以及政治上的边缘地位,岭南不仅与中原呈一种内外分隔的状态,而且成为了"华夷、内外分隔的一个文化分界"[②]。《隋书·地理志》对岭南的描述云:"自岭已南二十余郡,大率土地下湿,皆多瘴厉,人尤夭折。南海、交阯,各一都会也,并所处近海,多犀象玳瑁珠玑,奇异珍玮,故商贾至者,多取富焉。其人性并轻悍,易兴逆节,椎结跣踞,乃其旧风。其俚人则质直尚信,诸蛮则勇敢自立,皆重贿轻死,唯富为雄。巢居崖处,尽力农事。刻木以为符契,言誓则至死不改。父子别业,父贫,乃有质身于子。诸獠皆然。并铸铜为大鼓,初成,悬于庭中,置酒以招同类。来者有豪富子女,则以金银为大钗,执以叩鼓,竟乃留遗主人,名为铜鼓钗。俗好相杀,多构仇怨,欲相攻则鸣此鼓,到者如云。"[③]由于负山阻海,地势较低,空气不易散发,岭南形成瘴疠之气;由于地处近海,物产多玳瑁珠玑,吸引四方商贾来此经商,因而商品经济尤为发达;由于商品经济发达,岭南汉人和俚人都唯富为雄、讲究诚信;在风俗方面,他们还维持着巢居崖处、椎结跣踞的旧俗,不同于中原礼乐。

总之,由于地理环境的阻隔、经济形态的差异,岭南文化与中原地区建立在农业文明和儒家思想基础上的耕读传家、礼乐教化明显不同,呈现一种异文化特点。梁启超《中国地理大势论》指出:"粤,西江流域也。黄河、扬子江开化既久,华实灿烂,而吾粤乃今始萌芽,故数千年来未有大关系于中原。虽然,粤人者,中国民族中最有特性者也。其言语异,其习尚异,其握大江之下流而吸其菁华也。与北部之燕京、中部之金陵,同一形胜,而支流之

<hr />

① 司马迁:《史记》,第 43 页。
② 侯艳:《唐宋诗学岭南意象的时空思维与生命审美抒写》,《广西社会科学》,2012 年第 6 期。
③ 魏征等:《隋书》卷三一,中华书局,1973 年,第 887 页。

纷错过之。其两面环海,海岸线与幅员比较,其长率为各省之冠。其与海外各国交通,为欧罗巴、阿美利加、澳斯大利亚三洲之孔道。五岭亘其北,以界于中原,故广东包广西而以自捍。"①可以说,背山面海的自然地理环境,导致了岭南有别于中原的文化独特性。

第三节　汉晋岭南志中的异物书写

与地理、政治环境上的偏远隔绝相呼应,岭南文化的表述处于一种"他者"状态。杨孚《异物志》是第一部以"异物志"为书名的地理著作,开启了岭南地理书写的异物传统。

杨孚,字孝元,或作孝先,广东南海人。汉末曾为议郎。其所撰《异物志》,为《隋书·经籍志》《旧唐书·经籍志》《新唐书·艺文志》史部地理类著录,后散佚,经清代曾钊辑录成书,今人骆伟有辑录本。杨孚之前,虽有西汉陆贾两使岭南而著《南越行纪》,但是以岭南人杂记岭南风物而以《异物志》名书者,为杨孚首创。杨孚《异物志》骆氏辑录本共 190 则,分为八类,从异域人物到奇花异木、怪兽珍禽,均杂而记之,载诸史册,以备稽考。在文学上,杨孚《异物志》兼具小说、散文、诗歌等多重文体价值。杨孚《异物志》多为散文,亦有四言韵文,故屈大均《广东新语》认为它是"广东文之权舆"、"亦诗之流"②。此外,由于杨孚《异物志》着重于"异",可资谈助,引发好奇,这就使它与志怪类小说结下不解之缘,"直接影响了魏晋南北朝岭南地理博物体志怪小说的繁荣"③。

自杨孚以后,"异物志"发展成为一种专门记载周边地区及国家新异物产的史书体裁,而岭南地理书写的"异物"传统尤为突出。据统计,《四库全书》史部地理类杂记之属著录 28 部,与岭南风土相关者不下 7 部。阮元《广东通志·艺文略》史部风土杂记类中,粤人撰著 22 部,杨氏《异物志》居其首;非粤人撰著 48 部,陆贾《南越行纪》在先④。这些著作主要集中在魏晋南北朝时期,其中以晋代数量最多,有 11 部,包括:刘欣期的《交州记》、王范

---

① 梁启超:《中国地理大势论》,《饮冰室合集·饮冰室文集之十》,中华书局,1989 年,第 84 页。
② 屈大均:《广东新语》卷一一、卷一二,第 318、345 页。
③ 耿淑艳:《岭南汉唐间地理博物体志怪小说》,《海南大学学报》(人文社会科学版),2008 年第 6 期。
④ 毛庆耆:《论杨孚〈异物志〉的史学意义》,《革命春秋》,1998 年第 1 期。

的《交广二州记》、黄恭的《交广记》、裴渊的《广州记》、顾微的《广州记》、盖泓的《珠崖传》、嵇含的《南方草木状》、徐衷的《南方记》、袁宏的《罗浮山记》、撰人不详的《交州杂事》和《交趾外域记》。南北朝有 6 种，包括：刘澄之的《交州记》、沈怀远的《南越志》、王韶之的《始兴记》、竺芝的《扶南记》、刘昭的《岭外录异》、姚文咸的《交州记》。此外，大约作于魏晋南北朝的有《郁林异物志》《广州异物志》和《交趾外域记》，此三部著作的作者均不详。至唐代，岭南地理著作渐趋衰落，作品不多，主要有中唐孟管的《岭南异物志》、晚唐房千里的《南方异物志》、撰人不详的《续南越志》①。上述异物志的作者，或为岭南本土文人，或为客居或任职于岭南的作家，甚至包括未到过岭南的人物。他们对于岭南的地理书写无一例外皆以"异物"的眼光，介绍岭南奇特的远国异民、山川湖泊、动植物和民风土俗，形成了一个岭南风土的"异物"书写传统。

作为贡物之"异"，实际上是"因地而异"，所谓"贡物各各因其方"②。贡物所具有的质量、声誉或其他特性，本质上取决于该产地的自然因素和人文因素，所以对贡物的书写，其实是一种异文化的构建。异文化泛指不同文化背景之下的所有与主体文化相异的现象。岭南由于其地理环境的相对封闭，民族成分的独特性，因而形成了与中原主流文化相异的蛮荒特性，因而岭南的地理书写也相应形成了异物传统。如唐陆希声为段公路《北户录》所作前序云："间者以事南游五岭间，尝采其民风土俗，饮食衣制，歌谣哀乐，有异于中夏者，录而志之。至于草木果蔬虫鱼羽毛之类，有瑰形诡状者，亦莫不毕载。非徒止于所闻见而已。又能连类引证，与奇书异说相参验，真所谓博而且信者矣。"③有关岭南地理的书写，以记录"有异于中夏"之风土人情为主，而又夹杂奇书异说，这就构成了一种奇异瑰丽的、蛮荒的形态，无意中也强化了岭南地域文化的"异文化"特征。

值得注意的是，岭南异物书写传统虽然是由岭南人杨孚构建，但在岭南文化的异文化建构中，岭南本土文人作为他者一直是处于弱势地位的。杨孚创作《异物志》是站在岭南的自我立场上写作的。他为了为讽切当时岭南刺史"竞事珍献"的风气，才"枚举物性灵悟，指为异品"，目的是想刺史明白所献乃异物而停止贪渎，而不是为了夸耀岭南的异物。杨孚所采用的其实是赋体写作"欲讽反劝"的传统。但是，后世的岭南地理书写者，似乎忘记了

①　耿淑艳：《岭南汉唐间地理博物体志怪小说》，《海南大学学报》（人文社会科学版），2008 年第 6 期。

②　徐世昌：《晚晴簃诗汇》，中华书局，1990 年，第 862 页。

③　段公路：《北户录》，《景印文渊阁四库全书》第 589 册，台湾商务印书馆，1986 年，第 30 页。

杨孚的初衷,而一味追逐奇异,可谓是"劝而不止"了。晋代嵇含《南方草木状》自序云:"南越、交趾植物,有四裔最为奇,周、秦以前无称焉。自汉武帝开拓封疆,搜求珍异,取其尤者充贡。中州之人,或昧其状,乃以所闻诠叙,有裨子弟云尔。"①作为中原人的嵇含,之所以写作《南方草木状》,不过是描述珍奇植物,作为充贡之便。这一点与杨孚显然不同。嵇含的做法,来自一个更为强大的话语传统。即《史记·五帝本纪》所载"致异物"的传统。中央政权通过罗致异物,以显示四方来朝,而地方政权则通过贡物的方式表达对中央政权的承认,因此"致异物"实际是一种权利话语书写。不过,这种"致异物"的权利话语书写,对岭南的人文传统,采取了一种无视的态度,这样就造成了一种岭南钟于物而不钟于人的印象。《晋书·吴隐之传》称:"广州包带山海,珍异所出,一箧之宝,可资数世,然多瘴疫,人情惮焉。"②这种认识,代表了汉晋时期中原人对于岭南普遍的看法。

从文化话语的角度来看,岭南在"异物书写"中是作为"他者"出现的。在中原文人所创造的话语中,岭南既拥有中原所缺少的东西以及异域的情调,但同时又是蛮荒的和落后的。因此,对中原文人来说,岭南既是值得向往的,又是必须被教化和改造的。裴渊《广州记》曰:"城北有尉佗墓,墓后有大冈,谓之马鞍冈。秦时占气者言,南方有天子气。始皇发民凿破此冈,地中出血,今凿处犹存。以状取目,故冈受厥称焉。"③王氏《交广春秋》曰:"越王赵佗,生有奉制称藩之节,死有秘奥神密之墓。佗之葬也,因山为坟,其垅茔可谓奢大,葬积珍玩。吴时遣使发掘其墓,求索棺柩,凿山破石,费日损力,卒无所获。佗虽奢潜,慎终其身,乃令后人不知其处,有似松乔迁景,牧竖固无所残矣。"④显然,岭外人的岭南书写,是以一种统治者、征服者的姿态出现的。因此,岭南的异物志书写,客观上虽然将岭南这一地理空间塑造成了一个的异文化空间,但主观上不是要保护和提倡这种异文化,而是要消除这种异文化,实现政治文化上的一统。

自唐末至宋代,特别是南宋以来,随着中国政治文化中心的南移、北方移民南下,岭南异文化色彩日渐淡化,因此异物志书写从唐末开始衰变,宋以后退出历史舞台。唐刘恂《岭表录异》"记载博赡,而文章古雅,于虫鱼草木,所录尤繁。训诂名义,率多精核。"⑤这种做法与此前"与奇书异说相参

① 朱晓光主编:《岭南本草古籍三种》,中国医药科技出版社,1999年,第5页。
② 房玄龄等:《晋书》卷九〇,第2341页。
③ 刘纬毅:《汉唐方志辑佚》,北京图书馆出版社,1997年,第135页。
④ 刘纬毅:《汉唐方志辑佚》,第130页。
⑤ 刘恂著,商璧、潘博校:《岭表录异校补》,广西民族出版社,1988年,第19页。

验"的写法,已明显不同。宋代周去非《岭外代答》,是前代岭南异物志的集大成之作,但是较之前代异物志,其传奇性退却,科学性上升,人文性增强。比如对如瘴疠之气的描写,《岭外代答》卷四《风土门·瘴》云:"南方凡病,皆谓之瘴,其实似中州伤寒。盖天气郁蒸,阳多宣泄,冬不闭藏,草木水泉皆禀恶气,人生其间,日受其毒,元气不固,发为瘴疾。"①这样的描写,虽然还夹带有一丝神秘色彩和异域风情,但是基本上已无前代那种怪异和恐怖,其蛮荒气息已明显褪去。写作年代稍后的《方舆胜览》,"所记分十七路,各系所属府州军于下,而以行在所临安府为首。盖中原隔绝,久已不入舆图,所述者惟南渡疆域而已。书中体例,大抵于建置、沿革、疆域、道里、田赋、户口、关塞、险要,他志乘所详者,皆在所略,惟于名胜古迹多所胪列。而诗、赋、序、记,所载独备,盖为登临题咏而设,不为考证而设。名为地记,实则类书也。然采摭颇富,虽无裨于掌故,而有益于文章。摘藻掞华,恒所引用。故自宋、元以来,操觚家不废其书焉"②。《方舆胜览》以临安府为中心,显然改变了唐代地理书写以京都长安为中心的做法,岭南之于文化中心,不再是遥远的距离,甚至不再是政治的边缘,而其中有关岭南的书写,也多集中在名胜古迹,蛮荒色彩已基本退却,人文气息明显加强。

第四节　唐宋迁谪诗中的岭南书写

唐代以来,由于流刑制度的制度化,以及朝廷党争的激烈,再加之岭南的僻远蛮荒,岭南成为贬谪文人的集中地。如唐高宗时流萧龄之于岭南,诏文曰:"宜免腰领之诛,投身瘴疠之地,可除名,配流岭南远处"。③以明嘉靖《广东通志》所搜罗的相关资料为基础统计,有姓名记载的贬流人员直到隋代也未超过10人次④。有人统计,在唐代,在有具体姓名和流贬地名可考的流人中,属岭南地区者138人次,约占整个唐代流人总数211人次的65%。而宋代整个岭南地区的谪宦,仅见于史籍者,即有400多人次,湮没无考者,则更是不计其数⑤。据无名氏《道山清话》记载,时人陈瓘曾戏言:"岭南之

---

① 周去非著,杨武泉校注:《岭外代答校注》,第152页。
② 永瑢等:《四库全书总目》卷六八,中华书局影印本,1965年,第596页。
③ 周绍良主编:《全唐文新编》第1部第1册,吉林文史出版社,2000年,第152页。
④ 戚万法:《唐代流人与岭南开发研究》,《广西社会科学》,2007年第10期。
⑤ 王雪玲:《两〈唐书〉所见流人的地域分布及其特征》,《中国历史地理论丛》,2002年第4辑。

人见逐客不问官高卑,皆呼为相公,想是见相公常来也。"①唐代文人中宋之问、沈佺期、杜审言等,宋代文人卢多逊、蔡确、苏轼等都曾遭南贬。这些文人在岭南或多或少都留下诗作,从而形成了独特的唐宋岭南贬谪文学现象。

"一封朝奏九重天,夕贬潮州路八千。欲为圣明除弊事,肯将衰朽惜残年。云横秦岭家何在?雪拥蓝关马不前。知汝远来应有意,好收吾骨瘴江边。"②"昨日三峰尉,今朝万里人。平生任孤直,岂是不防身。海雾多为瘴,山雷乍作邻。遥怜北户月,与子独相亲。"③对于贬谪文人来说,最为痛苦的,不仅仅是从中原到岭南的自然空间改变,而是朝夕之间从政治文化中心跌入了一个完全陌生的边缘空间和孤独失意的心理空间。"仕宦谪籍岭南尤众,岂非以古荒服地而蛮烟瘴雨之乡欤。"④相应地,贬谪诗人对岭南地理的描写,也以瘴为标志。据《全唐诗》检索,"瘴"这个词汇共出现了 288 次,其中与岭南相关的超过了 200 次。何谓"瘴"?瘴是指热带山林中的湿热蒸郁致人疾病的雾气,其产生与气候和地理环境有关,故贬谪诗人笔下的瘴,往往和岭南的山、川、云、雾、烟、气、树等相联系。《全唐诗》中"瘴云"出现 23 次,"瘴烟"出现 21 次,"瘴雨"出现 17 次、"瘴气"出现 7 次,"瘴江"出现 19 次,"瘴海"出现 16 次,瘴水出现 5 次,"瘴山"出现 1 次。瘴常会引发疾病。刘恂《岭表录异》上卷解释瘴气说:"岭表山川,盘郁结聚,不易疏泄,故多岚雾作瘴。人感之多病,腹胀成蛊。"⑤瘴气对水土不服、身心俱疲的北方南贬官员来说,尤其如此。路途的遥远、山川的险峻、气候的恶劣、内心的抑郁交织在一起,往往带来了对生理和心理的双重摧残,故《全唐诗》中"瘴疠"意象出现次数最多,达 30 次,"毒瘴"则出现 3 次。瘴的出现,往往与"哭"、"泪"、"惊"、"孤"等悲剧性情感体验相随。如李绅《江亭》云:"瘴江昏雾连天合,欲作家书更断肠。今日病身悲状候,岂能埋骨向炎荒。"⑥由于诗人自身特殊遭际,岭南常年无霜雪的气候和四季花开的物候,带给他的不是惊喜,而是触目惊心之感。如韩愈《梨花下赠刘师命》:"洛阳城外清明

①　无名氏:《道山清话》,商务印书馆,1959 年,第 20 页。

②　韩愈:《左迁至蓝关示侄孙湘》,屈守元、常思春主编《韩愈全集校注》,四川大学出版社,1996 年,第 730 页。

③　郎士元:《送林宗配雷州》,《唐五十家诗集》,上海古籍出版社,2012 年,第 301 页。

④　郝玉麟:《广东通志》卷四三,《景印文渊阁四库全书》第 563 册,台湾商务印书馆,1986 年,第 896 页。

⑤　刘恂著,商璧、潘博校:《岭表录异校补》,第 22—23 页。

⑥　《全唐诗》卷四八三,中华书局,1960 年,第 5495 页。

节,百花寥落梨花发。今日相逢瘴海头,共惊烂漫开正月。"①可见,唐代贬谪诗人的岭南书写,诗人与环境之间处于紧张对立,呈现一种格格不入的状态,其书写形成了以下基本模式:在地理空间的描写上注意突出空间的遥远、气候、物候和风俗的反常;在心理空间描写上突出孤独恐惧,常表现为望乡与思友;在文化空间描写上强调蛮荒,流放身份感强烈,常表现为怀君。这三种空间不是孤立存在,而是常常叠合在一起。巨大的政治压力、荒僻险怪的南国景观,二者交相作用造成了他们难以做到诗意栖居岭南,从而也就难以用平常心面对岭南的山水和物产,故常常给予岭南山水以惊心动魄的书写,其感情基调则是以流贬为主调的骚人悲怨。韩愈《潮州刺史谢上表》"飓风鳄鱼,患祸不测。州南近界,涨海连天,毒雾瘴氛,日夕发作。……所处又极远恶,忧惶惭悸,死亡无日。"如此心理状态下,韩愈笔下的岭南风土,就可以想见了。其《贞女峡》云:"江盘峡束春湍豪,雷风战斗鱼龙逃。悬流轰轰射水府,一泻百里翻云涛。漂船摆石万瓦裂,咫尺性命轻鸿毛。"贞女峡湍急的水流,仿佛在进行一场风与雷、浪与龙之间的惊心动魄的战斗,让诗人感到死亡近在咫尺、性命轻如鸿毛。其《初南食贻元十八协律》:"鲎实如惠文,骨眼相负行。蚝相黏为山,百十各自生。蒲鱼尾如蛇,口眼不相营。蛤即是虾蟆,同实浪异名。章举马甲柱,斗以怪自呈。其余数十种,莫不可叹惊。我来御魑魅,自宜味南烹。调以咸与酸,芼以椒与橙。腥臊始发越,咀吞面汗骍。惟蛇旧所识,实惮口眼狞。开笼听其去,郁屈尚不平。卖尔非我罪,不屠岂非情。不祈灵珠报,幸无嫌怨并。聊歌以记之,又以告同行。"②此诗写诗人初到岭南,面对鲎、蚝、蒲鱼、蛤、章等十几种中原罕见的水产品,惊叹汗出,难以下咽。后来看到一条似曾相识的蛇,实在觉得害怕,只好开笼把它放走。显然,岭南的山水风物和生活习俗带给诗人的是一种"异物"的感觉,是陌生的世界。岭南作为"他者"出现在韩愈的精神世界里:因为谪居地的极度荒凉,自己与谪居地风物民俗的陌生与隔绝,生命沉沦感使被贬谪者内心产生无可名状的焦虑、恐惧以及置身于充满敌意的世界的无助感。法国学者巴柔教授这样说道:"'我'注视他者,而他者形象也传递了'我'这个注视者、言说者、书写者的某种形象。在个人(一个作家)、集体(一个社会、国家、民族)、半集体(一种思想流派、意见、文学)的层面上,他者形象都无可避免地表现为对他者的否定,对'我'及其空间的补充和延长。这个'我'想说他者(最常见到的是出于诸多迫切、复杂的原因),但

---

① 屈守元、常思春主编:《韩愈全集校注》,第 169 页。
② 屈守元、常思春主编:《韩愈全集校注》,第 169、2307、136—137、788—789 页。

在言说他者的同时,这个'我'却趋向于否定他者,从而言说了自我。"①唐代贬谪诗人作为一类群体,他们对于岭南文化的否定性的描述中,其实也是对自身命运和心理的一种折射。然而,唐代贬谪诗人的岭南书写与他们悲剧性的贬谪经历相联系,是对岭南的一种悲剧性的建构,具有过于浓烈的个人色彩,从而难以真实反映岭南文化的特色。

宋代贬谪文人一方面继承了唐代诗人对于岭南的传统观念,认为岭南是落后的瘴湿之地,另一方面受到儒道思想融合的影响,开始摆脱了与岭南环境的心理冲突。相应地,由唐入宋,贬谪诗人笔下的岭南逐渐摆脱他者化的书写模式。这表现在三个方面。一是对于瘴疠的惊惧感有所下降。以"瘴疠"为检索词,检索《全宋诗》,仅得 25 字段。显然,"瘴疠"一词在岭南书写中的绝对数和相对数皆比《全唐诗》有所下降,这直接说明宋代入粤文人对于瘴气的恐惧有所下降。这一变化,当与宋代以来南方地区进一步开发以及人们开始致力于从医学角度解释瘴气与瘴病有关。苏轼贬惠州,其友人参寥致信于他,担心他经受不了岭南的瘴气,苏轼回信说:"北方何尝不病,是病皆死得人,何必瘴气?但苦无医药,京师国医手里死汉尤多。参寥闻此一笑,当不复忧我也。"其《书海南风土》亦云:"岭南天气卑热,地气蒸溽,而海南为甚,夏秋之交,物无不腐坏者。人非金石,其何能久。然儋耳颇有老人,年百余岁者,往往而是,八九十者不论也。乃知寿夭无定,习而安之,则冰蚕火鼠,皆可以生。"②尽管宋代岭南依然存在瘴气,但苏轼的恐惧感明显下降了许多,这一态度影响了很多贬谪诗人。南宋时期朱弁《曲洧旧闻》卷五云:"峤南山水极佳而多奇产,说似中州,人辄謇蹙,莫有领其语者,以其有瘴雾,世传十往无一二返也。予大观间见供备库使李(忘其名),自言二十三以三班借职度五岭、历二广,差遣北归,已七十九矣。得监东太乙宫香火,其体力强健,行步如四五十许人。宣和间,其族人云尚无恙,乃信元微之商山赋《思归乐》言赵卿事不诬,而东坡《答参寥报平安书》云:虽居炎瘴,幸无所苦,京师国医手里死汉甚多。此虽宽参寥之语,与元微之至商山所赋,盖为不独炎瘴能死人,其理之常然者,非过论也。"③唐代元稹《思归乐》介绍了一位八十岁的赵姓老人,在交州十余年"肌肤无瘴色,饮食康且宁"。不过,人们似乎并不相信这一事实。即使是元稹本人,诗集中对瘴气的畏惧,也历历可见。苏轼却不同,他不仅懂得瘴气的原理,而且颇知治疗之法,

①　[法]达尼埃尔-亨利·巴柔:《形象》,载孟华主编《比较文学形象学》,北京大学出版社,2001 年,第 157 页。
②　苏轼:《苏轼全集》下,上海古籍出版社,2000 年,第 1967、2233 页。
③　龚明之,朱弁:《中吴纪闻　曲洧旧闻》,上海古籍出版社,2012 年,第 121 页。

其杂著时言医理,后人辑录其说与沈括有关著作成《苏沈良方》,其中解释:"瘴疾皆因脾胃实热所致。"①正因为对瘴气的畏惧有所下降,宋代贬谪文人的岭南书写,不像唐代贬谪文人那样充斥着对生命的恐惧。这一调整,也是一种文化的调整。因为,瘴气虽是一种自然现象,但也是文化现象。有论者指出:"瘴是华夏文明用以区分本域/他域以及我群/他群的二元表述的集合体","所谓瘴气与瘴病不过是中原汉文化对南方尤其是西南地区的地域偏见与族群歧视之反映,换言之,从心理学角度看,瘴气与瘴病是中原汉文化对异域与异族进行心理贬低的集体无意识行为。"②所以,宋代贬谪诗人对瘴气的态度转变,其实是对岭南文化认知的转变。

二是对岭南日常生活的诗意发现和审美化。唐代迁谪诗人面对岭南风物,抱着一种异物和他者的眼光,虽然也有美的发现,但却难以有美的享受。例如,李绅面对中原不常见的红蕉花,写下《红蕉花》:"红蕉花样炎方识,瘴水溪边色最深。叶满丛深殷似火,不唯烧眼更烧心。"同样面对恶劣的气候和自然环境,李绅《逾岭峤止荒陬抵高要》如此描写:"百处溪滩异雨晴,四时雷电迷昏旭。鱼肠雁足望缄封,地远三江岭万重。鱼跃岂通清远峡,雁飞难渡漳江东。云蒸地热无霜霰,桃李冬华匪时变。"③他惊讶于岭南物候与中原的迥异,并通过此种描写来强化内心的极度不安定。相反,宋代贬谪诗人却善于对岭南的独特物候作诗意的描写,以此稀释内心因贬谪带来的焦虑,从而获得美的享受。比如苏轼《四月十一日初食荔支》表达了对荔枝的接受和喜爱:"南村诸杨北村卢,白华青叶冬不枯。垂黄缀紫烟雨里,特与荔子(或作"支")为先驱。海山仙人绛罗襦,红纱中单白玉肤。不须更待妃子笑,风骨自是倾城姝。不知天公有意无,遣此尤物生海隅。云山得伴松桧老,霜雪自困楂梨粗。先生洗盏酌桂醑,冰盘荐此颗虬珠。似闻江鳐斫玉柱,更洗河豚烹腹腴。我生涉世本为口,一官久已轻莼鲈。人间何者非梦幻,南来万里真良图。"《连雨江涨》其一写他淡然面对大雨:"越井冈头云出山,牂牁江上水如天。床床避漏幽人屋,浦浦移家蜑子船。龙卷鱼虾并雨落,人随鸡犬上墙眠。只应楼下平阶水,长记先生过岭年。"李绅对岭南风物和风雨的描绘,处处与生活呈现一种阻隔状态;而苏轼却从岭南风物和风雨中寻找到了生活的快乐与自足。前者的描写让人恐惧,让人忧愁,感到无处可逃,其实是诗人面对政治风雨而惊恐万状的心理投射;后者面对风雨却胜

---

① 沈括、苏轼撰,宋珍民、李恩军校:《苏沈内翰良方》,中医古籍出版社,2009 年,第 90 页。
② 张文:《地域偏见和族群歧视:中国古代瘴气与瘴病的文化学解读》,《民族研究》,2005 年第 3 期。
③ 林兆祥:《唐宋咏粤诗选注》,南方日报出版社,2013 年,第 76—78 页。

似闲庭信步,风雨不动安如山,是诗人内心调适后的结果。

这种差异,不仅仅是个体的差异,而是一种时代的、哲学的、审美的差异。苏轼的好友王巩(字定国)因为受到"乌台诗案"牵连,被贬谪到地处岭南荒僻之地的宾州。元丰六年(1083)王巩北归,出柔奴(别名寓娘)为苏轼劝酒。苏轼问及广南风土,柔奴答以"此心安处,便是吾乡"。苏轼听后,大受感动,作《定风波》以赞:"常羡人间琢玉郎,天应乞与点酥娘。自作清歌传皓齿,风起,雪飞炎海变清凉。万里归来年愈少,微笑,笑时犹带岭梅香。试问岭南应不好,却道,此心安处是吾乡。"①苏轼此前对岭南"应不好"的印象,当来自唐代贬谪诗人的岭南书写,却被柔奴这位普通歌妓一句妙语化解了,是因为这句话于苏轼之心有戚戚焉。《曲洧旧闻》卷五记载了东坡被贬海南时的心理调适过程:

> 东坡在儋耳,因试笔,尝自书云:吾始至南海,环视天水无际,凄然伤之,曰:"何时得出此岛耶?"已而思之,天地在积水中,九州在大瀛海中,中国在少海中,有生孰不在岛者。覆盆水于地,芥浮于水,蚁附于芥,茫然不知所济。少焉,水涸。蚁即径去,见其类,出涕曰:"几不复与子相见。"岂知俯仰之间,有方轨八达之路乎!念此可以一笑。戊寅九月十二日,与客饮薄酒,小醉,信笔书此纸。②

正如柔奴所言,岭南风土的好坏,其实在于诗人自己的内心是否安定。"此心安处是吾乡"的态度,可以帮助诗人放下内心的失意隐痛,帮助他缓解主体与环境的冲突,从而得以从容地面对迥异于故乡的岭南山水风物,甚至从平常景物和日常生活中寻找诗意。"我今身世两相违,西流白日东流水"(《寓居合江楼》),"行遍天涯意未阑,将心到处遣人安"(《赠惠山僧惠表》)③。东坡笔下,岭南风物不再是格格不入的"他者",而是可以对话交流的朋友;可以实现"诗意栖居"的天地,以至于"不辞长作岭南人"。苏轼的贬谪诗大大缩短了诗人与岭南山水的心理距离,赋予了岭南以"家园"的心灵意义,岭南山水的面目不再狰狞恐怖、触目惊心,作为蛮夷之地的岭南竟然有了日常生活的情味和"家园"般的意义,开始告别唐代贬谪诗人对岭南他者化书写。

---

① 苏轼:《苏轼全集》,第482—483、603页。
② 龚明之、朱弁:《中吴纪闻　曲洧旧闻》,上海古籍出版社,2012年,第127页。
③ 苏轼:《苏轼全集》,第221、471页。

　　唐宋贬谪诗人对于岭南文化的感受差异如此显著,其实取决于时代哲学的差异和岭南文化的发展进程。积极进取的唐代贬谪诗人受到儒家哲学引导,多数带有被命运抛弃的"囚徒"意识,他们在岭南这一他者中寻找的往往是与自身相似的东西,以获得心理和情感的共鸣,也就不免将岭南异文化纳入中原主流文化的意识形态而忽略岭南异文化的真正特色。如沈佺期《三日独坐驩州思忆旧游》:"两京多节物,三日最遨游。丽日风徐卷,香尘雨暂收。红桃初下地,绿柳半垂沟。童子成春服,宫人罢射鞲。禊堂通汉苑,解席绕秦楼。束皙言谈妙,张华史汉遒。无亭不驻马,何浦不横舟。舞篁千门度,帷屏百道流。金丸向鸟落,芳饵接鱼投。濯秽怜清浅,迎祥乐献酬。灵刍陈欲弃,神药曝应休。谁念招魂节,翻为御魅囚。朋从天外尽,心赏日南求。铜柱威丹徼,朱崖镇火陬。炎蒸连晓夕,瘴疠满冬秋。西水何时贷,南方讵可留。无人对炉酒,宁缓去乡忧。"①诗人建构了一个两京(长安和洛阳)与贬谪之地的对比意象群,前者是文人入京应试成功、仕途游宦的得意之地,后者则是遭遇贬谪黜落的失意之所,这是一种典型的他者书写模式。"由北宋而南宋,在靖康之乱之后,岭南便沿着经济之开发与文化之发展两条道路大踏步前进,而南渡文人在岭南的积极心态便是岭南在前进中留下的第一块烙印。"②宋代贬谪诗人,面对同样的异文化环境,受到儒道融合的文化哲学的影响,采取了一种"此心安处是吾乡"的态度,他们甚至将自己的理想寄托于异文化,将异文化构建为自己的乌托邦。李纲《江行即事八首》其八云:"一重一掩翠参差,路入桃源客意迷。江雾晓分山远近,浦鸥闲送棹东西。颇欣岭表佳泉石,闻道江南多鼓鼙。稚子候门应念我,提携来共此幽栖。"③在李纲笔下,安定的岭南与战乱的江南相比,竟然有了"桃花源"般的美好。从异化书写到乌托邦构成一道道光谱,显示着中原文化主流学者对岭南文化的理解和吸收的不同层面。一方面,宋代以来岭南的开发程度确实有所提高,另一方面宋代文人以其豁达超脱的心态超越了岭南的蛮烟瘴水,因此他们笔下的山水风物一改唐代入粤诗人的悲剧情调,仕途的失意在岭南浓郁的释道氛围中消解,油然而生一种淡泊超旷之感。有论者指出,唐代岭南游宦诗多瘴疠与客囚意象,呈悲切绝望之恐惧感,宋代岭南游宦诗,多仙释与先贤意象,呈淡泊素朴之超旷感④,这是十分有见地的。

---

① 陶敏、易淑琼:《沈佺期宋之问集校注》,中华书局,2001 年,第 99 页。
② 钱建状:《南渡前后贬居岭南文人的不同心态与环境变化》,《浙江大学学报》(人文社会科学版),2004 年第 5 期。
③ 李纲:《李纲全集》,岳麓书社,2004 年,第 337 页。
④ 罗媛元:《唐以来游宦诗人岭南书写的情感演变及因由》,《广西社会科学》,2009 年第 9 期。

　　唐、宋贬谪诗人的岭南书写,对岭南文化的发展具有重要的意义。首先,他们的岭南书写,是对岭南山水的一次再发现。如果说岭南地理《异物志》使岭南地理世界为世人所认识;那么唐宋贬谪诗人则是从岭南自然世界获得审美情感和审美体验,丰富和发展了岭南的文化形象与内涵。清代诗人江逢辰《白鹤峰和诚斋韵》曰:"一自坡公谪南海,天下不敢小惠州。"①金武祥在《粟香随笔》卷六指出:"查初白先生诗云'词人例作岭南游',马秋药太常《送伊墨卿太守之官惠州》诗有云'岭南不到岂诗人',可为游粤者助兴。韩苏游迹,已开其先也。"②没有经过诗人描写和吟咏的岭南,完全是各种自然要素相互作用的结果,是原生态的。而经过了诗人、特别是著名诗人游历、吟咏题写的岭南山水,则开始有了文化意味,成为糅合了文化心理积淀的文化、文学景观。韩愈虽然在潮州不足八月,但潮州城外鳄溪被改名韩江、笔架山改称韩山、植下的橡树谓曰韩树;苏轼在惠州也只有两年多,惠州丰湖遂改名西湖。以韩愈、苏轼为代表的贬谪诗人,尽管也反复提及岭南的蛮烟瘴雨,但在客观上提升了岭南山水的人文意蕴。其次,唐宋贬谪文人对岭南的描写,让远距离的社会事件和社会关系与地方性场景交织在一起,从而将岭南文化纳入了中原文化的整体框架中。汉唐时期的岭南地理志的异物书写,往往将岭南置于一个孤立的时空加以介绍,造成了岭南孤立的异文化形象。而唐宋贬谪诗人却将自身的贬谪命运与岭南的山水风物以各种不同形式结合起来,并以之与中原和江南作对照描写,这就使得他们书写的岭南与中原有了确定的连接,从而把岭南纳入了与中原文化的比较范畴,从而使其地域属性鲜明起来。不过,毋庸讳言的是,唐宋文人的岭南诗,虽以岭南为对象,但又从审美精神上依赖中原,没有最终确立起岭南独立的审美品格。岭南文化认同这一历史使命尚有待于岭南本土诗人来完成。

第五节　唐宋岭南文人的乡邦书写

　　唐宋以来,由于流人的大规模涌入,岭南得到进一步开发,文化也逐渐发展起来。唐代中后期流人对岭南开发产生影响的主要是中下级官吏,但也不乏文学名士。宋代,特别是南渡后大量北方文人迁居岭南,促进了当地的文化教育。这些迁谪岭南的文人,多致力于提高当地居民的文化水平。

①　惠州市惠城区地方志编纂委员会编:《惠州志·艺文卷》,中华书局,2004年,第119页。
②　金武祥撰,谢永芳校点:《粟香随笔》卷六,凤凰出版社,2017年,第146页。

李光在《儋耳庙碑》中说:"近年风俗稍变,盖中原士人谪居者相踵,故家知教子,士风浸盛。应举终场者凡三百人,比往年几十倍。三郡并试时,得人最多。"①王象之也说:"渡江以来,北客避地留家众。俗化一变,今衣冠礼度并同中州。"②

与岭南经济文化地位不断上升的趋势一致,岭南本土文人数量不断增加,但是唐宋两代岭南文人中著名者不多。唐代著名的岭南诗人,仅有盛唐的张九龄、晚唐的邵谒和陈陶,北宋时较著名的岭南诗人有余靖,南宋则有崔与之、李昴英。张九龄(678—740)生于岭南韶州曲江,30 岁以后长期游宦,其间三度南还,或辞官养亲,或奉使祭海,或任职岭南。其诗集中约 50 首题咏岭南的诗篇,便主要作于三次南还期间③。张氏的岭南诗与同时代的贬谪诗最大的不同,是其对岭南的乡邦意识。与贬谪诗人视岭南为蛮荒之地、瘴疠之乡不同,张九龄的岭南诗对岭南风物有着一种诗意的审美呈现和由衷的赞美。如其前期《溱阳峡》《初发曲江溪中》明显流露出对家乡山水风物的赞美与留恋以及对于岭南山水偏处蛮荒而不为世人所赏的惋惜之情。如《溱阳峡》云:"行舟傍越岑,窈窕越溪深。水暗先秋冷,山晴当昼阴。重林间五色,对壁耸千寻。惜此生遐远,谁知造化心。"《初发曲江溪中》云:"溪流清且深,松石复阴临。正尔可嘉处,胡为无赏心。我犹不忍别,物亦有缘侵。自匪尝行迈,谁能知此音。"④开元四年(716),张九龄在左拾遗任上,因"封章直言,不协时宰",遂在秩满之际,以奉养老母为辞,"拂衣告归"⑤。南归期间创作了 20 余首题咏岭南山川风物的诗歌,充满了对岭南山川风物的热爱和自豪。如《与王六履震广州津亭晓望》:"明发临前渚,寒来净远空。水纹天上碧,日气海边红。景物纷为异,人情赖此同。乘桴自有适,非欲破长风。"这首诗充满一种怡然自乐的归隐情趣,全然不见外地人出使岭南的那种悲剧心态。张九龄开元六年还朝之后,屡有升迁,后多次因不同原因返回岭南,期间写下二十余首岭南诗,如《自湘水南行》《与弟游家园》《初发道中寄远》《赴使泷峡》《使还都湘东作》《自豫章南还江上作》《使至广州》《西江夜行》《送广州周判官》《巡按自漓水南行》《酬周判官巡至始兴会改秘书少监见贻之作兼呈耿广州》等。这些诗或表达对故乡的留念,或描写

---

① 李光:《庄简集》卷一六,《景印文渊阁四库全书》第 1128 册,台湾商务印书馆,1986 年,第 611 页。

② 王象之:《舆地纪胜》卷一百四,四川大学出版社,2005 年,第 3507 页。

③ 可参路成文:《张九龄岭南诗中的乡邦意识》,《广东海洋大学学报》,2012 年第 2 期。

④ 张九龄:《曲江集》,广东人民出版社,1986 年,第 3、14 页。

⑤ 徐浩:《唐尚书右丞相中书令张公神道碑》,《全唐文》卷四四〇,中华书局,1983 年,第 4490 页。

故乡的美景，如《使至广州》云："昔年尝不调，兹地亦遭回。本谓双凫少，何知驷马来。人非汉使橐，郡是越王台。去去虽殊事，山川长在哉。"自述多次流连于广州，此次再至，虽事由不同，而山川依旧，言语之中透露出对于广州的熟悉和亲切。《送广州周判官》云："海郡雄蛮落，津亭壮越台。城隅百雉映，水曲万家开。里树桃榔出，时禽翡翠来。观风犹未尽，早晚使车回。"写广州形势之壮观，风物之美好，透露出对于广州的亲切、自豪与留恋。《赴使泷峡》诗云："溪路日幽深，寒空入两欹。霜清百丈水，风落万重林。夕鸟联归翼，秋猿断去心。别离多远思，况乃岁方阴。"此诗作于张九龄开元十四年奉使祭南海毕离家北返之际，因为是辞家赴北，心情略显黯然，时节又恰逢深秋，故笔下的景物显得有些萧瑟凄清，然溪幽霜冷、山峻瀑激，颇能绘出深秋泷峡幽深之景，而"夕鸟"之"归"、"秋猿"之"不去"，恰好反衬出诗人不忍辞家远行的依恋之情。其《夏日奉使南海在道中作》云："缅然万里路，赫曦三伏时。飞走逃深林，流烁恐生疵。行李岂无苦，而我方自怡。肃事诚在公，拜庆遂及私。展力惭浅效，衔恩感深慈。且欲汤火蹈，况无鬼神欺。朝发高山阿，夕济长江湄。秋瘴宁我毒，夏水胡不夷。信知道存者，但问心所之。吕梁有出入，乃觉非虚词。"①这是张九龄岭南诗中唯一一首提及岭南"瘴气"的作品，但其态度是"秋瘴宁我毒，夏水胡不夷"，其虽值酷暑而心态自怡的精神状态，与绝大多数诗人对于岭南蛮烟瘴雨的畏惧心理亦形成鲜明的反差。张九龄的岭南诗，完全不同于唐代大多数因事贬谪岭南的诗人们所创作的岭南诗。在他的笔下，岭南山明水秀，环境优美，风物宜人，这与包括沈佺期、宋之问、韩愈、柳宗元、刘禹锡等众多唐代著名诗人笔下所呈现的岭南蛮荒瘴疠的形象截然不同，带来的情感体验也完全不同。一再被贬的刘禹锡对张九龄建言流放罪臣颇有微词，其《读张曲江集作并引》说："世称张曲江为相，建言放臣不宜与善地，多徙五溪不毛之乡。及今读其文，自内职牧始安，有瘴疠之叹，自退相守荆门，有拘囚之思，托讽禽鸟，寄词草树，郁然有骚人风。嗟夫！身出于遐陬，一失意而不能堪，矧华人士族而必致丑地，然后快意哉。"②刘氏的牢骚之辞，充满着对岭南文人的轻蔑，还带有一些幸灾乐祸的心理，所以无法平心静气地体会张九龄岭南书写的意义。其实，张九龄的岭南书写，在唐代贬谪诗人共同塑造的蛮烟瘴雨和骚怨悲惧之外，描绘了岭南山水秀美宜人的另一面，赋予了其亲切的情感意义，具有重大的文化价值。可惜的是，张九龄身后，岭南并没有出现继承者，邵谒和陈

① 张九龄：《曲江集》，第99、270、267、190、185页。
② 刘禹锡著，瞿蜕园校点：《刘禹锡全集》，上海古籍出版社，1999年，第148页。

陶等人,虽有诗名,但几乎没有岭南书写。张九龄的富有意义的岭南书写,淹没在唐代贬谪诗人所描写的蛮烟瘴雨中。然而无论如何,张九龄作为岭南第一号人物,其出现即足以让岭南人自豪。屈大均云:"东粤诗盛于张曲江公。公为有唐人物第一,诗亦冠绝一时。……丘文庄言:'自公生后,五岭以南,山川烨烨有光气。'信哉!"①

宋代,特别是南宋以来,岭南文人数量增多,他们有关岭南书写也相应多起来。除了与宋代贬谪诗人对岭南山水的再发现相一致,岭南本土文人的地域书写继承了张九龄开创的对岭南的赞美,并致力于对岭南人文传统的构建。这方面最为突出的是李昴英(1200—1257)。首先,李昴英对前代贬谪诗人进行了选择性接受,并将之作为其岭南书写的文化资源,开始了岭南人文传统的构建。李昴英是岭南第一个以自觉继承苏轼为己任的知名岭南文人,其《广州天庆观众妙堂东坡井泉铭》云:"老经云,坡记成。名非古,堂遂轻。两翁像,久晦冥。伟方公,旧贯仍。取彼栏,护此泓。新作盖,环以铭。遗千年,饮清泠。续坡谁,李昴英。"众妙堂在天庆观之西偏,今元妙观,昔道士何德顺所。东坡井,在府城内元妙观西庑,宋苏轼所凿。李昴英不仅重修了众妙观之井泉,而且写下铭文,希望能够永久流传。李昴英不仅关注苏轼谪岭南为民所作的政务,而且重点关注其在谪贬岭南后的山水题咏。他认为苏轼对岭南山水的题咏,使岭南山川摆脱了其他诗人对于岭南的异物书写。如其《游峡山和东坡韵》:"双虹挟泓玉,奥入百转湾。向无长公诗,草木今何颜。此山二百年,偃蹇客往还。长风驾余舟,老人急开关。逢迎欠高僧,喜有识面山。平生癖幽壑,便合茅三间。君命何敢留,归棹随赐还。惭愧和光翁,笑指青童鬟。"②峡山是广东清远北江上一个山川险峻、水流湍急、风景秀丽的景观,也是唐宋贬谪文人进入广州的必经之地,故唐代以来多有题咏,宋之问、沈佺期、张说、韩愈、杨敏中等曾有描写峡山的诗作。不过,他们虽然也曾欣赏峡山的美景,但由于遭贬的偃蹇经历,他们对峡山往往产生惊惧的心理反应,难以产生亲切的认同。如宋之问《早入清远峡》云:"传闻峡山好,旭日棹前沂。……良候斯为美,边愁自有违。谁言望乡国,流涕失芳菲。"③虽然他也承认峡山的自然之美,引发的心理反应和情绪感受却是"违",是愁和泪,可谓山河失色。苏轼《峡山寺》云:"天开清远峡,地转凝碧湾。我行无迟速,摄衣步屡颜。山僧本幽独,乞食况未还。云碓水

---

① 屈大均:《广东新语》卷一二,中华书局,1985 年,第 345—346 页。
② 李昴英撰,杨芷华点校:《文溪存稿》,暨南大学出版社 1994 年,第 195、130 页。
③ 陶敏、易淑琼:《沈佺期宋之问集校注》,第 572 页。

自春,松门风为关。石泉解娱客,琴筑鸣空山。佳人剑翁孙,游戏暂人间。忽忆啸云侣,赋诗留玉环。林空不可见,雾雨霾鬌鬟。"①山还是那座山,水还是那道水,但在苏轼笔下,自然环境和诗人的主体完全没有了对立与紧张,全然不见贬谪之悲,峡山寺就像诗人多年不见的老朋友,他急切地寻访着,即使找不到想要拜访的山僧,也并不失望,因为他认为山水之间的云礁松门、清泉流水,给予了他亲切的心理安抚。李昂英在唐宋以来两百多年之间的峡山书写之间,选择了苏轼之作步韵,关键就在于"向无长公诗,草木今何颜"。其《登峡山疾风甚雨》:"长风吹裂碧云堆,卷取银河泻下来。雨搅犀潭千尺浪,烟遮龙窟一声雷。松翁偃盖岩隈立,猿女穿萝洞里回。旧事兰亭好拈出,婆娑溪曲共流杯。"如果说苏轼峡山诗的文化意义在于使岭南自然山水摆脱了二百年来贬谪诗人的瘴疠书写,那么李昂英峡山诗则赋予其优美的诗意,甚至将之比做千古文人雅集之地——兰亭。其实,李昂英写作此诗时也是因被贬南还,但是诗中却完全没有唐代诗人的那种被抛弃于蛮荒之地的感受,甚至也不必像苏轼那般从山水中去寻找心理的慰藉,岭南本来就是他的家乡,他的被贬不过是回家,因而在他笔下,岭南的山水和人物对他皆是夹道欢迎,他的岭南书写中再也找不到唐宋文人那种泪和愁、惊和惧,而只有喜悦和欢笑。可以说,李昂英的岭南书写,使岭南的山水、草木和人物,告别了唐宋以来诗人对于岭南的异物书写和悲情塑造。其《代李守作柳塘诗序》云:"士处沉郁顿挫之极,不能无酸楚愤激之辞。三闾大夫醉浊一世,长沙太傅溷视余子,岂惟贻娼流污。著此胸次,适自累耳。达人大观,等是非于梦蝶,悟祸福于塞马,行废委之命,公论付天下后世,未始怨天尤人;幽囹重爻围厄,弦歌浩如也,故履患难而安。"②这是他为南贬的李太守诗集所作的序文。他劝解贬谪诗人放下心灵的包袱,以达观态度对待患难,从而寻求内心的安定。这种理路与苏轼是完全一致的。李昂英对岭南的标志性文化景观,如罗浮、蒲涧、景泰寺、灵洲、南华寺、大庾岭、梅关等岭南皆有题咏,并且紧密结合岭南的道教和佛教传统,将自然景象、宗教情怀和人生意趣融合在一起,从而使岭南的自然景观和人文景观真正融合。

更为重要的是,李昂英还开始了对岭南本土人文传统的梳理和自觉构建。前代"异物志"以及贬谪诗人的岭南书写,造成了"岭南钟物不钟人"的印象。明确提出"钟物不钟人"之说的则是柳宗元,其《送诗人廖有方序》指

---

① 苏轼:《苏轼全集》上,第469页。
② 李昂英撰,杨芷华点校:《文溪存稿》,第154、38页。

出："交州多南金、珠玑、玳瑁、象犀,其产皆奇怪,至于草木亦殊异。吾尝怪阳德之炳耀,独发于纷葩瑰丽,而罕钟乎人。"①韩愈在《送廖道士序》中则指出衡山"最远而独为宗,其神必灵",然而"中州清淑之气,于是焉穷"。其水土之所生,神气之所感,不独出"白金、水银、丹砂、石英、钟乳,橘柚之包,竹箭之美",还应有"魁奇忠信材德之民"生其间。然而这样的人"吾又未见"②。既然郴州都出不了文人,那么在郴州之南的岭南就可想而知了。所以,明代广东学者伦以谅《霍文敏公文集序》解读说:"昔韩昌黎《送廖道士》,叹岭南瑰牢奇伟之气,不钟于人而钟于物,一或有之,又出于异端方外之徒。"③"不钟于人而钟于物"之说,极大地打击了岭南人的文化自尊心,对岭南文人来说更不是滋味。李昂英《重修南海志序》云:"惟广素号富饶,年来浸不逮昔,而文风彪然日以张。虽蕉阜桃林之墟,蛎田蟹窟之屿,皆渠渠斋庐,币良师以玉其子弟,弦歌琤相闻。挟艺待试上都者,数甚啬,每连联登名与中州等。惜人士重于篷笈远游,所以发其身,祗乡举一途,故仕进者鲜。"④他认为,与中原地区相比,岭南经济已是素号富饶,文风彪然,尊师重教之风兴盛,可惜的是士子们不愿意远游京都参加科举考试,只能通过乡举出仕,所以科举中举人数不多。其《增城新创贡士库记》则称:"县去行都,里以千计者四,负笈一诣,费比中州数倍。州劝驾馈钱缗百,此天下都国所无。窦儒道敝,犹有失其常产者。南冠仕进,不如北方之多,非艺之不敌,特病于地远,而发身之难耳。"在这里,李昂英将南冠仕进不如北方之多归因于岭南人距离中州太远,士人赴京应考盘缠费用过高,虽有一定的道理,但显然也有为"岭南不钟于人"曲为辩护的意味。这说明随着岭南经济文化的发展,岭南士人的文化的自尊心和文化认同的需要随之增强。其《重修南海志序》说:"志州之土地风气,莫先于表其产之良,以矜式生乎后之士。……若曰山川之区,兵赋之额,鸟兽草木之名而已耳,焉用志。"代表一个地方文化地位的不是山川草木,而是其人物。所以,他对岭南的杰出人物张九龄和崔与之尤为尊重,不遗余力加以表彰。其《增城新创贡士库记》则称:"曲江以文献重,增城以清献重。"文献,指张九龄,为有唐人物第一;清献,即崔与之,则是广人科举第一人。其《崔清献公行状》称赞崔与之:"先,广士有当试成均者,率惮远不行。公毅然勇往。既中选,朝夕肄业,足迹未尝至廛市。礼

---

①　柳宗元:《柳宗元集》卷二五,中华书局,1979 年,第 661 页。

②　屈守元、常思春主编:《韩愈全集校注》,第 1663 页。

③　屈大均:《广东文选》卷八,《北京图书馆古籍珍本丛刊》第 117 册,书目文献出版社,1998 年,第 209 页。

④　李昂英撰,杨芷华点校:《文溪存稿》,第 33—34 页。

部奏名廷策,极言宫闱,皆人所难言,擢乙科。广人由胄监取第者,自公始。"
《重修南海志序》进一步指出:"唐贤相起炎方者三,曰韶之张,曰日南之姜,
最后得刘瞻于湟。是时闽聚犹未有此,然皆奇拔于支郡莞府。以广名甚大,
山伟海钜,秀灵鸠凝,又迟三四百载,菊坡翁始名在白麻、卧龙、蒲涧之阿,勤
天使走半万里莫能致,古未有命之相不屑者。高风全节,可兴百世。"李昴英
认为,张九龄等岭南籍丞相是岭南文化的代表性人物,他们的出现,足以说
明岭南不仅钟于物也钟于人。其《同刘朔斋洲蒲涧谒菊坡祠》:"晓随丝罄
饭僧坊,丞相祠堂一瓣香。试问神仙蒲九节,何如名德菊孤芳。高山仰止堪
模楷,百世闻之尚激昂。我辈此来深有意,岂专泉石癖膏肓。"①他拜谒菊坡
祠,并不是因为喜爱这里的泉与石,而是因为崔与之的人格和节操堪为楷
模,足以提振岭南人的文化自信。唐宋岭南本土文人的岭南书写,开始改变
长期以来岭南文化一直处于一种被表述的他者化状态,标志着岭南文化的
自觉。这种文化自觉表现为一种乡邦意识的自我觉醒,表现为对岭南自然
和人文景观的珍视,对本土历史文化的自信。如果说唐宋外来贬谪文人的
岭南书写,是一种异文化的书写,那么这一时期岭南本土文人的岭南书写,
则开始了对岭南文化的自我认同。

　　可惜的是,唐宋两代岭南本土文人的力量还过于单薄,岭南的文学局面
主要还是由流动文人撑起,入粤文人的迁谪文学属于强势的文学。岭南本
土如张九龄、李昴英那样的诗人虽足以领袖一方,但由于只以个体、散点的
形态出现在当时的文坛笔苑中,故而难以在当时实现开宗立派,一时也还难
以扭转迁谪文人形成的书写传统的惯性。但是,岭南本土文人的崛起,有着
润物无声的效果,既缓慢地改变着岭北民众对这一地域的看法与态度,也潜
移默化地培育着岭南本土文学。然而,有元一代,岭南地域文学发展的正常
进程遭到干扰和破坏。从至元十三年元军进入广东以来,到至元十六年崖
山失守、南宋灭亡之时,粤籍知识分子或鼓吹抗元,或举兵勤王,或献粟饷
军,为文天祥等人与元军搏斗及维持二王政权,作出了不少贡献。战争亦给
岭南文学造成了巨大的破坏。一方面,岭南士子在战争中牺牲巨大。除直
接战死者外,幸存者多隐居山林,不肯仕元,不应科举。屈大均《广东新语》
卷九《事语》"琼人无仕元者"条云:"宋末,琼州人谢明、谢富、冉安国、黄之
杰,从安抚赵与珞拒元兵于白沙口,皆被执不屈以死,于是终元之世,郡中无
登进士者。"②元代岭南文人对元朝统治者采取不合作的态度,不愿为官为

---

①　李昴英撰,杨芷华点校:《文溪存稿》,第 18、33—34、113、33、162 页。
②　屈大均:《广东新语》,第 285 页。

宦,以致岭南学术文化不彰,呈仕人衰敝之景况①。另一方面,战争也给文献的保存带来了直接的破坏。即使李昴英这位"弱冠起鼎魁,历仕中外,垂三十载,名在史志,昭昭乎世宪"②的大学者,其文稿经历朝代更替,天灾人祸,若是没有其门人李春叟为之勉收烬余、集资刊刻,也就没有《文溪存稿》留世了。不仅前人文献散佚严重,元代岭南文士的著述绝大多数已散佚,仅陈大震《南海志》尚有部分残卷,两种文集亦为宋遗民之作。幸运的是,元代岭南士人虽多隐居乡间,传授学术则不遗余力。例如,陈大震被从学者称为蘧觉先生;翟龛建楼贮书,以延文学,名聚秀书院,学者称之蘧庵先生;梁百揆,学者称为端懿先生;罗铸夫,隐居教授终其身。上述诸人的努力,使岭南学术虽不显赫,但传授不辍,故岭南文学得以一息尚存。

汪辟疆指出:"五岭以南,旧为瘴雨蛮烟之地。宋元以后,文物日进,明清之间,外商麇集,货品山积,繁庶侈丽,又逾江左。士生其间,发为文章,有奇丽之观,具坚卓之质,盖山川习俗使然也。张九龄诗云:'海郡雄蛮落,津亭壮越台。城隅百雉映,水曲万家开。里树桃榔出,时禽翡翠来。观风犹未尽,早晚使车回。'韩昌黎诗云:'不觉离家已五年,仍将衰病人泷船。潮阳未到吾能说,海气昏昏水拍天。'苏东坡诗云:'罗浮山下四时春,卢橘杨梅次第新。日啖荔支三百颗,不妨长作岭南人。'是岭南擅山海之名区,蕴风物之奇丽,即就前人所咏,当可想象得之矣。岭南诗派,肇自曲江;昌黎、东坡,以流人习处是邦,流风余韵,久播岭表。宋元而后,沾溉靡穷。"③明以前,岭南文化和岭南本土文学虽有所发展,地域认同意识日益增强,但是岭南文人的还没有形成集体的文化自觉,没有形成一个地域文人集群,没有形成特色鲜明的地域书写,也没有形成稳定的代际传承体系,因此岭南诗派的形成还有待来者。这来者,就是明初岭南诗派的开派者——南园五先生。

① 陈表义:《元代岭南文化为何衰敝?——读屈大均〈广东新语〉》,《广西大学学报》,1998 年第 3 期。

② 郑洛书:《文溪李公文集序》,《文溪存稿》,第 5 页。

③ 汪辟疆:《近代诗派与地域》,《汪辟疆文集》,上海古籍出版社,1988 年,第 314 页。

第二章　南园五先生与南园结社考

有关南园五先生的生卒年和南园结社的时间,史志所载或者矛盾之处颇多,或者语焉不详,导致我们无法给南园五先生的诗歌活动一个准确的时间定位。例如,南园五先生和南园诗社的活动时期,究竟是元末明初,还是只是从明初开始的一段时间? 参与南园结社的是"南园五先生",还是"广州四先生"? 学界目前尚存争议。上述基本事实如果搞不清,则南园五先生和岭南诗派的研究难以有一个坚实的事实基础。缘此,本章先对南园五先生的生卒年作出考订和补正,再对南园结社的时间与过程、"南园五先生"名号的形成作出梳理。至于南园五先生的具体生平和创作,则留待下章论述。

第一节　"南园五先生"生卒年[①]

(一) 孙蕡生卒年考

孙蕡,字仲衍,号西庵,南海平步人(今佛山市顺德区乐从镇平步社区)。人们一般都从孙蕡之死来推定其生年。但是,关于其孙蕡死因有两种说法,因此造成了分歧。一是黄佐《广州人物传》卷十二《孙蕡传》所载:"(洪武)二十二年以事谪戍辽东。……时都帅梅思祖节镇三韩,素闻蕡名,迎置家塾。是年竟以党祸见杀。人皆劝其以疏自明,蕡不答,歌一诗,长啸以就刑。天下冤之,年五十有六。"[②]《中国历史人物生卒年表》据此定孙氏生卒年为1334—1389[③],《中国文学大辞典》也采信了这一说法[④]。此说中有明显史实

---

① 此节曾以《元末明初南园五先生生卒年考补证》为题,发表于《古籍整理研究学刊》(2010年第5期)。本节根据笔者新见史料,修订了王佐、黄哲的卒年。

② 黄佐:《广州人物传》卷一二,《四库全书存目丛书》本,第513页。

③ 吴海林、李延沛合编:《中国历史人物生卒年表》,黑龙江人民出版社,1981年,第253页。

④ 钱仲联主编:《中国文学大辞典》(修订本),上海辞书出版社,2000年,第883页。

错误，即梅思祖在洪武十五年已死，"子义，辽东都指挥使。二十三年(1390)追坐思祖胡惟庸党，灭其家"①。第二种说法，认为孙蕡于洪武二十六年(1393)死于大将军蓝玉"谋反"一案。焦竑《玉堂丛语》卷七记载："(孙蕡)为蓝玉题画坐诛。临刑，口占曰：'鼍鼓三声急，西山日又斜。黄泉无客舍，今夜宿谁家？'死后，太祖闻知此诗，曰：'有如此好诗，不覆奏，何也？'并诛监斩者。"②不过，焦竑《国朝献征录》卷一百十五《孙仲衍传》中，有关孙蕡之死的一段文字与黄佐所述全同。如此一来，焦竑一人对于孙蕡之死就有两种说法了。

孙蕡"为蓝玉题画坐诛"说，后来被《明史》孙蕡本传所采用："大治蓝玉党，蕡尝为玉题画，遂论死。"③蓝玉党祸的时间为洪武二十六年(1393)，官大梁《孙蕡的卒年》据此考订孙蕡生卒年为1337—1393④。何冠彪《孙蕡生卒年考辨》，详细梳理比较了有关孙蕡生卒年的各种说法后，虽然否定了孙蕡死于蓝玉党祸，但最后支持的还是1337—1393的说法⑤。孙蕡卒于1393年的说法出自《明史》，所以为众多文史工具书和文史论者沿用⑥。显然，由于历史对于孙蕡死因和卒年的记载并不一致，根据卒年来推断生年，同样也会造成分歧。

其实，孙蕡的生年完全不必从其卒年来倒推，而可以根据其诗作来直接推定。四库本《西庵集》卷五《乙卯除夕》诗："四十今已过二年，明日又复岁华迁。头颅种种见白发，生计落落仍青毡。梅花乱开客愁里，云物长迷乡国边。且可吟诗酌春酒，烂漫取醉东风前。"⑦洪武乙卯年为1375年，由此上推42年，可知孙蕡生于元顺帝元统二年(1334)。明弘治十六年的金兰馆本《西庵集》卷九录有四库本没有收录的《除夕舟次英德》，诗云："西清去岁侍群仙，坐候晨钟拱御筵。沧海头颅今四十，彤庭礼乐旧三千。盛寒颇似庚申夜，漂泊还逢癸丑年。明日扁舟江上路，梅花开遍野云边。"⑧洪武癸丑年是1373年，上推40年也是1334年。二诗的说法完全吻合，由此可证，孙蕡生于1334年无疑。

---

① 张廷玉等：《明史》卷一三一，中华书局，1974年，第3848页。

② 焦竑：《玉堂丛语》，中华书局，1981年，第258—259页。

③ 张廷玉等：《明史》卷二八五，第7332页。

④ 官大梁：《孙蕡的卒年》，《学术研究》，1982年第3期。

⑤ 何冠彪：《孙蕡生卒年考辨》，载《中华文史论丛》第四十六辑，上海古籍出版社，1990年，第185—194页。

⑥ 岭南文化百科全书编纂委员会：《岭南文化百科全书》，中国大百科全书出版社，2006年，第238页。陈永正主编：《岭南文学史》，广东教育出版社，1993年，第153页。

⑦ 孙蕡：《西庵集》卷五，《景印文渊阁四库全书》本，第528页。

⑧ 孙蕡：《西庵集》卷九，《北京图书馆古籍珍本丛刊》本，第70页。

　　至于其卒年,笔者基本赞同汪廷奎《孙蕡之死考辨》的说法。汪文指出:
"黄佐所云洪武二十二年因胡惟庸案诛梅思祖于辽东,孙蕡亦被株连而死,
乃是间接根据赵㧙《孙蕡传》写成,而赵㧙又是直接或间接闻自于黎贞,故此
说原则上是不会错的。至于把梅义误成梅思祖,把洪武二十三年误为二十
二年则可能是赵㧙所得传闻有误或记忆有误所致。故不能因有此二误便断
言孙蕡死于胡惟庸案之再度追查为不真。"①洪武二十三年重兴胡惟庸案,
李善长、陆亨等人被杀。洪武二十二年,孙蕡因罪流放辽东,为辽东都指挥
使梅义(梅思祖之子)所重。洪武二十三年,梅义因其父追坐胡惟庸案而灭
家,孙蕡也因梅义牵连而被杀。孙蕡与梅义交往甚密,有《渡海呈同游》为
证:"同来文章诸钜公,昔时作宦今从戎。不论西蜀与东广,共渡北海期南
风。将军锦带佩双虎,左校宝刀藏一龙。明年奏凯答神贶,羽书归奏蓬莱
宫。"②孙蕡弟子黎贞有《观猎西苑呈西庵孙先生》和《从西庵孙先生出使高
丽》,记录孙蕡随梅义出猎及出使高丽之事;又有《哭西庵孙先生前翰林典籍
吏科孙给事》,追悼孙蕡被杀:"岭南佳气属英髦,霁月光风品格高。籍籍才
名台阁器,斑斑文彩凤凰毛。青年登第心何壮,白首从戎气尚豪。垂老天涯
零落尽,空余遗恨满江皋。"③此诗证明孙蕡确实是死在辽东,其卒年当在洪
武二十三年。按照古人以虚岁计算年龄的习惯,其享年当为五十七岁。至
于《玉堂丛语》所载,汪先生指出:"约因抄蓝玉家确曾发现孙为蓝所题一
画,再加其他传闻,故而有《明兴杂记》据闻而记的孙蕡死于蓝玉案的那一
则,而此说是不真实的。焦竑虽是史家,在其不同的书中对孙蕡之死之记述
死因及年份皆矛盾,不值得考究。然而《明史》记事及考证向受赞誉,其记述
孙蕡之死何以基本上也是从《明兴杂记》之说呢? 可能是发现黄佐《孙蕡
传》及《国朝献征录》有误,又未能发现赵㧙为何人和未见到黎贞《秫坡集》
(此书少见)中那首诗的缘故。"④汪氏的推测,是合乎逻辑的。因此,我们可
以考定孙蕡的生卒年当为1334—1390,享年57岁。

　　孙蕡的生卒年,对于弄清孙蕡的生平仕履以及南园结社的情况,具有十
分重要的价值。例如,关于南园结社的时间问题,因为孙蕡在《琪林夜宿联
句一百韵》序中是在"年十八、九时"⑤,我们据此就可以推知南园首次结社
是在元至正十一、二年间。这一点可补史志之阙,也可避免许多有关孙氏生

①　汪廷奎:《孙蕡之死考辨》,《广东史志》,1996年第2期。
②　孙蕡:《西庵集》卷六,《景印文渊阁四库全书》本,第538页。
③　黎贞:《重刻秫坡先生文集》,《四库全书存目丛书》本,第439、459页。
④　汪廷奎:《孙蕡之死考辨》,《广东史志》,1996年第2期。
⑤　孙蕡:《西庵集》卷七,《北京图书馆古籍珍本丛刊》本,第52页。

平仕履的考证错误。例如,《孙蕡族谱》将孙蕡生年定在至元四年,由此引发了许多问题。梁廷枏指出:"蕡仕履本末,杂见诸书,以本集证之,牴牾往往互见。……考《家谱》,蕡生至元四年,其十八、九时,为至正十五、六年。《广州府志》何真以至正二十三年复广州,蕡是时即与佐同入幕府,去结社南园不过六年,与《序》云'不见十余年语'不合。"①事实上,是《孙蕡族谱》误将孙蕡生年推后了四年,才造成了上述矛盾。孙蕡的生年是元统二年(1334),南园首次结社是在元至正十一、二年,不是至正十五、六年,此时距孙蕡入何真幕府刚好十年,并不存在不合之处。

（二）王佐生卒年考

王佐,字彦举,祖籍河东,元朝末年其父到南雄做官,经乱不能归,遂占籍南海。《中国文学大辞典》等众多工具书皆不载其生卒年,《岭南文化百科全书》则定为 1337—1375②。王佐与孙蕡同年,故其生年可以依据孙蕡的生年来确定。孙蕡《琪林夜宿联句一百韵》序称:"河东与余为同庚。"正文则云:"乡关虽异县,年齿幸同庚。"③河东指王佐。由此可知,王佐的生年与孙蕡一致,也是在元顺帝元统二年(1334)。

王佐的卒年,一般定为洪武八年(1375),其依据是《广州人物传》所云:"洪武六年,部使者荐于朝。……居官二载,即乞骸骨。上怜其诚,特俞所请。"④《本朝人物考》《列朝诗集》《明史》《粤大记》,记载均与此相同。其实,这段话颇有问题。据《太祖实录》卷一百六:"(洪武九年五月至六月甲午)以儒士王佐为给事中。"⑤可知,王佐正式获授官职的时间是在洪武九年(1376),而不是洪武六年⑥。又,孙蕡门人江门黎贞(字彦晦)《秫坡先生文集》附录《金陵赠别诗送彦晦先生南归》诗(此诗《南园前五先生诗》失收),其中一首作者题作"河东听雨王佐黄门给事";根据此诗序言,黎贞自金陵南归在"大明洪武八年岁次乙卯季冬之朔"⑦。由此推知,最迟在洪武八年冬,王佐因部使者推荐已经到了金陵,这里的"黄门给事"是以注释形式出现,应是文集编订者补记,并不能说明王佐在洪武八年已经担任黄门给事。又,王

---

① 郭汝诚修,冯奉初等纂:《顺德县志》卷二二,第 2056 页。

② 岭南文化百科全书编纂委员会:《岭南文化百科全书》,第 238 页。

③ 孙蕡:《西庵集》卷五,《景印文渊阁四库全书》本,第 567 页。

④ 黄佐:《广州人物传》卷一二,《四库全书存目丛书》本,第 514 页。

⑤ "中研院"史语所:《明太祖实录》卷一百六,国立北平图书馆藏红格本。

⑥ 陈艳《南园五先生生平疑事考》一文(《阅江学刊》2016 年第 3 期),由于没有看到《明太祖实录》卷一百六对王佐出仕时间的确切记载,将王佐出仕时间定在"洪武六年至洪武八年",似不确。

⑦ 黎贞:《重刻秫坡先生文集》,《四库全书存目丛书》本,第 520 页。

佐集中有《应制赐宋承旨马》诗。宋承旨指宋濂,洪武九年六月被授翰林学士承旨。《明史·宋濂传》:"又诏太子赐濂良马,复为制《白马歌》一章,亦命侍臣和焉,其宠待如此。九年,进学士承旨,知制诰,兼赞善如故。"《全明诗》卷五录朱元璋《赐学士宋濂白马歌》,诗末自题:"洪武九年七月初一日巳时。"①《殿阁词林记》卷一八云:"七年五月,命学士承旨罢所兼职,待以优礼。又以大学士宋濂老而艰于行步,特命皇太子选良马以赐,上御制《马歌》,令群臣赓和示宠辉焉。"②这则记载不准确,"七年五月",应为"九年六月"。又,朱元璋两次赐宋濂马,除亲自赐白马外,另一次是诏太子赐黄马。《全明诗》卷五录朱元璋《赐学士宋濂重赋黄马歌》。《潜溪录》卷二郑楷《翰林学士承旨、嘉议大夫知制诰、兼修国史、兼太子赞善大夫、致仕潜溪先生宋公行状》载:"(上)复以先生艰于行步,特诏皇太子选良马以赐,上亲作《马歌》,复诏群臣咸作之以宠耀焉。"《潜溪录》卷五收录华克勤、虞泰、孙杰、王佐等人作《应制赋赐宋承旨黄马歌》③,为第二次赐马所作,时间略在第一次之后。王佐诗中有"臣骑黄马当赤心"之句。由此可见,洪武九年七月王佐尚在南京任黄门给事中。

王佐辞官之事,当发生在洪武十一年(1378)。《明书》卷一四五载:"(佐)性不乐枢要,尝曰:'夙朝何如宴起,章服何如襄衣。'即欲告归。或曰:'少忍之,不虞性命付一掷耶。'迟徊二载,乞骸。上怜其诚,允之。陛辞,赐钞五十千,为道路费。时天威严重,臣僚自陈者多被遣斥,或有不测。佐以恭慎得归,故当时以为难。"④王佐南还时,孙蕡作《送王给事南还》一诗以赠之:"良时幸一遭,嘉运难再逢。流序若飞电,倏忽岁云终。羡子瑚琏器,林麓隐高踪。适此征俊彦,奋起惠家邦。观光充上宾,恩礼赫以隆。金门拜给事,百辟肃敬恭。回翔忽敛翼,言归沧海东。昔若云中凤,今若南飞鸿。出处各有道,显晦讵能同。微君惭苟禄,仰首慕清风。文成德亦著,节立道斯崇。愿言秉夙志,永保贞素躬。"从孙蕡诗作所云"岁云终"来看,王佐归乡的时间大约是在洪武十一年冬。王佐归乡后,南京的孙蕡作《寄王给事佐》:"休沐展幽眺,步出钟阜阿。卉木春气益,淮水扬素波。泛泛波上鸥,游泳鲜羽仪。端坐愧此鸟,长游成蹉跎。安得理归檝,翩然解佩珂。扬舻过关右,鼓枻入江沱。友于事宴集,物候方阳和。酌酒南园上,与君同笑歌。"⑤从

① 全明诗编辑委员会:《全明诗》第一册,上海古籍出版社,1990 年,第 52 页。
② 廖道南:《殿阁词林记》,《丛书集成续编》本,新文丰出版公司,1988 年,第 254 册,第 281 页。
③ 罗月霞主编:《宋濂全集》,浙江古籍出版社,1999 年,第 2356、2290、2350、2608—2609 页。
④ 傅维鳞:《明书》,中华书局,1985 年,第 2886 页。
⑤ 孙蕡:《西庵集》卷三,《景印文渊阁四库全书》本,第 495 页。

诗意看,这首诗写于洪武十一年春,表达了他希望回乡重开南园诗社的愿望。王佐回赠《酬孙典籍仲衍见寄》云:"江海只今来远信,云霄无复望飞翰。惟应剩酿陶尊酒,迟尔归来共岁寒。"①惋惜二人难以再聚,约定孙蕡年底归乡。洪武十一年秋,孙蕡放还归乡,重游南园故地,作《南园歌赠王给事彦举》,回忆当年结社往事,相期重开南园诗社。黄哲也分别作《王彦举听雨轩》和《喜故人孙仲衍归》欢迎南归的王佐和孙蕡。但是,王佐不久即病逝。据此可知,王佐卒年应在十二年(1379)间,享年约46岁②。

(三)黄哲生卒年考

黄哲,字庸之,番禺人。其生年难以确考。黄哲《王彦举听雨轩》诗云:"辋川给事才且奇,自我相亲童冠时。"③孙蕡《琪林夜宿联句一百韵》序言云:"因思年十八、九时,承先人遗泽,得弛负担,过从贵游之列。一时闻人,相与友善,若洛阳李长史仲修、郁林黄别驾楚金、东平黄通守庸之、武夷王征士希贡、维扬黄长史希文、古冈蔡广文养晦、番禺赵进士安中及其弟通判澄、征士讷、北平蒲架阁子文、三山黄进士原善,皆斯文表表者也。共结诗社南园之曲,豪吟剧饮,更唱迭和。"④《广州人物传》本传称黄哲"世为荔湾著姓",又说他"弱冠而孤",则他参与孙蕡、王佐南园诗社时,当在弱冠之前,时年也大约是十八九岁。据此推测,黄哲生年当与孙蕡、王佐接近,在元顺帝元统二年(1334)前后。

至于黄哲卒年,各种文史工具书都据《广州人物传》卷一二"乙卯(洪武八年)四月,朝廷取回山东,治在郡诖误,竟置于法"⑤的记载,定于洪武八年(1375),这是不准确的。大明洪武八年岁次乙卯季冬之朔,黎贞自金陵南归,黄哲也有《金陵赠别诗送彦晦先生南归》⑥(此诗《南园前五先生诗》失收)相送。由此可见,洪武八年冬,黄哲尚在南京。黄哲在南京逗留的时间并不短。洪武九年十一月,孙蕡自四川回到南京,与黄哲相会。孙蕡有《巫

---

① 孙蕡:《西庵集》卷一,《景印文渊阁四库全书》本,第478、477页。
② 陈艳《南园五先生生平疑事考》一文(《阅江学刊》2016年第3期)认为王佐辞官时间"至迟在洪武十三年",显然没有看到洪武十一年孙蕡送归王佐的事实。此外,此文将《琪林夜宿联句一百韵》写作时间定在洪武十三年孙蕡辞归,似与事实不符。事实上,孙蕡出仕期间,多次回到广东,其集中多有例证。《琪林夜宿联句一百韵》序云:"岁六月,余还自钟山,与王河东佐寻真郡城琪林,因寓宿其东偏之得闲亭。"序文没有说是"辞官",对王佐仅称"河东",而对黄哲等人称官衔,则说明王佐此时还没有出仕,此诗当写于洪武六年孙蕡从南京回到广州之时。
③ 梁守中点校:《南园前五先生诗》,中山大学出版社,1990年,第139页。
④ 孙蕡:《西庵集》卷五,《景印文渊阁四库全书》本,第566—567页。
⑤ 黄佐:《广州人物传》卷一二,《四库全书存目丛书》本,第515页。
⑥ 黎贞:《重刻秫坡先生文集》,《四库全书存目丛书》本,第521页。

峡秋怀》组诗三首,而黄哲有《次韵仲衍〈巫峡秋怀〉》唱和,可以证明这一点。洪武十年春,孙蕡外补为山东平原簿,赴任途经黄哲曾任职县令的东阿县,作《过东阿怀雪篷》悼念:"故人今不见,孤客情谁怜。事业清时困,名声旧邑传。紫髯风猎猎,纱帽月娟娟。傥遂幽园约,琴樽共晚年。"①从此诗诗意来看,黄哲此时尚在人世。洪武十一年,王佐、孙蕡相继南归,黄哲还分别作《王彦举听雨轩》和《喜故人孙仲衍归》《喜孙仲衍归自京师》。其中《喜故人孙仲衍归》有"十年东去入皇都,词赋争夸楚大夫。疏散又辞金马籍,佯狂须觅步兵厨"句②,说明此诗写于洪武十一年秋孙蕡辞官归乡之后。由此可以推定,黄哲被杀约在洪武十一年底到洪武十二年(1379)。

又按,《南园前五先生》收录黄哲《青宫哀辞》诗,题下自注"懿文皇太子也"。此诗似为误收。据《明史·兴宗孝康皇帝列传》可知,懿文皇太子朱标薨于洪武二十五年,而黄哲最迟于洪武十二年已离世,不可能写作此诗,历代校刻者可能是因为黄哲曾拜翰林待制,并入禁阁侍太子读书的经历而误收此诗。

(四)李德生卒年考

李德,字仲修,番禺人。《中国文学大辞典》等众多工具书皆不载其生卒年。从其参与元至正十二、三年间南园结社以及洪武三年出仕的经历来看,李德生年当与孙蕡等人接近。

洪武三年,李德以明《尚书》荐至京师,明太祖亲策问,授洛阳长史。洪武十三年,李自陈不能吏,转任汉阳教谕。其《春兴六首》其四云"十年趋走金陵道,到老低垂汉水滨"可证。李德任汉阳教谕六年秩满,于洪武十九年改任广西义宁县教谕,故其《春兴六首》其六云:"江汉漂零今六载,故园迢递尚三千。"③洪武二十三年(1390),李德在义宁秩满,当道方荐达之,德以倦游南归,后卒于乡,其具体卒年不详。

(五)赵介生卒年补正

学界对于赵介的生卒年没有争议,皆定为1344—1389。但由于他始终隐居不仕,且流传作品极少,故正史和方志有关其生平记载多语焉不详。近来读到黎贞《临清先生行状》,是一篇资料来源非常可靠的传记,可补史志之缺,现全文移录于此:

---

① 孙蕡:《西庵集》卷五,《景印文渊阁四库全书》本,第523页。
② 梁守中点校:《南园前五先生诗》,第151页。
③ 梁守中点校:《南园前五先生诗》,第115页。

先生讳介，字伯贞，宋秦悼惠王廷美十九世孙也。考讳可，仕元，历朝列大夫，临江路治中。妣黎氏，以至元甲申十一月十七日生先生。自幼知孝敬，日嘻嘻亲侧，与阛阓群儿异。八岁入社学，知读书，日记数百言，觉进进不已。十三、四，善作诗，与五羊群彦相颉颃。弱冠从黄士文游，授《诗》《书》《易》三经，至子史百家，靡不撷其芳而咀其腴。迨长，宽厚寡言，喜怒不形于色，与黄庸之、孙仲衍、李夷白、黄楚金、王彦举、赵汪中、明中、李仲秀（疑为仲修，即李德）诸公，结南园诗社，极一时之英杰也。后值元季绎骚，时治中府君自江右回，而藩宪大臣檄为招安官，俾招谕各垒，而先生主理家事。时大父本泉府君犹康健，先生侍奉，克尽孝道。至正癸卯春，三山寇酋屠城酷甚，适治中府君将命龙潭慰抚，为贼所留，本泉府君以疾卒。于时贼寇甚急，先生遂棺殓太公丧毕，即匿而避之，仅可得免，而治中亦无恙。既而母黎氏亦卒于行间，先生即竭力营殓毕，旋乃挈家潜就龙潭，求治中养焉。而黄士文为贼执，至欲加害焉，先生即往赎之，遂得免。大明洪武元年戊申，大兵南下，岭海平定，始奉治中归广，凡间关跋涉仅七年。明年奉本泉枢葬于景泰陵头山，与安人许氏同穴。五年壬子秋，治中领荐入觐，道卒于临江。先生闻讣，即往迎枢归。六年冬十二月之吉，与妣黎氏安人同葬焉。抚育诸妹，皆配名族。尝谓读书当以明理为先，察理不明则信道不笃，如是则是非交错于前，不知所择，如异端似是而非，蛊人心志，为害大矣。一切屏绝，人或非之，则曰："吾存吾理，吾顺吾性而已矣，奚恤人言。"有司尝以明经举，又以秀才举，皆辞不就。藩宪大臣遂其志，俾终隐焉。先生处世澹薄而无所好，惟嗜于诗，以陶写性情。号临清，有《临清集》，藏于家。晚年构轩为游息之所，植二松于前，又号二松山。轩东辟一室，集诸子诸生，诲其读书作诗，勉其成立，训语具载集内。二十二年己巳秋，里中有异学，愤先生外其道，反以其所恶者诬之，遂有京行。既而得白，南还，舟次南昌，得疾。作遗命戒诸子曰："今世之人，凡居丧礼不以哀戚为本，专尚虚文而惑于异端。吾自幼读书，于知命乐天之道、存心养性之学、鬼神幽明之迹、原始反终之理，无不究心。是以察理颇明，不为惑也。汝曹当继吾志，守此一道，不得效仿世人所为。惟尊信吾儒高明正大之学，惟勤惟俭，克忠克孝，则吾含笑于地下，为有子矣。"书讫而终。是年十一月十七日也，享年四十有六。假子义永扶枢归。先生始娶李氏，先卒，继娶蒙氏，皆番禺诗礼大家。子四人，长洁，李出也；次绚、绎、纯；一女，蒙出也。蒙善抚育诸子，复命诸子学，遣纯入郡庠，领永乐戊子科乡贡。以永乐十年葬先生于景泰乡榄坑山之原。绚以状请于古冈黎贞。贞视先生丈人行也，且知先生之详，故敢撰先生之实行为状焉。①

这篇《行状》的原始资料得之于赵介之子赵绚，而黎贞乃南园五先生中孙蕡的门人，因此可信度很高。它至少有三点史料价值。一是准确记载了赵介的出生年月和生平思想。二是指明赵介之父讳可，能修正《广州人物传》本传所载"父璟，元临江路治中"的记载②。三是明确记载赵介成年后确实参与了南园诗社。据上文所引孙蕡《琪林夜宿联句一百韵》序言可知，南园初次结社是在孙蕡"年十八、九时"，即元至正十二、三年间（1352—1353），而此时赵介才十岁，不可能参与结社，所以孙蕡开列的名单没有提到赵介是正常的。南园诗社至少先后两次，一次是孙蕡提到的元至正十二、三年间，另一次则是《行状》提到的赵介成年之后的元至正二十三年（1363）到二十四年（1364）间，赵介参与了此次结社。

综上所述，南园五先生的生卒年，大致都在 1334—1390 这一时间范围内，他们的文学活跃期则从元至正十二年（1352）南园首次结社到洪武二十三年（1390）孙蕡被杀。南园五先生作为一个年岁相近、情趣相投的文人集群，在元末明初的岭南和全国诗坛存在了约四十年。

第二节　南园结社时间与过程

关于南园前五先生南园结社，有四个基本问题长期没有厘清：一是赵介是否参与南园诗社的问题，由此引出"南园五先生"的说法是否成立的问题；二是南园结社的时间与次数问题；三是南园结社在元末还是明初的问题；四是南园诗社其他参与者及其传播的问题。上述问题中还包含两个附加问题，即"南园五先生"并称的缘起及其在当时的真实影响的问题。

（一）赵介参与了南园诗社

关于赵介是否参与南园诗社以及南园结社的时间问题，迄今为止，汪廷奎先生《孙蕡、王佐等结社南园的时间》一文，作了最详细的梳理和考证，他说：

① 黎贞：《重刻秫坡先生文集》卷七，《四库全书存目丛书》本，第514—515页。
② 梁守中点校时断句为"父璟元，临江路治中"（《南园前五先生诗》，第16页），似误。

照笔者目前所见的资料,应认为:孙蕡、王佐、黄哲、李德四先生与其他一些名士约于元末至正十一至十四年(1351—1354,这是最大时间跨度,只能更短,不可能更长)结南园诗社于广州,因兵火之故而散,散后再未重开南园诗社。赵介始终未曾加入过该诗社,因其在元末最后几年及明初与孙、王、黄、李四先生齐名,故与孙、王等并称为"五先生"。《明史·孙蕡传》谓:"何真据岭南,开府辟士,蕡与王佐、赵介、李德、黄哲并受礼遇,称五先生。"说5人并受何真礼遇,似亦有误。因为据《广州人物传·黄哲传》,黄哲在至正二十四年以前,已"辞家度庾岭,过吴楚,游燕齐间,一时湖海英豪皆与游。"可能何真第一次入广州之前已离岭南。否则,入了何幕就不会很快离开。至于称五先生为"南园五先生"就更不妥当了。元末明初五先生齐名于岭南文坛,且皆在广州,故正确的提法是"广州五先生。"①

最近,笔者发现了一些新材料,认为汪先生关于第一次南园结社时间的说法是正确的,但其他说法则有几处可以商榷。笔者认为:1.赵介参与了南园诗社;2.南园结社至少有两次。

赵介参与过南园结社的材料,最早见于前引黎贞所写《临清先生传状》。这篇传状提到赵介参与南园诗社的时间是在他成年之后。《传状》是黎贞受赵介之次子赵绚的请求写作的,其结尾说:"绚以状请于古冈黎贞。黎贞视先生丈人行也,且知先生之详,故敢撼先生之实行为状焉。"黎贞是南园五先生之一孙蕡的学生,其文集中有与孙蕡、王佐、黄哲、王希文的诗文酬唱之作,他自称了解赵介的事迹很详细。所以黎贞提到赵介参与过南园结社的材料的真实性是无可怀疑的。另外,赵绚还为南园五先生之一王佐编定过《听雨轩集》二卷,并为之作序,序文称幼时曾见过王佐,晚年逐一收拾王佐遗文,编订成集②。他对南园五先生的结社情况,应该是有所耳闻目睹的。

又,陈琏《临清集序》也提及赵介参与过南园诗社:

> 羊城赵先生伯贞,气充才赡,发为诗歌,实肖其人。当元季,吾郡有南园诗社,诸公赋咏,盛于一时。长篇短章,葩华光彩,至今犹晃耀人目。于时先生实与之,更倡迭和,往往度越流辈。……入国朝,诗社诸公,若孙翰林、王给事、郑御使、李长史,相继从仕中外,惟先生韬隐于

---

① 汪廷奎:《孙蕡、王佐等结社南园的时间》,《广东社会科学》,1997 年第 6 期。
② 黄佐:《广东通志》卷四二,第 1060 页。

家，守约处晦，内自足而无所营于外，益得肆力于诗。

这篇序文是应赵介之第三子监察御史赵纯之请而写的，序文结尾说得很清楚："纯与余笃斯文之好，间出先生所著《临清诗》一帙，属余序其后。"①陈琏读了赵介之子所提供的赵介别集，得出了赵介参与南园诗社的结论，其真实性也不容怀疑。赵介参与过南园诗社，还可以从他本人和南园诗社诸人的现存作品中找到证据。赵介作《听雨》诗，有句云："南园多酒伴，有约候新晴。"②饮酒乃是南园诗社的活动内容之一，孙蕡等人所写有关南园结社的诗歌里，多次提到这一点。显然赵介的这些南园酒伴，也是诗友。孙蕡有《临清轩题壁》："思君几日不相见，特向城南问隐居。巢鹤不惊流水静，一炉香炷数编书。"③黄哲有《与伯贞、彧华二友会》："夷白抗浮云，临清延素赏。何因继芳躅，一丘同偃仰。"④"伯贞""临清"是赵介之字、号。夷白，即黎贞《临清先生传状》所提及的李夷白，即李韡。黄哲与赵介、李韡的这次相会，也是一次小型的诗会。

汪先生似乎没有注意到上述文献，故认为赵介的《临清诗选》"看不到南园诗社和孙、王、黄、李任何痕迹"，"今存孙、王、黄、李著作中都不见赵介"，"赵介从来没有参与南园诗社"⑤。以上材料皆表明，赵介的确参与了南园诗社。有论者认为南园结社只有一次，赵介"无任何涉及南园诗社、孙蕡、王佐、黄哲和李德的记载"，进而认为"赵介没有参与元末南园结社一事，也从未成为南园诗社成员"，甚至怀疑"南园五先生"的说法的合理性，认为应称"广州五先生"或者"广州四先生"⑥，似与事实不符。

（二）元末南园结社有二次

那么，赵介是在什么时候参与了南园诗社呢？孙蕡《西庵集》中与南园结社时间最有关系的一段文字是《琪林夜宿联句一百韵》序所言：

因思年十八、九时，承先人遗泽，得弛负担，过从贵游之列。一时闻人，相与友善，若洛阳李长史仲修、郁林黄别驾楚金、东平黄通守庸之、武夷王征士希贡、维扬黄长史希文、古冈蔡广文养晦、番禺赵进士安中

---

① 黄佐：《广东通志》卷四二，第1060页。
② 梁守中点校：《南园前五先生诗》，第20页。
③ 孙蕡：《西庵集》卷七，《景印文渊阁四库全书》本，第545页。
④ 梁守中点校：《南园前五先生诗》，第131页。
⑤ 汪廷奎：《孙蕡、王佐等结社南园的时间》，《广东社会科学》，1997年第6期。
⑥ 汪廷奎：《孙蕡、王佐等结社南园的时间》，《广东社会科学》，1997年第6期。谢敏：《元末明初南园五先生研究》，江西师范大学2003年硕士论文，第13页。

及其弟通判澄、征士讷、北平蒲架阁子文、三山黄进士原善,皆斯文表表者也。共结诗社南园之曲,豪吟剧饮,更唱迭和。①

　　诚如汪廷奎先生所言,"根据这段文字,知孙蕡、王佐同庚,他们结诗社于南园之时,都只十八、九岁。按此推算,始创南园诗社当在元顺帝至正十一年或十二年(1351 或 1352)。"②孙蕡在《联句》序中所列入社名单中,并无赵介。据《临清先生传状》《广州人物传》等材料可知,赵介生年为"至元甲申(1344)十一月十七日"③。也就是说,此次南园结社时,赵介只有十岁,不可能参与结社。孙蕡回忆这次结社,没有提到赵介,不是举例式的遗漏,而是真实情况的反映。所以,清人陈田谓赵介"或入社较晚,故仲衍《琪林联句序》偶不及之耶"④的意见,是大抵正确的。

　　南园第一次结社,在元至正十四年(1354)左右因为战乱而解散。元至正十一年,中原反元大起义揭开序幕以后,广东各种势力蠢蠢欲动。至正十三年,广东宣慰使世杰班殿谋害廉访使百家奴,后又被佥事八撒剌不花执杀。南海三山人邵宗愚、龙潭人卢实善兵起,杀八撒剌不花,自称元帅,广州陷入混乱之中,南园诗社被迫解散。孙蕡、王佐《琪林夜宿联句一百韵》共同回忆了结社及诗社因邵宗愚之乱解散的过程:"宴坐咸嘉会,(蕡)兴言忆旧盟。丰姿初得睹,(佐)怀抱即相倾。友谊芝兰契,(蕡)文声铁石铮。乡关虽异县,(佐)年齿幸同庚。才迈谁能匹,(蕡)情亲我所兄。长游期楚蜀,(佐)任侠拟幽并。雅结南园社,(蕡)狂为北郭行。山风红叱拨,(佐)野日锦繁缨。博带皆时彦,(蕡)高筵即上卿。柳塘晴睡鸭,(佐)杏圃暖啼莺。南内霓裳曲,(蕡)梁川雁柱筝。风流追谢朓,(佐)俊逸到阴铿。刻烛催长句,(蕡)飞筹促巨觥。欢娱随地有,(佐)意气札霄峥。乐事俄成梦,(蕡)忧端忽谩生。秦楼丝管歇,(佐)越峤鼓鼙兴。培嵝封屯蚁,(蕡)沧溟吼怒鲸。孤城寻劫火,(佐)万姓转饥阬。奔走羞徒步,(蕡)艰危学避兵。彭衙愁杜甫,(佐)战国老侯嬴。袖贮生毛刺,(蕡)家余折脚铛。娇婴须橡栗,(佐)邻妪遗蔓菁。旧绣裁新褐,(蕡)寒灯翳短檠。苦心灰一寸,(佐)吟鬓雪千茎。养志悲华黍,(蕡)伤时赋伐樱。草玄供寂寞,(佐)居素保幽贞。世态何多易,(蕡)人情实饱更。驽骀先历块,(佐)嫫母妒倾城。康瓠迷周鼎,(蕡)淫哇乱帝韺。含沙丛毒蜮,(佐)触气捷飞虹。默处忧心悄,(蕡)傍观怒目瞠。"⑤

①　孙蕡:《西庵集》卷五,《景印文渊阁四库全书》本,第566—567页。
②　汪廷奎:《孙蕡、王佐等结社南园的时间》,《广东社会科学》,1997年第6期。
③　黎贞:《重刻秫坡先生文集》卷七,《四库全书存目丛书》本,第514页。
④　陈田:《明诗纪事》甲签卷九,第200页。
⑤　孙蕡:《西庵集》卷五,《景印文渊阁四库全书》本,第567页。

至正十八年(1358),王佐回南雄省亲避乱,其《戊戌客南雄》云:"寂寞江城晚,依依独立时。回风低雁鹜,返照散旌旗。家在无人问,愁来只自知。几回挥涕泪,忍诵《北征》诗。"①写自己因战乱而客居南雄。李德有《送王彦举南雄省亲》。又,《临清先生行状》提到赵介"十、三四岁,善作诗,与五羊群彦相颉颃",但没有提及他参与诗社。按,赵介十三、四岁时,正是元至正十七、八年,此时诗社已经解散。所以,赵介没有参与第一次南园结社是肯定的。有论者虽然认为赵介参与了南园诗社,但又认为其年在元至正十八年②,似乎没有注意到此时诗社已经解散的事实。

孙蕡、王佐的再次会面在"何真开署求士"时。黄佐《广州人物传》载:

> 王佐,字彦举,家世本河东。……占籍南海。时孙蕡与佐结诗社于南园,开抗风轩,以延一时名士。……会何真开署求士,与蕡首被礼聘。真敬二人者,使掌书记,军旅事多见咨询。李质者,德庆豪帅也,据有肇庆。佐恐其有异志,与蕡往说之,得其欢心。质遂与真通好。然质尤好文义,衣冠之士多往依之。其尤知名者则有江右伯颜、子中,茶陵刘三吾、建安张智。归言于真,使招致之,由此士皆馆榖,凡以一艺名者,真不弃也。

黄佐自称这一说法是"用杨寿夫、赵绚所撰《集序》参修"③。赵绚即前面提到的赵介之次子,他幼年时见过王佐,又曾整理王佐诗集,因此其记载应该是可靠的。这段文字省略号以前说的是孙蕡、王佐首开南园诗社,而省略号以后的文字则说的是孙、王因何真开府署士而再次会面。孙蕡《琪林夜宿联句一百韵》序也记载了这一事实:"城治兵火,朋从散落。河东与余拆袂奔走,邈不相见凡十余年。乃幸前左辖宝山何公,恢复兹郡,开署求士,而余二人首被礼接。"④王佐《酬孙典籍仲衍见寄》中"春风草檄将军幕,夜月联诗羽客坛"两句,也反映了何真开署求士让诗社得以重开的事实。何真开署求士在元至正二十三年(1363)。据《皇明史窃》载:"何真者,东莞人也。……二十一年,广东廉访使八撒剌不花尽杀廉访司官,据广州。于是诸邑豪民,各逐其长吏一时并起。三山盗邵宗愚遂假义旌,执八撒剌杀之,城中扰乱。真闻,自惠还攻宗愚,宗愚走还三山。……真开府署,延名

---

① 梁守中点校:《南园前五先生诗》,第89页。
② 王颋:《"南园诗社""广州五先生"考辨》,东莞市政协编:《东莞历史文化论集》,广东人民出版社,2007年,第80页。
③ 黄佐:《广州人物传》卷一二,《四库全书存目丛书》本,第514页。
④ 孙蕡:《西庵集》卷五,《景印文渊阁四库全书》本,第567页。

士孙蕡、王佐等共参军事。"①综上所述可知,离散的南园诸子因何真至正二十三年(1363)的开署求士而得以再次聚合。

那么,赵介是在何时参与过南园诗社呢?陈琏说是"元季",黎贞说是在"迨长",又提及"至正癸卯春"(即元至正二十三年)的邵宗愚之乱给赵介家族带来了系列变故。综合黎贞、陈琏的说法,我们认为赵介于元至正二十三年后才有条件参与南园诗社。这一点,陈琏说得尤为清楚:"当元季,吾郡有南园诗社,诸公赋咏,盛于一时。长篇短章,葩华光彩,至今犹晃耀人目。于时先生实与之,更倡迭和,往往度越流辈。"②也就是说先有南园诗社,后有赵介参与。不过,赵介参与的不是元至正十一、二年间的第一次结社,而是元至正二十四年(1364)及其以后一段时间的南园第二次结社。

黄佐《广州人物传》亦云:"方孙蕡、王佐结诗社南园时,一时名士如李德、黄哲……皆与焉。豪吟剧饮,更唱迭和,文士宗之,而介自成一家言。世以蕡、佐、德、哲并之,称五先生云。"③黄佐此传是根据五先生集、赵氏家谱以及陈琏所撰的碑文参修的。他提及孙蕡等四先生开南园诗社而不提赵介,是因为赵介确实没有参与第一次南园结社,但是赵介参与了南园第二次结社。既然赵介曾参与了第二次南园结社,又能与蕡、佐、德、哲并之,则"南园五先生"的提法就顺理成章了。明成化年间,张诩《南海杂咏》一书的《南园诗社》诗后有注曰:"国初,孙蕡、王佐、黄载(哲)、李德、赵奔(介)结诗社于此,时号'五先生',各有诗集藏于家。"④此时距南园五先生的时代尚不到百年,已经明确了"南园五先生"是当时的说法。《明史·孙蕡传》亦载:"何真据岭南开府辟士,与王佐、赵介、李德、黄哲并受礼遇,称五先生。"⑤郭绍虞指出:"南园诗社成立之初,亦在元末;不过继续维持,直至明初,待赵介加入,遂有五先生之号。"⑥准确地说,赵介参与南园诗社时在元至正二十四年(1364),而不是明初,"南园五先生"是当时就有的说法。有论者认为"'南园五先生'的说法是明中叶才晚起的概念"⑦,显然与事实不符。

---

① 尹守衡:《皇明史窃》卷二九,《续修四库全书》第 317 册,上海古籍出版社,1996 年,第 97 页。

② 黄佐:《广东通志》卷四二,第 1060 页。

③ 黄佐:《广州人物传》卷一二,《四库全书存目丛书》本,第 515—516 页。

④ 方信孺、张羽、樊丰:《南海百咏 南海杂咏 南海百咏续编》,广东出版集团,2010 年,第 118 页。

⑤ 张廷玉等:《明史》卷二八五,第 7331 页。

⑥ 郭绍虞:《照隅室古典文学论集》,上海古籍出版社,1983 年,第 535 页。

⑦ 高建旺、郭永锐:《"南园五先生"来历考论》,《山西师大学报》(社会科学版),2006 年第 3 期。

（三）明初的南园结社

据《广州人物传》载，黄哲最迟在乙巳（元至正二十四年）已经度岭北游，离开广州到了南京①，南园诗社开始出现离散的倾向。元至正二十五年（1365）九月，邵宗愚挟廉访使广宁等叛，复围广州。何真拒战，部将马丑寒与宗愚通，据博罗。十月，何真往博罗平叛。邵宗愚乘机陷广州城。此时，南园诗社已经丧失了结社的和平环境。元至正二十六年（1366），何真再逐邵宗愚，老百姓争相出城迎接何真。宗愚惧，复还走，何真即得复广州，升广东省右丞。东连潮惠，西达苍梧，皆真保障。至正二十八年（1368），征南将军廖永忠取广东，何真撤署归朝，王佐还乡。这就是《明史·王佐传》所说的："真归朝，佐亦还里。"②

洪武元年（1368）至洪武二年（1369）间，由于孙蕡在广州典郡教，李德、赵介等人也在广州，南园诗社尚可能维持，洪武三年（1370），孙蕡、李德、赵汪中、赵澄等被荐举入京，随后各奔东西了，南园结社已失去结社的基本条件，只能在南园诗人的往来寄赠中成为一种美好的回忆。直至洪武十一年（1378），王佐南还③，孙蕡作《寄王给事佐》忆及南园，王回赠《酬孙典籍仲衍见寄》相约归乡结社。不久，孙蕡自钟山还，孙蕡作《南园歌赠王给事彦举》，回忆当年结社往事，重游南园故地，相期重开南园诗社。黄哲也分别作《王彦举听雨轩》和《喜故人孙仲衍归》欢迎南归的王佐和孙蕡。李德自洪武三年出仕后，一直未曾南归，孙蕡曾作《罗浮歌寄洛阳长史李仲修》《南园怀李仲修》寄给他，李德则回赠《寄孙仲衍典籍》，共忆南园往事。但是，由于孙蕡的归期很短，王佐不久即病逝，黄佐也因在郡迕误被杀。此次短暂的结社，竟成南园绝唱。

综上所述，南园结社在元末有两次：第一次是元至正十一到十四年间，时赵介尚幼，无缘参加；第二次是元至正二十四年至洪武元年，赵介参与了南园诗社。在明初，则因为孙蕡、黄哲等人的返乡，有过短暂的重开。历史上对于南园诗社起于元末还是明初，颇有争议。"自戴璟《广东通志》以为始于明初，而黄佐、郝玉麟、乃至阮元《通志》，及《广州府志》与仇池石《羊城古钞》诸书，皆沿其说。"④事实上，《番禺县续志》卷四〇有一番校正："南园诗社实始于元末，见明陈琏《琴轩集》。时代相去不远，语可征信。阮《通志》引《粤台征雅录》谓起自明初孙蕡，似误。盖入明以后，孙黄王李四子，

① 黄佐：《广州人物传》卷十二，《四库全书存目丛书》本，第514页。
② 张廷玉等：《明史》卷二八五，第7332页。
③ 详参本章第一节。
④ 李德超：《粤东南园诗社及前后五先生》，《华岗文科学报》第十六期，1988年，第203页。

先后出仕,南园诗社已废矣。"①本文认为,南园诗社起于元末,而与南园相关的诗歌酬唱活动至少延续到了明初,明清以来的南园结社"元末说"、"明初说",都可以成立。这诚如李德超先生所指出:"但言'南园诗社,始自国初五先生',盖以五先生为明初人耳,非必谓诗社始自明初也。其谓五先生为明初人,于义亦无不合。"②可以进一步补充的是,南园结社,没有必要五子同在岭南,也没有必要五子同时参加。例如第一次结社时,赵介因年幼没有参加,第二次结社时,黄哲已度岭北上,但南园诗社仍维持了一段时间。如果以为南园诗社存在必定要南园诸子都在岭南为前提,则未免是以今律古了,而这正是许多论者以为南园结社仅发生一次、并且对南园结社元末说、明初说各执一端的原因。

第三节 "南园五先生"名号的形成

"南园五先生"的说法,究竟起于何时?上文引《琪林夜宿联句一百韵》序文回忆十八九岁南园结社时,所列举参与人员除了孙蕡、王佐外,首先提及的三个人是李德、黄楚金、黄庸之,没有提到赵介(因为赵介没有参加第一次南园结社),可见当时还没有"南园五先生"的说法。

不过,由于南园诗社经常举行频繁的文学竞赛,通过诗艺的竞争已经形成了一些核心人物。孙蕡《南园歌赠王给事彦举》曰:"昔在越江曲,南园抗风轩。群英结诗社,尽是琪林仙。南园二月千花明,当门绿柳啼春莺。群英组络照江水,与余共结沧洲盟。沧洲之盟谁最雄?王郎独有谪仙风。"③李德《王彦举南雄省亲》云:"王郎气酣走马去,三尺龙泉拂流水。玉壶愁破酒如兵,鹅管呜呜咽不鸣。"④二诗形象描绘了孙蕡、王佐的豪放意气及其在诗社中的领导作用。当时南园诗人中有"构词敏捷,王不如孙;句意沉着,孙不如王"的说法。黄哲《王彦举听雨轩》云:"当时雄笔谁更好,孙公狂歌君绝倒。"⑤均明确指出了孙、王在诗社中的主导作用。由此可见,孙蕡、王佐乃是凭才情学识在众多诗人中脱颖而出,被公推为南园诗社的领袖。"五先生"的说法,最早当起于此时。

---

① 梁鼎芬等:《番禺县续志》卷四〇,《中国方志丛书》第49号,成文出版社,1967年,第570页。
② 李德超:《粤东南园诗社及前后五先生》,《华岗文科学报》第十六期,1988年,第203页。
③ 孙蕡:《西庵集》卷三,《景印文渊阁四库全书》本,第495页。
④ 梁守中点校:《南园前五先生诗》,第106页。
⑤ 梁守中点校:《南园前五先生诗》,第139页。

赵介之次子赵绚,曾逐一评点明初的岭南诗人:"吾郡国朝初,作者迭出。然求其清词雅韵,雄浑悲壮,足以驰声中夏,追迹前古,亦不过孙典籍、李长史、黄雪篷、彭参政、郑御史、赵汪中、明中数公而已。甚矣,诗之难也。有若听雨王先生,则以寓公之士,杰然突出乎其间,实与孙、黄诸君子相颉颃。"①他分别从创作成就、诗学路径、知名度等几个方面评价明初岭南知名诗人,其中南园五先生中的孙蕡、李德、黄哲列在前三,而王佐则得到了特别推扬,认为可以与孙蕡、黄哲等人相提并论。至于其父亲赵介,则可能是由于避嫌的原因而没有提及了。但是,永乐十年(1412)赵绚请孙蕡弟子黎贞为其父赵介作《临清先生行状》,指赵介"与黄庸之、孙仲衍、李夷白、黄楚金、王彦举、赵汪中、明中、李仲秀(疑为仲修,即李德)诸公,结南园诗社,极一时之英杰也"②。永乐十九年(1421),赵介之第四子赵纯为其父编订《临清集》,请陈琏作序。陈琏指出:"当元季,吾郡有南园诗社,诸公赋咏,盛于一时。长篇短章,葩华光彩,至今犹晃耀人目。于时先生实与之,更倡迭和,往往度越流辈。非特人品之高、才华之盛,亦由气之盛也。"③成书于成化十三年(1477)的张诩《南海杂咏》一书,有《南园诗社》一诗,自注云:"予尝命门人薛当时为立五先生小传。"④张诩(1455—1514)的生活年代距离南园诗社的活动时期不过几十年,他说"时号'五先生'",说明在成化之前就有"南园五先生"的说法了,而他让门人为五先生作小传,并试图将其纳入南海地方志,无疑也有利于"南园五先生"名号的集体传播。黄佐《广州人物传》亦云:"方孙蕡、王佐结诗社南园时,一时名士如李德、黄哲……皆与焉。豪吟剧饮,更唱迭和,文士宗之,而介自成一家言。世以蕡、佐、德、哲并之,称五先生云。"⑤由此可见,"南园五先生"是南园后学用以标举南园诗社的名号,目的是便于南园诗社的形象传播。郭绍虞先生曾指出:"南园社固不限此五人。所以标举五先生者,不过以此五人为翘楚耳。"⑥有论者认为"南园五先生"之概念是"比较晚起的一个称呼,其中包含着一个生成过程",认为"五先生"是由黄佐"打头命名"⑦,则似乎没有注意到黄佐以前已有"南园五先生"的说法这一历史事实。事实上,"五先生"的称号,在元末何真开府辟士时就已经形成,"南园五先生"的称号在明永乐至成化期间已经形成。

---

① 黄佐:《广东通志》卷四二,第 1060 页。
② 黎贞:《重刻秫坡先生文集》卷七,《四库全书存目丛书》本,第 514 页。
③ 黄佐:《广东通志》卷四二,第 1060 页。
④ 方信孺、张羽、樊丰:《南海百咏　南海杂咏　南海百咏续编》,第 118 页。
⑤ 黄佐:《广州人物传》卷一二,《四库全书存目丛书》本,第 515—516 页。
⑥ 郭绍虞:《明代的文人集团》,《照隅室古典文学论集》上,第 526 页。
⑦ 高建旺、郭永锐:《"南园五先生"来历考论》,《山西师大学报》(社会科学版),2006 年第 3 期。

第三章　南园五先生的生平与创作

南园五先生虽然以"五先生"并称,但是每个人的家世背景、性格特点、个人遭际皆因个体差异有所不同,其才情气骨、艺术风格、创作成就和对后世的影响也有所差别。在南园五先生中,孙蕡、王佐、黄哲属于南园诗社的活跃分子,且都广泛交游于江南文化中心,他们既参与了明初风雅的构建,也开启了岭南诗派,个人成就较高,影响也较大;而李德、赵介性格偏沉稳内敛,人生经历相对平淡,且交游不广,没有进入全国主流诗坛,主要还是借南园诗社的集体传播力量影响岭南后学。

第一节　孙蕡诗歌创作论

(一) 孙蕡的生平与思想

孙蕡(1334—1389),字仲衍,号西庵,南海平步(今广东佛山市顺德区乐从镇)人。孙氏原籍浙江钱塘县高塘乡,其始迁祖为宋时谏议大夫孙天球,谪居南雄郡,遂为粤人。生二子,长希文,次希武,后益繁衍,是为粤东孙氏之始祖。二世祖希文,号质庵,因赘于顺德县熹涌乡(今顺德伦教熹涌)关氏,遂居顺德。三传曰玉莹公,迁平步(今顺德乐从)。传至四世,为孙西庵公①。

孙蕡入粤始祖孙天球曾在南宋末年任谏议大夫,因为疏讦主张投降的权奸,被贬为广州路推官。嗣后,孙氏数代在元代无人为官,很可能是忠于宋室而不愿仕元所致。这样的家世背景,无疑会对孙蕡一生出处产生重要影响。孙蕡《送沈主事起复除西安知县》指出:"传家正欲存忠孝,千古君臣此道同。"②其《崖山有感》云:"崖山峙海门,乃宋沉国所。双龙如九渊,义士

---

①　梁泉:《西庵集序》,《西庵集》卷首,道光十年刻本。
②　孙蕡:《西庵集》卷五,《景印文渊阁四库全书》本,第 527 页。

没遥浦。妻子驱先沦,焚香亦何补。我来吊忠魂,但见浪花舞。底用玺发光,凄其为怀古。"①这首诗追悼在新会崖门自沉的南宋君臣,歌颂他们的忠义精神,也可看出"忠义"精神在孙蕡心中的分量。在与友人的酬唱中,孙蕡也流露出明确的忠孝传家的思想。如其《奉左司郎中顾光远》云:"奕叶传家忠与孝,化为霖雨济遐方。"②不过,应当指出的是,孙蕡的"忠",不是对于元朝异族统治的忠。在元末乱世,积极支持何真经略地方,又劝导他效忠明廷。入明后,尽管仕途偃蹇,但始终不忘致君尧舜、振兴家声。其《拜祖墓》云:"芳草凄凄夕照前,独将春酒酹荒阡。已嗟人事成千古,才说清明又一年。满目江山增旧恨,几家榆火起新烟。从来俯仰伤怀抱,不似于今倍黯然。"③此诗作于洪武十一年(1378)秋,孙蕡被罢归田里,回到故乡时期。无辜被贬,壮志难酬的孙蕡,在祖坟面前禁不住流下了不足为外人道的热泪。孙蕡一生三次被贬,但他仍积极奔走,家族的忠孝传统是其精神动力之一。清嘉庆七年,孙氏十五世孙雷州徐闻县儒学教谕孙荣,重修孙天球之墓,召集粤东孙氏子孙合祭,祭文云:"呜呼!在昔我祖自浙来粤时,遭权奸之嫉,谪官潜隐,卜宅于兹。子孙日幸昌炽,节孝表于闾阎,忠义昭于朝野。"④孙荣的祭文,道出了孙氏家族以忠孝节义传家的传统。

　　少年孙蕡,生性敏慧,姿表环秀。负节概、不妄交。于书无所不读,为诗文伸纸挥毫,顷刻立就,初若不甚经意,而气象雄浑、兴喻深致,作品有魏晋之风,乡人尊之为"孙先生"。其《忆得》一诗回忆少时读书情景:"忆得垂髫少小时,青灯黄卷日相随。于今放浪江湖上,一段闲情总付诗。"⑤孙蕡《祭灶文》也曾提到少年读书的情况:"臣少薄祜,零丁羁孤。佩服先训,忝名为儒。远祖颜孟,近师程朱。立志不群,抱道匪渝。弘深典谟,诘屈盘诰。连山归藏,卦象精到。群葩分敷,列宿穹昊。骚怨而响,庄荒而傲。班范旁通,荀扬曲造。昭彰隐微,洞彻突奥。悬灯墙壁,蓄火炉灶。诘朝喃喃,达曙叫噪。臣之于读书,可谓勤矣。"⑥由这段自述可以看出,孙蕡少时家道已经中落,但他仍秉承祖训,广泛涉猎经史子集各类典籍,学习孔孟程朱之学,打下了扎实的理学、史学和文学的基础。这样的读书经历,深刻影响了他日后的人生和创作道路。孙蕡曾著有《通鉴前编纲目》《孝经集善》《理学训蒙》及

① 孙蕡:《西庵集》卷一,《景印文渊阁四库全书》本,第474页。
② 孙蕡:《西庵集》卷八,《北京图书馆古籍珍本丛刊》本,第58页。
③ 孙蕡:《西庵集》卷五,《景印文渊阁四库全书》本,第524页。
④ 孙中山故居纪念馆编:《中山孙氏族谱纪略》,《孙中山的家世——资料与研究》,中国大百科全书出版社,2001年。
⑤ 孙蕡:《西庵集》卷七,《景印文渊阁四库全书》本,第545页。
⑥ 孙蕡:《西庵集》卷九,《景印文渊阁四库全书》本,第570页。

《和陶集》，就是他当日学习和研究的成果。这些著作多散佚不传，但是我们可以推测他具有较高的经学、史学与哲学修养。赵纯称其"究天人性命之理、濂洛关闽之学，为岭表儒宗"①，应该是实事求是的评价。

元至正十一年（1351），饱读诗书的孙蕡来到广州，遍交当地名流，结交了王佐、黄哲、李德、黄楚金等地方才俊以及少数流寓广州的外地文人，共结南园诗社，从此由乡间先生成长为郡之名士。孙蕡凭借豪放的性格和高超的诗才，成为了诗社的召集人和组织者。黄哲《王彦举听雨轩》指出："当时雄笔谁更好？孙公狂歌君绝倒。横眠三日醉复醒，梦见池塘生春草。"②孙蕡《南园歌赠王给事彦举》回忆了诗社的活动情况："昔在越江曲，南园抗风轩。群英结诗社，尽是琪林仙。南园二月千花明，当门绿柳啼春莺。群英组络照江水，与余共结沧洲盟。"③显然，孙蕡和王佐是南园诗社的发起者和领导者。在南园五先生中，孙蕡和王佐的感情最好，诗歌交流也最频繁。孙蕡和王佐合作的《琪林夜宿联句一百韵》，序言称："河东与余为同庚，情好尤笃。"正文云："兴言忆旧盟。丰姿初得睹，（佐）怀抱即相倾。友谊芝兰契，（蕡）文声铁石铮。乡关虽异县，（佐）年齿幸同庚。才迈谁能匹，（蕡）情亲我所兄。长游期楚蜀，（佐）任侠拟幽并。雅结南园社，（蕡）狂为北郭行。"④从《联句》可以看出，孙、王二人的首次结社，是因为怀抱相倾、才情相近、志趣相投，也说明南园诗社是一个纯文学的文人团体。

孙蕡现存南园作品中有九篇提到王佐，占现存南园诗歌总数一半以上。如：

> 早岁南园开洛社，哦诗纵酒野云边。元龙豪气三千丈，翰苑文章二十年。春暖翠环欹白云，夜阑银烛飏青烟。幽期寂寞沧州里，何日天风泛画船。（《怀王彦举》)⑤

> 休沐展幽眺，步出钟阜阿。卉木春气盎，淮水扬素波。泛泛波上鸥，游泳鲜羽仪。端坐愧此鸟，长游成蹉跎。安得理归檝，翩然解佩珂。扬舻过关右，鼓枻入江沱。友于事宴集，物候方阳和。酌酒南园上，与君同笑歌。（《寄王给事佐》)⑥

① 黄佐：《广州人物传》卷一二，《四库全书存目丛书》本，第513页。
② 梁守中点校：《南园前五先生诗》，第139页。
③ 孙蕡：《西庵集》卷三，《景印文渊阁四库全书》本，第495页。
④ 孙蕡：《西庵集》卷五，《景印文渊阁四库全书》本，第566—567页。
⑤ 孙蕡：《西庵集》卷八，《北京图书馆古籍珍本丛刊》，第59—60页。
⑥ 孙蕡：《西庵集》卷一，《景印文渊阁四库全书》本，第477页。

孙蕡和王佐的诗歌唱和,则没有一首不提南园。孙、王二人,可谓因南园而结缘。孙、王二人还经常进行文学竞赛。当时南园诗人中有"构词敏捷,王不如孙;句意沉着,孙不如王"的说法。他们合作过长达一百韵的《琪林夜宿联句一百韵》,可以想见二人当日斗才吟诗情景。二人登上仕途后,虽各奔东西,但有关南园的诗歌酬唱不绝。孙蕡《南园歌赠王给事彦举》云:

> 昔在越江曲,南园抗风轩。群英结诗社,尽是琪林仙。南园二月千花明,当门绿柳啼春莺。群英组络照江水,与余共结沧洲盟。沧洲之盟谁最雄?王郎独有谪仙风。狂歌放浪玉壶缺,剧饮淋漓宫锦红。青山日落情未已,王郎拂袖花前起。欢呼小玉弹鸣筝,醉倚庭梧按宫徵。哀弦泠泠乐未终,忽有华月出天东。裁诗复作夜游曲,银烛飞光白似虹。当时意气凌寰宇,湖海诗声万人许。酒徒散落黄金空,独卧茅檐夜深雨。分飞几载远离群,归来城市还相亲。闲来重访旧游处,苍烟万顷波粼粼。波粼粼今日将夕,西风一叶凌虚舟,犹可题诗寄青壁。①

此诗全面回忆了南园结社的情景,描绘了他们在诗会上击壶痛饮、纵情放歌的狂态。陈田指出:"读此诗,可想见南园风雅之盛。"②王佐作《酬孙典籍仲衍见寄》,追忆二人南园结社情景,并特别提及他们的联句。陈田指出:"彦举与仲衍踪迹最密。何左臣真开府广州,两人同为书记,后复同游琪林联句。彦举《酬仲衍诗》云:'春风草檄将军幕,夜月联诗羽客坛。'纪其事也。"③南园诗社的浪漫生活和丰富有趣的诗歌活动,释放了孙蕡豪放浪漫的个性,激发了他的创作热情。

元至正二十三年(1363),何真自惠州出兵夺取广州,开署求士,孙蕡、王佐、赵介、李德、黄哲五人并受礼遇。何真对孙蕡十分倚重,让他掌管书记,军旅事多见咨询。当时有个地方军阀李质占据肇庆,孙蕡与王佐前往劝说他与何真通好,获得了成功。其《挽李樵云》:"相国灵举闳九京,桓桓松柏表佳城。风云已际兴王运,雨露偏伤孝子情。一代文章遗汗简,千秋彝鼎勒勋名。平原宾客今谁在?独写椒浆带泪倾。"④"樵云",正是李质的号,孙蕡以"平原宾客"自居,其实当年孙蕡入李质帐下是为了劝降。劝降李质后,孙蕡又劝何真招纳李质帐下名士以扩大实力,一时岭南名士皆归何真帐下,何

① 孙蕡:《西庵集》卷三,《景印文渊阁四库全书》本,第 495 页。
② 陈田:《明诗纪事》甲签卷九,第 201 页。
③ 陈田:《明诗纪事》甲签卷九,第 207 页。
④ 孙蕡:《西庵集》卷六,《景印文渊阁四库全书》本,第 539 页。

真由此号称得士,成为岭南实力最强的地方武装。无论是就何真的个人前途而言,还是就岭南的地方安定来说,最重要的两件事就是安抚地方、招纳人才。从孙蕡参赞何真军政大事的作为可以看出,孙蕡不仅文才好,而且颇具战略眼光,可谓是文韬武略。

洪武元年(1368)四月,征南将军廖永忠至岭南,孙蕡敏锐意识到中国统一时机业已来临,力劝何真归顺朱元璋,并为何真代拟《上廖平章书》云:

> 盖闻上古明君圣主当出之时,必有贤臣智将辅翼以成大业。观其治化,必有德泽之流,进讨必有无敌之功,此文武之道备矣。忽二月初九日,得差都事刘尧佐、检校梁复初回,俱言阁下征闽功德之盛,令人莫不仰羡。更赐公文,俾其照回,得以善而迁,所出华翰,一一推诚信之义,不尚血刃之词。王者无敌,鉴古明臣智将,无以加于此矣。区区乃广海布衣之士,学识荒疏,不达时机,遭逢乱世,无自存身,强出头地,聚兵集士,徒保乡邑而已。岂意前元赐爵,位居二品,为人臣之道,未尝不以忠节为先,岂其天不佑元,遂使君臣颠倒,中原瓦解,南土驰崩,信夫天授,非人力也。顾我广东撮土,尚复谁争?况山河社稷,不过终归明主。阁下明示钱氏归宋之事、河水为誓之语,此乃顺天保民,理所当然,安敢以烦重誓,然后方奠受命为乎。伏惟阁下以生灵为念,戒师善临,抚而慰之,俾民举手加额,感王师之德,则区区虽失臣节,以救生灵,足矣。①

这份降表,从君臣大义入手,推朱元璋为明君圣主,赞廖永忠为贤臣智将,将何真割据岭南解释为徒保乡邑、克尽臣职,曲诚委婉表达归顺之义,最后请求廖永忠以生灵为念。这份情理俱佳的降表,后来由廖永忠上报朝廷,朱元璋特意下诏云:"朕思昔豪杰之士,保境安民,以待有德。若窦融、李勣拥兵据险,角立于群雄之间,非真主不屈,此汉唐名臣于今未见,正此兴叹。尔真连数郡之众,乃不劳师旅,先期来归,其视窦、李奚让焉?"②何真降明后,应该说是得到了朱元璋的优待,授中奉大夫、江西行中书省参知政事,洪武三年转任山东行省参政,部属杨润德、梁以默等百余人均被封授府州县官。当时人们认为,廖永忠在广州不杀一人,而南海安定,全赖孙蕡之力。

---

① 张二果、曾起莘著,杨宝霖点校:崇祯《东莞县志》卷六,东莞市人民政府办公室,1995年,第698页。按,学界多以此文为何真作,但《明史》明言此为孙蕡为何真代拟降表,其著作权应归孙蕡。

② 朱元璋:《高皇帝赐元左丞何真奉表归附诏》,载崇祯《东莞县志》卷六,第635页。

洪武元年，孙蕡接受廖永忠征辟，出掌广州郡教，这是孙蕡仕宦生涯的起点，也是孙蕡为地方文教事业作出贡献的黄金时期。当时，征南将军廖永忠的军队驻扎在五仙观，不慎引发火灾，导致五仙观被毁。五仙观是一座祭祀五仙的谷神庙，因五羊传说而建，是广州城的文化地标。孙蕡耐心地向廖永忠说明五仙观对于广州的特殊意义，劝他修复五仙观。五仙观修复后，孙蕡作《重修五仙观记》记其事，其中序文有一段颇为耐人寻味的话："神仙方伎本出常理之外，然而吾人钟扶舆，萃清淑，苟不梏而存焉，则长生腾化，理亦可致。然夫得志于世，出入将相，精神志虑，竭于经济，则交梨火枣，所不暇服。惟夫蕴其才而不试，郁其志而不泄，端居静默，将谷神于内景，私载营魄，蝉蜕方外，固自君子余事，而之数老者，其亦斯人之俦也欤。"孙蕡认为，五仙如果得志于世，出入将相，一定没有时间修仙。他们之所以修仙是因为郁郁不得志，于是转而求其次的结果。这样的解读，可谓是闻所未闻。此时的孙蕡，对目前的郡教生活，也是不很满意的，他说："生为英贤，不得以沛惠泽于斯民，长为列仙，垣其余光，犹可以垂修名于千秋。"显然，孙蕡表面上说的是五仙，实际上说的就是自己。《重修五仙观记》正文曰：

太和磅礴神构精，黍珠光开生百灵。苍虬出海眼若钲，白虎啸风尾为旌。地炉槲叶坤乾并，龙蟠虎伏丹始成。朱衣真人居黄庭，颜如寒梅眉紫清。泥丸夜诵蕊珠经，琅风清微韵泠泠。翩然冲虚凌太清，前呵丰隆后朱陵。晨朝十二楼五城，手持芙蓉拜龙軿。帝傍群曹愉且惊，之人奚为目荧荧。三光森罗下倒明，天孙赐锦华若英。醉骑麒麟驱六丁，来游人间寄阆瀛。何年尘中留幻形，玄都绛阙高岩亭。霞窗雾阁开彤屏，绮食更觉枫香腥。春风桃花吐前楹，石坛秋高淡见星。兔葵燕麦鹤遗翎，征南前来道复兴。佩环清空云杳冥，天风何处鸾箫声。昌辰宝历开天真，骑羊归来佐明廷。文为萧曹武韩黥，明星作景云作卿。倒倾金潢清北庭，西游太华浮浊泾。时巡秋郊振风铃，剑吼鬼血罡风鸣。九年余粟仓箱盈，四海尽化为蓬瀛。苍生颙望如秋蝇，胡为渑酒酣山垧，迟君一住三千龄。①

此诗用瑰丽的笔调，详细描绘了五仙观内朱衣真人的装扮、神情，歌颂了廖永忠的功业，表达了希望五仙佐明廷、佑苍生、致太平的美好愿望，这其

① 此文金兰馆本、《四库全书》本《西庵集》失收，乾隆二十五年孙氏桂馥堂本《西庵集》卷一补入。

实也是孙蕡个人抱负的一种曲折的表达。

尽管孙蕡并不满足于一方郡教之职，但他任广州郡教期间，还是致力于建立学校、培养人才、化育士风，为有明一代岭南文化的发展做出了自己的贡献。广州城中的南海学宫和番禺学宫，在洪武三年得到修复，正是孙蕡任下完成。广府地区的亲年才俊，不少得到他的教导。如岭南著名诗人黎贞，就在此时入其门下。黎贞，字彦晦，新会人。性坦荡不羁，乐以酒自放，故号陶陶生。黎贞少从孙蕡游，故学所成就，非一时流辈所及。洪武八年秋，黎贞以明经辟至京师。贞不乐仕进，托病而归，后被推荐为本邑训导，有《秫坡先生文集》存世①。孙蕡的另一位知名学生是有"平步六逸"之称的唐豫。唐豫，字用之，南海平步人。生而颖悟，少从翰林典籍孙蕡游，作诗文有古人风度。性刚介，无谄曲，交友克尽义，尤笃于孝。唐豫曾经与"六逸"中的其他五人一起制定《乡约》，乡人信守行之，争讼蔑息，颓俗渐革，一时公卿都很尊重他，逝世后入祭乡贤祠②。为了适应教学需要，孙蕡还编著了一批教材性质的专书。从题名推断，其著作《理学训蒙》，是一部教材性质的启蒙书，应当是此时完成。而孙蕡的另一部著作《孝经集善》，从题名推断应该是一部汇合历代《孝经》注释异同的书，也应该是此时为教学需要而编写，至洪武四年正式成书的。宋濂为之序，认为"蕡通经而能文辞，采择既精，而又发以己意，其书当可传诵"③。孙蕡的三年郡教生涯，是卓有成效的。里人叶逢春称赞他："掌郡教三年，一以明圣学、正人心为己任，郡中文风丕变，士行日醇。"④

洪武三年（1370），孙蕡因才能与品行出众而被地方推荐入京，赐进士出身，授工部织染局使。从此，他走出岭南，开始了一路坎坷的仕宦生涯。此间，他遍交天下名士，由是而获得全国性影响，被视为"岭南才子"。洪武五年，孙蕡任虹县主簿。当时天下犹未太平，地方上仍有兵戈之挠。主簿职责涉及地方上的治安、战后重建和地方教化，任务极其繁重。当时，虹县在元末农民起义中破坏相当严重，民生凋敝，人烟稀少，孙蕡招集流民，减免赋税、鼓励农桑、发展教育，使虹县的生产得到恢复，人口也逐渐增长。在《送虹县尹陈景明》诗中，他回忆自己和县官陈景明一起披荆斩棘、开荒种地、指导生产、推行教化的情景："洪州昔日盛繁华，大尹来时一百家。稍辟丘墟攒

① 李承祺：《秫坡先生传》，《重刻秫坡先生文集》卷首，《四库全书存目丛书》本，第416页。
② 郭棐：《粤大记》卷二三，《日本藏中国罕见地方志丛刊》本，书目文献出版社，1990年，第448—449页。
③ 罗月霞主编：《宋濂全集》，第623页。
④ 叶逢春：《西庵集序》，载《西庵集》，道光三十年刻本。

井里,旋披荆棘树桑麻。桑麻春深满地黑,更掠浮泥种牟麦。接舍鸡鸣桃李场,生氂犬吠藩墙侧。祭社枌榆箫鼓鸣,群农皆醉吏独醒。群农有酒只自饮,相见不揖亦不迎。官清事省无鞭扑,县治门前可罗雀。种柳宁惭似老陶,栽花直欲强潘岳。父老皆言大尹贤,愿留大尹更三年。"①孙蕡在主簿任上尽职尽责,做得非常认真,其《治县事作》如实记载了他一天的生活:"讼庭敞公馆,牒诉日纷纭。退食常少暇,吏牍苦长勤。刻木对胥曹,皇华劳远宾。清晨起坐署,日入未解绅。"②清晨,他早早来到县衙处理诉讼文案,记录整理纷繁复杂的申诉材料,还要应酬来自京城的使者,到了傍晚还不得休息。在他的辛勤治理下,虹县生产渐渐恢复,人口日渐增多,人们安居乐业,渐渐恢复了生机,其《虹县行》描绘了虹县生产得到恢复后欣欣向荣的丰收情景:"虹亭村落如秋花,十里五里方一家。山城县治开草屋,草屋低窄旋桑麻。丁男当官应徭役,妇女看家种山麦。汴沟淤塞无稻苗,麦足家家黍为食。野桑养蚕收茧丝,枣根染丝来作衣。秋湖水落莲芡盛,腊月雪深鹑兔肥。岁时浇酒五月暮,但愿开云雨如注。蚕成麦熟官事闲,柳堤人唱桑阴树。"③

　　洪武八年(1375)初,孙蕡自虹县被召回,任翰林典籍,与宋濂等朝中大儒一起修《洪武正韵》。编纂《洪武正韵》是一项重大的学术文化工程,也有相当的政治意义,参与其中的都是来自翰林院的一时名士。明以前的两百多年里,国家一直沿用宋代的《礼部韵略》,而《礼部韵略》已经不符合于当时的实际语音。为统一官方语音,实现文化一统,朱元璋亲自提议编纂《洪武正韵》。参与编纂《洪武正韵》,对于来自岭南的孙蕡来说,无疑意味着文化身份和学术地位得到了认可。翰林院典籍官阶虽然不高,但是兼充皇帝在文史方面的顾问,是皇帝的文学侍臣。这无疑满足了孙蕡"奏赋金门"的愿望。在京城的学术文化活动使孙蕡得以与当朝大臣尤其是当时一代文宗宋濂交往,诗艺提高很快,诗名也逐渐高起来,人们都对这个岭南才子刮目相看。其《送翰林宋先生致仕归金华》自称:"门生日日侍谈经,独向孙蕡眼尚青。"④其《钟山应制》《驾游钟山应制》《新春从幸天界寺次詹冢宰钟山应制韵》《驾幸天界寺和朱太史苔韵》《圜丘大祀》《诸王之国观礼有作》等诗,都是孙蕡作为文学侍从,随皇帝出游、观礼、祭祀时所作,无一例外地歌颂了朱元璋的不朽功业和大明王朝的盛世气象。洪武九年,孙蕡奉命到四川监督祭祀,从南京出发,沿长江溯流而上,经安徽、江西、湖南、湖北,入四川,一

①　孙蕡:《西庵集》卷四,《景印文渊阁四库全书》本,第511页。
②　孙蕡:《西庵集》卷一,《景印文渊阁四库全书》本,第478页。
③　孙蕡:《西庵集》卷三,《景印文渊阁四库全书》本,第498页。
④　孙蕡:《西庵集》卷七,《景印文渊阁四库全书》本,第543页。

路上得以饱览长江沿岸的秀丽风光和风土人情，其往返行程虽只有三个多月，但留下了许多脍炙人口的山水诗。这次四川之行，公务轻松，诗人的身心得到了极大的放松，创作热情空前高涨，创作风格也与在金陵时迥然不同。洪武十年正月，宋濂致仕，朱元璋赐他《御制文集》一部并绮帛若干。一时文人，纷纷作诗赠别。孙蕡作《饯宋承旨潜溪先生致仕归金华》七首律诗，又作《送翰林宋先生致仕归金华》二十五首七绝，数量在众多文人中居冠，孙蕡也因才思敏捷而为人所注目，开始成为天下名士。黄瑜指出："洪武中，西庵孙典籍仲衍蕡，号岭南才子。"①

洪武十年（1377）二月，孙蕡居翰林三载，力求外补，为平原簿。孙蕡为什么要力求外补，史载不详。梁廷枏指出，孙蕡《祭灶文》云"一入词林，旋罹斥逐"，"似外调非己意"②。这种推测是有道理的。也许是为了避祸，孙蕡主动申请了外调，这其实也是不得已而为之。外调的原因，大概是孙蕡在言语上冒犯了朱元璋。但是，孙蕡似乎并没有逃过惩罚。洪武十年秋，孙蕡被罚到京师筑城墙，其《输役萧墙》记载此事，诗云："系组赴乌台，解佩辞禁垣。弛刑许输役，获谴尚承恩。跼蹐感明宥，引咎复何言。平明操板筑，日没就徽缠。寒气袭敝裘，重负赪我肩。抚己谅无愧，服勤思盖愆。息杵入屏城，仰瞻东华门。祥风拂左纛，卿云护彤轩。翚凤丽羽翰，飞稜高中天。重关起象魏，光彩一何鲜。百辟罗周行，鸣珂翕锵然。皋夔俨穆肃，董贾来翩翩。白日光昭融，下照宁有偏。微命嗟薄劣，独兹阻周旋。"③这首诗写得极为聪明。先是自责，继而感恩，接着诉苦，然后表达思君，最后叹命薄，显然是想以一种"哀兵"计策打动皇上。诗写成后，孙蕡故意用粤语大声吟诵，当时监工的官员听不懂粤语，赶紧向皇帝报告。洪武帝召见了孙蕡，并让他用官话朗诵，发现孙蕡所写全部都是自责和效忠的话语，所以就释放了他。洪武十一年（1378）秋，触犯了龙颜的孙蕡，最终还是被罢归。此时，他的心情是极为矛盾的：一方面，他有点庆幸自己回到了阔别多年的故乡，脱离了宦海的风波，因而放迹云林，肆力学问，尝和陶渊明《归去来辞》以写归隐之情；另一方面他又觉得自己壮志未酬，因而免不了牢骚满腹。其《祭灶文》，就是这种情绪的产物。《祭灶文》称："思展抱负，试于清时。朝登金门，暮集凤池。致君尧舜，还俗雍熙。臣之立志，可谓寥廓，旷绝而不凡矣。然而时命大谬，进退惟鞠。图封得黥，献璞遭辱。山非太行，车折其轴。水非瞿塘，舟

---

① 黄瑜：《双槐岁钞》卷一，中华书局，1999 年，第 15 页。

② 梁廷枏：《孙西庵集序》，《西庵集》，道光十年刻本。

③ 孙蕡：《西庵集》卷一，《景印文渊阁四库全书》本，第 478 页。

破其斛。阳和遍地,不被槁木。赫曦流金,不照洴谷。叨领乡荐,头弯工局。佐令淮阳,尘随马足。一入词林,旋罹斥逐。之官济上,还寻治狱。对款台端,拘挛瑟缩。论输左校,亲亲板筑。犹赖仁恩,得解桎梏。余生幸存,残喘仅续。"①这段话回顾了自洪武三年入朝以来的经历,突出了志与命的冲突,愤慨壮志难酬之意,不言而喻。

洪武十五年(1382),在家乡闲居了四年的孙蕡被召拜为苏州府经历。苏州素称难治,但他治画有方,政用大和。苏州人十分感激孙蕡的贡献,把他的名字载入了当地的史志。洪武二十二年(1389),孙蕡再度因为小过被免职,发配辽东。辽东都指挥使梅义向来仰慕孙蕡的才学,因而请他担任自己的家塾教师。其间,他还随梅义观猎,并出使高丽。孙蕡弟子黎贞有《观猎西苑呈西庵孙先生》《从西庵孙先生出使高丽》为证②。洪武二十三年(1390),梅义因受胡惟庸案牵连被抄灭全家,而孙蕡也"以党祸见杀"③。当时许多人劝孙蕡上表说明自己的冤情,但是历尽坎坷、心灰意冷的孙蕡见惯了朱元璋的残酷无情、滥杀无辜,也看透了朱元璋的喜怒无常、刻薄寡恩,不肯上疏自明。临刑前,他从容吟诵五代诗人江为的诗:"鼍鼓三声急,西山日又斜。黄泉客旅店,今夜宿谁家?"④这首诗表达了无法把握自身命运的深切悲哀,很切合孙蕡当时的心境。当时的人们张冠李戴将它当作是孙蕡的绝命辞。据说明太祖曾问监斩官孙蕡临终说了些什么,监斩官据实以告,没想到朱元璋竟然说:"有此好诗,何不速报?"竟然把监斩官也杀了⑤。孙蕡被杀时年仅56岁,其门生黎贞当时也发放辽东,为孙蕡收尸入殓,葬之辽宁鞍山,后奉衣冠南还,并写《哭西庵先生前翰林典籍吏科孙给事》追悼:"岭南佳气属英髦,霁月光风品格高。籍籍才名台阁器,斑斑文彩凤凰毛。青年登第心何壮,白首从戎气尚豪。垂老天涯零落尽,空余遗恨满江皋。"⑥此诗称赞孙蕡才性与品格,为其被杀感到深深的惋惜,也委婉表达了对滥杀无辜者的谴责。

孙蕡之死,天下人为之惋惜,自明代就形成了多种看法。一种意见认为,孙蕡仕宦二十年,一禁系,一从戎,四为下僚,仅一入史局,而不免伏锧,

① 孙蕡:《西庵集》卷九,《景印文渊阁四库全书》本,第570—571页。
② 黎贞:《重刻秫坡先生文集》卷七,《四库全书存目丛书》本,第514—515页。
③ 详参本书第二章第一节。
④ 据赵翼《陔余丛考》考证,此诗作者是五代时期诗人江为,原作见《五代史补》卷五。参陈田《明诗纪事》甲签卷九,上海古籍出版社,1993年,第199页。
⑤ 有关孙蕡被杀的情况,详参何冠彪:《孙蕡生卒年考辨》,《中华文史论丛》第四十六辑,上海古籍出版社,1990年,第185—194页。
⑥ 黎贞:《重刻秫坡先生文集》卷三,《四库全书存目丛书》本,第459页。

认为"蕡起东粤,万里应制科,得微官而以凶终","当时亦何苦应举入仕,以致非命耶?"①另一种意见认为:"呜呼!死生荣辱当得不得,不得则得之,自古及今岂少也。蕡死何惜哉?"②指出在明初特定时期,孙蕡之死难以避免。蔡汝贤指出:"方先生避乱山中也,廖平章将其军南下,势若建瓴。然先生归款一书,为南海请命,卒赖以全元元。此与鲁仲连射书聊城事何异?迨先生既登第也,由虹簿选入翰林为典籍,诸所奏对,悉当圣祖意,宋潜溪自以为弗及。此其敏捷之才,当不在詹、乐诸公下。其推让之也,固宜。籍令久于翰苑,得大柄用,出其文章,以黼黻皇猷,润色国史,萧操丙魏,奚足称勋。顾监祀未几,即求外补,佐平原幕、东吴郡,功业仅寥寥焉。寻以谪戍罢归,竟罹党祸,赍志以殁,不大可哀哉。"③其命运之可哀,正衬托朱元璋之专制。清乾隆时顺德人胡亦常《孙典籍》则认为孙蕡之死是因为性格的狂狷:"乱定知真主,书成解阻兵。功疑拜陆贾,狂乃死祢衡。文字宁奇祸?君王尚圣明。如何鼍鼓后,使得见平生。"④上述三种意见各有其片面的深刻。孙蕡之死,是时代、命运和个性的三重悲剧。就其人生结局而言,孙蕡在洪武初年出仕可以理解,但他在朱元璋已经对文武大臣渐开杀戒的情况下又于洪武十五年再度出仕苏州确实是不明智的;就人生经历而言,一个终身隐居但长寿的孙蕡,其生命历程未免枯槁。相反,坎坷的仕宦经历使孙蕡经历了死生荣辱,其灿烂诗篇和生命价值也在社会的激荡中放出光彩。孙蕡的命运,在明初士大夫中,富有典型意义。左东岭先生指出:"元明之际的许多文人都是抱着建功立业的理想而进入新朝的,并在洪武初年有过六、七年左右的意气风发的创作高潮时期,但随后便由于政治的严酷与党案的牵连陷入困境,或被杀头或被流放,从而进入其创作的低潮期。面对当时险恶的现实环境,大多数文人采取了沉默的态度,无声无息地像野草般被朝廷所刈除。孙蕡则不仅用其诗歌创作昭示了此一过程,而且还用文章对此进行了概括描绘,使后人对此一时期的士人状况与诗坛走向有了更为具体清晰的认识。仅就此一点,孙蕡便是不可忽视的。"⑤

(二) 孙蕡诗歌的创作题材

诗歌是诗人人生的生动反映。与其坎坷人生相一致,孙蕡诗歌的题材多

---

① 沈德符:《万历野获编》卷一五,中华书局,1959 年,第 393 页。

② 焦竑:《国朝献征录》卷二二引李承箕语,《续修四库全书》第 526 册,上海古籍出版社,2002 年,第 180 页。

③ 郭汝诚修,冯奉初等纂:《顺德县志》卷一八,第 1628 页。

④ 陈永正:《岭南历代诗选》,广东人民出版社,1985 年,第 382 页。

⑤ 左东岭:《孙蕡的诗歌创作历程与明初文人命运》,《中国文化研究》,2012 年第 2 期。

样而丰富。其《七言集句诗序》曾将唐人七言绝句分为台阁、山林、江湖、边塞、闺阁、神仙、僧释、怀古、体物等十类①。事实上,他自己的作品题材也不出上述范围。大致说来,孙蕡一生的创作,与其人生经历一致,经历了三个阶段的题材变化:早期偏处岭南,生活较为单纯,诗歌主要为抒写隐逸之情的山林之文;出仕之初因一度担任侍从文人,写过一部分奉酬应制的台阁之文;仕宦中后期南北奔走,游历江湖,因而多闺合、游行、羁泊、贬谪之江湖之文。

山林之文

所谓"山林之文",乃是与"台阁之文"相对。宋人吴处厚云:"文章虽皆出于心术,而实有两等:有山林草野之文;有朝廷台阁之文。山林草野之文,则其气枯槁憔悴,乃道不得行,著书立言者之所尚也。朝廷台阁之文,则其气温润丰缛,乃得位于时,演纶视草者之所尚也。"②"山林之文",往往是作者居山林草野之时的产物。孙蕡的乡居隐逸时期,可以分为两个时期:一是洪武三年入仕之前的乡居时期;一是洪武十一年至洪武十五年一段时间。这两段时间,虽同为孙蕡的人生隐逸期,但是心境有所不同,故其山林之文,也有所不同。

孙蕡第一阶段的隐逸山林之文,主要反映了他出仕前在岭南的隐居漫游生活。前者如《荔湾渔隐》:"家住半塘曲,沿回几折湾。门前荔支熟,屋后钓舟闲。杳邈熊罴兆,空濛虎豹关。如何三里外,便是五湖间。"③荔湾在广州城之南郊,位于珠江之畔,因盛产荔枝而名荔湾。此诗前半部分写景,以白描之笔,简单勾勒隐士之家居环境;后半部分用熊罴、虎豹喻指元末社会之恶势力,以比兴手法写出远祸心理;而"五湖"句则借春秋末年越国大夫范蠡乘轻舟以隐于五湖的典故,表达隐居之志。又如《雨中寄友》写隐居生活之清寂:"客有还家梦,空山雨正来。寒生衣袖薄,风急树云开。掩户坐终日,思君重几回。琴边有清兴,能复醉深杯。"④孙蕡前期生活以游山玩水为主,所以颇多纪游写景之作。如《夏日过蒲涧寺后二岩观菖蒲》:"炎威郁难撼,况值日方永。挥箠偕同袍,远诣山中静。消暑得清泉,流来自岩顶。循涧见石蒲,弥布水光映。猬毛刺针铓,虎须簇锥颖。婆娑浓靛敷,翠色香挺挺。传是古尧韭,一览心已领。采饵可明目,烁烁电光耿。尤堪引寿龄,久视阅遐景。遂蹑安期踪,云路恣驰骋。旋归乘天风,浩然尘梦醒。"⑤蒲涧寺在广州府

①　原载缺一类。叶盛:《水东日记》卷二六,《笔记小说大观》三十六编,第3册,台湾新兴书局,1975年,第252—254页。
②　吴处厚:《青箱杂记》卷五,中华书局1985年,第46页。
③　孙蕡:《西庵集》卷五,《景印文渊阁四库全书》本,第523页。
④　孙蕡:《西庵集》卷五,《景印文渊阁四库全书》本,第522页。
⑤　孙蕡:《西庵集》卷一,《景印文渊阁四库全书》本,第474页。

城白云山麓,宋淳化元年始建。相传安期生在七月二十五日于此上升,粤人是日悉往涧中沐浴,以期霞举。这首纪游诗首六句点出出游时间、地点;接着特写菖蒲之形味功用;最后抒发游仙之想。孙蕡的早期作品,多以岭南生活为题材,诗意呈现了岭南山水,充满浓郁的岭南地域风情,如《南园》《南园夏日饮酬王、赵二公子》《罗浮游题三首》《景泰寺》《西樵》《宋伯贞处士东园》《寄琪林黄道士》等诗,都以岭南风物为对象,表达自己隐居求仙生活情趣和哲理体悟。孙蕡早期诗作,是其寻幽访胜早期生活的反映,内容比较单一。

孙蕡第二阶段的隐逸山林之文,较之第一阶段有了更多的人生体验。洪武十一年(1378)秋,孙蕡罢归田里,回到故乡南海平步乡。其间作《出京》《闷兴》《还山作》《拜祖墓》《幽居杂咏七十四首》《祭灶文》《和归去来辞》《立秋次清江》等作。孙蕡归隐时的心情是颇为矛盾的:一方面他有摆脱仕途险恶的轻松,另一方面则又心在朝廷,仍怀出仕理想。他曾和陶渊明《归去来辞》作《和归去来辞》,以表达归隐之情:

> 归去来兮,离家十年今始归。返故园之初服,抱去国之余悲。慕古人之远引,高风邈其难追。嗟弱龄之昧道,及暮齿而知非。回独轸于修途,振江海之轻衣。望松楸其匪远,睨桑梓之依微。爰憩我马,自兹惊奔。复扫花径,重开荜门。朋旧载过,宗族具存。既列琴瑟,亦罗匏樽。俯清泉以濯足,荫嘉树而怡颜。喜尘缘之静尽,觉灵府之闲安。挹凉风以抗牖,延素月而开关。极林野之清娱,纵卉木之奇观。岁将阑而独往,日既夕而忘还。感风霜之交集,立桧柏之桓桓。归去来兮,罢吴楚之宦游。抚四方者倦矣,获素愿兮奚求?穷岁时以静赏,撼夙昔之烦忧。侣渔樵于山泽,服稼穑于田畴。心淡止水,身如虚舟。慰佳辰以雅集,散退瞩于高丘。慨吾年之日迈,阅逸景之星流。守穷间以待尽,依先陇之余休。已矣乎! 人生会遇良有时,丹崖绿壑不少留。世路如此将安之? 心与造物游,全归以为期。问桑麻于井里,课僮仆之耘耔。饮柴桑之薄酒,咏秋菊之新诗。信流行与坎止,达生委运其何疑。①

郭棐《粤大记》记载:“十一年,罢归田里,遨游云林中,益肆力于问学,所见益深,有轻生死、齐物我之意。尝和陶潜《归去来辞》以写其情。其一曰《怀灵荃》,志不忘君也。”②这则记载也透露了孙蕡调适内心冲突的过程。

---

① 孙蕡:《西庵集》卷九,《景印文渊阁四库全书》本,第573页。
② 郭棐:《粤大记》卷二四,《日本藏中国罕见地方志丛刊》本,第467页。

第一步"遨游云林"，即通过寄意山水来摆脱现实功名的煎熬；第二步"肆力于学问"，即通过古代典籍和前代圣贤寻找精神的资源，获得情感的共鸣，消解内心的不平；第三步效法陶渊明，达生委运，诗意栖居田园。在故乡，孙蕡筑了三座亭子以明志：读书堂、烟霞寄傲、接恩坊，一座亭代表着孙蕡的一个心愿。读书堂表明了诗人希望通过沉潜文史来获得智慧的启迪，烟霞寄傲代表了诗人寄意山水、效法陶渊明隐居的愿望，而接恩坊则表征了他希望承接朝廷恩典、再获启用的渴望。他终究无法忘记君主，无法忘怀功业，所以他最终也没有彻底克服内心的矛盾，这也决定了他的归隐乡邑是暂时的。

孙蕡在奔走仕途时，也有相当数量直接抒写对故乡的思念的诗，表达了其山林隐逸之趣。如其《寄王给事佐》《怀白云山房》《怀海珠寺》就是这类作品。《怀白云山房》云："家住沧洲洲上山，数椽茅屋乱云间。天晴叠嶂开金碧，雨过清泉响佩环。高兴别来长寂寞，故人谁与共跻攀。洞门猿鹤应相问，何事先生久未还。"①此诗深情回忆了故居的美景，遥想故人攀登而独缺自己一人的情景，抒发了回乡归隐的心绪。又如《客平原春日有怀》："怅望乡园去计违，春来惟有思依依。客程故向南天远，花信偏于北地迟。汉帝苑边卢橘熟，秦佗墓上鹧鸪飞。柴门独对东风掩，此日松筠冷翠微。"②思乡之辞，成为了孙蕡游宦时期诗歌创作的主要内容。如《虹县九日登五女冢》其一云："又见殊方风物新，宦情羁思两纷纷。"其四云："遥知弟妹家山里，几向天涯倚断鸿。"其五云："宁教醉里逢佳节，且免醒来望故乡。"③故乡的风物、亲人，节侯，无一不牵动诗人的心。如《清河口》云："清河黄河相间流，四月五月如九秋。墨云压地箕斗黑，浊浪吐雪龙鱼愁。江河万里杳何极，行役半生犹未休。故园清兴自不浅，此日松竹风飕飕。"④北国、岭南不啻路途遥远，而且气候迥异。时空差异带来的强烈刺激，自然牵动诗人的故园之念。如《秋风》其二云："秋风淅淅吹江亭，汴河之柳犹青青。黄姑东渡会七夕，白帝西来朝百灵。初开琪树已云落，远别客愁今未醒。欲写乡书寄南雁，故园万里天冥冥。"⑤以客居之地和故乡秋景的差异，写出思乡之情。

孙蕡的山林之文，除了"人情重土"的人之常情外，有特殊的文化意义。在以前的迁谪者的眼光中，岭南乃瘴疠之地、人文荒漠，是可怕而又郁闷的地方。但是在孙蕡而言，却不仅没有瘴疠、没有恐惧，是让人怀念的温暖的

①　孙蕡：《西庵集》卷五，《景印文渊阁四库全书》本，第529页。
②　孙蕡：《西庵集》卷六，《景印文渊阁四库全书》本，第533页。
③　孙蕡：《西庵集》卷九，《北京图书馆古籍珍本丛刊》本，第66页。
④　孙蕡：《西庵集》卷六，《景印文渊阁四库全书》本，第532页。
⑤　孙蕡：《西庵集》卷六，《景印文渊阁四库全书》本，第531页。

家乡,是一个充满人文意味的地方,岭南名胜的秀丽风光,南园诗社的诗酒雅集,时常萦绕在他的心中。孙蕡"山林之文"对岭南的诗意描述,使岭南山水有了亲切温暖的意味,彻底摆脱了唐宋贬谪诗人的岭南异物之感和他者书写模式。

台阁之文

孙蕡任翰林典籍时期的作品,多台阁之文。青年孙蕡,在协助何真安定岭南和归顺明廷的过程中,树立了救世济民、建功立业的理想。孙蕡曾致书友人梁谨,劝他出仕:"以子之才,揆今之务,弹冠结绶,曳紫托红,捷如拾芥,此其时也。"①明朝的建立,激起了蜗居岭南的孙蕡建功立业的热望。洪武三年,他因地方的荐举,北上南京。北上之时所作《别弟》《别邻》《别友》《别内》《代友赠别》《代内赠别》《赠留隐士中美》《赠皇甫隐士文远》《灵洲》《峡山寺》《赠郑进士毅德宏》等作品反映了其出仕初期对新王朝满怀希望、立志有所作为的心绪。其《赠留隐士中美》反映了他由隐到仕的内心变化:"商飙落庭木,芳岁倏已周。感此流序易,恻恻但怀愁。念我同志友,不得偕宴游。一居玉堂署,一在炎海陬。王道今清平,有才赞鸿猷。谁令抱孤志,坐恋林与丘。"②诗中的隐士,大概是孙蕡早年南园结社时期的朋友。不过,孙蕡现在已经出仕,但朋友尚坚持隐居,因此他写信劝友人在当今王道清平之时放弃隐居出仕,以实现平生救世济民之志。孙蕡将对新朝的歌颂和自己建功立业的希望,融于诗歌创作之中,表现了一种积极用世的心态。如:"幸逢世道平,天路振羽仪。"(《别内》)"王度今清夷,世途无荆榛。"(《代友赠别》)"相期各黾勉,天路方清平。"(《别友》)"良时幸休明,天路开清夷。"(《别弟》)"令器逢盛时,岂将久湮沦。"(《赠从弟》)"王度今清夷,缙绅若云来。"(《寄郑进士毅德宏》)③

到了南京后,孙蕡为江南的富庶繁华、文物之盛以及新朝百业待兴的景象深深震撼和吸引,禁不住热情礼赞。初来乍到,孙蕡对人文鼎盛的江南似乎有一种自卑感,对政治的热情也不是很高。如《赞翰林宋先生诸老》云:"依依野田雀,本在桑榆间。深林荫栖息,卑枝覆羽翰。"④其《南京行》以长篇巨幅描写了南京的繁华都市景象和深厚的历史文化传统。其奉和皇帝、赓续大臣的应制之作,虽然难免歌功颂德,但他对一统王朝和明主功臣的热情礼赞,洋溢着前所未有的朝气与豪情,显示了诗人在现实和理想的激发

---

① 《莘墟梁氏族谱》,载《梁氏家庙》,同治三年钞本。
② 孙蕡:《西庵集》卷一,《景印文渊阁四库全书》本,第475页。
③ 孙蕡:《西庵集》卷一,《景印文渊阁四库全书》本,第476—477页。
④ 孙蕡:《西庵集》卷一,《景印文渊阁四库全书》本,第478页。

下,热情高涨,信心勃勃。如其《驾游天界寺》热情礼赞了明朝初的统一气象和政通人和、万事俱兴的政治局面。《朝回呈诸阁老》描写自己作为文学侍臣的生活,歌颂了明王朝的太平:"承恩入翰苑,窃禄侍彤帏。日月行黄道,玑衡耀紫微。菲才忝下列,丹衷无由披。凌晨陪稷契,日晏揖皋夔。海岳方奠安,神人亦恬熙。敛盖瞻鸾驭,鸣珂集凤池。遥望双阙门,飞甍切云霓。交疏罗结绮,疏柳啭文鹍。轻裾随风旋,绿树昼景移。明良感嘉会,文物应昌期。濯濯联华采,翩翩秀羽仪。宣情寄芳藻,聊用颂清夷。"①孙蕡的这类作品虽然像绝大多数应制诗那样免不了歌功颂德,但是明朝初建确实给当时的士子带来了开创太平盛世的希望,因此他们对皇帝的歌颂、对新朝的礼赞,绝大多数是真诚的。这类作品体制绚丽丰腴,音节淳庞而雍容典雅,是明初台阁体诗风的一个组成部分。

江湖之文

台阁之诗,虽然在当时为孙蕡带来了全国性的名气,但在孙蕡的诗歌中并不占据主流,因为,他在京城的时间并不长,其出仕的主要经历是在虹县、四川、平原、苏州等地游宦。游宦的生活,开阔孙蕡的眼界,丰富了他的体验,也促进了他与新知故旧的往来酬唱,创作题材以江湖之文为主。江湖之文之所以成立,在于文在江湖的文化特质。"身在江湖,心存魏阙"的责任感,不再是江湖之文的主调,政治、道德的主题让位给艺术、审美②。相对于山林之文,江湖之文更多一份现实人生的体验;相对于台阁之文,则又少了一份心存魏阙、歌功颂德的必要,因此江湖之文在题材的广阔性、情感的丰富性上大大超越了山林之文和台阁之文。

仕途的漂泊,使孙蕡得以饱览祖国山河,写景纪游诗因而成为孙蕡中期创作中最为引人注目的类别。洪武八年八月,孙蕡以奉常官的名义自南京赴四川成都监祀。他沿长江溯流而上,一路途经池州、九江、岳阳、武昌、赤壁、荆州、巫山、忠州、最后抵成都,停留十日后,自成都沿原路返回。去途写下《望九华山》《次李阳河》《阻风雷港》《望庐山》《次浔阳》《次九江》《寄江洲》《过岳阳》《岳州送丘祥甫》《次武昌》《武昌别鲁侍仪舍人文浚》《过赤壁》《过荆州》《次黄州》《昭陵》《黄歇》《二乔》《赤壁》《次归州》《巫峡秋怀》《发忠州》《巫山》;回程写下《出蜀》《怀四川》《怀青城》《下瞿塘》《过瞿塘》《归州赠莫三》等;在成都则有《赠关景熙元帅》《云南乐》《赠成都画者徐文珍》《盐井》《题四川都府照磨陈庭学小兰雪轩》《题张侍仪贞白独冷轩》等

---

①　孙蕡:《西庵集》卷一,《景印文渊阁四库全书》本,第478页。
②　马茂军:《宋代散文史论》,中华书局,2008年,第242页。

诗。这些诗如游记般,一一描摹所见所闻,集中体现了孙蕡"善言风景"的特点。

孙蕡善言风景,首先表现在善于抓住景物的特点做细致刻画。如《过瞿塘》突出了瞿塘峡之奇险:"鬼门关黑路险幽,我行短发寒飕飕。洪涛摇山角井裂,怪石触雪鼋鼍愁。冥搜欲极造化窟,飒爽始可清毛骨。朝冲神女弄珠宫,夜瞰鲛人织绡室。人生哀乐本无端,历此百折生凄酸。槎翻健翅疾于鸟,那敢此地长盘桓。离家江月今三皎,归棹乘流须及早。布帆明日挂回飙,晴滩水落漩涡小。"①此诗将自己的心理体验和对瞿塘峡的描绘融于一体,既调动听觉、视觉、触觉等多种感官以实笔细致刻画瞿塘景物,又借助想象运用神话传说以虚笔渲染瞿塘神秘气氛。《下瞿塘》诗则突出顺流而下,紧扣一"快"字做文章:"人言滟滪大于马,瞿塘此时不可下。公家王事有程期,敢惮微躯作人鲊。人鲊瓮头翻白波,怒流触石为漩涡。柁公敲板助船客,破浪一撇如飞梭。滩声橹声历乱聒,紧摇手滑橹易脱。沿洄划转如旋风,半侧船头水花没。船头半没船尾高,水花作雨飞鬓毛。争牵百丈上崖谷,舟子快捷如猿猱。"②此诗细致描写诗人渡过激流险滩的情景,生动传神,让人有身临其境之感。

孙蕡的善言风景还表现在善于抓住景物的地域特点。洪武十年二月,孙蕡由翰林典籍外放为平原令。他由南京北上山东,跨越长江、淮河、黄河三大水系,留下了许多写景纪游诗。孙蕡这次走过的是汉唐故地、衣冠之乡,因此与赴四川的诗作重点在自然景物上不同,写作重点放在了历史人文景观上。如《清河口》《古河》《思家古河》《圯上》《过三洪》《过吕梁》《吕梁洪》《徐州洪二首》《汉祖庙》《项羽庙》《歌风台》《戏马台》《范增墓》《过黄石公祠》《聊城》《过扬州》《下邳》《聊城见荷二首》《武城》《过往平望峄山》《周公》《荆轲》《苻坚》《魏台》等作,多写汉朝旧事,为吊古之作,有沧桑之感。如《项羽庙》:"武安城郭水光中,云是前王画绣宫。秦汉寂寥悲霸业,烟霞咤叱想重瞳。金舆已歾三秋草,铁马犹嘶午夜风。惆怅夕阳芳草路,一天愁思满江东。"③此诗将项羽庙的遗迹与他的霸业交织写出,让人在物是人非中起历史兴亡之感。孙蕡的写景纪游诗善于突出各地域有代表性的自然和人文景观,因而给人们留下深刻印象。曹洁躬评价他的写景诗云:"仲衍善言风景。于广州则云'丹荔枇杷火齐山,素馨茉莉天香国'。于罗浮则

①　孙蕡:《西庵集》卷四,《景印文渊阁四库全书》本,第514页。
②　孙蕡:《西庵集》卷四,《景印文渊阁四库全书》本,第515页。
③　孙蕡:《西庵集》卷九,《北京图书馆古籍珍本丛刊》本,第67—68页。

云'紫极房栊倚日开,蕊珠楼阁中天起'。于云南则云'蛮官见客花布袄,邨妇背盐青竹篮'。于武昌则云'武昌城头黄鹤楼,飞檐远映鹦鹉洲。汉阳树白烟景湿,行人如鸥沙际立'。使未至其地者诵之,亦当神往。"①这种评价是非常中肯的。

孙蕡的善言风景,还体现在他的题画诗中。他所题之画无非山水风景和人物花鸟。诗画本有相同之处,明人王行《半轩集》卷二《寄胜题引》说:"诗本有声之画,发缫缋于清音;画乃无声之诗,粲文华于妙楮;一举两得,在乎此焉。言夫画也,极山水草木禽鱼动植之姿;言夫诗也,尽月露风云人物性情之理。"②孙蕡的题画诗充分显示了诗画相生的特点。其题画诗有三大特点:一是突出画中风景的特征;二是注重对画中诗意的捕捉;三是将画与人的性情联系起来。如《捕鱼图》:"小孤洲前春水绿,泛湖小船如小屋。白头渔父不解愁,往来捕鱼湖水头。得鱼换米纳官税,妻孥衣食长优游。大儿十三学网罟,小女七岁能摇橹。江口赛神夜吹角,村边卖鱼朝打鼓。雨来维梢依古岸,风起鸣榔入长浦。荻芽短短桃花飞,鳜鱼上水鲥鱼肥。脍鱼烧笋醉明月,蛮歌唱和声咿咿。月明在天光在水,但愿年年只如此。无风无浪安稳眠,湖中有鱼鱼得钱。"③依次描写画中之渔船、渔父、渔家以及渔民生活情景,层层铺述,最后抒发对平静生活的向往,画面层次清晰,布置得当,而意境深远。《题钱叔昂潇湘图》:"远山如游龙,近石如踞虎。秋阴迢迢树楚楚,乃是洞庭潇湘之极浦。西来白波浮太虚,鬼物似与空濛俱。潭深蜃气结楼阁,鲛人踏浪随游鱼。织绡更泣明月珠,缀成悬珰素裙襦。九疑并迎翠华辇,绛节影低群真趋。须臾长风起木末,高林侧亚叶乱脱。浮云散尽天宇豁,云水遥连帝青阔。苍松翠竹黭未分,残霞断霭余二抹。钱郎毛骨清,画此兼众妙。"④此诗将一幅静态的画,刻画出了一种动态的效果。诗之开篇,先以比喻写远山、近石,大致勾勒出画之框架;中间写洞庭湖面,大胆运用神话传说,以虚笔写出水面烟雨迷蒙之神秘朦胧之美;第三层写风气雨散,海阔天空;最后才点明钱郎"画此兼众妙"。此诗深得水墨山水之妙,读者完全可以按诗作画。《题绵州同知曾傃古雪卷并序》依次写古雪山、曾侯以及作者神游雪山的感受。卒章部分"桃花犬吠空斋里,黄竹柴门君自开"⑤,一改其他诗往往以议论结尾的方法,以写景收束,以有声之诗,表无声之画,富有

---

① 朱彝尊:《明诗综》卷一一,《景印文渊阁四库全书》本,第364—365页。
② 吴文治主编:《明诗话全编》第1册,江苏古籍出版社,1997年,第245—246页。
③ 孙蕡:《西庵集》卷四,《景印文渊阁四库全书》本,第511—512页。
④ 孙蕡:《西庵集》卷四,《景印文渊阁四库全书》本,第513页。
⑤ 孙蕡:《西庵集》卷四,《景印文渊阁四库全书》本,第516页。

情味。孙蕡还善于将自己的人生意趣融入观画体验中。如《杂画》其九云："沾恩几载入承明,云冷渔矶白鹤盟。忽见新图被山恼,欲辞簪组乞归耕。"其十云:"白鹭洲前野艇归,钓鱼矶上绿杨垂。人间野况都如画,奈此穷生薄禄为。"①构思最为巧妙的当属《桃源图》。诗由一次梦境写起,诗意全仿《桃花源记》,最后点出自己猛醒后方知所面对的只是一幅桃源图,巧妙地传达了隐逸之思和这种愿望暂时难以实现的遗憾。

　　游宦生涯还使孙蕡有机会接触到宫廷之外的底层社会生活,从而了解到当时社会生活的真实状况。在出任地方官员期间,孙蕡写出了一批反映民间疾苦的作品。如《平原行》:"古原县郭如荒村,家家草屋荆条门。自罹丧乱新复业,千家今有一家存。稚子采薪割蒿草,妇女携筐拾梨枣。丁男应役不在家,长驾牛车走东道。黄河水涸无鱼虾,居人七月方食瓜。人烟星散不成集,棠梨苦叶烹为茶。凌州九月官税促,黍子在田犹未熟。春霜夏旱蚕事空,不卖新丝卖黄犊。银河七夕如水流,明年麦好君莫愁。"②此诗真实描绘了久经丧乱的平原县的惨状,批评了当时赋税偏重的弊政,流露出作者对于民生疾苦的深切同情。又如《平原田家行》描写百姓"春丝夏绢输税钱,木绵纺布寒暑穿",安慰他们"衣粗食恶莫用悲,犹胜北军离乱时"③,也体现了悲天悯人的人道主义情怀。无论是在虹县,还是在苏州,孙蕡都是为官一任、造福一方,这与他对民生疾苦的深刻体察是息息相关的。

　　洪武十五年,孙蕡果然被再度起用,出任苏州经历。虽然他也曾在苏州作出过不俗的政绩,但其用志之心却明显消退了,这主要表现在反映民生疾苦的作品的急剧减少。孙蕡在苏州的诗作有《西塘图为姑苏吴隐君题》《姑苏台》《灵岩寺》《姑苏开元寺》《白纻四时词四首》《范蠡》《伍子胥》《顾左思闲居吴中别业》等一批反映苏州风土人情的诗作,但反映民生疾苦的作品明显减少了。如《姑苏开元寺》云:"梵宫春尽落花时,倦鸟犹啼竹树枝。想见风流唐太守,绿阴满院坐题诗。"④此诗将自然景观和人文传统融于一体,诗歌颇有风流雅致。同时,孙蕡也有一批反映岭南故土的诗歌,如《怀碧虚观寄止庵萧炼师五首》《怀罗浮》《寄罗友章先生》《再寄罗友章先生》等,表达"忽报故园归思切,素琴惆怅不胜弹"(《乙丑元夕送傅城进士还桂林》)⑤。

① 孙蕡:《西庵集》卷七,《景印文渊阁四库全书》本,第542页。
② 孙蕡:《西庵集》卷三,《景印文渊阁四库全书》本,第498页。
③ 孙蕡:《西庵集》卷三,《景印文渊阁四库全书》本,第498—499页。
④ 孙蕡:《西庵集》卷七,《景印文渊阁四库全书》本,第547页。
⑤ 孙蕡:《西庵集》卷八,《北京图书馆古籍珍本丛刊》本,第56页。

这类诗歌常以苏州与岭南风物作对比,来表达思归之情。如《怀罗浮寄萧炼师》云:"误解兰缨下彩峰,十年飘泊厌西东。秋风楚塞尘随马,夜雨吴江浪打篷。旅邸寂寥芳岁换,仙游烂漫几时同。罗浮此日南薰转,无数漫山荔子红。"①孙蕡在苏州再度出仕的行为,和他留下的上述两类作品,构成了一种矛盾,即仕与隐的矛盾:一方面,他始终心怀归隐,另一方面他又汲汲于宦途。他的内心的这种宦情与羁思的悲剧性冲突最终变为了现实的悲剧。洪武二十二年(1389),孙蕡因事谪戍辽东,第二年以党祸见逮,被论以极刑。

孙蕡游宦各地,再加之性喜交接,因而朋友颇多,集中有大量的赠答、酬唱之作。其酬唱对象大致分两类。一类是家乡故交,一类是宦途朋友。在与前者的酬唱中,孙蕡真诚抒发了自己对友人与故园的思念;在与后者的酬唱中,则寄托着辛酸的人生体验。孙蕡的赠答酬唱诗,往往又和送别诗联系在一起。前者如《赠高彬》:

> 高彬魁梧身七尺,秀眉丰颊仍广额。几年共食越江鱼,此中同作钟陵客。钟陵上国要路津,出门大道连青云。交游脱略旧时辈,拜揖尽是英豪人。少年一字都不识,近日能诗兼读《易》。看君意志肯如此,世人见者谁不惜。平生于我最知己,旅邸浮沉托生死。得钱慷慨即相赠,归家不问妻与子。玉壶美酒桃花春,酣歌每到清夜分。冲人侠气俨郭解,不信穷愁如有神。人生穷达何足道,微名于世须亦早。但怜零落故山云,未得相从逐幽讨。②

高彬原是何真幕下武将,何真降明后,高彬弃武从商,并开始习文。高彬与孙蕡感情甚笃,有很多诗篇酬唱。此诗描绘了高彬的容貌、性格,回顾了他的经历以及与自己的交往,刻画了一个性格豪爽、侠气逼人但又零落失志的英雄形象,流露出惺惺相惜之情和壮志难酬之慨。孙蕡的赠别诗,无论何种体裁,皆气象开阔,直抒胸臆,感情真挚,为后代评家激赏,如王夫之评其《往平原别高彬》:"高情亮节,真岑嘉川嫡嗣。旷五百余年,除宋人烟雨,而披青天,临白日,洪武诸公廓清之功大矣。嗣者无人,乃令高棅、何景明败乃公事,能无扼腕。"评其《寄高彬》:"神动天流。此小诗正宗也。夕堂于此,每宽一格以待才情,至仲衍,则心为之尽,王江宁而后一人而已。"③与同

①　孙蕡:《西庵集》卷六,《景印文渊阁四库全书》本,第536页。
②　孙蕡:《西庵集》卷四,《景印文渊阁四库全书》本,第503页。
③　王夫之评选,陈新校点:《明诗评选》,文化艺术出版社,1997年,第44、367页。

僚的酬唱,孙蕡则往往流露对仕途艰辛的感慨。如《送沈主事起复除西安知县》:"年少天官旧考功,马蹄催人未央宫。声名已在云霄上,乡国犹悬涕泪中。辇路繁花明旭日,佳城乔木语天风。传家正欲存忠孝,千古君臣此道同。"①此诗回顾了友人沈主事的成长经历,以忠孝之道勉励友人。又如《奉酬刘友贤、黎仲辉二御史见过》:"故人骢马晓相过,错莫邻人避玉珂。朝下楚城高盖合,春深门巷落花多。飞腾每羡青云早,衰懒无如白发何。相见惟期树勋业,蒋陵佳气正嵯峨。"②此诗祝贺友人高升,也感慨自己功业无成,最后则以在太平盛世有所作为与友人共勉,显示了诗人乐观的个性。孙蕡的赠答诗,常常和送别、怀人诗结合在一起,往往显得情韵悠长。如《怀碧虚观寄止庵萧炼师五首》其二云:"为爱碧虚萧道士,十年窗下读黄庭。山瓶枸杞龙蛇白,石井丹砂蟪蛉青。词客素秋吟夜月,羽人清夜礼寒星。别来仙赏幽期旷,谁共松根采茯苓。"③在对友人与自己昔日共同生活的回顾中,抒发深切的怀人之情。又如《送蔡九节还南安》:"几年为客怕逢秋,每见春来忆旧游。归梦夜随寒雨急,片帆春逐大江流。看山有兴还堪写,惜别从来不解愁。斗酒殷勤拼一醉,相思何处却登楼。"④此诗无句不写景,亦无句不抒情,情景交融,浑然一体。

综上所述,孙蕡的诗歌创作,经历了由山林之文到台阁之文再到江湖之文的变迁,其中成就最高的是江湖之文。这既与孙蕡的人生经历和性情相关,也与明初文风的嬗变有关。明初,为皇帝歌功颂德的台阁之风渐行,各地赴中央任职的文人几乎人人都受到这种风气的影响,担任翰林典籍的孙蕡也不例外。幸运的是,孙蕡担任翰林典籍的时间很短,很快即奔走仕途,游宦各地,所以他虽也写下了一些台阁之作,但受这种风气的浸染不深,代表他的主体风格的仍是山林—江湖之文。

(三)孙蕡诗歌的创作风格

关于孙蕡诗歌的艺术风格,古人有许多精彩的评价。王元美云:"孙仲衍如豪富儿郎,入少年场,轻脱自好。"李时远云:"仲衍豪迈玮丽,足追作者。其七言古体不让唐人。"叶处元云:"先生五、七言古风,虽唐人不能远过。"⑤上述诸人的评语,多各就孙蕡诗歌的某一体而言,对孙蕡诗歌的整体风格尚缺乏把握。事实上,孙蕡的诗歌风格,既表现为各体诗歌的体式风格,也体

---

① 孙蕡:《西庵集》卷五,《景印文渊阁四库全书》本,第527页。
② 孙蕡:《西庵集》卷五,《景印文渊阁四库全书》本,第526页。
③ 孙蕡:《西庵集》卷九,《北京图书馆古籍珍本丛刊》本,第74页。
④ 孙蕡:《西庵集》卷五,《景印文渊阁四库全书》本,第529页。
⑤ 朱彝尊:《明诗综》卷一一,《景印文渊阁四库全书》本,第364页。

现为其主体精神特质所决定的作家风格,同时也受到时代风格的影响。在多种风格的共同作用下,孙蕡诗歌呈现出了多彩的艺术风貌。

五古、乐府远师汉魏

孙蕡《西庵集》卷一为五言古诗,主要收录了他的一些五言古诗和一些乐府诗。孙蕡的五言古诗以汉魏古诗为宗。如《杂诗》六首题材为汉魏古诗中常见的游子思妇、羁旅怀人、边塞羁泊等,表达方式上以铺陈为主,而夹有比兴。如其二:

> 浮萍无根蒂,泛泛江海间。狂风簸巨浪,漂泊何当还。亦似离家客,长年去乡关。莽莽涉万里,迢迢度千山。沉忧损精魂,远道多苦颜。无为歌此词,恻怆伤肺肝。①

诗歌以浮萍喻羁客,表达漂泊之苦。不过,谢榛《四溟诗话》卷四云:"古体起语比少而赋兴多,贵乎平直,不可立意涵蓄。"②此诗偏以比兴开篇,显示了孙蕡的五言古体多少带了些"文人气",在模拟的同时进行了文人化改造。又如《安期升仙台》:

> 神仙莫可稽,欲吊迹多漫。怜有安期生,遗台粤山半。想当避秦乱,南还事冶锻。砂采芙蓉灵,火炀电光烂。丹成遂轻举,跨鹤陟云汉。尚留如凫舄,世上作奇玩。飞腾今何之,翘首起吁叹。③

此诗以议论发端,感慨神仙之难以征验;接着借想象铺陈安期炼丹情景;最后以议论收束,表达了自己的游仙之思。此诗也带有明显的文人色彩。

孙蕡对于乐府民歌的题材选择,以相思离别为主,但同时融入了对世态人情的体验和对底层人民社会生活的体察,内容十分丰富。孙蕡有不少拟乐府诗,如《秋风词》模拟曹丕《燕歌行》,《拟今昔盐》模拟《古诗十九首》。这表明孙蕡乐府诗,还不仅仅是模拟汉魏古风,实际上对文人拟乐府也十分关注,特别重视音韵和情思的审美标准。孙蕡的相思离别题材的乐府诗,常常在模拟古辞的基础上,通常借助想象细致描写抒情主人公的神情意态、内心活动以及生活环境,反复抒写抒情主人公缠绵凄怆的情思,以追求"情思

---

① 孙蕡:《西庵集》卷一,《景印文渊阁四库全书》本,第472页。
② 丁福保:《历代诗话续编》,中华书局,1983年,第1220页。
③ 孙蕡:《西庵集》卷五,《景印文渊阁四库全书》本,第474页。

凄怆"。如《湘妃曲》：

> 沅江木叶下，洞庭秋水多。湘灵美清夜，隐约倚层阿。冰雪耀玉容，远山敛翠娥。风鬟散香雾，美盼溢回波。明珰结珠佩，鲛绡夹素罗。金支色璀璨，翠蕤光荡摩。小环奏玉箫，双成鼓云和。瑶管杂哀怨，清弹间啸歌。妙曲随风扬，余音泛流霞。林端舞鸾鹄，水际起蛟鼍。问汝何所思，慨叹慕重华。轩车去杳邈，黄陵起嵯峨。汀洲生蘼芜，松柏挂女萝。清涕下洒竹，斓斑隐成花。日暮天气寒，星移岁蹉跎。灵荃不可见，婉娈悲如何。九原傥可作，千载复来过。①

此诗融汇楚辞《湘夫人》之语汇意象，构造了幽幻迷离的意境，并着力描写湘夫人之绰约风姿，抒发其凄怆缠绵的怀人之情。从音韵来看，前十六句用下平"五歌"韵，接下来则交替运用下平"六麻"韵和下平"五歌"韵，音韵整齐中寓变化，也做到了"音韵铿锵"。其他如《紫骝马》以一怨妇的口吻，铺陈游侠子斗鸡走马，出入青楼的放荡生活，流露出贵游公子的趣味。《乌夜啼》写思妇思人不至，百无聊赖，以景写情，而情景无限。《饮马长城窟行》则缘题演写，运用顶真、拈连修辞，抒发婉转缠绵之情思，也显示出了"音韵铿锵"的特点。孙蕡出仕时妻子没有随行，对相思离别有过深切体验，他的这类作品有现实的影子，因而显得真切动人。《懊恼曲》：

> 妾家良人婿，执戟明光里。四时迁显官，宠幸无与比。似妾初嫁时，容光照邻里。芳荣有衰歇，喧赫讵可恃。火热变灰寒，懊恼何时已。②

此诗构思尤为巧妙，以一女子的口吻，将夫婿的宦海沉浮与自己的容颜盛衰作类比，语浅意深，有唐诗中"悔叫夫婿觅封侯"的意蕴。全诗在叙述中描写、在描写中抒情、在抒情中说理，事、情、景、理，交织于一体。

孙蕡反映个人对世态人情的体验的乐府诗，善于通过对比来表现盛衰之叹、世态炎凉、人情冷暖，这也造成了情感和音韵的起伏。如《行路难》以翟公盛时的宾客盈门与衰时的门庭冷落进行对比，感慨"古来此道今可悲，须知荣悴亦无时"③。《上京行》写南京的繁华富丽，但是乐极生悲，最后有

---

① 孙蕡：《西庵集》卷二，《景印文渊阁四库全书》本，第485页。
② 孙蕡：《西庵集》卷二，《景印文渊阁四库全书》本，第489页。
③ 孙蕡：《西庵集》卷二，《景印文渊阁四库全书》本，第484页。

不能及时有为的感慨。又如《蒋陵儿》：

> 蒋陵健儿身手捷，青年好游仍好侠。锦衣绣帽彩丝囊，绿鬓葱茏映朱颊。春风二月蒋陵西，柳暗秦淮花满堤。腰裹金鞍摇日出，轻盈紫陌踏花嘶。佳人纨扇和诗赠，上客金瓶带酒携。上客留连正及时，佳人妙舞斗腰肢。舞回璧月当空见，歌罢杨花似雪飞。杨花似雪纷纷落，酣醉人前夸浪谑。自然不分揖金张，况肯低头拜卫霍。意气由来凌七贵，豪华岂必资三略。五侯宅里听啼莺，廷尉门前弹罗雀。扬雄寂寞掩柴扉，草得玄成鬓若丝。岁岁年年书阁底，惟应羡杀蒋陵儿。①

此诗极力铺陈蒋陵健儿纵情声色、游走权门的生活，最后以扬雄的寂寞与之形成对比，以讽刺浮华少年的趋炎附势，礼赞清高志士的安贫乐道。王夫之评价说："递换点染，得关生不关生之妙。"②孙蕡的乐府诗还常常借助咏史，来表达他对社会与政治的理解。如其《乌孙公主歌》在对比中凸现和亲政策的荒谬，有咏史意味："汉宫剩有三千女，岂惮边庭有北部。从此龙泉不用磨，只从天下选娇娥。"③又如《梁父吟》先援引史实，得出"古来英俊人，所遇皆有立"的结论，对比自己"而我独何为，幽泉冻蛟蛰"④的现实，抒发怀才不遇、壮志难酬之叹。

孙蕡还有少数反映民间疾苦的生活的诗歌，则主要借鉴了民歌，艺术上显得质朴可爱。如《牧牛词》："朝出牛亦出，暮归牛亦归。牧牛如种树，贵在不扰之。放牛散食山下草，草香水甜牛易饱。"⑤《耕父词》："朝耕山下田，暮耕山下田。辛苦食筋力，持此终岁年。耕田得谷岂不乐，但愿年丰莫作恶。"⑥这些诗，或反映农村生产生活，或总结农业生产经验，或反映农民希望减轻赋税的朴素愿望，语言笨拙中见可爱，民歌风味十足。

黄佐评价孙蕡诗："初若不甚经意而气象雄浑，兴喻深致，骎骎乎魏晋之风。"⑦孙蕡的乐府诗既有魏晋古乐府之流风遗韵，又融合了诗人自身的现实体验，代表了元末明初乐府诗创作的一种新趋向。明代初期的乐府诗创作，主要是集中在"古乐府"、宫词类乐府、旧题乐府三个方面。"古乐府"，

---

① 孙蕡：《西庵集》卷二，《景印文渊阁四库全书》本，第488页。
② 王夫之评选，陈新校点：《明诗评选》，第43页。
③ 孙蕡：《西庵集》卷二，《景印文渊阁四库全书》本，第486页。
④ 孙蕡：《西庵集》卷二，《景印文渊阁四库全书》本，第487页。
⑤ 孙蕡：《西庵集》卷二，《景印文渊阁四库全书》本，第493页。
⑥ 孙蕡：《西庵集》卷二，《景印文渊阁四库全书》本，第493页。
⑦ 黄佐：《广州人物传》卷一二，《四库全书存目丛书》本，第513页。

主要是指元末"杨维桢式"的古乐府诗,其中既包含着旧题乐府,更多的则是一些"自创新题"的"古乐府"。宫词类乐府,指因"宫词事件"而兴盛于明初皇族的大型连章体《宫词》。"旧题乐府"是指从复古的角度进行旧题乐府的创作,具有即事性、讽喻性等特点,以吴中派诗人高启为代表①。孙蕡的乐府诗,较少杨维桢式的"古乐府",也鲜见"宫词乐府",主要是"高启式"的模拟汉魏六朝乐府的旧题乐府,既具历史性,又不乏现实性。显然,孙蕡的古诗和乐府诗,代表了明初乐府诗创作的一种新趋向。

歌行琳琅可诵

歌行源于古乐府,成于初唐,盛于盛唐。孙蕡的歌行承初、盛唐歌行之余韵,在内容上既有初唐时期的"游观闺情"之作,也有盛唐流行的以赠答抒情的歌行。前者有《广州歌》《南京行》《湖州乐》《云南乐》等,这类作品描述、展现某种客观图景或事物,并从中引发相应的具有普遍意义的人生感慨;后者则有《罗浮歌寄李长史仲修》《草书歌赠颜景明隐者》等,采取第一人称视点,拈一事一物为兴,反复铺陈描写,最后将作者的个人体验点染出来。前者如《南京行》:

> 南京自古说豪雄,远胜秦中与洛中。吴越千山高拱北,巴江一道远朝东。秦淮水入丹阳郭,北固城连六代宫。岌嶪石头如踞虎,逶迤钟岳似盘龙。龙楼凤阁天中起,万户千门霄汉里。太乙勾陈紫极通,翔鸾舞鹤珠峰峙。却日觚棱驾寥廓,行空复道侵箕尾。仙掌铜盘玉作流,灵芝华盖霞为绮。华盖灵芝粲绮霞,御桥金水正当衙。五门彩旭朝天仗,驰道香风散日华。细柳千章争拂地,娇莺百啭竞啼花。紫电龙光飞武库,雕薨甲第列侯家。侯家卿相真才彦,玉笋蝉联奉天殿。屈宋摛文入石渠,韩黥耀武专方面。黄阁承恩宣雨露,乌台执法行霜霰。环佩声清散早朝,葡萄酒绿沾春宴。春宴春风坐百花,归来里巷斗香车。金张富贵人争羡,王谢风流世共夸。隐约商笳随赤羽,葳蕤大纛映彤牙。盘佗宝校光前导,组络鸣镳隘狭斜。狭斜西下通三市,紫雾红尘拂天起。南陌东厢马似龙,乌衣朱雀人如蚁。争看买珠轻薄儿,亦诇探丸游侠子。犹怀凤台醉李白,无复新亭泣周颙。井傍美人悲丽华,道上行人谈结绮。结绮临春总可怜,龙河一带但寒烟。天界丛林开象魏,冶亭高阁艳神仙。神仙尽是蓬瀛侣,更画秦台玉箫女。渺渺青鸾月下来,飘飘彩凤云中举。别有青楼大道旁,烟花万树俨成行。飞琼袅袅翠罗袖,小玉娥娥

①　王辉斌:《明初乐府诗的创作趋势与特点》,《西华大学学报》,2010 年第 4 期,第 48—53 页。

红粉妆。小玉飞琼两少年,清歌妙舞斗嫣妍。舞态盘回芳树底,歌喉宛转落花前。彩云作雨朝朝合,璧月流光夜夜圆。朝朝暮暮长如此,秋月春花若流水。去岁今年景不殊,南来北去人相似。生绿罗屏遮上客,流苏帐暖邀公子。烂漫三春锦绣城,空蒙一片笙歌市。繁华佳丽乐无边,我独胡为困一廛。已似扬雄栖白屋,还如司马卧文园。谁将积业三千牍,换取扬州十万缠。桃李风前歌扇底,看花骑马过年年。①

依次描述了南京的地理天文、宫殿甲第、文人卿相、青楼市廛,最后则表达自身寂寞之意,风格近似初唐卢照邻《长安古意》、骆宾王《帝京篇》。艺术上则多取初唐歌行常用的句式与修辞手法,如叠字、顶针、拈连、回环、排偶等;在声调上则根据描写对象的转换而有规律换韵,形成了流畅圆转和跌宕铿锵之音韵美,篇法结构上则经纬交织、点面结合,发展了以偶句铺陈场景物态的赋体特点,从而形成了独特的艺术风貌。王夫之《古诗评选》认为此诗"匀适生动。虽有次序,而不落元、白,故无损于风韵"②。

后一类以《南园歌赠王给事彦举》为代表,描写南园结社的场面。这样的内容选择歌行来表现是十分合适的。一是与歌行的风格特征吻合。南园诗社的生活"狂歌放浪"、"意气凌寰宇",而歌行体多放情长歌(言),贵轶荡而不贵整秩,可尽情地宣泄诗人的主观情感,诗歌的内容与风格表里相称。二是因为歌行体"场面本身也是与作者个人的主体经验(传记性事迹)直接关联着的"③。孙蕡曾经组织并参与南园诗社生活,《南园歌赠王给事彦举》用第一人称视角观察南园诗社的惬意生活,传达出对南园生活的美好回忆。《罗浮歌寄李长史仲修》也同样以第一人称视角回忆与李德同游西樵、罗浮的经历,描写了罗浮的美景,叙述了游罗浮的经过,抒发了对友人的深切思念。

总体说来,孙蕡的歌行体作品,铺陈富丽、音韵铿锵,可谓是"琳琅可诵"。

七古不让唐人

刘熙载《艺概·诗概》云:"唐初七古,节次多而情韵婉,咏叹取之;盛唐七古,节次少而魄力雄,铺陈尚之。"④初唐七古骈俪,重声情和风容,而盛唐七古简古,则更重筋骨和气势。孙蕡的七古多骈俪、重声情,走的主要是初唐一路。我们来看《闺中闻子规》:

①　孙蕡:《西庵集》卷三,《景印文渊阁四库全书》本,第497页。
②　王夫之评选,陈新校点:《明诗评选》,第42页。
③　[日]松浦友久著,孙昌武、郑天刚译:《中国诗歌原理》,辽宁教育出版社,1990年,第282页。
④　刘熙载著,王气中笺注:《艺概笺注》,贵州人民出版社,1986年,第222页。

交疏日射房栊晓，碧树初闻子规鸟。惊回残梦了无欢，惨切春愁破清悄。独宿何曾下绣帏，宁劳劝我不如归。莺花烂漫江南道，好向游人醉处啼。①

这是一首普通的闺情诗，但写法相当有特色。子规春啼，声声唤归，本是切合闺中少妇的思夫心事的，但闺中人却恼怒子规惊扰了她深闺中的欢乐美梦，打破了这春日的宁静清悄，一正一奇之间，曲尽少妇之复杂心事。后半部分，构想了一幕动人的人鸟对话情景：我本不曾离开过深闺，又何劳你唤归。子规啊，你应该去那樱花烂漫的江南，将那沉醉的游子唤归。全诗以闻鸟——怨鸟——劝鸟——托鸟为线索，情感在诗句的起承转合之间波澜起伏，将闺中少妇的缠绵婉转的思念之情摹写得淋漓尽致。

孙蕡七古，多声情婉转，音韵流畅，极富音乐美。他往往不按固定的规律转韵，而追求意随韵转，因而带来了声情跌宕、婉转流利的效果。如其《赠成都画者徐文珍》句句押韵，韵脚密集而又转换频繁，形成了一种繁复的音乐之美。《题钱叔昂潇湘图》三次换韵，但韵脚的密度并不一致，显得疏密有致。有时，他还借助句式和用字的重复，来营造一种节奏上的回环之美。如《题叶夷仲瞻云轩》多次出现相同的句式，如"大侯作县多政声，小侯差小亦作丞。乡人聚首作东语，阿堵名门生宁馨。名门宁馨相济楚，大侯好文兼好武。小侯词赋亦惊人，五言七言追乐府。天台本与仙家邻，二侯亦是仙中人。芝兰玉树晓辉映，桃花流水春氤氲。十年分散游梁楚，匆匆高堂日将暮。大侯去家已可怜，小侯在官心更苦。""大侯……，小侯……"总共出现了三次，自然形成了诗歌音乐性上的章法节奏。此外，此诗还有意识地重复一些用字和主要意象。如："云去云来千万片，云来桑梓杳莫分，云去乡关隐还见。岂无扬子屋三椽，亦有苏秦二顷田。同居贫贱心亦乐，富贵远别徒悁悁。三椽足以庇风雨，二顷宁当代禾黍。"②"云"和"三椽""二顷"等词汇重复、交叉出现，让人在眼花缭乱的同时，能够把握主要内容，这就如同主题乐句回响在交响乐章之中，造成了一种铺排、复沓和声情相间的效果。徐子元认为："仲衍清圆流丽，如明珠走盘，不能自定。"③主要是就孙蕡歌行的声情效果而言。

孙蕡的七古有部分作品也融合了盛唐七古的艺术特点。谢榛云："格高气畅，自是盛唐家数。"④元人杨载《诗法家数·七言古诗》论及七古的创作

---

① 孙蕡：《西庵集》卷四，《景印文渊阁四库全书》本，第 502 页。
② 孙蕡：《西庵集》卷四，《景印文渊阁四库全书》本，第 517 页。
③ 吴文治主编：《明诗话全编》第 2 册，第 1391—1392 页。
④ 谢榛：《谢榛全集校笺》，江苏古籍出版社，2003 年，第 1039 页。

要求:"七言古诗,要铺叙,要有开合,有风度,要迢递险怪,雄俊铿锵,忌庸俗软腐。须是波澜开合,如江海之波,一波未平,一波复起。又如兵家之阵,方以为正,又复为奇;方以为奇,忽复是正。出入变化,不可纪极。"①孙蕡部分七古具有纵横豪宕、大开大阖、文情变幻、雄俊铿锵的特征。如《晚发英德》:"山城斗大临江横,数椽茆屋炊烟青。炎风吹林桂花落,斜日倒影沧江澄。沧浪万顷舟如叶,舟子齐桡歌激烈。一篙新水静悠悠,今日江头雨初歇。"②雨后的江面,分外地宁静。斗大的小城,横阔的大江,随风簌簌而下的桂花,倒映沧江的落日,构成了一幅空间极为阔大的图景。散落于浩森的江面的小船,是否就是岸边桂花飘下的落叶? 不,那里有舟子在那里放声渔歌,提醒诗人这只是一个诗意的误会。如果说前四句是动与静的和谐,那么后四句则是静与闹的统一。此诗首二句写出了对英德的总体印象;三四句以特写镜头来抓拍江城晚景,第五、六句,紧承而下,最后四句,则一反常态地补叙时间。全诗开合有致,句语浑雄,格调苍古。又如《次归州》:"归州城门半天里,白云晚向城下起。市廛架屋依岩峦,妇女提罂汲江水。巴山雪消江水长,城中夜闻滩濑响。客船树杪钩石棱,渔父云端晒缯网。家家芜田山下犁,倒枯大树烧作泥。居人养犬获山鹿,稚子缚柴圈野鸡。楚王台高对赤甲,四时猛风长飒飒。柁工鸣板避漩涡,橹声摇上黄牛峡。"③此诗句句紧扣归州城之"高",如城门处在半天、岩山架屋、树梢系船、云端晒网等,生活气息浓厚,而又意象雄奇,境界开阔。王夫之评《次归州》"步步活写,生情无限"④,《广东诗粹》谓其"笔意逼真老杜"⑤。

七律高华壮阔

孙蕡的七言律诗,善于借助神话传说和人文故事,塑造一种神秘幽渺的氛围。如《凤凰台》:

> 绮翩千年去已遥,古台犹见碧岧峣。枫林晓露迷三楚,柳陌春风暗六朝。狂客昔时挥彩笔,飞仙何处捻琼箫。惟余一道巴江水,流向天门作海潮。⑥

---

① 何文焕辑:《历代诗话》(第二版),中华书局,2004年,第725页。
② 孙蕡:《西庵集》卷四,《景印文渊阁四库全书》本,第502页。
③ 孙蕡:《西庵集》卷四,《景印文渊阁四库全书》本,第513—514页。
④ 王夫之评选,陈新校点:《明诗评选》,第45页。
⑤ 梁善长编:《广东诗粹》卷二,《四库全书存目丛书》本,齐鲁书社,1997年,第411册,第131页。
⑥ 孙蕡:《西庵集》卷五,《景印文渊阁四库全书》本,第528页。

凤凰台在江宁府城内之西南隅。据说宋元嘉十六年,有三鸟翔集山间,文彩五色,状如孔雀,音声谐和,众鸟群附,时人谓之凤凰。起台于山,谓之凤凰山,里曰凤凰里。此诗首四句以浪漫的神话传说,对照幽渺的眼前景象,目光却横跨三楚,深透六朝,景物描写中渗透了时空变幻的深沉感慨。"凤凰台上凤凰游,凤去台空江自流。"这是唐代大诗人李白登金陵凤凰台时留下的优美绝唱,凤凰台也因此而闻名遐迩。后四句以深具人文意蕴的李白,与奔流不息的长江之水默默观照,在阔大的历史时空中,表达了一种深沉的关于自然、历史、人生的思考。全诗颔联、颈联对仗工整,格律精严,意境开阔,而尾联收束尤为惊警,发人深思。又如《观海》诗云:

> 海上蟠桃冬着花,蓬壶高处敞仙家。天寒雾雨笼鲛室,夜久星辰泊钓槎。神女步莲珠结凤,醉翁题竹墨淋鸦。连鳌未试任公手,欲借前筹纪岁华。①

蟠桃、鲛室、钓槎,尽是神仙居处;仙家、神女、任公,都为神仙人物。这首写景诗,借助想象,营造出缥缈神秘的神仙世界,从而也使诗歌呈现出神奇瑰丽的艺术风格。

孙蕡的七律,往往将主观情怀与客观事物融于一体,调动多种感官,使作品情思流动,感慨深沉。如《思家古河》:"古河烟草暗南天,此去乡园路几千。燕子来时春寂寂,海棠开后雨绵绵。沧江水远吟诗社,绿渚花明载酒船。更忆故人王给事,愁来书破薛涛笺。"②此诗将眼前景象与故乡人事交织写出,尤具兴味。首两句写异乡景触动了诗人的故园情;三、四句融情入景,"寂寂"、"绵绵"两个叠词的运用,状物抒怀,颇得一语双关之妙。五、六句回忆最为牵动诗人情怀的南园诗社活动;最后两句则点出往日最为亲密的朋友。情感层层递进,情意悠长,言已尽而意无穷。又如《拜祖墓》:"芳草凄凄夕照前,独将春酒酹荒阡。已嗟人事成千古,才说清明又一年。满目江山增旧恨,几家榆火起新烟。从来俯仰伤怀抱,不似于今倍黯然。"③此诗是孙蕡于洪武十一年(1378)秋被罢归故乡拜祭祖墓所作。无辜被贬,壮志难酬,宦途不足为外人道的痛苦,只有在祖宗的坟前方可尽情宣泄。"芳草凄凄"虽是寻常意象,但是在此诗中却包含复杂情思。时间流逝的伤感,仕

---

① 孙蕡:《西庵集》卷六,《景印文渊阁四库全书》本,第538页。
② 孙蕡:《西庵集》卷六,《景印文渊阁四库全书》本,第538页。
③ 孙蕡:《西庵集》卷五,《景印文渊阁四库全书》本,第524页。

途坎坷的辛酸,功业无成的惭愧,尽在那一盏祭祖的春酒之中。坟中人已成千古,坟外人则仍在岁月的流逝中蹉跎。对于落魄归乡、百感交集的诗人来说,故乡的风物,不过让人黯然神伤而已。此诗将事、情、景融于一体,风格沉郁顿挫,读之让人泪下。

孙蕡有少量的五言律诗,艺术水平稍低,这里就不再详细介绍了。

七绝立意奇警

孙蕡的七绝,章法与立意都以奇警见长。前者如《寄王彦举》:"绿杨阴下玉骢嘶,丝络银瓶带酒携。梦入南园听夜雨,不知身在蒋陵西。"①此诗前两句写南园情景,第三句追叙点出前两句所写乃梦境,最后一句醒目点明身在异乡的现实,在对比中不露痕迹地抒发羁旅愁思。王夫之指出:"前两句说梦,非有意倒装。正从此说起,唯然,故高浑玄微。"②后者如《昭君》:"莫怨婵娟堕朔尘,汉宫蕃地一般春。皇家若起凌烟阁,功是安边第一人。"这是一首咏史诗。古今咏昭君诗,皆突出其怨,但这首诗一反常态,要求"莫怨",正面肯定昭君出塞的安边之功,以立意奇警见长。又如《巫山》:"巫山高高知几重,朝云暮雨楚王宫。人心对面有巉险,更胜高唐十二峰。"以巫山高写人心险,比喻新奇,迥出常境,发人深省。其《寄高彬》:"条风吹绿满蟾溪,蜡屐行春日向西。独木桥边乌柏树,鹁鸠飞上上头啼。"③王夫之评此诗曰:"神动天流。此小诗正宗也,夕堂于此,每宽一格以待才情,至仲衍,则心为之尽,王江宁而后一人而已。"④

组诗与集句诗

孙蕡笔下颇多组诗。所谓组诗,是指由表现同一主题和采用相关题材的若干首诗组成的一组诗篇。如《赠从弟三首》《峡山寺三首》《罗浮游题三首》《虹县九日登五女冢五首》《戍辽渡海二首》《幽居杂咏七十四首》《闺怨一百二十四首》等。洪武十年,宋镰以老病乞归,朱元璋赐他《御制文集》一部并绮帛若干。一时文人,纷纷作诗赠别,答禄与权有《送宋承旨还金华》,史靖可有《送宋学士》,中书舍人叶宁、朱芾等赋绝句三首,苏伯衡作《送宋起居还金华》,汪广洋作《宋景濂承旨致仕还金华》。孙蕡竟然一口气写了三十二首,包括《送翰林宋先生致仕归金华》诗二十五首和《饯宋承旨潜溪先生致仕归金华》七首,将"潜溪一生事业荣遇,综括略尽"⑤。在同一集子

---

① 孙蕡:《西庵集》卷七,《景印文渊阁四库全书》本,第545页。
② 王夫之评选,陈新校点:《明诗评选》,第367页,
③ 孙蕡:《西庵集》卷七,《景印文渊阁四库全书》本,第541、548、544—545页。
④ 王夫之评选,陈新校点:《明诗评选》,第367页。
⑤ 陈田:《明诗纪事》甲签卷四,第116页。

中对同一事件作如此多的诗来记叙,这种情况在文学史上比较少见,也可见孙蕡和宋濂的情谊之重和他的卓越的文学才华。不过,这还不算规模最大的古诗,孙蕡《闺怨》组诗,竟然多达一百二十四首。这组诗从女子初嫁写起,依次写别离、相思、重逢,内容上构成了一个完整的系列,可以说是闺怨题材的集大成之作。孙蕡喜欢组诗创作,与他在南园和翰林的生活分不开。因为文人雅集之时,最喜开展文学竞赛,组诗的创作是一种常见方式。组诗的创作,能够引起文人创作的热情,又可以让他们在相互竞赛中显现各自才华,既对诗人创作水平的提高有正面效应,也能活跃时代的创作氛围。

集句,是指选取前人成句,移花接木,重新组织,合为一篇新的作品。集句始见于西晋傅咸《七经诗》,宋代自石延年、王安石到文天祥,都喜为集句诗,其中文天祥《集杜诗》二百篇最为著名。孙蕡集句诗最为有名的是《朝云》。关于《朝云》的创作,他编织了一则美丽的神话:

> 庚戌十月,余与二客自五仙城泛舟游罗浮。道出合江,访东坡白鹤峰遗址。还舣舟西湖小苏堤下,夜登栖禅寺,留宿精舍。时薄寒中,霜月如昼,山深悄无人声,二客醉卧僧榻上。余独散步东廊,壁光皎洁若雪,隐约有字,急呼小童篝灯读之。字体流丽飞动,似仿卫夫人书法,诗凡十首,皆集古语而成者。……其后复书:罗浮王仙姑月夜过此,有感而赋。予惊曰:此非仙语,乃人间意态也。方欲再谛视,而灯为北风所灭,月亦烟晦,林木渐沥,作山鬼声。予毛发森竖,不敢久立,即还室掩户,踉蹡而卧。梦一美人上衣红绢衣,下系荷丝裙,从花阴中来,年可二十六七,奇葩逸丽,光夺人目,风鬟雾鬓,飒然凄冷,殆不类人世中所见者,仿佛若有金支翠蕤,导从其前后,隔竹先闻歌声,似吴人语。予侧足倾耳,竦而听之,则悠扬宛转,欲断还续,半空松柏作箫笙声助其清婉,而螿蚓唧唧为之击节也。

这当然是杜撰的神话故事,但其神秘优美的意境为集句诗的产生创造了一种浪漫幽渺的氛围。集句虽然摘取他人篇章的成句,但实际上创作的难度大于一般诗体的创作。首先,它要求这些来自不同作品的诗句立意与韵律均能巧合。孙蕡做到了这一点,如“秋水为神玉为骨,芙蓉如面柳如眉”,“绕篱野菜飞黄蝶,糁径杨花铺白毡”,“去日渐多来日少,别时容易见时难”,“三湘愁鬓逢秋色,牛壁残灯照病容”,“野草怕霜霜怕日,月光如水水如天”,“鹤群长绕三珠树,花气浑如百和香”,可称巧合。其次,它还要求诗歌整体意境的浑然一体。我们来看三首朝云自叙身世之作。其一:"家住钱塘东复东,偶来江外寄行踪。三湘愁鬓逢秋色,半壁残灯照病容。艳骨已成兰麝土,露华偏湿蕊珠宫。分明记得还家梦,一路寒山万木中。"其二:"妾本钱塘江上住,双垂别泪越江边。鹤归华表添新塚,燕蹴飞花落舞筵。野草怕霜霜怕日,月光如水水如天。人间俯仰成今古,只是当时已惘然。"其三:"三生石上旧精魂,化作阳台一段云。词客有灵应识我,碧山如画又逢君。花边古寺翔金雀,竹里春愁冷翠裙。莫向西湖歌此曲,清明时节雨纷纷。"①这三首取唐人现成诗句而经灵气融通,遂焕然而为一新篇章。诗中各句无一不切合诗中抒情主人公当时处境、命运、心态,信手拈来,浑然天成,根本看不出牵合的痕迹。孙蕡集句诗,得到了后世的赞赏。明徐伯龄称之"奇伟博赡"②。查慎行指出:"竹垞老人尤叹赏仲衍,摘其集唐数十联,刻于《明诗综》。余亦曾采入《杂抄》第六卷中。"③

孙蕡集句诗的成功决非偶然。明人张习曾指出:"先生于诗,触口成章,宛若宿构,略弗费思而意味自足。何哉?盖先生于经传之旨,素讲明天人古今之变式详究,犹孟子谓之集义者,则浩气以之自充,奇才由之自具,所以发而为诗,斯须数十百言,汹汹不能休。悉皆秾厚沉着,畅茂条达,体制严而不至乎拘,声律纯而不底乎肆。"④孙蕡《七言集句诗序》云:"予居秘府时见唐人八百家诗,洪容斋编《唐人七言绝句》且一万首,撑梁柱栋,不暇遍览,间尝信手抽阅,其音响节奏,亦与今行世者无异,则穷乡晚进,固不必以未见为多恨也。又有晏窝先生者《梅花集句》凡五百首,宋人《早朝集句》三十余首,文丞相天祥《集杜句》亦百余首,虽其玩物丧志不为醇儒庄士所称,然其猎涉弘博,亦可谓至矣。予之此编,非不欲夸多而斗靡也。钩玄索隐,已为古人所先。孤陋塞拙,倦于搜罗,姑存简约,冀示久远,聊以致远恐泥,借口掩其不敏之愧,而于初学诗者亦不为无补云。"⑤他对前人集句诗颇有研究。在任翰林典籍时,曾从唐人律诗中选择精粹明白、人所传诵者,按题裁分类,编成《七言集句诗》。因此,他的集句诗创作是建立在广泛的唐诗阅读和深厚的唐诗修养上,而非一时偶得之作。明人都穆《南濠诗话》称赞其集

① 孙蕡:《西庵集》卷八,《景印文渊阁四库全书》本,第562—563页。
② 徐伯龄:《蟫精隽》卷二,《景印文渊阁四库全书》第867册,台湾商务印书馆,1986年,第81页。
③ 查慎行:《得树楼杂钞》卷三,《丛书集成续编》第20册,新文丰出版公司,1988年,第171页。
④ 张习:《西庵集序》,《西庵集》,《北京图书馆古籍珍本丛刊》本,第1页。
⑤ 叶盛:《水东日记》卷二六,《笔记小说大观》三十六编,第3册,台湾新兴书局,1975年,第254页。

句：“若出自一手，而不见其牵合。本朝集句，虽多其人，视之仲衍，盖不止退于三舍也。”①

关于孙蕡的诗歌总体风格，笔者认为最佳表述为“畅适”②。所谓畅适，就是舒畅顺适，即自然顺畅，一气呵成，辞采流丽，而意咏自足。无论是五古还是七古、乐府还是歌行、组诗或者集句，孙蕡皆能以其深厚的理学素养为基础，以其才情为驱动，“自汉魏、六朝、初盛中唐，无所不学，而炉锤独运，自铸伟词，固卓然名家”③。换言之，深厚的学识、雄奇的才力，再加之深刻的人生体验，使他能够驾驭各体，一气呵成，因而总体上呈现出“畅适”风格。孙蕡曾在其《祭灶文》中自称：“发舒蕴积，学为词章。文摛藻绘，诗咏凤凰。韩筋柳骨，玉洁金光。铺天炫耀，掷地铿锵。鸾堂凤阁，冠冕琳琅。绿窗青琐，粉艳兰香。闲云野水，惨淡微茫。牛神蛇鬼，百怪千狂。曹刘错愕，董贾回惶。海若宵哭，山精昼藏。臣之为文，可谓有成矣。”④诚如他自己所言，其诗歌美学风格的形成，与他的人生体验、学习经历以及豪放个性是分不开的。

（四）孙蕡的文学史地位

孙蕡的文学史地位，是由其创作成就和后世影响决定的。具体来说，孙蕡诗歌创作由山林之文到台阁之文到江湖之文的变迁，恰与元明之际诗歌发展的进程相一致，他因之而进入明初主流诗坛，但又因外放和贬谪保留了个体特色。

关于孙蕡诗歌的题材与风格，弘治年间姑苏人张习认为：“严之于庙朝，逸之于山林，固无所弗体。尊之为道德，显之为政教，明之为事功，幽之为仙鬼，亦无所弗着与。”⑤“严之于庙朝”，指的是台阁之文；“逸之于山林”，指的是山林之文。这样的评价，大体接近孙蕡的创作实际，也反映了明初至弘治年间以德行为本、以教化为用、以畅达为美的主流文学审美观念。有关台阁之文、山林之文的区别，明初影响最大的说法当来自宋濂。其《汪右丞诗集序》云：“昔人之论文者，曰有山林之文，有台阁之文。山林之文，其气枯以槁；台阁之文，其气丽以雄。岂惟天之降才尔殊也？亦以所居之地不同，故其发于言辞之或异耳。濂尝以此而求诸家之诗，其见于山林者，无非风云月露之形，花木虫鱼之玩，山川原隰之胜而已。然其情也曲以畅，故其音也眇以幽。若夫处台阁则不然，览乎城观宫阙之壮，典章文物之懿，甲兵卒乘之

① 丁福保：《历代诗话续编》，中华书局，1983 年，第 1363 页。
② 王夫之：《姜斋诗话》卷下，丁福保辑：《清诗话》，上海古籍出版社，2015 年，第 14 页。
③ 温汝能：《粤东诗海·例言》，中山大学出版社，1999 年，第 17 页。
④ 孙蕡：《西庵集》卷九，《景印文渊阁四库全书》本，第 570 页。
⑤ 张习：《西庵集序》，《西庵集》，《北京图书馆古籍珍本丛刊》本，第 1 页。

雄,华夷会同之盛,所以恢廓其心胸,踔厉其志气者,无不厚也,无不硕也。故不发则已,发则其音淳庞而雍容,铿鍧而镗鞳。甚矣哉,所居之移人乎!"①孙蕡与宋濂等重要的台阁作家有过较多交往。洪武三年入朝不久,孙蕡即结识宋濂,并且一起参与《洪武正韵》的编纂工作,宋濂曾为孙蕡《孝经集善》作序,可见二人学术与文学的交流频繁。洪武十年,宋濂致仕,孙蕡作7首七律与25首七绝为其送行。其《送翰林宋先生致仕归金华》有"门生日日侍谈经,独向孙蕡眼尚青"之语。而宋濂也曾作诗高度赞美孙蕡的风神与才华:"潇洒自流行,光华不隐没。问谁可与俱,秋天一轮月。"②因此,孙蕡创作从山林之文向台阁之文转型,可能是受到了宋濂的影响。

　　明代初期是文风由元末纤秾缛丽之习向明代追复古雅之风转变的过渡期,又是一个诗家辈出、流派纷呈的多元并立时期,逐渐取得主流地位的则是台阁体。李梦阳曾盛赞明初文坛:"高皇挥戈造日月,草昧之际崇儒绅。英雄杖策集军门,金华数子真绝伦。宣德文体多浑沦,伟哉东里廊庙珍。"③指出朱元璋及越派诗人在开国之初就为明代庙堂文化奠定了恢复汉唐、崇儒复雅的基调。这从文学中寻找汉唐盛世的正大、醇雅,成为明代文坛主要的审美追求。孙蕡创作由山林之文到台阁之文的转型,使其创作得以走出岭南狭小一隅,参与到明初的文学和文化建设中来。不过,由于孙蕡在翰林院担任侍从文人的时间仅仅三年,其作品中台阁之文并不占主流地位,真正反映了自身特色的还是其江湖之文。如洪武六年,孙蕡自虹县经高邮返回京城,六月,回到岭南,会王佐,共作《琪林夜宿联句一百韵》,其序曰:"怅然思痛,潸然涕零,晤然顾怀,犹以为此身之尚在梦寐中也。于是相与披写情愫,联为韵语,肺腑滂沛,莽不知其繁冗。人之初生,其本无谓。庚庚一形之累,鼎鼎百年之间,忽焉而蛟龙翔,倏尔而蚓蝼伏,将造物者欲赋人以智慧而劳之耶? 不然,何向来哀乐迁变,若是其多也! 故于终篇遂有御风遗世之意,盖亦昔人所谓无聊之际而托之以自扩者。"④此文既不同于风云月露的山林之文,也不同于润色鸿业的台阁之文,而是发舒蕴积、直探本真的江湖之文。这种深刻的江湖体验,非山林之文和台阁之文可比,也是孙蕡在明初文坛的独特贡献。

　　孙蕡对台阁体的学习,一定程度吻合了有明一代复古文学思潮中对汉

---

①　宋濂:《銮坡前集》卷七,《宋濂全集》,第481页。

②　孙蕡:《孙西庵集》卷首,桂馥堂孙氏藏板,清乾隆三十五年刻本。此诗《宋濂全集》失收。

③　李梦阳:《徐家将适湖湘,余实恋恋难别,走笔长句,述一代文人之盛,兼寓祝望焉耳》,《空同集》卷二○,《景印文渊阁四库全书》第1262册,台湾商务印书馆,1986年,第154—155页。

④　孙蕡:《西庵集》卷五,《景印文渊阁四库全书》本,第567页。

唐古雅传统的推崇;而江湖之文的创作,则又一定程度保证孙蕡诗歌能够保留自身的艺术个性,不完全为风气所染。王夫之《明诗评选》评孙蕡《往平原别高彬》曰:"高情亮节,真岑嘉州嫡嗣。旷五百余年,除宋人烟雨,而批青天、临白日,洪武诸公廓清之功大矣! 嗣者无人,乃令高棅、何景明败乃公事,能无扼腕?"①这里所谓的"宋人烟雨",是指宋代新儒学背景下诗歌理性化的取向,其结果导致了以文字为诗、以议论为诗、以才学为诗的倾向。孙蕡此诗,通过追踪唐音,节奏鲜明,情感充沛,接近盛唐岑参之作。相比之下,高棅、何景明等复古派虽然也同样主张近体宗盛唐,但是他们的复古主张单纯从形式上着眼,并未注重继承中国古典诗歌美学精神,因而使其文学创作走上了拟古的道路。孙蕡曾模仿白居易作《骊山老妓行补唐天宝遗事戏效白乐天作》,有人嘲笑其中用典不当,孙蕡特意在诗末写了一段后记:"余既作此诗,本戏笔吟弄,以为欢笑耳。而客有问余者曰:子诗浅易明白,仿佛乐天,然用事不免多误。上林苑是汉家事,白翎雀是世曲子。百子花萼楼,恐不在骊山上。如何? 余笑曰:那知许事,且啖蛤蜊。西山朝来,颇有爽气。"②"那知许事,且啖蛤蜊"语出《南史·王融传》,原作"不知许事,且食蛤蜊",示不屑之意。论诗者汲汲于用典,其实就是一种以才学为诗的拟古做法,显然不利于感情的畅适表达,孙蕡对此不以为然,认为诗歌只要总体上声情流丽、琳琅可诵就可以了。王夫之曾评价孙蕡说:"仲衍、季迪,开代两大手笔,凌宋争唐,不相为下也。"③所谓"凌宋争唐",即不宗宋而宗唐。孙蕡在个人的艺术成就上虽然难以比肩高启,但是他们的诗学主张和学诗路径,却是颇为一致的。孙蕡诗歌"自汉魏、六朝、初盛中唐,无所不学,而炉锤独运,自铸伟词,固卓然名家"④,高启也主张师法汉、魏、晋、唐,主张兼师众长,恢复古典的雅正。王夫之将孙蕡与高启相提并论,其原因就在于孙蕡和高启一样,在着力恢复"中国古典审美理想"⑤的基础上,不忘自出机杼、独抒性灵。

孙蕡的诗歌创作实践和审美理想,不仅能开有明一代风雅,同时也开岭南风雅。四库馆臣认为:"蕡当元季绮靡之余,其诗独卓然有古格,虽神骨隽异不及高启,而要非林鸿诸人所及。"⑥孙蕡的诗歌虽然还算不上一流水准,

---

① 王夫之评选,陈新校点:《明诗评选》卷二,第 44 页。

② 孙蕡:《西庵集》卷三,《景印文渊阁四库全书》本,第 500—501 页。

③ 王夫之评选,陈新校点:《明诗评选》卷一,第 17 页。

④ 温汝能:《粤东诗海·例言》,第 17 页。

⑤ 廖可斌:《明代文学复古运动研究》,上海古籍出版社,1994 年。

⑥ 永瑢等:《四库全书总目》卷一六九,《景印文渊阁四库全书》第 4 册,第 475 页。

但是能力矫元末诗坛纤弱萎靡之风，从而与其他诗派一起，开有明一代风雅。王夫之称孙蕡"开代大手笔"，其原因或在于此。当代有论者指出："北郭、南园、闽中三大诗人群体在诗歌史上处于由元入明、转变风气的环节上，他们为明诗的发展起了选择道路、规定方向的作用，并以群体的力量营造氛围，扩大影响，但由于他们所处的政治背景和文学背景的局限，使其在文学上无论理论还是创作的建树都十分有限，没有能完成为明诗的健康发展扫清道路的使命。"①这是实事求是的判断。就岭南文学而言，孙蕡可谓是真正的开派者。"南园后五先生"之一的欧大任赞曰："仲衍起南海，沧波涌明月。荡荡魏晋风，草昧人文揭。畎亩怀灵荃，侍从久未达。鹏鷃一逍遥，丘园竟渐沫。沉冥古先生，词源在扬粤。"②此诗前两句实际上化用了张九龄"海上生明月，天涯共此时"诗句，暗示孙蕡诗上承张九龄之诗；第三、四句，揭示孙蕡诗学魏晋乐府和古诗；第五、六句交代孙蕡坎坷命运；第七、八句综述他对粤诗派的开创之功，主要表现在诗学道路和人格精神两个方面。乾隆《番禺县志》卷一五指出："岭南文学发源于始兴文献公。至国朝孙仲衍传金华之衣钵，唱导岭海。德、靖之间，黄才伯、梁公实、黎惟敬、区海目、欧桢伯夹毂争胜。余于公车得韩孟郁于词林，得香山、南海二相君于门墙。皆衔华佩实，质有其文。由诸子以溯仲衍，由仲衍以溯金华云云。粤中诗派，实始于五先生。垂三百年，与明始终，其源流可睹。"③"金华"，即指宋濂。孙蕡一方面上承张九龄以来的岭南文学传统，一方面通过师事宋濂对接中心区域和时代之文学，从而能够融合中华文学大传统和岭南地域文学的小传统，成为粤中诗派的开派者。

马琇林《仿元遗山论诗绝句五十首》评价孙蕡的文学史地位和其创作成就云："结社南园倡岭南，五人杰出是西庵。善言风景难移置，集句天工人巧参。"④道出了他首倡南园诗社的文学史地位，杰出的个人才华，善言风景的创作特点及其独具匠心的集句诗创作。陈融《论岭南诗人绝句》云："南园前后五先生，首数西庵气象横。闽十才人吴四杰，同时风雅辅休明。"⑤道出了孙蕡在南园五先生中的领袖地位以及岭南诗派对于明初文坛的贡献。诚然，与南园五先生中其他四人相比，孙蕡的创作成就与时代影响力均是出类拔萃的。作为南园诗社的盟主，孙蕡不仅影响了南园诸子，而且对接汉唐传

---

① 何宗美：《明末清初文人结社研究续编》，中华书局，2006年，第73页。
② 欧大任：《欧虞部集·蓬窗集》卷二，《北京图书馆古籍珍本丛刊》本，第567页。
③ 乾隆《番禺县志》卷一五，《故宫珍本丛刊》第168册，第242页。
④ 裴焕星修，白永真纂：《辽阳县志》卷三八，成文出版社，1973年，第1600页。
⑤ 广东文物展览会：《广东文物》卷九，中国文化协进会，1941年，第905页。

统,融入了明初全国诗坛,从而成为岭南诗派名符其实的开派者。

第二节　王佐诗歌创作论

（一）王佐的生平与才性

王佐（1334—1377）,字彦举,祖籍河东（今山西永济）,元朝末年随其父仕宦南雄,经乱不能归,遂占籍南海。王佐的生平行迹,散见于《明史》《广东通志》《广州人物志》《南海县志》等几种文献,但多语焉不详、辗转相袭。本节在相关史传的基础上,重点梳理体现他的才情个性、心态以及最为后世所称羡的两件主要事迹,即组织参与南园诗社和成功退隐。

长期以来,人们只认识到孙蕡在南园诗社中的领导作用,王佐则因现存作品太少而没有得到重视。其实,孙、王同为南园诗社的首倡者,在当时即为诗社诸诗人所承认。如孙蕡《南园歌赠王给事彦举》云:"群英组络照江水,与余共结沧洲盟。沧洲之盟谁最雄? 王郎独有谪仙风。"①黄哲《王彦举听雨轩》云:"当时雄笔谁更好,孙公狂歌君绝倒。"②孙蕡、黄哲作为南园诗社的参与人,均明确指出了孙、王在诗社中的主导作用,王佐之所以能够在诗社中发挥核心作用,主观上是因为他狂歌放浪的豪放作风和雄健、敏捷之诗才。这在南园五先生之一李德的笔下亦有生动的描绘。李德《王彦举南雄省亲》云:"王郎气酣走马去,三尺龙泉拂流水。玉壶愁破酒如兵,鹅管呜呜咽不鸣。"③形象描绘了王佐饮酒舞剑的豪放意气及其在诗社中的重要作用。王佐与孙蕡因为同年出生且个性接近而关系最为亲密,共同成为南园诗社的组织者。孙蕡《琪林夜宿联句一百韵》序云:"河东与余焚香瀹茗,共语畴昔。因思年十八、九时,承先人遗泽,得弛负担,过从贵游之列。一时闻人,相与友善,若洛阳李长史仲修、郁林黄别驾楚金、东平黄通守庸之、武夷王征士希贡、维扬黄长史希文、古冈蔡广文养晦、番禺赵进士安中及其弟通判澄、征士讷、北平蒲架阁子文、三山黄进士原善,皆斯文表表者也。共结诗社南园之曲,豪吟剧饮,更唱迭和。翩然翥鸾凤,铿尔奏金石。而河东与余为同庚,情好尤笃。"④序中列出了参与南园诗社的诗人名单,交待了南园初次结社及其聚散过程,正文则对二人身世遭遇与心态有较细致的说明,是研

---

① 孙蕡:《西庵集》卷三,《景印文渊阁四库全书》本,第495页。
② 梁守中点校:《南园前五先生诗》,第139页。
③ 梁守中点校:《南园前五先生诗》,第106页。
④ 孙蕡:《西庵集》卷五,《景印文渊阁四库全书》本,第566—567页。

究南园诗社最重要的资料。孙蕡现存作品中有九篇提到王佐,占现存南园五先生所留南园诗歌总数一半以上;孙蕡和王佐的诗歌唱和,则几乎没有一首不提南园,这也在客观上反映了他们在南园诗社中的组织与核心作用。王佐《酬孙典籍见寄》是王佐仅存的一首回忆南园诗社的诗,诗中直接提到了这次联句。陈田指出:"仲衍于诗社中独推许王彦举","彦举与仲衍踪迹最密。何左臣真开府广州,两人同为书记,后复同游琪林联句。彦举《酬仲衍诗》云:'春风草檄将军幕,夜月联诗羽客坛。'纪其事也。"①

王佐之所以成为南园诗社组织者,除了性格浪漫豪放的主观因素外,客观上是因为他拥有听雨轩这一重要的雅集场所。听雨轩竹林掩映,寒蕉绕窗,环境清幽。在听雨轩听雨、品茶、吟诗、作画,也成了诗社活动中最有雅致的事情。孙蕡《怀王彦举》提到了听雨:"凌风欲赴三山约,听雨还为十日留。"②赵介《听雨》诗描写听雨的感受:"池草不成梦,春眠听雨声。吴蚕朝食叶,汉马夕归营。花径红应满,溪桥绿渐平。南园多酒伴,有约候新晴。"③以上都是当日听雨的诗意记载。王佐入仕后,可能还将听雨轩绘成图画带入了南京,以寄托思乡之情。"吴中四杰"之徐贲《题王彦举听雨轩》专门描写听雨轩景致及听雨情景:"高竹覆南荣,寒蕉满前渚。萧闲此中意,适对清秋雨。疏当帘外飘,密向窗前聚。声闻俱两忘,悠然坐无语。"④林弼《登州集》卷四有《题王佐山人画》云:"山光杂空翠,云影澹晴晖。古渡舟谁系,虚斋人未归。石苔秋雨积,野树晚风微。便欲抛尘事,垂纶柳外矶"。卷七《题听雨轩图》云:"山窗酒醒梦魂清,竹外松边点点鸣。蒲涧寺前千尺瀑,都随黄叶作秋声。"⑤"听雨"这一雅号,寄寓了南园诗人在元末乱世隐居避世的人生志趣,也反映了当时许多文人的共同心声,所以听雨轩也受到大家的普遍关注。南园听雨,因此而成为了南园最为典型的意境之一,也成为南园生活的象征。

元至正十八年(1358),南园诗社因为战乱而解散,王佐到南雄省亲和避乱。至正二十三年(1363),何真自惠州出兵夺取广州,逐走发动叛乱的匪首邵宗愚,被元朝廷任命为江西行中书省左丞,并于此年开署求士,王佐与赵介、李德、黄哲并受礼遇,称五先生。王佐为何真掌管书记,军中大事多见咨

① 陈田:《明诗纪事》甲签卷九,第200、207页,

② 孙蕡:《西庵集》卷八,《北京图书馆古籍珍本丛刊》本,第59页。

③ 梁守中点校:《南园前五先生诗》,第20页。

④ 钱谦益:《列朝诗集》甲集第十卷,中华书局,2004年,第28页。

⑤ 林弼:《林登州集》卷七,《景印文渊阁四库全书》第1227册,台湾商务印书馆,1986年,第32、67页。

询。当时肇庆有一地方割据势力李质实力颇强,王佐和孙蕡一起劝何真派人与之修好,何真随即派遣王佐和孙蕡往肇庆说服李质接受管辖,他们顺利地完成了任务。王佐发现李质帐下招纳了许多岭外名士,回来后就向何真报告,劝他派遣使者赴肇庆招致人才。当时广府一带名士尽归何真麾下,何真由此号称得士,也因此而壮大了实力,稳定了对广州的统治,保障了广东的安宁。明统一后,何真入朝为官,王佐则回到故乡南雄隐居。

　　洪武九年(1373),王佐被征为黄门给事中。给事中虽然只是正七品的小官,但王佐认为是一个报效国家的好机会,论思补阙,尽心尽力,恒称明太祖朱元璋之意。王佐由此而诗名日盛。明太祖游幸的时候,总喜欢把王佐带在身边,遇到会心之处,就让他赋诗助兴。以前影响只局限于岭南的王佐,因此诗名大振,南京的名流都对这位岭南才子刮目相看①。然而,随着统治的巩固,朱元璋对待文士的态度也渐渐改变,许多因文字冒犯他的人,或遭杀戮,或被拘禁,多数不得善终。生性豪放的王佐,很快无法适应这种生活,任黄门给事仅一年,就产生了"年光随水去,事业与心违"的失落感,萌生了去意。然而,生性猜忌多疑的朱元璋对于不肯出仕的士大夫绝不客气,很多文人因为执意归隐而被杀。王佐听从友人的建议,一改前期的豪放浪漫作风,在朱元璋面前采取恭敬谨慎的态度,两年后才以多病为由要求告退,最后居然得到了首肯,并且还得到了五千钞的道路费。王佐的功成身退,让当时进退两难的士人们羡慕不已,孙蕡曾作《送王给事南还》表达羡慕心理。王佐自己也有点始料不及,其《发龙湾别王惟吉张廷彦》云:"日日擒毫纪玉音,敢期清梦到山林?贾生对策曾前席,疏傅归来更赐金。日月行瞻丹阙迥,烟霞归去草堂深。相看已是康衢叟,击壤无忘报国心。"②这首诗中有压抑不住的解脱之情,但处处强调对朝廷的留恋和报国之心。王佐巧妙地向当时的士林表明:他的归隐是不得已的,他其实是留恋朝廷的。这实际就是他能够顺利归隐、全身而退的根本原因。相比之下,孙蕡的出仕之心更为强烈,其言行也不如王佐谨慎,所以二人结局就不同了。

　　王佐的归隐,无疑是睿智的。在南园五先生中,孙蕡最后因党祸牵连被杀,黄哲因在郡讹误置法,就连隐居故乡的赵介也难幸免。有论者指出:"王彦举给事黄门,联珂玉署,应制操觚,润笔余钞犹得持归,以了江头酒债,有光林壑,如更迁延帝乡,将恐仲衍余波来及人矣。"③陈田也指出:"彦举给事黄门,

---

①　黄佐:《广州人物传》卷一二,《四库全书存目丛书》本,第514页。
②　梁守中点校:《南园前五先生诗》,第91页。
③　尹守衡:《明史窃》卷九七,周骏富主编《明代传记丛刊》第84册,台湾明文书局,1991年,第428页。

二年即乞骸骨归,时臣僚自陈者多被遣斥,彦举以恭慎得归,当时以为难。彦举《舟次匡庐寄同朝诸公诗》云:'天上鹓鸾还接武,江边鸥鹭已忘机。他时行部如相觅,秋水芦花是钓矶。'以高季迪诸人视之,有幸有不幸矣。"①王佐如果不及时退隐,则难免高启、孙蕡、黄哲那样的命运。诗人之幸在于全身免祸,而其不幸则在于壮志难酬,这实在是专制社会士人的普遍命运。

(二) 王佐的诗歌风格及其变化

王佐逝世五十年后,遗稿散落,百不存一。赵介之子赵绚(字怀璨)曾为王佐编定了《听雨轩集》二卷,称:"仆童龀时,获睹先生仪表,心窃慕之。既长且壮,尤乐诵先生之诗。而质性蹇钝,极力肆意,终莫能窥其藩篱。今老之至矣,苟不能掇拾遗墨,成先生一家之言,俾与孙黄诸公并传而不泯,则岂古人尚贤之意也哉。"②因此他逐一收拾王佐遗文,编订成集。不过,王佐生《听雨集》《鸡肋集》《瀛洲集》,现在均已散佚,现留存作品主要保存在《南园前五先生诗》③中。

王佐早期个性浪漫,作风豪放,不喜拘束,故其作品风格雄豪,节奏轻快,但颇喜用典,呈现出雄浑典雅、雄峻丰丽的风格。其《醉梦轩为钱公铉赋》云:

> 东吴钱高士,索赋醉梦诗。十年不是不题句,我亦醉梦无醒时。问君醉梦缘何事?君言不解其中意。但知痛饮复高眠,即此悠悠是生计。沧溟倾泻供杯盂,乾坤偃仰如蘧庐。神游溟涬钧天外,心寓鸿荒太古初。人皆掉舌谈臧否,君方默坐糟丘底。人皆明目辨妍媸,君独懵腾黑甜里。君不见汨罗江边人,独醒捐躯博得千载名。又不见王戎钻李执牙筹,昼夜营营算不休。人生适意此为乐,何须苦觅扬州鹤?竹叶杯中阅四时,芦花被底舒双脚。钱公钱公真我师,平生此意君得之。连床未遂论文约,润笔先求买酒资。我生落魄惟贪饮,百事无闻只酣寝。生死真同力士铛,荣枯付与邯郸枕。邯郸枕上意如何,笑杀当年春梦婆。贪看北海清尊满,谁愿南山白石歌。吾闻醉梦之乡一万八千里,中有仙人长不死。李白伴狂乐自如,陈抟息鼻呼难起。行行又入无何有之乡,麒麟作脯琼为浆。借得仙人笙与鹤,三清八极同翱翔。④

---

① 陈田:《明诗纪事》甲签卷九,第 196 页。
② 黄佐:《广东通志》卷四二,第 1060 页。
③ 梁守中点校:《南园前五先生诗》。王佐诗尚有可以辑佚者:笔者所见,除下文所录《湛碧亭》外,还有《金陵赠别诗送彦晦先生南归》载黎贞《重刻秫坡先生文集》,《四库全书存目丛书》本,齐鲁书社,1997 年,集部第 25 册,第 521 页。
④ 梁守中点校:《南园前五先生诗》,第 93—94 页。

此诗其实是王佐的夫子自况。诗分两部分。第一部分写钱公述醉梦状态以及醉梦中忘怀名利、自由适意的精神快乐。第二部分，从"钱公钱公真我师"句以下，写自己之贪饮以及在醉梦中追求超脱的人生意趣。全诗既刻画了钱公借助痛饮高眠，摆脱生计烦忧，追求人生适意的高士形象，也表现了王佐自身的人生情趣。诗歌一方面以轻快之笔直抒胸臆，很好地再现了诗人的豪放性格与浪漫作风；另一方面又不断穿插大量历史人文典故，以增加诗歌的思想深度和典雅之美，从而形成了雄浑典雅的艺术风格。又如其《湛碧亭》诗："平生最爱方壶画，又见新城湛碧图。别业须如徐孺宅，好山浑似贺家湖！白鱼入馔宁论价？绿酒盈筒不用沽。何日闲寻杨处士，钓竿随意拂珊瑚？"①此诗一气呵成，意蕴流动，生动地表现了处士的自足随意的生活，人物形象丰满，精神饱满，而颔联中"徐孺宅""贺家湖"两处典故的妙手拈来，点出人物的隐居情趣，无疑增加了诗歌的典雅韵味。

王佐出仕后的作品，风格由前期的轻快转入沉着，气骨则由雄豪转趋卑弱。这与诗人的主体精神状态的转变有关。王佐入仕之前过着浪漫的贵游生活，入仕初期则曾有过短暂的建功立业的热望，留下过《应制赐宋承旨马》一类表达忠君爱国之心的作品。《应制赐宋承旨马》开篇盛赞洪武皇帝统一天下，四方归心；接着描写西域贡马；最后点出皇上赐马之意，提醒"须知君恩如深海，臣骑黄马当赤心"。这首七言古诗层次清楚，转折自然，一气呵成，道尽开国皇帝的功业和恩威，也带有应制诗篇通常所具有的乐观和豪迈，但是主体精神气格明显卑弱，曾经豪放浪漫、粪土王侯的诗人，不得不屈服于皇权之下。可以想见，生性豪放的王佐终究难以习惯必须要恭谨肃慎的文学侍从生活。其《午日呈郑久诚参政》云："百顷芙蓉罨画船，贺家湖上水平天。金盘送果沉冰碗，罗扇题诗散舞筵。往事氛埃成远梦，佳辰风雨忆华年。涧蒲九节根如玉，服食于今笑学仙。"眼下的生活尽管是富丽堂皇的，但是诗人却有强烈的今不如昔之感。其《书所见感旧》写得更为辛酸："小小银筝压坐偏，曾将古调寄新弦。芙蓉绿水秋将老，鹦鹉金笼语可怜。两鬓秋霜明镜里，十年春梦夜灯前。湖山隐约人何在？空负当年罨画船。"②官场的生活或许体面，但其实就如同关在笼中的鹦鹉，虽有漂亮的鸟笼，但却永远失去了自由。不得已而挣扎在官场的诗人，眼前的银筝和荷花，使他想起了往日南园恣意宴饮游玩的生活，隐约中仿佛回到了故乡的美丽湖山中，可是当日的友人已经各奔东西，只留下当年游玩时乘坐的画船在

---

① 李友榕修，邓云龙等纂：《三水县志》卷一五，嘉庆二十四年刻本。
② 梁守中点校：《南园前五先生诗》，第 87、91、94 页。

寂寞地等待,仿佛在呼唤诗人早日辞官归乡,重温诗社的旧梦。王夫之评曰:"不浮。"①"不浮"即典重沉着的意思。此诗属对工稳,气韵流畅,但流露着浓烈的感伤怀旧情绪,气骨渐趋卑弱,已经看不出诗人早期那种意气风发的精神状态,显示在明初严酷的政治文化环境中诗人心理压抑、个性扭曲、主体精神逐渐萎缩的现实。其《舟次匡庐寄同朝诸公》写道:"天上鹓鸾还接武,江边鸥鹭已忘机。他时行部如相觅,秋水芦花是钓矶。"②"天上鹓鸾"比喻还在朝为官的诸位同僚,而"鸥鹭忘机"比喻已经脱离险境的诗人。而秋水、芦花、钓矶,则传神点出了今后的隐士生活。此时的诗人已是无官一身轻,他写信给昔日同僚,展望自己的归隐生活,字里行间流露出一派轻松,仔细体味则还有一种心有余悸的庆幸在内,这显示了明初严酷的文化专制对于诗人本性的扭曲。这类作品失去了早期的那种雄峻丰丽,而变得悲怆衰飒,实际上是在明初严酷政治文化背景下文士的普遍心理反应。

　　王佐现存作品还存在明显的体裁与题材风格的差异,这可以从其题画诗中看出。其长篇歌行体多纵情铺陈,呈现雄俊丰丽的艺术风格,而题画小诗则立意新颖、构思精巧,虚实处理尤为精到。前者如《题桑直阁〈江山胜概图〉》:

> 我昔趋神京,道出匡庐峰。手持绿玉杖,遍踏金芙蓉。是时秋高天气肃,最爱秋声满岩谷。万顷湖光带白苹,九迭屏风挂飞瀑。结巢便欲栖云间,夔龙趋赴鹓鸾班。才名用世果何有,赢得归来双鬓斑。至今梦想烟霞趣,拟托毫缣写情素。君家此图谁所摹,似我当时旧游处。远山缥缈如游龙,好处尽在烟岚中。晴波落日曳澄练,枯林老叶鸣秋风。屠苏高下林间起,水色山光画图里。软红无路到柴扉,空翠常时扑书几。中流放棹知何人,锦袍坐岸方乌巾。若非高洁鲁连子,应是风流贺季真。我生垂老愿未酬,鲁人讵识东家丘。图中胜概倘易致,便从此地营菟裘。③

此诗不像一般题画诗那样直接从描绘画面入手,而是首先不惜笔墨渲染自己往昔游览庐山时见到的美景,然后以"君家此图谁所摹,似我当时旧游处"句为过渡,转入对画上之景的描绘,既使画中之景得到了充分的表现,又有效避免了重复。后半题画部分先具体刻画画中人物,再联系自我欲隐居而不得的遭际,既点明了画中之意,又表达了诗人的情趣。这样的虚实相生的

---

① 王夫之评选,陈新校点:《明诗评选》,第369页。
② 梁守中点校:《南园前五先生诗》,第91页。
③ 梁守中点校:《南园前五先生诗》,第88—89页。

手法,将画外之景与画上之景、画中之人与画外之人有效统一起来,显得形象丰满而意蕴深长,避免了一般歌行体题画诗一味铺陈景物而导致的板滞堆砌。其题画诗还有《题李谷清雪景》《百马图》《美人红叶图》等小诗,往往以巧思见长、风格隽永秀丽。如《百马图》云:"蹄影参差踏软红,曾观万马拥飞龙。旌旗不动金箔歇,一片川原锦绣中。"①全诗并不直接写画图中骏马雄姿,而是以零乱的蹄影,凝固的旌旗,写出了《百马图》中万马奔腾的气势,全诗虚实相生,动静结合,将对画面的介绍和画意的鉴赏,融于寥寥数句,其中"旌旗不动金箔歇",沟通听觉与视觉,虚实相生,以静态的画面,描绘百匹骏马刚刚如旋风般掠过,而此刻的原野刚刚沉寂下来的情景,体现出高超的艺术鉴赏力和表现力。

王佐的诗歌还因题材的不同呈现不同的风格。如果说题画一类诗歌一般不牵涉具体的人事,往往显得轻快单纯,那么王佐的一些赠答诗往往将自己的人生感悟、仕途体验寄寓在写景叙事的字里行间,往往显得感慨深沉。如其《戊戌客南雄》诗写战乱不得已回到久别的故乡南雄:"寂寞江城晚,依依独立时。回风低雁鹜,返照散旌旗。家在无人问,愁来只自知。几回挥涕泪,忍诵《北征》诗。"②诗格古朴苍劲,诗意沉郁顿挫,有老杜之风。《忆舍弟彦章》抒宦途思亲之情:"庭草秋犹绿,江枫晚渐稀。年光随水去,事业与心违。远海犹传箭,殊方未授衣。翩翩南去雁,故作一行飞。"③首两句写景,动态写出秋意正在逼近,渲染出一种惆怅的气氛。第三四句由流逝的江水,联想到岁月的流逝与事业的不如意。第五六句写自己的处境,第七八句以雁寓人,诗味隽永,情意幽长,显示出与题画诗迥然不同的题材风格。

王佐诗歌总体风格和阶段性特征,说到底还是其个性作风以及生活和心境变化的产物,也与其诗学路径有关。赵绚云:"吾郡国朝初,作者迭出。然求其清词雅韵,雄浑悲壮,足以驰声中夏,追迹前古,亦不过孙典籍、李长史、黄雪篷、彭参政、郑御史、赵汪中、明中数公而已。甚矣,诗之难也。有若听雨王先生,则以寓公之士,杰然特出乎其间,实与孙黄诸君子相颉颃。其清才逸气,殆与秋旻健准相高。矧尝入侍金门,亲承清问,目睹朝廷礼乐声文之盛。故发于诗,清新富赡,肖其为人。……然评者谓先生之诗,古风、歌行,伯仲高、岑之间;律绝则方驾虞、揭。"④明中叶广东大儒黄佐则总体而言

---

① 梁守中点校:《南园前五先生诗》,第92页。
② 梁守中点校:《南园前五先生诗》,第89页。
③ 梁守中点校:《南园前五先生诗》,第90页。
④ 黄佐:《广东通志》卷四二,第1060页。

称其"才思雄浑,体裁甚工"①。赵、黄二人皆道出了王佐诗歌的雄浑特点。王佐诗风雄浑典重,也是当日南园诗社诸诗人的共识。关于王佐和孙蕡诗歌艺术水准的比较问题,当日南园诗人普遍认为:"构辞敏捷,王不如孙。句意沉着,孙不如王。"这里指出孙、王各有所长,其潜台词是二者可以匹敌。徐泰《诗谈》云:"岭南孙仲衍、王彦举、黄庸之、赵伯贞、李仲修,时称五杰。惟仲衍清圆流丽,如明珠走盘,不能自定。彦举雄俊丰丽,殆敌手也。"②不过,清代以来人们开始否定明人的看法。朱彝尊认为:"然其诗远不及仲衍,而当时之论云:'构辞敏捷,王不如孙。句意沉着,孙不如王。'不可谓定评也。"③《四库全书总目·广州四先生诗提要》也认为:"惟佐气骨稍卑,未能骖驾。"④事实上,王佐古风歌行崇尚唐音,得其雄俊丰丽;而他对元末虞集、揭傒斯等人的模拟,则得其雅赡和圆熟,但不免气骨稍卑,仍然带有元诗纤秾缛丽的特点。因此,与孙蕡比较起来,王佐的诗歌还没有摆脱元诗的气息,他们虽同为南园诗社的盟主,但王佐对明代诗歌的开风气的贡献,是远远比不上孙蕡的。王佐对岭南文学的影响,主要还是南园结社和七古诗学唐音两个方面。清末民初陈融《论岭南诗人绝句》论王佐云:"砌竹檐花听雨轩,檀槽银烛夜倾樽。当时雄笔问谁好,绝倒狂歌客姓孙。"又云:"烟霞归去草堂深,击壤无忘报国心。古调独弹秋梦远,不惊人处是高岑。"⑤前者叙其早期诗社活动和豪放轻快诗风,后者叙其归隐行为和艺术成就可追步高适、岑参的七言歌行古体。此二诗结合王佐生平行迹谈论其诗歌风格,揭示了王佐诗歌的主体特征和阶段性变化,全面而又深刻,也道出了王佐在岭南文学史上之影响。

第三节　黄哲诗歌创作论

（一）黄哲的生平与才性

黄哲的生平资料,散见于《明史》《广东通志》《广州人物志》《广州府志》《番禺县志》等多种文献,但是或者语焉不详,或者存在一些抵牾不通和错误之处。笔者广泛综合多种方志文献和地方文人别集,钩沉索引,排比考

---

① 黄佐:《广州人物传》卷一二,《四库全书存目丛书》本,第513页。
② 梁守中点校:《南园前五先生诗》,第13页。
③ 朱彝尊:《明诗综》卷一一,《景印文渊阁四库全书》本,第372页。
④ 永瑢等:《四库全书总目》卷一八九,中华书局影印本,1965年,第1713页。
⑤ 广东文物展览会:《广东文物》卷九,第905页。

证,将其生平经历和诗歌活动、心路历程略述如下。

黄哲,字庸之,番禺人。其生年难以确考。黄哲《王彦举听雨轩》诗云:"辋川给事才且奇,自我相亲童冠时。"①王彦举即王佐。从黄哲自称与王佐童冠相亲看,其生年当与王佐接近,约在元顺帝元统二年(1334)前后。

黄哲家本为广州荔湾大姓,但年方弱冠父母就相继离世,家道由此中落。黄哲作诗乃是自学成才。史载:"哲弱冠而孤,刻苦读书,通五经。尝借人《文选》,手抄之,沉玩究竟,遂能作诗,造晋唐奥域。"②元至正十三、四年间,年方弱冠的黄哲参与了南园的首次结社。孙蕡《琪林夜宿联句一百韵》序文在罗列参与者时提到了"东平黄通守庸之"③,说明他参与了首次南园结社。不过,这次诗社持续时间不长,很快就因战乱而解散。直到至正二十三年(1363),何真荡平邵宗愚叛乱,在广州开府辟士,南园诗社再度重开,黄哲再次参与了结社,并在诗社中脱颖而出,成为岭南诗史上著名的"南园五先生"之一。《明史·孙蕡传》载:"何真据岭南开府辟士,与王佐、赵介、李德、黄哲并受礼遇,称五先生。"④

然而,黄哲并不安心在何真幕府担任幕僚,他有更大的政治抱负。至正二十四年(1364),黄哲即越过大庾岭,北游吴中,成为南园诗人中最早走出岭南寻求向外发展的人。关于北游吴中的目的,史载:"哲好山水,遍寻岭表诸名山,既而北游,止秦淮。"⑤显然,这种说法还只看到了问题的表面。黄哲北游固然有领略天下山水之意,但从他止于秦淮的做法,可知其更深的用意在于结识天下豪杰,从而实现自己的政治抱负。事实上,游历吴中、秦淮的经历,让黄哲在政治上有机会接触当时正在崛起的朱元璋,从而找到自己的从政之路。史载:"太祖驻师金陵,时招徕名儒。丞相李善长、参政张昶、汪广洋交荐之,拜翰林待制,入禁阁侍太子读书"⑥黄哲大约在此时入宫辅导太子读书,因而成为了南园五先生中最早入仕者。他辅导太子尽心尽职,太子爱重之,钞币之赐无虚日,朱元璋也对他颇为看重。元至正二十六年(1366)六月大旱,朱元璋在钟山祷雨获成功,赋七言《喜雨》诗,命黄哲等赓和。左丞相徐达北伐大捷,黄哲又奉命赋《北捷应制》。这两首诗都深得朱元璋的赞赏,因此黄哲在这一年升任了翰林典签。这段时间,黄哲留下的作

①　梁守中点校:《南园前五先生诗》,第 139 页。

②　黄佐:《广州人物传》卷一二,《四库全书存目丛书》本,第 514 页。

③　孙蕡:《西庵集》卷五,《景印文渊阁四库全书》本,第 566 页。

④　张廷玉:《明史》卷二八五,第 7331 页。

⑤　朱彝尊:《曝书亭集》卷六三,《景印文渊阁四库全书》第 1318 册,台湾商务印书馆,1986年,第 350 页。

⑥　仇巨川纂:陈宪猷校注:《羊城古钞》,广东人民出版社,1993 年,第 480 页。

品有五言古诗《初入书阁,呈董宗文博士,兼简同舍诸公》《十一月十二日四望山陪祀礼成呈诸执事》《呈汪朝宗参议》《呈张昶参政》《赞相国李公善长》。这些与当朝政要的唱酬之作,表明黄哲此时的用世之心是颇为强烈的。另一方面,游历吴中、秦淮,也使黄哲在文学的中心舞台上展露才华,从而有了扬名天下的机会。有一次,黄哲泊舟秦淮,偶遇南京名士朱文昭、涂颖,三人握手吟咏,共相唱和。朱、涂二人本来有点轻视来自岭南的黄哲,但是黄哲诗成,二人自叹不如,说:"君才如白雪,吾虽知音,奈寡和何?"①黄哲现有《秋夜杂兴呈涂典签颖》《简涂叔良、朱仲雅二博士》《折杨柳枝词,戏赠朱文昭》,就是当时与金陵名士朱文昭、涂颖等的唱和之作。

洪武元年(1368),黄哲奉命出使青州、徐州,劝降地方叛乱势力,获得成功。不久,他出任山东东阿县吏。在这里,黄哲表现出了杰出吏才,留下了许多传奇故事。黄哲刚刚到任的时候,手下的官员见他不过一介书生,因而不免有点轻视。黄哲选择从清理前任留下的案子来树立威信。由于他分析、解决问题明快敏捷,而且针对天下初定、民心未安的现实采取从宽审案的原则,很快就审理完了积压的案件,一举赢得了全县百姓的拥护。当年,东阿大旱,麦苗尽枯,黄哲斋戒后,在烈日中赤脚步行到当地龙王庙求雨,并写了一篇词旨哀恻的祷雨文,没想到老天居然在这时下起雨来。百姓都认为这场雨是黄哲的功劳,把这场雨叫作"黄公雨"。黄哲作《洪范祠龙池祷雨获应,答隐士刘文正暨邑中群彦》②,以记其事。东阿境内有一条狼溪,溪中有怪物,常常吞噬百姓,黄哲又写了一篇祷文祈求上苍为民除害。没多久,风雷大作,一条青蛟因雷击而毙于水上。上述两个故事,虽然有些荒诞、迷信色彩,其实只是巧合,但是其中反映的黄哲尽心尽力为民的事迹,应该是可信的。事实上,东阿当时刚刚经历了毛贵之乱,老百姓大多抛弃家园流徙他乡,他们听说黄哲善政后纷纷回来恢复旧业,东阿由此而人口日多,渐渐恢复了生机。洪武四年,黄哲升任东平通判。东阿士民遮道相送,依依不舍。

洪武四年(1371)六月,黄哲到了东平后,正赶上黄河东平梁山段决堤,百姓深受其苦,中书省发令要求地方疏浚,黄哲具体负责了这个工程。当时有官员主张采用堵塞的方法。黄哲不以为然,其《河浑浑》诗序云:"洪武辛亥夏六月,工部主事仇公、中书宣郎观公奉旨按行黄河,北环梁山,逆折西,至巨野、曹、濮,达盟津,发民疏浚浅壅,俾通粮漕。予亦承乏,分领东平之

①　黄佐:《广州人物传》卷一二,《四库全书存目丛书》本,第514页。
②　梁守中点校:《南园前五先生诗》,第127页。

役,济宁则有守御千户张将军董其事焉。诸公偕会梁山。余记元年春奉命溯河北来时,兵始袭汴,舟师逾彭城,北入汴南塔张口,溯漫流而西。三年,余朝京师,道出其左,则塔张之津已淤,舟之汴洛者,北趋戈泊口,任城、开河、闸西以行。今由梁山,则迁其故流,又及千里矣。且复晨夕徙迁无常,漕舟苦焉。盖其弥漫奔决,能困兖、豫、徐、冀数州之民,而深不足引舟漕。有司常具舫寻源,标帜以前导,翌日则又徙而他流矣。涂路朽坏,流沙数百里间,篙楫畚锸无所施其功。故议者欲上闻,有复堰黄陵冈之举。噫！此季元之覆辙,何足与议哉。”①黄哲结合自己的亲身见闻和实地考察,认为前朝曾用过的堵塞方法劳而无功,因此力排众议,主张用疏浚的方法。由于方法得当,黄河决堤修复工作很快完成。修堤完成后,黄哲上疏朱元璋,陈述地方利弊和时务数十条,由于意见直率、措辞激烈,言人之所不敢言,朱元璋认为他狂妄而不顾事实,将他投入大牢,论罪当死。幸亏,当时山东行省上奏黄哲捐献俸禄修建孔庙以及修筑水堤的政绩,朱元璋才让他将功抵过,无罪释放。这个事件对忠心耿耿、一心为民的黄哲来说,无疑是一个沉重的打击,他如梦初醒般认识到了皇帝的刻薄寡恩,萌生了辞官不做之意。其《赠戴云》表明了心迹:“十年惯听京华雪,忽忆闻鸡梦觉时。万户晓钟金气应,九重仙仗佩声迟。湟州桂树谁招隐？庾岭梅花有所思。一曲《阳春》知寡和,郎官清胜浩然诗。”②自至元二十四年度岭至此,黄哲游宦京华已经十年,因痛感自己的忠君爱民之心不被理解,产生了效法孟浩然归隐之意,主动请求放归岭南。

洪武六年(1373),黄哲回到了阔别多年的故乡,开始了寄意山水的生活。黄哲性喜山水,当年北上之日,他第一次见到白雪,倚篷倾听雪花簌簌而下,大为惊奇,曰:“天下奇音妙韵出自然者,莫是过也。”③回到故乡后,他新筑一轩,命名“听雪篷”,以表明自己追求闲适的生活态度。洪武十一年(1378),他与罢归的孙蕡、辞官的王佐、家居的赵介均有酬唱。其《王彦举听雨轩》赠王佐,共话宦途辛酸:“一别凄凉十二年,关河风雨隔幽轩。……君入蓬莱献三赋,我践泥涂走中路。归来相见头总白,坐上逢人半新故。”④《喜故人孙仲衍归》赠孙蕡,称赞才性与品德:“十年东去入皇都,词赋争夸楚大夫。疏散又辞金马籍,佯狂须觅步兵厨。”⑤广州地方官员仰慕黄哲的

---

① 钱谦益:《列朝诗集》甲集第二一,中华书局,2007 年,第 2097—2098 页。此序文《南园前五先生诗》失收。
② 梁守中点校:《南园前五先生诗》,第 151 页。
③ 黄佐:《广州人物传》卷一二,《四库全书存目丛书》本,第 515 页。
④ 梁守中点校:《南园前五先生诗》,第 139 页。
⑤ 梁守中点校:《南园前五先生诗》,第 151 页。

才学，请他负责郡中教育。黄哲于是在广州讲经授徒。他不仅将平生学问倾囊相授，而且将自己的生平抱负寄托在学生身上，鼓励他们参加科举考试以忠君报国。他在广州任教的时间虽不是很长，但是从其受业者达百余人，为地方培养了一批可用之材，为明代广东的教育事业做出了自己的贡献。他的学生香山周尚文、彭秉德等，都先后中了进士，也成了岭南地区文化名人。如《广东通志》卷四五《人物志》载："周尚文，香山人，初从翰林待制黄哲讲艺番山，清苦该博，哲器重之。洪武甲子领解额第一，乙丑登进士。"① 黄哲此期留下的作品有《分韵得"也"字，赠林生瑛充贡》《将进酒赠彭生秉德》《钱区伯宽领归善邑教》《醉歌行为邝复初雄飞昆仲赋》《游黄陂五十韵》等，这些多数是他和学生、好友的酬唱之作。

《广州人物传》卷一二载黄哲"乙卯（洪武八年）四月，朝廷取回山东，治在郡诖误，竟置于法。"②各种文史工具书都据此将黄哲卒年定于洪武八年，这其实是错误的。孙蕡门人江门黎贞（字彦晦）《重刻秫坡先生文集》附录《金陵赠别序送彦晦先生南归》收录有黄哲《金陵赠别诗送彦晦先生南归》诗，而黎贞自金陵南归是在"大明洪武八年岁次乙卯季冬之朔"③。可见，洪武八年冬，黄哲已离开广州到达南京。洪武九年（丙辰）九月，孙蕡监祀四川后返回南京，作《巫峡秋怀》组诗，黄哲还有《次韵仲衍〈巫峡秋怀〉》唱和，收录在《南园前五先生诗》中。关于黄哲因何"在郡诖误"，有关史志记载比较模糊。大概他由于东平任上的打击，主观上对仕途心灰意冷，对再次出仕热情不高，因此并没有马上动身赴任。再加之洪武十一年，南园好友孙蕡、王佐等人好不容易齐聚广州、重开诗社，黄哲实在不愿再度离开家乡。但是迫于王命，又不得不从，因此他拖拖拉拉、走走停停，迟迟未能赴山东任，结果因耽搁太久而触法被杀。

黄哲一生虽然短暂，但经历了青年才俊——御用文人——优秀地方官——教育工作者四次转折，我们虽然可以看到道家出世思想对他人生后期的影响，但其主导思想仍是儒家的入世思想。他年轻时度岭北游，即负有"海水尚可济，身名终自强"（《行路难为洪都义士杨安赋》）④的理想；在朝期间，他忠诚礼赞大明的一统，希望"腾骧为君举，愿扫浮云开"（《拟古》）⑤；

① 郝玉麟：《广东通志》卷四五，《景印文渊阁四库全书》第564册，台湾商务印书馆，1986年，第161页。
② 黄佐：《广州人物传》卷一二，《四库全书存目丛书》本，第515页。
③ 黎贞：《重刻秫坡先生文集》附录，《四库全书存目丛书》本，第521页。
④ 梁守中点校：《南园前五先生诗》，第136页。
⑤ 梁守中点校：《南园前五先生诗》，第129页。

任地方官期间,他尽心职事;即使辞官归家后,也仍然热情鼓励学生积极入仕,要求他们"行矣慎毋淹,长怀问津者"(《分韵得"也"字,赠林生瑛充贡》)①,甚至希望学生弥补自己的遗憾:"长安九衢横九天,尔如神驹当自力。我昔侍从金门中,誓师牧野初成功。功成治定四海同,条牧再见承平风。尔行决科期第一,狐裘蒙茸发如漆。莫辞更尽金屈卮,直上排云振双翮。"(《将进酒赠彭生秉德》)②可惜的是,这样一位忠君爱国、能力出众的贤才,竟然被朱元璋以小过杀害,不得善终。

黄哲的道德文章得到了后世岭南文人的高度景仰,而其无辜被杀的命运,则激起了人们的深切同情。广州乡亲听到他的噩耗后,家为祭奠,自发纪念这位做出过贡献的乡贤。明初南海诗人潘耒《读雪篷集》,回顾其生平,称赞其杰出才华和忠心报国、勤政为民的品质及其在岭南文学史上的地位:"人中仪表黄东阿,华词藻辩如悬河。秋波千顷挠不浊,但觉四坐春风和。早年通籍丝纶阁,诏选儒臣拯民瘼。百里柯亭栖凤鸾,一麾古郓翔雕鹗。交陈百务情非惩,偶蹶霜蹄众所怜。归来倅领文翁铎,回首伤心叔夜弦。朝夜开卷披光彩,一似骊珠照沧海。弟子谁为宋玉招,故人独有山公在。愁来翘首怅东津,海水潺潺海上昏。惟有白云山万叠,百年从此忆清尘。"③明中叶南园后五先生之一的欧大任《五怀诗》中称赞他:"哲也荔湾君,结茅蒲涧下。荐入侍书阁,扈跸钟山驾。雪篷冈终遁,世已微法绁。鄮斤忘垩质,成风几悲咤。惟有南浦篇,湘兰遂雕谢。"④此诗概述诗人的人生经历,对他的屈死感到惋惜。晚清陈融《论岭南人诗绝句》以三首诗歌咏其人生三个主要阶段。其一叙其早年客游金陵,名满天下:"遇客秦淮雪打襟,才如白雪得知音。雪声天下奇音韵,坐听孤蓬酒满斟。"其二叙其为政山东之时的文化活动和名篇佳制:"曲阜停车谒孔祠,邺中走马吊陈思。昭明墓下哀玄迹,都似齐梁五字诗。"其三写其归隐岭南后甘于隐居的人生旨趣和感慨深沉之作:"咄咄南冠发楚音,瑶华苦调夜沉沉。劝君罢赋还山咏,洞口桃花无处寻。"⑤

(二) 黄哲诗歌的题材与风格

黄哲留下的诗文,曾由他的儿子德舆整理为十卷。可惜的是,此集已经散佚。目前,我们所能看到的黄哲诗作,收录于后人辑佚的《南园前五先生诗》中⑥。黄哲现存诗歌七十余首,体裁包括古乐府、五古、七古、五律、七

---

① 梁守中点校:《南园前五先生诗》,第 132 页。
② 梁守中点校:《南园前五先生诗》,第 141 页。
③ 钱谦益:《列朝诗集》甲集第二一,第 2102 页。
④ 欧大任:《欧虞部集·蓬园集》卷二,《北京图书馆古籍珍本丛刊》本,第 567 页。
⑤ 广东文物展览会:《广东文物》卷九,第 905—906 页。
⑥ 《南园前五先生诗》所录黄哲作品,存在误收、漏收、重收情况。参见本书附录二。

律、七绝、五言排律等。与他人生经历一致，其作品主要有写景纪游和赠答酬唱两大类，主题集中在"江山"与"人生"两个方面。

黄哲的写景纪游诗，带有浓郁的地域文化色彩。他早期悠游岭南，受到岭南山水的浸染和源远流长的佛、道文化的熏陶，诗歌着力表现岭南山水清静秀雅的特点和自己的宗教情怀，主要有《题蒲涧读书》《小塘山居》《分题赋罗浮山赠何景先百户》《寄萧道士止庵二首》《与伯贞、彧华二友会》等。《题蒲涧读书处》云："编茅临巨壑，伐木憩幽岩。摇琴初涉涧，投册静窥潭。丽泽方求益，知人谐所耽。灵芬遥可挹，渊物坐能探。野褐听朝诵，霜猿闻夜谈。萫帷凉结蕙，管榻润霏岚。予志在山水，宜从云外参。"①前十二句叙行、写景，最后两句则说理，带有模拟南朝谢灵运山水诗的痕迹，大概是诗人早年读《文选》后的习作。而《小塘山居》则在艺术上趋向成熟："石月斜窗夜气清，禅栖无梦客灯明。山中万籁俱岑寂，惟有松风答磬声。"②此诗写诗人夜宿山中禅寺，重点不是模山范水，而是将主体对山水的体悟熔铸诗中，试图从山水中悟道，因而诗中充溢一种佛家理趣。《寄萧道士止庵二首》则表达了一种"颇弃人间事，来参《内景篇》"的道教情趣③。黄哲的早期写景记游诗，既有丰富的自然景观，又有深厚的人文传统，这个特点即使到了创作后期也没有改变。如其中期任职山东的作品，紧扣齐鲁大地的儒家人文传统，抒发政治理想，如《曲阜里谒庙》云"遄回驰驱意，夙夜思仪刑"④。《东平谒尧祠》云"亦播《康衢谣》，绍尔雍熙乐"⑤，表达了恢复儒家礼乐的良好愿望。而晚期作品，如《游黄陂五十韵》云："吾郡山川秀，黄陂亦有名。闻君谈胜概，邀我共游行。路指苍崖近，临村碧涧萦。……静中无俗念，方外有贤英。蕙结灵均佩，松号子晋笙。……他年求道侣，即此缔幽盟。"⑥细致描绘岭南山水的秀与奇，流露了浓浓的岭南文人的宗教情怀。

黄哲游历吴中所留下的诗作，则留下了鲜明的吴越文化烙印。金陵本是六朝故地，黄哲此间的诗作，艺术上自觉学习六朝诗歌，多精工流丽之作。如其《白苎词》："长洲宫中花月辉，彩云夜傍琼楼飞。吴姬娉婷白苎衣，扬兰拂蕙春风归。花筹传觞注红玉，月镜当筵掩明烛。低环按节宫调促，嫣然一转乱心曲。夜长酒多欢未足，惊乌啼向东苑树。星河阑干正当户，明眸皓

---

① 梁守中点校：《南园前五先生诗》，第131页。
② 梁守中点校：《南园前五先生诗》，第154页。
③ 梁守中点校：《南园前五先生诗》，第146页。
④ 梁守中点校：《南园前五先生诗》，第127页。
⑤ 梁守中点校：《南园前五先生诗》，第126页。
⑥ 梁守中点校：《南园前五先生诗》，第144—146页。

齿歌《白苎》。蛾眉婵娟花月妒,含情奉君君莫顾。云中璧月易盈亏,叶底秾华多盛衰。愿为宝阶千岁石,长近君王双履綦。"①《白苎词》本是吴声歌曲,此诗借鉴吴歌语言华美流利、音调自然和谐的特点,借宫女来寄托自己作为御用文人时不被理解的幽怨。其《乌栖曲》云:"九月过姑苏,江头霜草枯。西风吹叶尽,愁杀夜栖乌。栖乌月明里,霜重惊还起。无处托安巢,哑哑渡江水。江波浅复深,东去无还心。《白苎》吴宫曲,能成哀怨音。只言欢乐长相保,青春几时秋又老。可怜西子断肠花,不及虞姬美人草。舞罢垂杨金缕衣,椒房绛烛明星稀。越骑争驰海山动,吴歌尚绕梁尘飞。梁尘飞飞《白苎》哀,乌啼夜半闻门开。鸱夷浮江麋鹿来,月明犹照姑苏台。"②感慨时年华易逝,抒发不能及时有为的苦闷。《自君之出矣》云:"自君之出矣,无处托鳞音。思君如昼烛,泪尽不明心。"③模拟六朝文人最喜创作的旧题,借男女以写君臣。这类作品,既继承了六朝文人诗歌清丽婉转的特点,又带上了御用文人怀才不遇的抒情内容和感伤情调,是黄哲诗中最接近齐梁体的作品。

　　黄哲在山东担任地方官的期间,直接接触底层社会,并且受到齐鲁儒家文化的影响,因而跳脱了过去的山水情怀,面向现实社会,内容充实而风格由清丽转趋沉雄。如纪游怀古诗《谒黄石公庙》:"榆径深深一草堂,松阶寂寂半斜阳。青山远近分齐鲁,黄石英灵阅汉唐。碑断蟠龙荆棘暗,坛空鸾鹤桧槐苍。乡人更说传书意,故国风云入渺茫。"④此诗将榆径、草堂、松阶、斜阳、断碑、荆棘、桧槐等意象,置于阔大深远的历史时空当中,境界开阔深沉,风格雄浑,与早期写景诗歌相比,多了一份人生的风尘气与历史的沧桑感,境界大为拓展。又如《河浑浑》诗描写决口的黄河:"河浑浑,发昆仑;渡沙碛,经中原。喷薄砥柱排龙门,环嵩绝华熊虎奔。君不闻汉家博望初寻源,扬舻远涉西塞垣。绝探幽讨事奇绝,云是天津银潢之所接。葱岭三时积雪清,流沙万派从东决。东州沃壤,徐豫之墟。怀山襄陵,赤子为鱼。夕没巨野,朝涵孟诸,茫茫下邑皆涂污,民不粒食乡无庐。桑畦忽变葭苇泽,麦垄尽化鼋鼍居。"⑤此诗先从地理位置和历史传说入手写黄河地形之险,再写黄河决口带来之巨大灾难,诗歌气势非凡,关注的重点也由个人的情趣转向民生的苦难。黄哲的纪游诗还把民生的疾苦和个人的人生感慨交织写出,表现了勤政爱民的品质和忧国忧民的情怀。如《寓治谷城寄京华亲友》:"疮

---

① 梁守中点校:《南园前五先生诗》,第 122 页。
② 梁守中点校:《南园前五先生诗》,第 123 页。
③ 梁守中点校:《南园前五先生诗》,第 123—124 页。
④ 梁守中点校:《南园前五先生诗》,第 150 页。
⑤ 梁守中点校:《南园前五先生诗》,第 134 页。

痍未复更颠蹶,忍看呻吟日流血。朝耕暮战同死生,抚字无才政多拙。有时登高望远山,浮云万里何当还? 令人却忆鲁连子,一箭成名东海间。"①表达了对饱经战争创伤的人民的深切同情和通过救民于水火而立功扬名的愿望。

黄哲的赠答酬唱诗也可分为两类。一类是任翰林待制期间的应制和歌功颂德之作。如《奉和圣制钟山祷雨获应》《赞相国李善长》《呈汪朝宗参议》《呈张昶参政》《初入书阁,呈董宗文博士兼简同舍诸公》《十一月十二日四望山陪祀礼成呈诸执事》《正月初四日南郊礼成》等。如《初入书阁,呈董宗文博士兼简同舍诸公》,歌颂朱元璋的功业,对自己的被重用表达报效之情,流露出积极的用世心态。黄哲的这类诗歌尽管台阁气息很重,缺乏前期作品的清新流丽,但是我们也应该看到,黄哲对于统一的明王朝由衷拥护,是因为明朝的统一结束了元末的黑暗统治,带来了国家富强、文化复兴的希望,因此其歌功颂德有真诚的一面。黄哲这类诗歌的可取之处,就在于将歌功颂德和对开国兴邦的期望以及自己有所作为的用世之心统一起来。如《北捷应制》:"王师几日定秦邮,诏发奇兵出寿州。横海楼船通楚甸,羽林旄节渡淮流。胡笳惨动关山月,戎帐威传草木秋。闻道鹰扬能奋迅,思归燕将莫夷犹。"②这首诗前四句以写实的笔调,概括写出徐达北伐的赫赫战绩;后四句则借助想象,借对战场的特写来渲染军威、号召燕将归顺大明,全诗境界开阔、格调昂扬,宣扬了大明王朝的国势与声威,也间接表达了自己对大明王朝的礼赞和拥护,无怪乎深得朱元璋的赞赏。这可以看作是开国之初文人的共同心态。其《奉和圣制钟山祷雨获应》被后世称赞为"音节殊自高朗"③。

黄哲的赠答酬唱之诗的另一类是游宦与归隐时期与同僚、友人的酬唱赠答之作。这类作品彻底摆脱了第一类应制诗的种种限制,真实反映了诗人的所见所闻和人生体悟,因而成为黄哲作品中价值最高的一类。如《舟泊龙湾寄孙仲衍》:"吴樯楚柁十年间,又度秦淮虎豹关。眼底故人成寂寞,梦中尘业负高闲。九州风雨东南会,七泽波涛日夜还。江上思君云路杳,掀篷愁对蒋陵山。"④此诗写于黄哲因罪被罢官放还之时,诗中有对漂泊生涯的担忧,对功业无成的懊悔,对乡园故友的思念,感情真实而又丰富。诗人百般委屈,无限辛酸,无处诉说,因而写得境界阔大、感慨深沉,语奇笔重,雄直

---

① 梁守中点校:《南园前五先生诗》,第 137 页。
② 梁守中点校:《南园前五先生诗》,第 149 页。
③ 陈田:《明诗纪事》甲签卷九,第 205 页。
④ 梁守中点校:《南园前五先生诗》,第 150—151 页。

深厚,而一气呵成。归隐故乡后,远离官场的黄哲,创作日趋成熟,对人生的体验也更加深入,歌行类作品取得了突出的成绩。如《短歌行与蓝山陈彦中》《将进酒赠彭生秉德》等作品,都写得荡气回肠、酣畅淋漓而又韵味悠长。其《醉歌行为邝复初雄飞昆仲赋》云:

> 昨日风雨中,我来自西山。不知春早暮,花落长林间。林间幽人心事闲,相逢一笑开云关。问我别来春几度,五见飞花满行路。黄橙丹荔绕池栽,清水离离照芳树。登高酌我黄金罍,倾情写意无嫌猜。携觞复就花下饮,鸟啄余花铺绿苔。我惜落花君莫扫,乘兴即来坐芳草。江山如此多阅人,与君相期恨不早。君家伯仲多才(按,四库本《广州四先生诗》作"材")雄,白眉更是人中龙。东山还着谢公屐,百世行藏安得同。尔曹曾辞鹤书召,予亦蹉跎走荒峤。华发盈簪已自惭,乌巾折角从人笑。悠悠行路心,惟君可知音。南冠发楚奏,拂拭瑶华琴。商声凄凄夜沉沉,酒酣风悲月出林。终然苦调不可听,为君更赋还山吟。他年访我桃花洞,洞口花残春正深。①

这首晚期作品,前半部分写闲居之地的幽闲景致,带有出仕前期作品善于刻画的特点,后半部分写自己怀才不遇的经历和决意隐居的处世态度,则语含沧桑之叹。全诗融情入景,绮丽中见苍凉,以气骨见长,可谓"赋到沧桑句便工"。不过,应当承认的是,黄哲诗的气势和骨力超过了才情,故胡应麟《诗薮》认为:"岭南黄哲亦长七言古,才情少劣,气骨胜之。"②

综上所述,黄哲诗歌呈现了阶段性的特点,早期到任翰林待制期间走清艳绮丽一路,出仕山东到归隐故乡时期则走雄浑典雅一路,总体特点则是流利自然兼取雄浑深厚。长期以来,人们只看到黄哲诗歌祖述齐梁的一面。四库馆臣认为:"哲之五言古体,祖述齐梁。"③不过,笔者认为,黄哲虽然因熟读《文选》而诗作富有六朝风味,但他创作的重点不是"齐梁体"而是《文选》体,即选体。黄哲曾作《过梁昭明太子墓》盛赞昭明太子萧统:"文藻绚华黻,芳芬扬素襟。遗编轶正雅,旷代驰徽音。"④黄哲所推崇和实践的是一种辞藻华丽内容充实的典雅之美,这与萧统《文选序》所推崇的审美标准"事出于沉思,义归乎翰藻"是一致的,但与绮艳相高的齐梁体是有距离的。

---

①　梁守中点校:《南园前五先生诗》,第138—139页。
②　胡应麟:《诗薮》续编卷一,第344页。
③　永瑢等:《四库全书总目·广州四先生诗提要》,中华书局影印本,1965年,第1714页。
④　梁守中点校:《南园前五先生诗》,第125页。

此外,黄哲出入岭南而游历吴越齐楚,各地地方文化的熏染和丰富而曲折的人生体验,使其诗歌创作超越了齐梁体的绮艳与无聊,形成了流利自然与典重深厚兼取的特点。黄哲创作的不足之处,在于模拟对象单一,也没有形成稳定的地域特征。因此,朱彝尊认为:"其五言诗源本六代,七言亦具体。品当在仲衍之下,彦举之上。"①

第四节　李德诗歌创作论

(一) 李德的生平与思想

李德,字仲修,番禺人,生卒年不详。元末明初,他与孙蕡、王佐、黄哲、赵介在广州共结南园诗社,世称"南园五先生"。

李德有很深的理学修养。少年时他曾自号"采真子",晚年则"潜心伊洛",当时"世称有理学者,必曰李长史"②。李德的理学来自以孔孟思想为基础、吸收佛、道思想的伊洛学派。李德理学,首推"诚意"二字,认为"诚意为古圣哲心要",又曰:"意诚诸妄遣,可以通天地。"又曰:"凿空非自然,立异岂真实。尧舜与途人,其初本同一。"③我们来看其《神释》:"大哉浑沦妙,橐龠自无穷。细缊一已构,畀付出至公。灵台本无物,而我处其中。清虚为我体,昭明为我庸。倏忽入无间,忽来归寂空。既作百骸长,蔚为万世宗。毋从众形扰,顺适与天通。"④这首诗吸收佛教禅宗思想和道家思想,对抽象的"精神"作了诗意的阐释:人的精神是浑沌无穷、不可探究的;它出自每个人,但又表现为最公正;它藏于人的心灵之中,以清虚为体,以昭明为用;它来去影无踪,但又统摄着人的形骸,所以我们不能去打扰它,只有顺应它。顺适精神,即顺应人的本性,这是一种自然的人生观,显然有别于程朱理学格物致知和泛观博览的求知修行方法的繁琐、僵化,实际上开启了岭南陈白沙江门心学的先河。

李德的早期生活以读书和悟道为主,具体实践了其清虚自然的人生观。元至正十一年(1351),孙蕡、王佐等人南园结社,李德是积极参与者之一。李德和南园诗人的酬唱赠答之作有《忆南园》《寄孙典籍仲衍》《王彦举南雄省亲》《济南寄孙仲衍》《金陵逢赵汪中》等。李德早期留下的作品,如《同诗

① 朱彝尊:《静志居诗话》卷一,第77页。
② 黄佐:《广州人物传》卷一二,《四库全书存目丛书》本,第515页。
③ 郭棐:《粤大记》卷二四,《日本藏中国罕见地方志丛刊》本,第470页。
④ 梁守中点校:《南园前五先生诗》,第98页。

社诸公游白云寺,分韵得"千"字》《暇日游城西玄妙观》《赠虚明道人》《宿栖云庵》《栖云庵》《闲居》《峡山寺》等诗,都是当日他活跃于岭南名胜和佛寺道观的记载,可见他早期的主要兴趣在求仙问道,这些诗是一种典型的山林之文。在李德看来,儒、道、佛三者在"清虚"这一点上是殊途同归的。其《栖云庵》云:"道人养清虚,适与高僧处。"①《暇日游城西玄妙观》云:"儒道虽异途,同归在清素。"②这样的思想状态,决定了他一生游走儒、道、佛之间。其实,这也是南园五先生的共同思想特点,他们的作品中也颇多此类作品。

洪武三年(1370),李德因为精通《尚书》而被荐至京师,得到明太祖亲自策问,授洛阳长史,秩满后调任济南、西安二郡担任郡幕。明初,明王朝对于定都何地,一直争论不休。明朝以前,中国历代大一统帝国都毫不例外地定都在北方的关中或中原地区,因为将大一统帝国的政治和军事重点投在北方,便于维护统治。然而,朱元璋起自南方,在很长一段时间里一直以南京作为自己博弈天下的大本营,因此选择定都南京,对他的个人统治来说,也许方便得多,但其实不利于大一统帝国的长治久安。洛阳、西安,乃前朝古都,李德公事之余,常常游览那里的帝王遗墟,他指出:"西安、南阳,皆天下大形胜所在,建不拔之基者,当择而都之,江东非其匹也。"③李德此论,可谓远见卓识,天下士人普遍赞同。犹豫不决的朱元璋虽然最后还是把都城放在了南京,但是其子燕王朱棣在兵变成功后又将大明帝国的都城迁到了北平(后改名为北京)。事实证明了李德是颇具政治眼光的。

不过,李德虽然具备匡济天下的大才,但仕途并不顺利,在各地游宦时间前后十余年,功业无成,不免心灰意冷,他上书自陈年老不能为吏,于是被派遣到湖广汉阳县任教谕。地方官学的教育目的是为了"育人才",但更重要的是为了"善乡俗"。当时汉阳还没有完全从元末战争的破坏中恢复元气,教育未兴,县学中荒草丛生,学生也只有十余人,而且由于未经教化而显得言词粗野。李德不仅仅尽心尽力的启迪与教化着这一批学生,而且建议官府从民间子弟中选择有学问的才士充当师塾先生,以培养师资、扩大教育规模。他的这些做法,取得了明显的成效,汉阳很快形成了尊师重教、人知向学的氛围。李德《春兴六首》其六云:"江汉漂零今六载,故园迢递尚三千。"④

---

① 梁守中点校:《南园前五先生诗》,第 103 页。
② 梁守中点校:《南园前五先生诗》,第 100 页。
③ 黄佐:《广州人物传》卷一二,《四库全书存目丛书》本,第 515 页。
④ 梁守中点校:《南园前五先生诗》,第 115 页。

可见，他在汉阳的任期至少有六年，可以说为汉阳的文化教育做出了重要贡献。在汉阳的任期做满后，李德又被改派到广西义宁县任教谕。义宁地方偏僻，教育更为落后，学生纪律散漫，学风鄙陋。为了移风易俗，李德定下规程：凡是家中有吉凶事都应该请假，校方根据学生家庭情况的贫富而予以周济。由于李德孜孜不倦的教育，并且又树立了可行的规约，乡人在他的约束和教化下风俗日美，县学中进入国子监习业的人也越来越多。他卓有成效的工作赢得了人们的尊敬，当时有当权者向朝廷推荐引进他，但李德以年老不愿再为官而婉辞谢绝，回到了家乡番禺。不久，卒于家。

　　表面看来，李德的后期生活是颇为矛盾的：游走宦途，却又始终自甘边缘；无意个人功名，但又热心儒家教育。其实，这种矛盾可以统一于其崇尚自然的理学思想和清虚自然的生存方式。尹守衡《明史窃》卷九七论曰："李仲修跃起贤科，栖迟散秩，壮心不任牢落，每念登高能赋，何失其为大丈夫。晚复依依一片寒毡，盖亦无聊之际，托之以自扩云尔。"①李德的栖迟散秩，可以视为是一种以吏为隐，也是一种全身远祸的方式。一方面，通过出仕任教，他的儒家入世理想得到了一定程度的寄托；另一方面，自甘边缘，则又可以实现其清虚的生存。事实上，李德尽管是南园五子中从宦时间最长的一个，但是因为可以远离政治中心，远离政治斗争的漩涡，因而得其善终。李德的行事方式和心态行迹，对岭南士人有直接的影响，为明清岭南文人树立了典范。明中叶顺德欧大任《五怀诗》赞曰："楚楚李仲德，南威服犹茧。论都关洛游，友教江湘转。赐堪望云梦，拜岂及瓜衍。鸾啸遭孙蚤，牛医习黄善。终古蒿庐中，禺阳炳雕篆。"②粤人陈融《论岭南诗人绝句》称曰："怀人湖海早惊秋，微禄依依得罪由。触目警心才胜者，十年悔不买归舟。"③他认为李德远离官场的做法，值得其他岭南文人效法。

（二）李德诗歌风格及其阶段性变化

　　李德生前曾著有《易庵集》，惜已散佚。关于其诗歌的艺术水平，当日序者"以为跨晋唐而砾宋元"，认为其诗歌主要是模拟晋唐诗的风格，但后世论者则大多只注意到了其"为诗多效长吉、太白"④的特点。事实上，以洪武三年李德出仕为界，其创作分为前后两个阶段。从内容来看，其早期作品多写景以悟道，后期作品则将人生体验和哲理思辨融合。从风格上看，则由前期模仿李贺的雕镂肺肝走向后期效法陶、杜的古朴沉郁。

----

① 尹守衡：《明史窃》卷九七，周骏富主编《明代传记丛刊》，第428页。
② 欧大任：《欧虞部集·蓬园集》卷二，《北京图书馆古籍珍本丛刊》本，第567页。
③ 广东文物展览会：《广东文物》卷九，第905页。
④ 黄佐：《广州人物传》卷一二，《四库全书存目丛书》本，第515页。

　　李德的早期诗作,大体可以分为两类。一类写景悟道,充满理学趣味,是其理学素养的体现。这类作品主要反映其前期在岭南的读书悟道和漫游生活。如《同诗社诸公游白云寺,分韵得"千"字》应该是某次诗社活动时众人分韵赋诗的作品,诗云:"扪萝扣禅关,长啸青云巅。山开西北日,水豁东南天。凉叶散虚席,暝林啼清猿。浮云触石起,顷刻遍大千。悟言造真适,谈空忘至言。何当等绝顶,俯视苍苍烟。"①广州白云寺位于白云山,背靠南坡山,面对东山顶,山载危岩,下临深谷。此诗首六句写出了白云寺的险要位置及奇妙景象;后四句则由景悟道,写出游览时的内心体验。李德的写景诗,多流露出比较浓厚的仙道情趣。如《赠虚明道人》云:"王乔并羡门,吾与尔同调。"②《栖云庵》云:"道人养清虚,适与高僧处。垢净俱已忘,孰为舍与取?诸幻既远离,白云日相与。何当谢时人,来作尘外侣。"③都流露了浓厚的神仙思想。在融合了佛道思想的理学思想的指引下,李德看淡了欲望:"徒令多欲者,千古恨迷津"(《仙人》)④;也看淡了取舍:"垢净俱已忘,孰为舍与取";甚至看淡了生死:"盛衰无常理,生死乃其宜"(《杂诗》)⑤。他的这类作品,带上了明显的理学诗的特点。

　　李德早期诗歌的另一类则是模仿李贺的诗歌,内容多游仙与艳情,艺术上以造语奇特、想象丰富见长。如李贺有《十二月乐词》,而李德模拟为《十二月乐章》,以岭南地区全年(含闰月)的景象、风物为描写对象,突出了时序的变化所带来的景物变化,有浓厚的岭南地域色彩。如《二月》一诗:"燕梁玄玉湿,蜂蜜花房晓。铜龙啮水微,翡翠含波小。石间藓蚀菖蒲根,古魂啾啾啼晓昏。红芳碧蕊乱殷殷,蛮女剪烟插翠云。游丝萦春悬锦绮,渚闲沙白鸳鸯喜。"⑥此诗用语颇为奇特,诗歌意象幽渺,境界神奇,与李贺的诗歌几乎可以乱真。李贺有"诗鬼"之称,其诗歌搜奇猎艳,惨淡经营,以丰富的想象力、新颖诡异的语言、创造出神秘幽奇意境为特征,李德早期诗歌继承了这些的特点。如其《秋情》诗:"蜡炬摇红纱隙冻,沉香帐底鸳鸯梦。芙蓉波冷薄霜凝,一夜离鸾忆单凤。梧桐金井曙啼鸦,梦郎封侯归妾家,开门自扫枇杷花。"⑦明人顾起伦赞曰:"李之《秋晴》(按:当为《秋情》)等篇,能自迥出常境,绮崒处亦类初唐语。"⑧四库馆臣也指出:"德之七言长篇,胎息温

---

① 梁守中点校:《南园前五先生诗》,第101页。
② 梁守中点校:《南园前五先生诗》,第101页。
③ 梁守中点校:《南园前五先生诗》,第103页。
④ 梁守中点校:《南园前五先生诗》,第101页。
⑤ 梁守中点校:《南园前五先生诗》,第98页。
⑥ 梁守中点校:《南园前五先生诗》,第108页。
⑦ 梁守中点校:《南园前五先生诗》,第107页。
⑧ 吴文治:《明诗话全编》第4册,第3912页。

李,俱可自成一家。"①不过,李德模仿李贺的作品,虽然大体上形成了特色,但模拟雕琢痕迹较重。如其《天上谣》:"玉楼琼宇晓玲珑,云軿电毂辗回风。自从羿射九日落,帝遣羲和驱六龙。六龙奔属成今古,海水生尘变成(按,四库本《广州四先生诗》作"桑")土。瀛洲花发几番春,误杀秦皇并汉武。桂宫珠露滴秋香,仙仗徘徊朝紫皇。风吹纷纷九成奏,羽衣金节韵琳琅。金河流水连云注,织女牛郎在何处。淋漓元气浩茫茫,白鹤千群驾烟雾。女娲炼石良可嗤,此事荒唐奚足疑。直怜世上人心改,至理浑沦那得移。"②此诗借鉴李贺《天上谣》,用瑰丽新奇之语,融合上古神话,创造出种种新奇瑰丽的幻境,将子虚乌有的幻境,涂上神奇的色彩,渲染了变幻莫测、神奇幽渺的天上境界,但最后一句归结到说理,则带有李德自身作品重理趣的特点。陈田指出:"仲修诗长于古体,短篇音节流美,长篇则才力较弱,不奈多吟耳。"③陈融也曾评价李德:"古今语未经人道,长吉深奇乃有之。长史好为长吉语,尚难刻骨是深奇。"④

　　李德后期的诗风转变,是在两个层面上实现的。第一,直接取法杜甫,将仕途体验与旅途见闻统一起来,诗歌的现实内容大为增加,境界有所提升,风格也转向沉郁顿挫了。如其《春兴六首》模仿杜甫《秋兴八首》,以组诗的形式,完整再现自己"十年尘土一乌纱"、"十年趋走金陵道"的仕途体验以及"拟向溪头理钓船"的归隐情趣。第六首云:"江汉漂零今六载,故园迢递尚三千。新春隐几看云坐,遥夜悬灯听雨眠。彭泽官贫差有酒,杜陵身老未归田。桃花流水深千尺,拟向溪头理钓船。"⑤首联从广阔的时空入手概括自己的人生旅程,写出漂泊时空的久远漫长;颔联则以"看云""听雨"两个细节意象写出教谕生活的闲雅;颈联则以陶渊明和杜甫自况,道出自己吏隐的生活状况;尾联则以桃花流水和溪头垂钓两种典型的隐居景象写出自己的归隐情趣。这首诗既有大笔概括,又有细节点染,情景交融、情深意长。又如《岁月徂迁,未有归止。寓迹江汉,怀抱索然。时维杪秋,凄其絺绤,偶有所述,用简同志》诗:"杪秋气方肃,寒风动凉户。羁人未授衣,适体宁捐故?云开汉皋路,目送征鸿度。山容欲受寒,园芳已薄露。故交久零落,新知偶惬素。时资盍簪益,聊以慰迟暮。"⑥此诗明白如话,不假雕琢,感

---

①　永瑢等:《四库全书总目·广州四先生诗提要》,中华书局影印本,1965 年,第 1714 页。

②　梁守中点校:《南园前五先生诗》,第 107 页。

③　陈田:《明诗纪事》甲签卷九,第 209 页。

④　广东文物展览会:《广东文物》卷九,第 905 页。

⑤　梁守中点校:《南园前五先生诗》,第 114—115 页。

⑥　梁守中点校:《南园前五先生诗》,第 100—101 页。

慨深沉,有杜诗沉郁顿挫之风。

第二,学习陶渊明,形成一种静穆淡远的诗风。李德学习陶渊明,首先是因为生活方式和思想志趣的接近。其《题陶渊明像》:"渊明节概士,远慕羲皇风。荣名奚足道,甘分固其穷。得酒即为欢,箪瓢常屡空。朝出山泽游,暮归衡宇中。豪华非所贵,但愿岁时丰。秋菊或盈园,栖栖谁与同? 浊醪共斟酌,日入会田翁。此士不再得,吾生焉所从?"①这首诗准确点出了陶渊明不慕荣名的节操和栖息田园的生活方式,最后则旗帜鲜明地引陶渊明为同调。李德对陶渊明的学习,不仅表现为生活方式的效仿,而且表现为诗歌风格的自觉继承。如《留题郎步山庄》《闲居》等作直接化用其中的诗句。《留题郎步山庄》:"出门望南山,山翳林木稠。飞鸟欣有托,吾生念归休。行行度前坂,褰裳涉荒沟。好风吹我怀,禾黍亦盈畴,人生衣食尔,过此欲何求。日夕返穷庐,聊以忘吾忧。"②这首诗直接化用了陶渊明《读〈山海经〉》《五柳先生传》《自祭文》《归去来兮辞》中的语句与意象。李德对陶渊明的模拟,不仅停留于字句之间,而且深入到了精神意蕴与整体风格。如其《种麻》诗:"种麻满东园,种花亦盈亩。麻生但芃芃,花发映户牖。容华能几时,零落他人手。岂如为缔绤,与君同永久。向来灼灼姿,于今复何有。"③这首诗从田园生活中常见的种麻与种花入手,以种麻与种花的结局作对比,肯定了一种返璞归真的生活。又如《孟夏五日感兴》:"春阳舍我去,四序无时停。郁郁当轩柳,珍禽时一鸣。素琴寓我适,浊酒怡我情。颜鬓虽云改,寸心有所凭。偃仰东窗下,聊以寄吾生。"④近人何藻翔在《岭南诗存》中评李德诗"短篇炼气归神,静穆而淡远"⑤事实上,李德的五言古诗写得恬淡有味,富有理趣,乃是得陶渊明诗之韵味。

李德前后期诗风的转变,是其人生体验和时代诗歌风尚双转移的结果。我们只需要对比一下《忆南园》和《社后漫兴》就可以看出其诗风的转变与其人生变迁的内在联系。《忆南园》回忆前期的南园生活云:"南园蝴蝶飞,绿草迷行迹。青镜扫长蛾,娟娟弄春碧。锦屏千里梦,寂寞愁芳色。小字写长笺,鳞鸿坐相隔。"⑥《社后漫兴》写后期教谕生活:"社燕西飞节物过,年华世事两蹉跎。晴天白鸟来无数,落日浮云看渐多。黄菊何人归短棹,红蕖秋水淡澄波。寂寥多恨凭谁遣,摇落无心奈尔何。"⑦李德前期悠游南园,社会

---

① 梁守中点校:《南园前五先生诗》,第 104 页。
② 梁守中点校:《南园前五先生诗》,第 102 页。
③ 梁守中点校:《南园前五先生诗》,第 99 页。
④ 梁守中点校:《南园前五先生诗》,第 99 页。
⑤ 转引自陈永正:《岭南历代诗选》,第 137 页。
⑥ 梁守中点校:《南园前五先生诗》,第 103 页。
⑦ 梁守中点校:《南园前五先生诗》,第 115 页。

体验不深,因而创作兴趣在雕琢辞句和吟风弄月;出仕后,李德壮志难酬而心灰意冷,人生体验渐趋丰富,诗歌创作一改前期对于形式的雕琢而服务于自我抒情的需要。他后期学杜甫,是抒发仕途辛酸的情感需要,而学陶渊明则是一种消解内心痛苦的心理调适。

从诗歌发展史来看,李德的诗风转变,也有其必然性。就中国诗歌的发展脉络而言,模拟李贺、李白的诗歌,乃是元末诗歌之潮流(以杨维桢的“铁崖体”为典型代表),李德前期诗歌“多效李白、长吉”,实际还是沿袭了元末诗歌的余绪,是元末诗歌的余响。而其后期效法陶、杜,也与明初诗歌宗盛唐风尚一致。因此,李德诗风变迁实际上也是元末明初时代诗风转换的产物。正是因为顺应了中国诗歌发展的大势,李德才可能和南园诗人一道“崛起岭表”。李德诗风的转变,还受到岭南地域诗歌传统的影响。史载:“德为诗多效长吉、太白。孙蕡笑之曰:‘子真浑元皇帝远孙也。’德乃力追古作。”①孙蕡曾作歌行《罗浮歌寄洛阳长史李仲修》《南园怀李仲修》,李德回赠《济南寄孙仲衍》:“南园虚夜月,风景罢登临。巩洛成尘迹,青齐人苦吟。升沉凋壮节,匡济负初心。薄宦容身得,宁辞雪满簪。”②《寄孙典籍仲衍》:“南园草色参差绿,忽忆佳人美如玉。玉堂挥翰事成陈,草屋悬灯照幽独。江湖狂客未言归,翘首东南泪湿衣。何时净拂青溪石?与尔横竿钓落晖。”③此二诗抒写诗人在仕途偃蹇之时,萌生归隐家园之意,风格一改早期之作的雕琢刻画,而显古朴沉郁之风,显然受到了孙蕡的影响。这也显示当日南园诗社的酬唱活动,使岭南诗人们的艺术追求趋向一致,从而具备了开创诗派的可能。李德诗歌由学陶渊明而“综汉魏”,得其古直恬淡;由效杜甫,得其沉郁顿挫。与孙蕡、王佐、黄哲相比,李德交游不广,生活也比较单纯,再加上受道家守静思想的影响较深而才情稍逊,因此其诗歌总体上理胜其情,还没有形成稳定而鲜明的个人特色。

第五节　赵介诗歌创作论

(一) 赵介生平与才性

赵介(1344—1389),是明初岭南的重要诗人。其生平资料,散见于《明

---

①　黄佐:《广州人物传》卷一二,《四库全书存目丛书》本,第515页。

②　梁守中点校:《南园前五先生诗》,第113页。

③　梁守中点校:《南园前五先生诗》,第105页。

史》《广东通志》《广州人物志》《广州府志》《番禺县志》等几种地方文献,但多语焉不详。明初江门黎贞《秫坡先生文集》中有一篇《临清先生传状》①,乃是根据赵介之子所提供的材料写成,所记最为详实准确,但此则材料不多见,学界至今罕有引及,笔者以此文为基础,综合其他文献,将赵介生平梳理如下。

赵介字伯贞,号临清,番禺人。赵介为宋秦悼惠王廷美十九世孙。其父赵可(一说赵璟),仕元,历任朝列大夫、临江路治中。其母黎氏,至元甲申年(1344)十一月十七日生赵介。在父母亲的教导下,赵介自幼知孝敬,日嘻嘻亲侧,与一般的乡中小儿不同。赵介八岁时进入社学读书,每天坚持背诵几百言,大人们都觉得他进步神速。到了十三四岁的时候,赵介已经以善诗闻名,可以与当时活跃在广州的知名诗人相颉颃了。十八岁的时候,赵介拜当地名士黄士文为师,专门研习《诗经》《尚书》《周易》三经以至子史百家。他曾自己总结读书方法说:"读书当以明理为先,察理不明则信道不笃,如是则是非交错于前,不知所择,如异端似是而非,盅人心志,为害大矣。"②刻苦的钻研,名师的指点,正确的读书方法,使赵介的经史修养迅速提高,形成了涵养宽厚、喜怒不形于色的性格特点。

至正二十三年(1363),年方弱冠的赵介连遭不幸。其父亲被任命为龙潭慰抚,但赴任路上连同赵介的老师黄士文一起被土匪劫持,伯父赵本泉因受惊吓而死,母亲黎氏也在逃难期间病逝。赵介当时年不满二十,但在处理家庭变故时显得老成持重,他一面多方筹资营葬已逝亲人,另一面又只身深入贼巢,成功营救父亲和老师。洪武元年,一直在龙潭奉养父亲的赵介终于回到广州。洪武五年,赵介之父领荐入觐,卒于临江道中,赵介迎柩归,于洪武六年与母亲黎氏合葬于番禺景泰乡。他还独力抚育几个年幼的妹妹长大成人,并将她们婚配名族。赵介的至孝之心和济危扶困的能力,赢得了乡人的普遍尊敬。

赵介无意仕途,追求一种存心养性的生活方式。史载:"介孤愤读书,遂无复仕进意。"赵介两次被地方荐举秀才和明经,都干脆地拒绝了。他的好友李韡,因人推荐而准备入朝为官,赵介大加劝阻,他说:"尧天虽长,刘日实短。子独不为高堂念乎?"在赵介看来,李韡就算不考虑个人的安危,也得考虑年迈的父母。李韡不听劝告而赴任,结果果然因官场的倾轧而被杀了。临死前,他感叹曰:"赵伯贞,真高士也。"③为了方便隐居,赵介临清流而结

---

① 黎贞:《重刻秫坡先生文集》卷七,《四库全书存目丛书》本,第514—515页。
② 黎贞:《重刻秫坡先生文集》卷七,《四库全书存目丛书》本,第515页。
③ 黄佐:《广州人物传》卷一二,《四库全书存目丛书》本,第515页。

舍,并于居所前种了两棵松树,其书斋命名为"临清轩",立意取自陶渊明《归去来兮辞》中"登东皋以舒啸,临清流而赋诗"。这表明他立志像陶渊明那样隐居不仕、存心养性。临清轩是南园诗人结社雅集的场所之一。孙蕡有《临清轩题壁》:"思君几日不得见,特向城南问隐居。巢鹤不惊流水静,一炉香烬数编书。"①描绘了赵介的隐居读书生活。赵介颜如渥丹,风度类神仙中人,达官贵人很想与之结交,但他洁身自好,不屑与他们来往。他常常往来于西樵山,与当地的八十老翁刘乐善为友,整日里相互酬唱,自娱自乐。出游时,他常常带着一个背囊,见美景而赋诗,就将作品放入囊中,从不肯为他人留下片言只语。附庸风雅之徒,想要得到他的诗作,常常吃了闭门羹。欧大任《五怀引》诗赞曰:"伯贞遁世士,深栖向西樵。潜虬岂不媚,永谢弓旌招。清溪抚疏松,心远趣自超。柴桑临流洁,句曲听风遥。邈哉二陶后,勤铭寄山椒。"②陈融《论岭南诗人绝句》称他:"出处枯荣一岁空,诗囊随杖步芳丛。人间唱和无聊赖,孰似西樵八十翁。"③这二首诗概括了赵介的生平,赞扬他不慕荣利、甘心隐居的高尚情操。但是,赵介这样的不慕荣利的隐居之士,在明初朱元璋的恐怖统治下,也难以幸免。洪武二十二年秋天,当时番禺有一个地方缙绅,平时看不惯赵介的作派,将赵介平时所反对的一些说法强加在他的头上,向京城诬告赵介用异端思想蛊惑乡人,赵介因此被逮赴京城。到了京城,赵介辨明了自己的冤情,终于被释放南还。但是,当南还经过南昌时,赵介不幸染病,卒于舟中,享年四十六岁。赵介卒后,其养子义永扶枢归,永乐十年葬于番禺景泰乡榄坑山。

　　赵介"尤善教子"④。他先娶李氏,卒,继娶蒙氏,皆番禺诗礼大家。蒙氏是一名节妇。《琴轩集》卷二三《赵贤母蒙氏传》:"赵贤母蒙氏,世为番禺擅乡人"。"自为处子,闲静淑慧,言动有则","及归赵君伯贞,时舅姑已物故,以主妇综家务,善相其夫。岁己巳,夫卒,誓死不贰,抚育诸孤,维持其家。或讽之易天,因泣曰:吾不即死从夫于地下者,以诸弱息在也,吾忍贰吾心耶?吾惟知从一以死耳。"⑤子四人。长洁,李出也。次绚、绎、纯,一女,蒙出也。赵介教子有方。他在临清轩旁辟一室,集诸子诸生,教其读书作诗,勉其成立。他临终留遗言诫其子曰:"吾自幼读书,于知命乐天之道,存心养性之学,鬼神幽明之迹,原始反终之理,无不究心。是以察理颇明,不为

----

① 孙蕡:《西庵集》卷七,《景印文渊阁四库全书》本,第545页。
② 欧大任:《欧虞部集·蓬园集》卷二,《北京图书馆古籍珍本丛刊》本,第567页。
③ 广东文物展览会:《广东文物》卷九,第905页。
④ 黄佐:《广州人物传》卷一二,《四库全书存目丛书》本,第515页。
⑤ 陈琏著:《琴轩集》卷八,《丛书集成续编》第139册,新文丰出版公司,1988年,第218页。

惑也。汝曹当继吾志,守此一道,不得效仿世人所为。惟尊信吾儒高明正大之学,惟勤惟俭,克忠克孝,则吾含笑于地下,为有子矣。"①在这则遗嘱中,赵介总结了自己的处世原则和生活信条:乐天知命、存心养性、重礼明道,而这样的人生准则也成为了他的教育准则。其四子皆善诗文,有文名。其次子赵绚,字怀璨,筑思训斋,终身不忘父亲临终所诫格言,隐居有父风。四子赵纯,领永乐戊子科乡贡举,后任监察御史(赵介因此而被追赠为监察御史)。赵绚、赵纯兄弟还为父亲编订文集,撰写行状,传播父亲的道德文章,确实做到了父亲克忠克孝的遗训。赵绚还曾逐一评价南园五先生的诗歌,并为孙蕡作传,为王佐编集,成为南园诗人的最早传播者之一。

(二)赵介参与南园诗社的情况

赵介有没有参加南园结社? 汪廷奎、谢敏等学者先后提出否定意见。如汪廷奎认为"赵介从来没有参与南园诗社"②。谢敏则认为:"赵介虽始终未曾加入南园诗社,但他与四先生同齐名于岭南文坛,故后人把他与孙、王等四人并称为'南园五先生'。"③问题的缘起在于孙蕡、王佐《琪林夜宿联句一百韵》在回忆南园初次结社时没有提到赵介。汪廷奎先生指出:"根据这段文字,知孙蕡、王佐同庚,他们结诗社于南园之时,都只十八九岁,按此推算,始创南园诗社当在元顺帝至正十一年或十二年(1351 或 1352)。"④这一推测是准确的。又,据《临清先生传状》《广州人物传》等材料可知,赵介生年为"元至甲申(1344)十一月十七日"。也就是说,始创南园诗社时,赵介只是一个十岁孩子,他尽管八岁即学作诗,但也恐怕不可能参与诗社。所以,孙蕡没有提到赵介,不是举例式的遗漏,而是真实情况的反映。清人陈田谓赵介"或入社较晚,故仲衍《琪林联句序》偶不及之耶"⑤。"入社较晚"接近事实,但说得比较模糊,"偶不及之"则显然不精确。

不过,赵介没有参加南园的首次结社,并不代表他没有参加以后的南园结社。长大成人后,赵介直接参与了南园结社的活动。黎贞《临清先生传状》云:

> 先生自幼知孝敬,日嘻嘻亲侧,与阛阓群儿异。八岁入社学,知读书,日记数百言,觉进进不已。十三四善作诗,与五羊群彦相颉颃。弱冠从黄士文游,授《诗》《书》《易》三经至子史百家,靡不撷其芳而咀其

① 黎贞:《重刻秫坡先生文集》卷七,《四库全书存目丛书》本,第515页。
② 汪廷奎:《孙蕡、王佐等结社南园的时间》,《广东社会科学》,1997年第6期。
③ 谢敏:《元末明初南园五先生研究》,江西师范大学2003年硕士论文,第13页。
④ 汪廷奎:《孙蕡、王佐等结社南园的时间》,《广东社会科学》,1997年第6期。
⑤ 陈田:《明诗纪事》甲签卷九,第200页。

腴。迨长,宽厚寡言,喜怒不形于色。与黄庸之、孙仲衍、李夷白、黄楚金、王彦举、赵汪中、明中、李仲秀(按:"仲秀"当为"仲修",即李德)诸公,结南园诗社,极一时之英杰也。

这篇传状是黎贞应赵介之次子赵绚的请求、根据赵绚所写底稿写成的,《传状》结尾说:"绚以状请于古冈黎贞。黎贞视先生丈人行也,且知先生之详,故敢摭先生之实行为状焉。"①黎贞是南园诗社的领袖人物孙蕡的学生,其文集中有与南园诗人孙蕡、王佐、黄哲、王希文的诗文酬唱之作,他自称了解赵介的事迹很详细。所以黎贞提到赵介参与过南园结社应当是可信的。东莞陈琏(1369—1454)《临清集序》也提及赵介参与过南园诗社:"当元季,吾郡有南园诗社,诸公赋咏,盛于一时。长篇短章,葩华光彩,至今犹晃耀人目。于时先生实与之,更倡迭和,往往度越流辈。"②至于赵介参与南园结社的时间,黎贞在《传记》中说得很清楚:赵介参加诗社是在成年之后,这与陈琏所说"当元季"也是一致的。为什么赵介十三四岁时诗名已盛,但却没有参加南园诗社呢? 原因就在于南园诗社在元顺帝至正十一二年间成立不久,就因战乱而解散了。孙蕡《琪林夜宿联句一百韵》序言:"河东与余为同庚,情好尤笃,欢会未几,殷忧相仍。城治兵火,朋从散落。河东与余拆袂奔走,邈不相见凡十余年"③,说的就是这回事。既然当时南园诗社解散了,所以赵介在十三四时,也就不存在参与南园诗社这一说法了。

　　赵介参与南园诗社,并且名列"南园五先生",是在南园诗社重开时,其机缘则是元至正二十三年(1363)广东总督何真的开府辟士。《明史·孙蕡传》载:"何真据岭南,开府辟士,与王佐、赵介、李德、黄哲并受礼遇,称五先生。"④黄佐《广州人物传》云:"方孙蕡、王佐结诗社南园时,一时名士如李德、黄哲,暨别驾黄楚金、征士蔡养晦、黄希贡、长史黄希文、架阁蒲子文、进士黄原善、赵安中、安中之弟通判澄、征士讷,皆与焉。豪吟剧饮,更唱迭和,文士宗之。而介自成一家言,世以蕡、佐、德、哲,并之称五先生云。"⑤黄佐所列南园名士没有提及赵介,但在说及"五先生"之时,则明确将其纳入。究其原因,就在于先有南园诗社,后有"五先生"之说法。换言之,"南园五先生"这一提法并不是南园诗社成立之初就有的。《明史·孙蕡传》称"五先

①　黎贞:《重刻秫坡先生文集》卷七,《四库全书存目丛书》本,第514—515页。
②　黄佐:《广东通志》卷四二,第1060页。
③　孙蕡:《西庵集》卷五,《景印文渊阁四库全书》本,第566页。
④　张廷玉等:《明史》卷二八五,第7331页。
⑤　黄佐:《广州人物传》卷一二,《四库全书存目丛书》本,第515—516页。

生"而不称"南园五先生",是严谨的。但是,何真的开府辟士,为因战乱而解散的诗社的重开创造了条件,此时已经长大成人、诗名已盛的赵介参与了再度重开的南园诗社,"南园五先生"这一说法当在此时此地形成。不过,赵介参加南园第二次诗社的时间可能并不长。因为至正二十三年,赵介家连遭不幸,后又挈家赴龙潭奉养父亲,至洪武元年才回到广州。孙蕡有《临清轩题壁》,黄哲有《与伯贞、彧华二友会》。黄诗云:"夷白抗浮云,临清延素赏。何因继芳躅,一丘同偃仰。"①"伯贞""临清",乃赵介之字、号。夷白,即黎贞《临清先生传状》所提及的李夷白,即李韘。赵介作《听雨》诗,有句云:"南园多酒伴,有约候新晴。"②赵介与南园诗人的酬唱,表明他曾经参与南园诗社,并且诗名颇盛,列入"南园五先生"实至名归。汪廷奎、谢敏都说赵介"无任何涉及南园诗社、孙蕡、王佐、黄哲和李德的记载",进而认为"赵介没有参与元末南园结社一事,也从未成为南园诗社成员"③,甚至怀疑"南园五先生"的说法的合理性,似与事实不符。

　　然而,由于赵介终身隐居,且又不愿轻易以诗歌示人,所以其作品流传不广,"南园五先生"这一称谓的传播也因之而不顺畅。明代嘉靖丁巳(1557),时任广东督府谭恺看到广东旧刻的《五先生诗选》岁久朽落,打算重刻,但是只得到了王、李、孙、黄等四人的诗集,没有找到赵介的诗集,为了凑齐"五"个,就把明洪武年间广东参政汪广洋之文集一起合刻。这实在是一个让人啼笑皆非的"拉郎配"。汪广洋是淮南高邮人,把他和四先生放在一起,五先生就不仅不再专属"广州",而且也远离"南园"了。这一做法自然引起了人们的不满。湖北麻城人王兆云《皇明词林人物考》指出:"近见南粤刻有五先生集,乃以汪右承曾宦其地冠诸首。广洋,淮南高邮人也,似涉牵缀,当另梓汪集;而于孙、王四公,则汇为广中四杰集可也。"④显然,王兆云认为汪广洋不是广东人,以他来凑"五先生"之数,实在太勉强了。但是,他主张"汇为广中四杰集",则似乎也不知道四先生之外尚有赵介了。嘉靖乙丑年(1565)陈暹意外找到了赵介的《临清诗集》,命工刻之,以补五先生之阙,成《广中五先生诗选》,其《重正五先生诗选旧序》:云:"吴下则有四杰,闽有十才子,广则有五先生,皆一时诗人之选也。《四杰集》《十才子集》,吴闽皆有刻或传写之者。《五先生诗选》,广有旧刻,岁久朽落,仅人家

①　梁守中点校:《南园前五先生诗》,第 131 页。
②　梁守中点校:《南园前五先生诗》,第 20 页。
③　谢敏:《元末明初南园五先生研究》,江西师范大学硕士论文,2003 年,第 13 页。
④　王兆云:《皇明词林人物考》卷一,《四库全书存目丛书》第 111 册,齐鲁书社,1996 年,第656 页。

有藏本而亦弗全。嘉靖丁巳,督府谭公、大参王公,咸兴诗教,求《五先生集》于太史泰泉黄公处,仅得黄、李、孙、王而失其一,乃以汪右丞集并刻藩署,足五先生数云。迨甲子岁,余承乏至广,得购是集,而私讶焉。右丞,固淮人也,不当列于广。况先生之称,乃后进目其先哲之辞,右丞帅广,于五先生有统摄之分,不当与乡大夫伍而并先生之称耳。虽疑之而未获其人与集。乙丑夏,少参峒峰曹公乃于梁中舍家得其祖父文康公家藏旧本,乃知黄、李、孙、王之外而有赵临清者,携其本以授余。余喜其疑之得释,命工刻之,以补五先生之阙。"他还专门为赵介应该算作"五先生"做了辩护:"窃怪赵临清之诗,刻厉奇崛,何以失传?岂以孙、王、黄、李皆国初缙绅而赵布衣士与?然盛唐时有王、孟、高、岑四作者,而孟亦布衣也,何嫌于并称?……其人品固甚悬绝,得不为广之高士乎?高士而先生之固宜。夫以缙绅之士而与布衣高士共品例,足以征当时缙绅之贤,固非以重布衣,而于缙绅之士不为轻也。"[1]至此,"五先生"的说法,终于完全确立下来。明中叶,南园后五先生之一的欧大任、梁有誉等五人在南园故址重开南园诗社,欧大任《五怀诗》序言指出:"孙蕡、王佐、黄哲、李德、赵介,岭南五先生也。国初结社南园,去今二百年矣。社已废而园故在,荒竹潋池,半掩蓬藋,其行谊风流,犹可想见。"[2]崇祯十一年(1638),按粤使者葛征奇修葺三大忠祠,认为"有五先生不可无南园,有南园不可无五先生"[3],重订五先生诗集,梓行于世。稍后,陈子壮、黎遂球等十二位岭南才子复开社于南园。他们一方面刊刻五先生文集,一方面又秉承葛氏"不忘南园"之意,将五先生文集合刻,命名为《南园五先生诗》。"南园五先生"之名,因五人诗集的合刻和明中叶以来南园诗社的几度重开而得到了巩固,赵介名列"南园五先生",从此得到了普遍的认同。

（三）赵介诗歌创作风格

赵介现存作品虽然不多,但是全面反映了他的个性、修养、生活方式、思想观念和处世态度。

首先,赵介诗歌直接反映了他的生活情趣与生活方式。在南园五先生中,赵介受道家和道教思想影响较大,终身隐居,是唯一的布衣诗人。他现存诗歌中游仙题材比较突出。其《步虚词》云:"采采清露英,皎洁玉不如。元和合真一,饮之极甘腴。自然生羽翼,何用登云车?迢迢大汉上,琼台旷清虚。永从众仙去,天风摇佩琚。"[4]这是一次求仙生活的写真。步虚是道

①　梁守中点校:《南园前五先生诗》,第9—10页。
②　欧大任:《欧虞部集·蓬园集》卷二,《北京图书馆古籍珍本丛刊》本,第567页。
③　葛征奇编:《南园前五先生诗》,《四库全书存目丛书》本,第2页。
④　梁守中点校:《南园前五先生诗》,第17—18页。

士在醮坛上讽诵词章采用的曲调行腔,传说其旋律宛如众仙缥缈步行虚空,故得名"步虚声"。步虚词,原为汉乐府杂曲歌词,北周庾信、隋炀帝、唐顾况、刘禹锡等均有拟作。唐吴兢《乐府解题》:"《步虚词》,道家曲也。备言众仙缥缈轻举之美。"①古人认为,甘露得天地造化之元气,故饮之可以成仙。此诗前四句写诗人采集晶莹皎洁的清露,饮之感觉滋味极其甘腴,当为实写;以下数句为虚写,是诗人设想饮露之后缥缈轻举之美。岭南道教传统深厚,赵介也确实喜好神仙之术。史载赵介"颜如丹渥,丰度类神仙中人",又说他"性复不喜接达官贵人,日往还西樵泉石间,独与八十翁刘乐善者相倡和以自娱"②。前者大概就是修炼的结果,后者则是本性的流露。因此,赵介的游仙诗,是有列仙之趣的。当然,他的游仙诗,也有坎壈咏怀的一面。如其《寓山家留壁》最后两句"人心自高下,于我良晏如"③,道出了诗人借神仙世界的自由美好来超越现实世界中的羁绊牵挂。《南楼对月》末两句云:"但愿清尊常对月,今人古人何足伤!"④化用李白《将进酒》"人生得意须尽欢,莫使金樽空对月"句意。由此可知,赵介之游仙在旷达的表面,也蕴藏着对现实的隐忧,这从他极力劝阻友人出仕也可以看出来。陈融《论岭南人诗绝句》云:"临清破屋老松敧,幻影人生恨觉迟。夜上南楼看明月,乘风高唱步虚声。"⑤准确分析了赵介以游仙与隐居超脱尘世的生活方式和高尚情操。

赵介还有相当部分有关世教之作,"所作出乎性情、止乎礼义,有关世教"⑥。我们来看其《瑶池》诗:"宴罢瑶池暮雨红,碧桃花落几番风。重来八骏无消息,拟逐青鸾入汉宫。"⑦这实际上是一首咏史诗,揭露了历代统治者荒淫误国、不重人才、只近女色的行为,写得十分含蓄曲折,写法上借鉴了李商隐、刘禹锡的咏史之作。王夫之在《明诗评选》评价说:"深于讽刺,习读者不知。"⑧此诗讽刺之深在于首两句并没有直接铺陈宫廷内的纵欲生活,而是从宴罢后宫苑中池水的变红、桃花的飘落着笔,让人借此推想宫中宴饮时的恣意狂欢和奢侈糜烂;后两句则以用典、比喻和对比等修辞手法,来曲折讽刺汉皇的重色误国。八骏,相传为周穆王的八匹名马,这里借指国家之

① 郭茂倩:《乐府诗集》卷七八,中华书局,1979 年,第 1099 页。
② 黄佐:《广州人物传》卷一二,《四库全书存目丛书》本,第 515 页。
③ 梁守中点校:《南园前五先生诗》,第 18 页。
④ 梁守中点校:《南园前五先生诗》,第 19 页。
⑤ 广东文物展览会:《广东文物》卷九,第 905 页。
⑥ 梁守中点校:《南园前五先生诗》,第 15 页。
⑦ 梁守中点校:《南园前五先生诗》,第 20 页。
⑧ 王夫之评选,陈新校点:《明诗评选》,第 369 页。

人才。青鸾，原指古代传说中凤凰一类的神鸟，这里实际指宫女。富有才能的骏马无人赏识，默默无闻，而以色侍人的宫女则得宠宫中，飞扬跋扈，这真是莫大的讽刺！四库馆臣指出："介诗为陈廷器所称赏，许其有关世教，而所存太少，亦不足以见其全。"①这句评语提醒我们不要将赵介理解为一个不食人间烟火的隐者，他其实就像陶渊明一样，对现实也有深刻关怀，也有着金刚怒目的一面。

赵介的诗歌，大多词采华丽，富于哲理，因而显得情韵深长，气充才赡。如其《怀仙吟题〈玉枢经〉卷后》云："我昔采药罗浮巅，仙人招我游诸天。天门洞开三十六，琳宫贝阙相连延。"②《玉枢经》是道教的语录体经典，由天尊讲述成仙之道，内容玄妙抽象。赵介学习借鉴李白的《梦游天姥吟留别》，先以优美华丽词藻，借助浪漫的想象，具体描绘神仙世界的美好景象以及各类神仙人物的玄妙神情，再写自己对仙境的微妙体悟，将玄妙精微的宗教义理内蕴于华丽瑰奇的形象之中，使诗歌既有诗歌之形象之美，又蕴宗教哲理之妙。哪怕是短诗，赵介也能做到这一点，如《长门怨》"泪将寒漏水，夜夜滴空壶"③，将寒夜漏壶的滴水，比作宫女的眼泪，以其夜夜空滴写出宫女的无尽痛苦与哀怨，生动传神，意蕴悠长。又如其《听雨》诗，紧扣一"听"字，以春蚕食叶、汉马归营写雨声；以落花满地、溪水平桥写雨势与雨量，化无形为有形，确实是一首情韵俱佳的作品。又如其《寓山家留壁》："有客来何方？驾言自华胥。囊中无一物。手把太极书。象罔为我御，鸿蒙为我徒。朝观赤城标，夕弄沧海珠。去来了无碍，所憩即安居。青山出屋上，修竹当座隅。好鸟时一鸣，景寂心亦虚。泛泛巫峡舟，迢迢太行车。人心自高下，于我良晏如。"④此诗前半部分将老庄意趣形象化，写出自己的道家情趣，后半部分则以自己的游仙行动，写出对道教精神的理解；在艺术上则熔铸了庄子文、乐府古诗、李白诗，形成了气充才赡与刻厉奇崛融合的风格，既显示了他高超的艺术素养，也反映了他的人生意趣。

总之，赵介的诗歌在内容上既有轻尘脱俗的一面，也有关乎世教的一面，从艺术上看则是气充才赡与刻厉奇崛的融合。上述特点，其实是他人品、才性和知识外化的结果。陈琏《临清集序》指出："羊城赵先生伯贞，气充才赡，发为诗歌，实肖其人。……往往度越流辈，非特人品之高，才华之

① 《广州四先生诗·提要》，《景印文渊阁四库全书》第 1372 册，台湾商务印书馆，1986 年，第 2 页。按此句不见于《四库全书总目》。
② 梁守中点校：《南园前五先生诗》，第 18 页。
③ 梁守中点校：《南园前五先生诗》，第 17 页。
④ 梁守中点校：《南园前五先生诗》，第 18 页。

俊,亦由气之盛也。……惟先生韬隐于家,守约处晦,内自足而无所营于外,益得肆力于诗。虽出入汉、魏、盛唐诸大家阃奥,而尤究心《三百篇》之旨,以故所作出乎性情,止乎礼义,有关世教,读之可以见其志。"①这是所说的"气",是"腹有诗书气自华"之"气",即一种由胸中博大精深的知识修养所外化出来的精神意气。如赵介诗中的哲理意趣与浪漫想象,其实就与他"博通六籍,虽星官医卜之说、浮屠老子之书,靡所不究"②有关。不过,在南园五先生之中,赵介参与南园诗社的时间较短,且不喜交接、终身未仕,生活较为单纯,留下的作品也较少,题材较为狭窄,艺术上则以理趣见长,诗学路径与南园其他诗人不完全一致。

综上所述,在"南园五先生"中,孙蕡、王佐为诗社盟主而且都担任过朱元璋的文学侍从,所以二人影响最大,创作的实绩也较大;黄哲、李德对南园参与度较高,但他们奔走地方仕途,又担任地方教谕,在岭南和全国的影响力均不及孙、王;赵介参与南园诗社时间较短,且长期隐居,不与人交,故文学的影响力相对弱一些。不过,他们在岭南地域文学史上都做出了各自的贡献。嘉靖中梁柱臣作《南园五先生》云:"粤有五先生,风流迈千古。孙黄迭宕才,给事亦豪举。长史倦避客,清心伊洛语。征士甘肥遁,清飔起岩户。五君岂一时,分谊深乡土。才情本相垺,意气堪为伍。穷不困泥途,达岂耽簪组。遭逢国运初,声名播寰宇。并登作者场,瑰琦擅词赋。结社开南园,深心托毫素。"③五先生倡导、组织、参与了南园诗社,在朋辈中脱颖而出,他们年龄相若(赵介年龄稍小)、志趣相投、人生相似、诗学主张比较接近,所以并称"南园五先生"。梁柱臣之作准确介绍了南园五先生才情志趣以及他们对岭南文学的意义。

---

① 黄佐:《广东通志》卷四二,第 1060 页。
② 黄佐:《广州人物传》卷一二,《四库全书存目丛书》本,第 515 页。
③ 郭棐编撰,王元林校注:《岭海名胜记校注》,三秦出版社,2012 年,第 115 页。

第四章　南园诗社的群体文艺活动

南园五先生在中国文学史上的地位是由南园结社的群体性诗歌活动所决定的。南园结社使岭南首次出现了一个有一定规模的文人集群,从而结束了明代以前岭南作家零星分布的状态;另一方面通过南园五先生以群体形象活跃于明初文坛,从而也使岭南文学开始走向全国。明末按粤使者葛征奇《重订五先生诗集旧叙》云:"岭海逶迤浩淼,蔚为人文,风雅代开,狎主齐盟,而首宗者则称五先生。五先生之才之遇,亦差相仿佛,而更造霸于吴四杰、闽十才子之间,亦犹山之宗罗浮、星岩、禺峡云。上下三百年,榛莽未开,运会方新,有志之士,皆抱其孤致,以相角于骚坛著垒,此南园所为社也。"①那么,南园五先生所领导的文人集群的状况如何? 有什么样的文学艺术活动呢? 这种活动在元末明初的诗坛留下了怎样的影响?

第一节　南园与岭南文人集群

关于参加南园第一次诗社人员,除了《琪林夜宿联句一百韵》序所列孙蕡、王佐、李德、黄哲外,另列了9人。黎贞《临清先生行状》所列名单,大致与孙蕡接近,但增加了李韡(号夷白)、郑御史(郑毅)等人。其实,参与南园诗社的诗人,还远不止以上列举的。现根据南园五先生现存诗文及有关史籍记载,将参与过南园诗社的其他人考述如下。

高彬,"字文质,南海人,曾为何真部曲也。仕元至万户,佩金虎符。入国朝,乃走江湖,为巨贾。征为武职,固辞。久之,把笔学为诗,有奇语,孙蕡称之。晚年日坐一小楼读《易》,不知其身之老也。号蟾溪云"②。孙蕡和高彬的酬唱,有《题高彬白云山房手卷》《送高文质游杭州》《往平原别高彬》

---

① 葛征奇编:《南园前五先生诗》,《四库全书存目丛书》本,第2、3页。
② 张建业主编:《李贽全集注》第11册《续藏书注》,社会科学文献出版社,2010年,第205页。

《宿高彬第》《赠高彬》以及六首以《寄高彬》为题的诗作。如此多的酬唱诗的存在,说明二人当日交情之深厚。《往平原别高彬》回忆与高彬诗酒相酬的惬意生活:"高彬昔年桑梓雄,好贤乃有古人风。东林诗社静来结,北海酒樽长不空。褐来弓剑已萧索,短发如丝犹好客。塞上葡萄火齐红,宣州梨子鹅儿白。沉绵不独重相知,文采今还胜昔时。小楼焚香每读《易》,净几把笔常题诗。"①回忆了他们共结诗社、诗酒酬唱的情景。其《赠高彬》云:"高彬魁梧身七尺,秀眉丰颊仍广额。几年共食越江鱼,此中同作钟陵客。钟陵上国要路津,出门大道连青云。交游脱略旧时辈,拜揖尽是英豪人。少年一字都不识,近日能诗兼读《易》。看君意志肯如此,世人见者谁不惜。平生于我最知己,旅邸浮沉托生死。得钱慷慨即相赠,归家不问妻与子。玉壶美酒桃花春,酣歌每到清夜分。冲人侠气俨郭解,不信穷愁如有神。人生穷达何足道,微名于世须亦早。但怜零落故山云,未得相从逐幽讨。"②据此诗可知,高彬与孙蕡相知在何真礼聘五先生之时;孙蕡入京后,二人又曾往来甚密;高彬晚年学诗之后,与孙蕡多有唱酬,颇为孙蕡称许。

道士萧止庵,也是诗社的重要参与者。道光《广东通志》卷三二九云:"萧集虚,不知何许人。元末为琪林观道士,自号止庵道人,后居罗浮修炼。能诗文,与五先生友善。"③萧止庵不仅有较高的诗才,而且以其所居之地为南园诗人结社提供了方便。琪林,位于广州城西之玄妙观。玄妙观前身是唐代开元寺,宋代改名元妙观,亦称玄妙观。宋末毁于兵燹,元大德年间重修,后又毁。洪武元年,征南将军廖永忠重修玄妙观④。明初的玄妙观,殿宇宏伟,亭台楼阁掩映于花树丛中,为当时广州一处著名的道教园林,"羊城八景"之一"琪林苏井"就是指这里。孙蕡和王佐的《琪林夜宿联句一百韵》就是在萧止庵所筑的得闲亭里写就,诗成后抄写两份,"其一以遗观长黄翁,其一以寄罗浮萧炼师"⑤。另外,孙蕡还有《怀碧虚观寄止庵萧炼师五首》《期罗浮萧炼师不至》《怀罗浮寄萧炼师》二首,黄哲也有《寄道士萧止庵二首》,李德有《题萧炼师止庵》⑥。孙蕡《怀碧虚观寄止庵萧炼师五首》,黄哲《寄萧道士止庵二首》与孙蕡《怀碧虚观寄止庵萧炼师》五首之三、四同韵,

① 孙蕡:《西庵集》卷四,《景印文渊阁四库全书》本,第 509 页。
② 孙蕡:《西庵集》卷四,《景印文渊阁四库全书》本,第 503 页。
③ 阮元修、陈昌齐等纂:道光《广东通志》卷三二九,《续修四库全书》第 675 册,上海古籍出版社,2002 年,第 699 页。
④ 广州市越秀区人民政府地方志办公室、广州市越秀区政协学习和文史委员会主编:《越秀史稿》,广东经济出版社,2015 年,第 274—275 页。
⑤ 孙蕡:《西庵集》卷五,《景印文渊阁四库全书》本,第 567 页。
⑥ 此诗见《博罗县志》(乾隆二十八年刻本)卷一三,《南园前五先生诗》失收。

疑为同题共作。虽然萧道士其诗已经不可考，但从孙蕡等人的诗歌可以推断他曾是南园诗社的重要人物，具有较高的诗歌的创作和鉴赏水平。而作为道教人物的萧集虚参与南园诗社，这也说明了早期南园诗社的求仙之趣。

郑毅，字德宏，南海人。洪武三年举于乡，释褐监察御史。尝按八闽，以清直称。才思敏赡，所为诗挥毫立就，一时言能诗者必曰郑御史。陈琏《临清集序》所列举的南园诗社诸公中，亦有他的名字，可见他是当日南园第二次诗社的参与者。孙蕡与郑毅为同年乡贡进士，并且一同赴京，途中孙蕡曾作《峡山寺》，其自注云：“其三与郑御史、李豫国同登，时再召赴阙。”①到京后，孙蕡有《寄郑进士毅德宏》，向友人倾诉怀才不遇、仕途失意之悲：“步出城东门，豁我幽素怀。茂树交绿柯，钟陵敞云崖。有鸟鸣春树，顾声何喈喈。静言感物理，心思寡所谐。生念同门友，襟期旷以乖。亨衢未接武，丘樊尚高栖。王度今清夷，缙绅若云来。鸣珂登凤阙，曳履上鸾台。谁怜抱孤贞，甘分弃草莱。朝吟《小山》篇，暮咏《猛虎》词。会酬盍簪愿，天意谅不违。”②可见二人交情不浅。

赵安中、赵澄、赵讷，即孙蕡《琪林夜宿联句一百韵》序所提到的“番禺赵进士安中及其弟通判澄、征士讷”③。赵安中、赵澄（字汪中，以字行），为洪武三年举人④。他们兄弟三人参与过南园的第一、二次结社，诗名较高，且与孙蕡、李德二人交情不浅。孙蕡《南园夏日饮酬王赵二公子澄、佐》就是写给王佐和赵澄的。《寄赵进士安中》赠赵安中：“词林每问归安使，闻说先生在德清。暇日画帘公吏散，春风华馆子衿明。三年不见新书札，百里空传旧政声。日暮碧云何处合，思君吟遍石头城。”⑤李德有《金陵逢赵汪中》：“十年长契阔，万里各分飞。歧路风烟杳，江湖消息稀。加餐俱努力，访旧各沾衣。春草无劳绿，王孙自不归。”⑥赵讷尤其擅长七言古体，陈谟《书柳主簿番禺卷后》称之为“佳致可诵”⑦。

蔡养晦，字益善，新会人。元至正间，以学行为县邑训导，每教子弟，必使端立寡言。元末兵乱，避地番禺，与孙蕡、王佐等结南园诗社，人以高适、孟郊拟之。明兵入广东，累征不起，后被强迫至京，称疾不仕而归。孙蕡等

---

① 孙蕡：《西庵集》卷五，《景印文渊阁四库全书》本，第 523 页。
② 孙蕡：《西庵集》卷一，《北京图书馆古籍珍本丛刊》本，第 11—12 页。
③ 孙蕡：《西庵集》卷五，《景印文渊阁四库全书》本，第 566 页。
④ 黄佐：《广东通志》卷一二，第 262 页。
⑤ 孙蕡：《西庵集》卷五，《景印文渊阁四库全书》本，第 525 页。
⑥ 梁守中点校：《南园前五先生诗》，第 113 页。
⑦ 陈谟：《海桑集》卷九，《景印文渊阁四库全书》第 1232 册，台湾商务印书馆，1986 年，第 699 页。

称善之①。

李韠，字或华，号夷白。少与赵介友善，与之齐名。有《夷白集》，后不传。李韠与黄哲也有交往。黄哲《与伯贞、或华二友会》云："夷白抗浮云，临清延素赏。何因继芳躅，一丘同偃仰。"②"伯贞""临清"乃赵介之字、号。黄哲与赵介、李韠的这次相会，也即是一次小型的诗会。李韠以荐起，赵介力止之，不可。临别泣谓曰："尧天虽长，刘日实短，子独不为高堂念乎？"韠竟去。后悴南康，坐累，乃曰："赵伯贞，真高士也。"③

黄原善，洪武三年与孙蕡、李德、赵澄、蒲子文、刘乐善、彭通、唐奎等在洪武三年中乡试举人④。

张康侯，字锡蕃，南海大范乡人，隐居西海。乐善，喜吟咏，爱植菊花。与傅与砺、黄庸之、谭彦芳、李丹崖为忘年交。时王彦举与孙仲衍结社南园，开抗风轩。锡蕃往还其间，每于菊花时节罗致名流，衔觞赋诗，王彦举为句纪事云："西海陇头搆茅屋，清幽不亚南山麓。藏书小阁俯清流，红叶缤纷古渡头。渡头黄犊三十六，幽人乐此勤耕读。祈晴课雨有余闲，自锄明月种菊竹。修竹参差荫坐隅，黄花烂漫放庭除。征歌岁岁邀诗友，会启餐英倒玉壶。玉壶倾处山月起，坐中诗兴浑未已。各自含毫□□书，淋漓醉墨皆盈纸。诗成酒后句多奇，再发新醅共赏之。借问柴桑旧居士，雅意胡能分彼此。举瓚问花花不语，含霜微笑心如许。主人乐饮欲百觥，醉倒花前学花舞。"⑤此诗详细描绘了诗社的活动情况，是一篇有关南园的重要文献。由此可知，张康侯曾参与南园诗社，与黄哲、王佐等诗酒唱和，而谭彦芳、李丹崖等人也有可能参加了南园诗社。

谭彦芳，高明大塘冈人，洪武十八年乙丑科丁显榜，仕至浙江道御史⑥。

张度，字景仪，增城人。元季举茂才，授高要县教谕，后因乱归。洪武四年受荐如京师，历仕至吏部尚书⑦。张度出仕前曾参与南园诗社，后与孙蕡、王佐等人隐居增城县邑北四十里之崇贤都，后人将此山称为"招贤山"。光绪《广州府志》卷十一："招贤山在城北四十里崇贤都，上多块石，昔有贤

① 黄培芳等纂：《新会县志》卷八，《中国方志丛书》第5册，成文出版社，1976年，第225页。

② 梁守中点校：《南园前五先生诗》，第131页。

③ 黄佐：《广州人物传》卷一二，《四库全书存目丛书》本，第515页。

④ 黄佐：《广东通志》卷一二，第262页。

⑤ 桂坫等纂：《南海县志》卷二六，《中国方志丛书》第181册，成文出版社，1974年，第2015—2016页。

⑥ 邹兆麟修、蔡逢恩纂：《高明县志》卷一四，《中国方志丛书》第186册，成文出版社，1974年，第607—608页。

⑦ 阮元修、陈昌齐等纂：道光《广东通志》卷二七二，《续修四库全书》第674册，第610页。

隐此。或云即孙蕡、王佐与邑人张度元季遁迹处,故山与都皆以贤名。"①

蒲子文,名寿毓,官新会县教谕,升北平行省管勾架阁之官。行廉谨,诗词风雅,以劳终于任所②。《琪林夜宿联句一百韵》序提及的"北平蒲架阁子文"③,就是指他。

此外,还有一些人与孙蕡等友善,可能参与过南园诗社。如彭通,字万里,南海人。早失怙恃,力学工诗,元末隐居教授,从之游者常数百人。明初出仕,官至山西参政④。孙蕡与他有三首诗唱酬。梁谨,佛山石湾莘墟人,"讲明经术,有隐德焉。时值元乱,偕友人孙仲衍相与盘桓"⑤。南海刘梓,字粹之,自号采薇生,南海人,与孙蕡友善。刘乐善,山中人,年八十余,以吟咏自适,与赵伯贞辈相唱和⑥。邓佛德,字慈航,龙山人。"少与孙蕡同学,淹贯经史,尤善谈理数。至正间,征以官,不就,隐西樵山。"⑦戴云,"学富百家,文章典正。洪武制科初辟,即领甲子乡荐第四人,乙丑连捷南宫,授刑部主政,改御史,风纪自持,弹劾不避权贵。工诗文,与孙蕡友善,名并一时"⑧。黄哲《赠戴云》:"十年惯听京华雪,忽忆闻鸡梦觉时。万户晓钟金气应,九重仙仗佩声迟。湟州桂树谁招隐?庾岭梅花有所思。一曲阳春知寡和,郎官清胜浩然诗。"其推重如此。黎和,"字伯英,少谨悟能文,美风仪,事亲以孝谨闻。与孙蕡、唐豫友善"⑨。

综上所述,南园诗社聚集了当时广州一带形形色色的能诗之人,充分发挥了诗社的集群效应。从参与者身份看,他们多数为尚未出仕的青年或者隐居避乱的底层官员,甚至还有方外之士,这也决定了南园诗社的非政治性、审美性。从参与人数来看,其人数约20余人。从成员的籍贯来看,以南海、番禺为主,但也有高明、新会、增城、东莞等其他地区,其传播范围主要是广州府一带。南园诗社人员规模不算很大,也未出现有全国影响的诗人,但在岭南文学发展史上具有重要意义,在元末明初之诗坛中有自身的独特之处。明代以前,岭南诗坛断断续续出现过张九龄、崔与之、李昴英、余靖等知

---

① 瑞麟、戴肇辰等修,史澄等纂:《广州府志》卷一一,成文出版社,1966年,第207页。
② 罗香林:《广州蒲氏源流考》,载中元秀等编:《广州伊斯兰古迹研究》,宁夏人民出版社,1989年,第324页。
③ 孙蕡:《西庵集》卷五,《景印文渊阁四库全书》本,第566—567页。
④ 阮元修,陈昌齐等纂:道光《广东通志》卷二七二,《续修四库全书》本,第608页。
⑤ 《莘墟梁氏族谱》,载《梁氏家庙》,同治三年钞本。
⑥ 阮元修,陈昌齐等纂:道光《广东通志》卷二七二,《续修四库全书》本,第610页。
⑦ 郭汝诚修,冯奉初等纂:《顺德县志》卷二二,第2060页。
⑧ 民国《清远县志》,民国二十六年铅印本,第246页。
⑨ 阮元修,陈昌齐等纂:道光《广东通志》卷二七二,《续修四库全书》本,第621页。

名诗人,他们虽足以领袖一方,但因为只以个体、散点的形态出现在当时的文坛笔苑中,文学活动多不在本地展开,而南园结社则使岭南大地第一次出现了地地道道的本土文人集群,他们生于斯、长于斯,也歌哭于斯,从而在元明之际的岭南形成了一种文雅宏焕的氛围,极大地促进了岭南文学的成长。与同时期吴、越和江西诗派相比,地处弱势文化区域的岭南没有出现其他诗派那样权高位重、号令一方的文坛领袖,他们主要是通过群体活动的方式,丰富了明初诗坛的地域文学群落。

第二节　南园诗社的文艺活动

明初的岭南文人通过南园结社形成了一个地方文人集群,他们的文艺活动也以群体活动的形式开展。当南园诗社将钻研诗艺、切磋句法、交流思想、艺术审美作为自己的活动主旨的时候,就极易达致美学主张上的趋同,从而对诗歌流派的产生及壮大起到催化和促进作用。

南园诗人作为一个文人集群,尤其喜欢群体性的诗歌创作活动,其创作方式包括联句、分题、分韵、次韵、同题共作等。联句即由两人或多人共作一诗,联结成篇。联句作诗初无定式,有一人一句一韵,两句一韵乃至两句以上者,依次而下,联成一篇;后来习惯于用一人出上句,继者须对成一联,再出上句,轮流相续,最后结篇。孙蕡、王佐二人共同创作《琪林夜宿联句一百韵》联句诗属于后一种情况,且长达一百韵,非常考验诗人之间的默契和才情相称,十分难得。分题,也是一种群体写作方式,即若干人相聚,分找题目以赋诗,大抵以各物为题,共赋一事,如黄哲《分题赋罗浮山赠何景先百户》。分韵,指数人相约赋诗,选择若干字为韵,各人分拈,依拈得之韵作诗,如李德《同诗社诸公游白云寺,分韵得"千"字》。次韵,是和诗的一种方式,也叫步韵,即依次用原韵、原字按原次序相和,如黄哲《次韵仲衍〈巫峡秋怀〉》。同题共作,即聚会时以相同的题目,各自作诗。上述群体创作方式,涉及诗题用字、韵字安排、诗体选择、内容要求乃至写作时间的限定,对于诗人之间的相互学习、交流、竞赛发挥了十分重要的影响。群体创作方式,作为宴饮酬唱的产物,虽然难免会产生一些庸俗之作,但是却形成了一种群体创作、文学交流的氛围,有利于培养、提高诗人之间的诗才、诗艺、诗思,从而也就有利于地域创作、批评和传播的繁荣。南园诗人之所以在后世被看作一个整体以及"南园五先生"名号的形成,与他们较多采用群体创作方式写作不无关系。

　　在谈文论艺的同时,南园诗人追求一种幽雅的园林山水意趣。南园结社虽然因南园而得名,但结社地址并不限于南园,还有其他场所,如孙蕡有白云山房、王佐有听雨轩、黄哲有听雪篷、萧止庵有得闲亭,后来加入诗社的赵介则有临清轩等。这些园林别业的存在,使南园诗社跳出了南园的限制,有了更大的活动空间。诗人们的足迹甚至并不限于广州,郊外的白云山、南海的西樵山、增城的罗浮山、江门的涯山,甚至韶关南华山等名山胜境皆留下过他们寻幽探胜、栖息泉石的足迹;广州白云寺、光孝寺、景泰寺、海珠寺、玄妙观、五仙观、栖云庵、甚至清远峡山寺等道观佛寺也留下过他们求仙问道、参悟佛理的身影;得闲亭、听雨轩、听雪篷等园林别业则记录了他们把酒临风、游宴赋诗的聚会。如孙蕡的《白云山》《光孝寺》《雨中寄友》《罗浮游息》,王佐的《题桑直阁江山胜概图》,黄哲的《题蒲涧读书处》《与伯贞、彧华二友会》《杨氏湛碧轩》,李德的《题留郎步山庄》《宿栖云庵》《栖云庵》,赵介的《寓山家题壁》,或以名山古寺、或以江山胜概为题材,表现了一种怡情山水、醉心自然的审美意趣。南园诗社的年轻诗人们,把山林之趣和城市之乐,把精神追求与物质享受,完美地融合在一起。不过,应当指出的是,其他地方的此类诗歌通常是隐居避世的产物,在价值判断上通常是以对城市世俗生活的否定为前提,但是在南园五先生的笔下却丝毫也看不出对城市生活的逃避和否定,享乐放任的精神充斥于结社诗歌中,这显然是岭南发达的商品经济影响了岭南地域诗歌的创作所致。

　　南园诗社的群体性活动,还常常伴随着书画创作与评鉴、音乐演奏和歌舞欣赏等其他的艺术活动。黄哲《王彦举听雨轩》对此有所记载:"当窗涤笔写《黄庭》,凉声散落鹅池水。竹外淋漓芳砌寒,檐端飞洒落花残。先生掷笔向予笑,如此宫商真可欢。况复交游尽文雅,倾倒对之情不舍。银舷夜酌凉蒲萄,琵琶嘈嘈急如泻。"①孙蕡《南园歌赠王给事彦举》也有类似记载:"青山日落情未已,王郎拂袖花前起。欢呼小玉弹鸣筝,醉倚庭梧按宫徵。哀弦泠泠乐未终,忽有华月出天东。裁诗复作夜游曲,银烛飞光白似虹。"②吴升的《大观录》说孙蕡"书体圆熟,入褚河南堂奥,精妙绝伦",又说王佐"书体端劲,绝似王安礼"③。今存南园五先生诗作中题画诗蔚为大观,如赵介有《怀仙吟题〈玉枢经〉卷后》,孙蕡有《题高彬白云山房手卷》《题黄万户德清〈罗浮图〉》《题钱淑昂潇湘图》《题苏名远画竹图》,王佐有《题桑直阁

---

①　梁守中点校:《南园前五先生诗》,第139页。
②　孙蕡:《西庵集》卷三,《景印文渊阁四库全书》本,第495页。
③　吴升:《大观录》,《中国历代书画艺术论著丛编》(30),中国大百科全书出版社,1997年,第466—467页。

江山胜概图》《题李谷清雪》《百马图》《美人红叶图》,李德有《题陶渊明像》《柳塘书舍图》《题扇》,黄哲有《题刘千户英武舟卷》《王孙挟弹图》等。南园诗人的乐府、歌行等音乐性较强的作品较多,且多声情流丽,艺术水准高,与南园的音乐艺术活动息息相关。这些作品虽然并不都是结社期间创作的作品,但是无疑受到结社期间所进行的书画艺术活动的影响,既反映了他们的艺术修养,也反映了南园诗人的审美情趣。此外,这些艺术活动加强了不同艺术门类如诗歌和书画、诗歌和音乐之间的沟通,提升了南园诗歌的艺术水平,增强了南园诗社的艺术氛围和文化辐射力,对于诗社诸人作品的流传和诗名传播,无疑有积极的影响。陈永正指出:"南园诗社自成立时起,即将诗、书、画铸于一炉,为粤中文化作出贡献。"①

更重要的是,在这种群体书写的氛围中,诗人之间通过个体之间的相互影响或者接受集体的影响,有利于形成共同的审美特质。元末,中原与江南地区的抗元农民起义已经风起云涌,但广州由于偏处一隅,呈现相对安定的局面,广州城奢华富丽的城市生活,深刻影响了南园诗人的活动方式和审美情趣。南园诗社地处在广州闹市,完全由一群年轻人所主持,呈现一种浓郁的娱乐气息,充满着城市审美情调。南园诗社的作品,或以城市生活为背景、以豪门少年生活为题材,反映了一种都市审美趣味。如孙蕡《南京行》《长安篇》《上京行》《湖州乐》《蒋陵儿》《紫骝马》《唐仙方伎图》《骊山老妓行补天宝遗事戏效白乐天体》,王佐《唐仙方技图》《美人红叶图》,李德《青楼曲》《房中思》《出城》《梅花曲》,黄哲《临高台》《白苎词》《乌栖曲》《将进酒赠彭生秉德》《王孙挟弹图》,赵介《长门怨》等,多以城市景象为题材,多诗酒唱和之作,带有浓厚的都市文化情调。"城市中的勾栏歌场、酒楼妓院是诗文的另一种转运处,香车宝马、人群流动,诗人文士之名,亦随之远扬矣。"②南园诗人的群体书写,借助城市的流通途径,实现诗名的远扬,而诗名的远扬,反过来又会强化他们的自我认同。

综上所述,南园诗社是一个群体书写活跃、兼具浓郁城市情调、园林意趣和艺术审美的文人群体。南园诗人的群体性文艺活动,不仅充分结合了岭南独特的物质和精神文化,同时也受到了大的文化传统和时代风气的浸染。郭绍虞先生指出:"明代文人,大都风流自赏,重在文艺切磋而不重在学术研究。易言之,即大都是'清客相'而不是'学者相'。这是明、清两代学风绝不相同的一点。因此,借了以文会友的题目,而集团生活却只是文酒之

---

① 　陈永正:《岭南书法史》,广东人民出版社,1994 年,第 327 页。

② 　王钟陵:《文学史新方法论》,苏州大学出版社,1993 年,第 184 页。

宴,声伎之好;品书评画,此唱彼酬,成为一时风气。而此种风气,实在还是受了残元的影响。"①在时代风气和地域文化的共同作用下,南园成为了一个负载着岭南人文、诗歌、书画、音乐、园林和城市文化的综合体,而"南园五先生"的美名,也借城市交通声气之便利和古迹胜景的流播途径广泛传播。谭赤子也认为南园五先生的"群体意识和丰富的诗歌活动,代表了岭南诗派的成熟和发展"②。有论者更进一步指出:"南园最终被选定为岭南诗派的代表性符号也许具有更为重要的诗学意义。南园是此一诗人群体初次结社之地,是他们元末生活与人生情趣的体现。"③

第三节 南园五先生的岭外活动

一个地域诗人集群的审美特性,也只有在与其他地域诗人的交流和比较中才能得到确认与强化。洪武三年,南园诗人相继出仕,南园五先生中有四人走出岭南,南园诗社和岭南文学的名声开始传播岭外。

最早参与明朝中央文化活动的南园诗人当为出仕最早、且担任翰林待制的黄哲。《殿阁词林记》卷一三载:"丙午年六月,旱,上祷雨钟山,获应,赋七言《喜雨》诗,命待制黄哲等赓和。已而诸将告捷,多令翰林诸儒臣应制赋诗,上亲加评品。"④担任黄门给事的王佐,也参与了当时朝廷的许多重要文化活动。如洪武九年七月,明太祖朱元璋赐翰林承旨宋濂白马,宋濂《潜溪录》卷五收录华克勤、虞泰、孙杰、王佐等人作《应制赋赐宋承旨黄马歌》⑤。王佐诗中有"臣骑黄马当赤心"之句,朱元璋"览之而喜,赐钞一锭"。后来"或遇会心处,多命之赋诗"⑥。孙蕡则是参与此类活动最多的人。如其《钟山应制》《驾游钟山应制》《新春从幸天界寺次詹冢宰钟山应制韵》《驾幸天界寺和朱太史苇韵》《圜丘大祀》《诸王之国观礼有作》等诗,都是他担任翰林典籍时随皇帝出游、观礼、祭祀所作。上述诗歌活动,具有很强的政治色彩,标志着南园五先生之诗歌由山林之文向台阁之文转变,这对于他们诗歌的艺术水准的提高可能作用不大,但是对于传播他们个人诗名

① 郭绍虞:《照隅室古典文学论集》上,第 526 页。
② 谭赤子:《南园诗社——岭南诗坛的第一个交响乐章》,《广东农工商管理干部学院学报》,2000 年第 1 期。
③ 左东岭主编:《中国诗歌通史》(明代卷),人民文学出版社,2012 年,第 261 页。
④ 廖道南:《殿阁词林记》卷一三,《丛书集成续编》本,第 226 页。
⑤ 罗月霞主编:《宋濂全集》,第 2290、2350、2608—2609 页。
⑥ 黄佐:《广州人物传》卷一二,《四库全书存目丛书》本,第 515 页。

和岭南诗歌,无疑是大有好处的。

五先生还积极参与其他地域诗派往来唱酬,在频繁的文学交流中实现了全国崛起。如黄哲初入金陵时,遇当时名士朱文昭、涂颖,于是握手吟咏,共相唱和。在他们的揄扬下,黄哲"自是益有名"①。而李德虽然一直在地方任官,但他一篇有关迁都的论文,获得士林普遍赞誉。江西诗派诗人刘三吾尝与孙蕡、王佐在广中同游多年,洪武元年才回到江西。王佐曾与刘三吾同咏署中桂,刘三吾"惊其才高语妙,以为名世之作"②。王佐担任黄门给事中后,与天下文人多有交往。"吴中四杰"之徐贲曾作《题王彦举听雨轩》③,闽中诗派的林弼也曾作《题听雨轩图》④,雅赞王佐,其为名流所重如此。孙蕡则因为得到越诗派代表人物宋濂的奖掖栽培而名声大噪。刚入金陵时,孙蕡撰成《孝经集善》,宋濂为之序,认为"蕡通经而能文辞,采择既精,而又发以己意,其书当可传诵"⑤。后来,宋濂又吸收孙蕡参与编撰《洪武正韵》。宋濂退休归金华,朱元璋赐他《御制文集》一部并绮帛若干。当时名流纷纷作诗赠别,答禄与权有《送宋承旨还金华》,史靖可有《送宋学士》,中书舍人叶宁、朱芾赋绝句三首⑥,苏伯衡作《送宋起居还金华》⑦,汪广洋有《宋景濂承旨致仕还金华》⑧。但最引人注目的还是孙蕡。他先后作了《钱宋承旨潜溪先生致仕归金华》七首、《送翰林宋先生致仕归金华》二十五首,以三十二首将"潜溪一生事业荣遇,综括略尽"⑨,也将自己个人才情表现得淋漓尽致。孙蕡自称宋濂门生,其《送翰林宋先生致仕归金华》有"门生日日侍谈经,独向孙蕡眼尚青。几度背人焚谏草,风灰蝴蝶满中庭"之语。而宋濂也曾作诗高度赞美孙蕡的风神与才华:"潇洒自流行,光华不隐没。问谁可与俱,秋天一轮月。"⑩一代文宗宋濂的揄扬,对孙蕡诗声的传播,无疑是大有裨益的。孙蕡在当时就获得了"岭南才子"的美称。如黄瑜指出:"洪武中,西庵孙典籍仲衍蕡,号岭南才子。"⑪叶盛也指出:"我朝诗道之昌,追复古昔。而

---

① 黄佐:《广州人物传》卷一二,《四库全书存目丛书》本,第 514 页。
② 黄佐:《广州人物传》卷一二,《四库全书存目丛书》本,第 514 页。
③ 钱谦益:《列朝诗集》甲集第十,第 3 册,第 1323 页。
④ 林弼:《林登州集》卷七,《景印文渊阁四库全书》第 1227 册,台湾商务印书馆,1986 年,第 67 页。
⑤ 罗月霞主编:《宋濂全集》,第 623 页。
⑥ 陈田:《明诗纪事》,第 115—118 页。
⑦ 苏伯衡:《苏平仲文集》卷一五,《景印文渊阁四库全书》,台湾商务印书馆,1986 年,第 1228 册,第 825 页。
⑧ 汪广洋:《凤池吟稿》卷七,《景印文渊阁四库全书》,台湾商务印书馆,1986 年,第 1225 册,第 534 页。
⑨ 陈田:《明诗纪事》卷四,第 116 页。
⑩ 孙蕡:《孙西庵集》卷首,桂馥堂孙氏藏板,乾隆三十五年刻本。此诗《宋濂全集》失收。
⑪ 黄瑜:《双槐岁钞》卷一,第 15 页。

闽浙吴中尤为极盛。若孙西庵,号岭南才子,国初著大名。"①胡应麟《林贞耀观察覆瓿草序》指出:"国初称才之盛者,无若吴下四杰、岭南五子,咸彬彬合轨一时云。"②南园五先生走出岭南,积极参与官方和民间的各类文化和文学活动,与其他地域诗派展开文学交流,不仅传播了个人的诗名,塑造了岭南才子的形象,无疑也会提升岭南诗歌的整体形象,有利于岭南诗派的全国崛起。

不过,南园五先生走出南园,虽扩大了岭南诗人的影响,但直接导致了南园诗社的解体。缘此,南园五先生不断通过往来寄赠,不断回忆南园生活,从而通过南园主题书写一定程度维持了其群体互动。洪武十一年(1378),王佐南还,孙蕡倍感孤独,归乡之情日浓,作《寄王给事佐》。王回赠《酬孙典籍仲衍见寄》相约归乡结社。不久,孙蕡如约自钟山还,作《南园歌赠王给事彦举》,回忆当年结社往事,重游南园故地,相期重开南园诗社。黄哲也分别作《王彦举听雨轩》和《喜故人孙仲衍归》欢迎南归的王佐和孙蕡。但是,由于王佐不久即病逝,黄哲则因在郡违误被杀,此次短暂的会面,竟成永久的决别。李德自洪武三年出仕后,一直未曾南归,孙蕡曾作《罗浮歌寄洛阳长史李仲修》《南园怀李仲修》寄给他,李德则回赠《寄孙仲衍典籍》。自洛阳转任济南后,李德又作《济南寄孙仲衍》,回忆了南园结社的往事,表达了回到故乡、再开诗社的愿望。赵介参与南园诗社晚,而且性格狷介,再加之足不出岭南,所以有关南园的酬唱就很少了,但是从其子赵绚对于南园诗歌的传承,可知赵介与孙、王、黄、李一样,其"南园情结"是一日不曾消退的。南园五先生身在岭外时的南园书写,强化了"五先生"彼此之间的精神联系,也有利于他们形象在岭外的整体传播,对于岭南诗派在明初诗坛的崛起具有十分重要的意义。相比之下,东南地域诗派群体,"随着政治环境的恶化,这种群体优势反成劣势。朝政风云凶险多变,人人深感自危不安,彼此难有自由坦诚的交流,群体互动便归于沉寂死灭"③。

综上所述,南园诗人走出岭南后,参与中央的和其他地域的文化和文学活动,不仅使诗人个体诗名传播岭外,更为重要的是,天各一方的南园诗人们借助彼此之间以南园为主题的寄赠酬唱,极力维持群体互动,使他们集体的地域认同和岭南文人的群体形象得以在更大的时空中传播,影响力也因而走出岭南,从而也使岭南诗派成为明初的五大地域诗派之一。

---

① 叶盛:《水东日记》卷二六,《笔记小说大观》三十六编,第 3 册,第 255 页。
② 胡应麟:《少室山房集》卷八二,《景印文渊阁四库全书》第 1290 册,台湾商务印书馆,1986年,第 592 页。
③ 饶龙隼:《地域文学群落的层级构造——以元末明初东南各地文学群落为例》,《苏州大学学报》,2014 年第 3 期。

第五章　南园五先生的地方书写

　　"南园五先生"之所以在后世被看作是岭南文人形象的代表和岭南诗派的开创者,南园结社还只是外在的原因,其内在原因是南园五先生以其岭南地方书写开始了真正的岭南文化自觉,从而建构了一种带有岭南特色的地域诗歌审美风格。翁方纲《石洲诗话》卷二云:"诗不但因时,抑且因地。如杜牧之云:'南山与秋色,气势两相高。'此必是陕西之终南山。若以咏江西之庐山,广东之罗浮,便不是矣。即如'夜足沾沙雨,春多逆水风',不可以入江浙之舟景,'阊阖晴开诀荡荡,曲江翠幕排银榜',不可以咏吴地之曲江也,明矣!今教粤人学为诗,而所习者止是唐诗,只管蹈袭,势必尽以西北方高明爽垲之时景,熟于口头笔底,岂不重可笑欤?所以闽十子、吴四子、粤五子皆各操土音,不为过也。"①翁氏论述指出了诗歌的"地方书写"应该反映地理特征,但对南园五先生地方书写的意义以及粤地的诗学传统似乎还不是很了解。实际上,考察地方书写及其意义必须从以下两个方面入手:既要考察地方书写的时空与内涵变化,充分把握其地域文化特征;也应注意诗歌的地域传统的形成与变迁,从而把握一地之诗学传统。缘此,我们研究南园五先生之"土音"(地域特色)时,一则要研究其地域书写,一则要研究其地域诗学传统。

第一节　风物描写中的地方依恋

　　前代诗歌咏岭南风物,经唐宋及以前的贬谪和宦游岭南文人演绎而发展出一种"异物"和"他者"书写模式。所谓"异物"书写,是指人们在进行岭南书写时,往往罗列岭南罕见风物;所谓"他者"书写,明代以前的岭南书写,主要是由作为他者的贬谪者完成的,岭南本土文

---

①　翁方纲:《石洲诗话》卷二,人民文学出版社,1981年,第70页。

人较少参与①。以作为岭南三大佳果之一的荔枝为例,外地人的荔枝书写,多将荔枝当作一种异域的奇果,比较注重荔枝的奇特外形、独特口味和遥远而蛮荒的生长环境,同时结合个人政治失意或者遭受贬谪的经历来状物言情和托物抒情②,是一种典型的"异物"和"他者"书写。在他们笔下,奇异的荔枝、蛮荒的岭南和他们自身坎坷的命运形成了一种文化符号的叠加,久而久之形成了一种带有贬谪者主观倾向的文化模式和一套潜移默化的符号系统,根深蒂固地植入了岭南本土文人的文化意识中。即使是生长于岭南的张九龄,也不免受到这种书写模式的影响。其《荔枝赋》序文对荔枝被中原人士轻视和怀疑感到惋惜,体现的仍然是一种以中原为中心的文化意识。

南园五先生对于荔枝的描写,是以岭南人记岭南风物,荔枝不过是岭南的寻常之物,与平常的家居生活相联系。如孙蕡现存诗作中一共 12 次写到荔枝,每一次都与思乡情相联系,较少涉及荔枝的外形和美味。如《淮上思家》:"正月二月花草芳,水鹅拍拍芰菰塘。卢橘荔枝赤璀璨,鸡头菱角青相将。春光偏向越山好,客路苦阻淮天长。孤鸿不解带愁思,空寄音书还故乡。"③《寄高彬》其四:"蟾溪溪头潮没沙,游子十载未归家。柴门春老荔枝树,茅屋风吹卢橘花。林下举杯闻鸟雀,柳阴摇艇卖鱼虾。不知蓬鬓沧江上,谁贵青举负岁华。"④《罗浮寄萧炼师》其二云:"误解兰缨下彩峰,十年飘泊厌西东。秋风楚塞尘随马,夜雨吴江浪打篷。旅邸寂寥芳岁换,仙游烂漫几时同。罗浮此日南薰转,无数漫山荔子红。"⑤在孙蕡笔下的荔枝,与故乡相连,成为了家乡景观和思乡之情的载体,成为了岭南士人家乡记忆的符号。显然,孙蕡对荔枝进行了一种去陌生化的处理。南园五先生通过把人们最熟悉、最具代表性的自然景观融入诗歌的创作中,从而使其地域书写带有一种地域文化身份标识的作用。

南园五先生对与岭南山水的书写,也可作如是观。明以前对岭南山水的文学性书写,主要是经由外地贬谪诗人完成的,突出的是山川的险阻和由此带来的心理上的悲惧。比如清远峡山,乃是南贬诗人越过五岭后进入广州的必经之地,所以前代诗人多所着墨。对南贬诗人来说,来到峡山是政治

① 详参本书第一章以及陈恩维:《从异物到乡邦——明前岭南书写及其意义》,《学术研究》,2017 年第 5 期。
② 张效民:《荔枝与荔枝文化》,《深圳职业技术学院学报》,2006 年第 2 期。
③ 孙蕡:《西庵集》卷九,《北京图书馆古籍珍本丛刊》本,第 66 页。
④ 孙蕡:《西庵集》卷九,《北京图书馆古籍珍本丛刊》本,第 70 页。
⑤ 孙蕡:《西庵集》卷六,《景印文渊阁四库全书》本,第 536 页。

流放和被抛离主的结果,因此对峡山的景物采取了一种他者化的审视。如宋之问《早入清远峡》的"良候斯为美,边愁自有违"①、苏轼《峡山寺》的"林空不可见,雾雨霾鬐鬐"②,都或多或少显示了诗人与景物的疏离。南园五先生笔下的峡山寺,却完全是另外一种景观。孙蕡《峡山寺》其一云:"峡束沧江万壑雷,梵王楼阁倚天开。山从中宿城边去,水自连州港口来。云叶卷时猿献果,雨花飞处客登台。青鞋未访和光洞,奏赋金门亦壮哉。"③李德《峡山寺》云:"峡云藏绝壁,峡水积寒流。宝树笼香阁,天花散彩楼。梵音晴隐隐,钟韵夜悠悠。闻道金仙宅,飞来最上头。"④面对同样的景观,产生的文化心理反应是完全不同的:前者是一种外地人和政治失意者的他者书写,而孙蕡表达的是岭南人奏赋金门的儒家理想,李德诗则调动多种感官,尽情欣赏美景,并将外来客畏惧的峡山视为神仙的居所。显然,面对同样的岭南山水,南园五先生作为本土作家,其地域书写改变了前代岭南书写的"他者"眼光,采用去陌生化的话语方式,赋予了岭南景观主体的地位。

对于岭南的日常生活,南园五先生采取了一种自然审美态度。对于前代流寓诗人,岭南是陌生的他乡,他们的日常生活常常处于一种少见多怪的惊奇之中;而岭南对于南园五先生来说,是亲切的家乡,他们对日常生活采取了一种自然的审美态度,岭南因而有了与前代不一样的情感和温度。如孙蕡题画诗《捕鱼图》、王佐《竹枝词》二诗对于赛神吹角、打鼓卖鱼、脍鱼烧笋、蛮歌咿哑的渔家生活习俗的描绘,采取了一种自然的日常审美态度,透露出主体与岭南生活的和谐融合,完全没有外来诗人的陌生感。值得注意的是,南园五先生颇为看重岭南城市生活,这也是前代岭南地方书写中极少出现的内容。如孙蕡《广州歌》云:

　　岭南富庶天下闻,四时风气长如春。长城百雉白云里,城下一带春江水。少年行乐随处佳,城南南畔更繁华。朱楼十里映杨柳,帘栊上下开户牖。闽姬越女颜如花,蛮歌野曲声咿哑。岢峨大舶映云日,贾客千家万家室。春风列屋艳神仙,夜月满江闻管弦。良辰吉日天气好,翡翠明珠照烟岛。乱鸣鼍鼓竞龙舟,争睹金钗斗百草。游冶留连望所归,千门灯火烂相辉。游人过处锦成阵,公子醉时花满堤。扶留叶青蚬灰白,

<hr>

① 陶敏、易淑琼校注:《沈佺期宋之问集校注》,第572页。
② 苏轼:《苏轼全集》上,第469页。
③ 孙蕡:《西庵集》卷五,《景印文渊阁四库全书》本,第523页。
④ 梁守中点校:《南园前五先生诗》,第113页。

盘饤槟榔邀上客。丹荔枇杷火齐山，素馨茉莉天香国。别来风物不堪论，寥落秋花对酒樽。回首旧游歌舞地，西风斜日淡黄昏。①

广州自秦汉以来一直是中国海外贸易的第一大港口。到了元代中叶，泉州港崛起，广州才退居第二位，但仍然保持繁荣的局面。屈向邦指出："广州自南越立国、南汉建都以来，以地势重要，交通利便，故名物殷繁，商贾荟集，蔚然岭南之大都会。重以物既阜饶，景尤优美，绿杨城廓，风月无边，视古扬州，未遑多让。孙西庵特为之歌，读之，昔日风光，令人神往。"②昔日唐宋贬谪文人笔下让人闻之色变的蛮夷之乡、瘴疠之地，一变而成为比肩江南扬州的繁华都会。

南园五先生对于岭南风物的描写，与前代外来诗人的最大不同就在于以本土主体情怀对岭南风物进行日常生活化的描写。前代入粤贬谪文人对岭南风物的书写，体现的是一种非日常的他者化书写，而孙蕡以本土人述本土风物，以主体情怀介入地方风物描写，表达了一种地方依恋。如曹洁躬评价孙蕡云："仲衍善言风景。于广州则云'丹荔枇杷火齐山，素馨茉莉天香国'。于罗浮则云'紫极房栊倚日开，蕊珠楼阁中天起'。于云南则云'蛮官见客花布袄，村妇背盐青竹篮'。于武昌则云'武昌城头黄鹤楼，飞檐远映鹦鹉洲。汉阳树白烟景湿，行人如鸥沙际立'。使未至其地者诵之，亦当神往。"③地方依恋的特征基本包括个人对于其居住的环境或其他地方的一种认知或感情上的联系，或是一种在情感上融入地方的感觉；而在空间上，则希望与情感依恋的地方保持临近的距离④。孙蕡并没有将岭南特有风物异化或者陌生化，而是以地方风物与本土情怀相融合，力图表现岭南地方之美，从而使唐宋贬谪文人笔下让人闻之色变的蛮夷之乡、瘴疠之地，经由他们饱含着本土情怀的描写恢复了本来的平常面目，甚至一变而成为诗意之乡。

这种地方书写态度和模式的改变，具有重要的文化意义。在异物和他者书写模式下，没有主体情怀与地方风物的深度融合，即使地方书写再多，也不过是地方风物的罗列，难以发展出一个文化意义上的地方诗派；而明代以孙蕡为代表的本土诗人的地方书写，以主体情怀与地方风物深度融合，构

---

① 孙蕡：《西庵集》卷三，《景印文渊阁四库全书》本，第495—496页。
② 屈向邦：《广东诗话正续篇》，香港龙门书店，1968年，第48页。
③ 朱彝尊：《明诗综》卷一一，《景印文渊阁四库全书》本，第364—365页。
④ 朱竑、刘博：《地方感、地方依恋与地方认同等概念的辨析及研究启示》，《华南师范大学学报》（自然科学版），2011年第1期。

建了一种日常生活化的地方书写模式,这有利于岭南风物摆脱异物书写,恢复其固有的地域和文化标识意义,进而推动对地方文化特质的探寻,从而为岭南诗派的形成准备条件。

第二节　人文景观中的地方形象

如果说南园五先生对于岭南山川风物和日常生活的家园化的书写,使岭南获得了家乡情感意义的话,那么,他们对岭南人文景观的描绘,则着力建构了一种"地方感"。所谓"地方感",就是"从纯空间向……某种强烈的人文地方"①的转换。这种地方感,往往与一定的时间、空间及主观感受相关联,从而表征着一个地方的文化特质,并形塑着一个地方的文化形象。具体来说,南园五先生主要从以下三个方面表征岭南地方特质、塑造岭南地方文化形象。

第一,有意识书写反映岭南历史文化的文化景观,以建构地方历史文化传统。南园五先生颇为注意选择与岭南地域历史紧密相关的人文景观进行描写。如孙蕡《白云山》:"白云山下春光早,少年冶游风景好。载酒秦佗避暑宫,踏青刘䶮呼鸾道。木绵花落鹧鸪啼,朝汉台前日未西。歌罢美人簪茉莉,饮阑稚子唱铜鞮。繁华往似东流水,昔时少年今老矣。荔支杨梅几度红,柴门寂寂秋风里。"②白云山乃岭南胜地,自古就有"羊城第一秀"之称。秦末高士郑安期隐居在白云山采药济世,并"成仙而去"。晋代人葛洪曾在白云山炼丹,南梁时景泰禅师来此建寺。唐宋以后,陆续有杜审言、李群玉、苏轼、韩愈等文人登山吟诗,他们的诗文寓情于物,成为岭南宝贵的历史精神财富。自宋代以来的"羊城八景",多出其中。广州人一向喜欢到此登高游览。此诗选取了南越国主赵佗和南汉国主刘䶮两位有代表性的历史人物,朝歌台、素馨墓等历史遗迹以及木棉、荔枝两种代表性的岭南风物,以穿透历史的眼光和自豪的心态,呈现了岭南独特的历史底蕴和人文风情。又如广州"五仙观",因五羊传说而始建于北宋时期,是广州城的文化地标。洪武元年征南将军廖永忠的军队驻扎在五仙观,不慎引发火灾,五仙观被彻底烧毁。孙蕡向廖永忠说明五仙观对于广州的特殊意义,劝他将五仙观迁到破山重建。重建后,孙蕡作《重修五仙观记》记其事,以神话笔调追述五羊传

---

① ［英］R.J.约翰斯顿:《哲学与人文地理学》,商务印书馆,2000 年,第 126 页。
② 孙蕡:《西庵集》卷四,《景印文渊阁四库全书》本,第 505 页。

说,纵笔描绘五仙观的恢弘气势,表达了希望五仙佐明廷、佑苍生的美好愿望。后来,孙蕡还与谢姓县丞同游坡山,作《与谢县丞坡山联句》诗:"几年来作交州客,今日方登第一楼。(谢)万顷烟波涵碧落,四山云气蔼清秋。(孙)瑶台鹤驾排空下,石室丹光傍井浮。(谢)蓬岛依微天路近,凌风直欲访丹丘。(孙)"①"五仙观"被视为是广州人的"祖庙",明清两代先后以"穗石洞天""五仙霞洞"列入羊城八景。可以说,没有孙蕡的争取以及后来的相关题咏,可能就没有了五仙观这一文化地标。缘此,人们把《重修五仙观记》镌刻在观中张励北宋碑的背面,以纪念孙蕡的文化功绩。

第二,注意选取地方特色文化景观,以展现岭南文化的独特魅力。广州地处南海之滨,中外文化交流频繁。孙蕡着意选取这类文化遗迹加以歌咏,从而凸显了岭南在中华文化史上的独特地位。光孝寺是广州历史最为悠久的古寺。该寺始建于三国,寺名屡变,至南宋绍兴二十一年(1151)而定今名。唐代仪凤元年(676)高僧慧能在寺中戒坛前菩提树下受戒,开辟佛教南宗,被称为"禅宗六祖"。孙蕡《光孝寺》:"雨叶菩提树,天花蔷卜林。尘机方外息,幽趣静中深。野色连香积,秋声杂梵音。随缘僧供里,予亦长禅心。"②菩提树原产于印度,是释迦牟尼佛成道之树,故别称觉悟树、智慧树。蔷卜,是梵语的音译,又译作瞻卜伽、旃波迦、瞻波等,义译为郁金花。古人相传,光孝寺这棵菩提树乃萧梁天监元年(502),由印度僧人智药三藏从西竺引种所植。此后,该树种被移植到周边地区,如云南、肇庆、德庆、曹溪等处,因此光孝菩提树被称为诸寺菩提之祖。"光孝菩提"是宋代"羊城八景"之一。孙蕡此诗从菩提树、蔷卜花入手,显示了岭南佛教在中国佛教发展史中的独特地位;以"长禅心"结束,显示了由岭南人所创立的"禅宗"顿悟的精髓所在。又如,孙蕡《怀海珠寺》云:"海上蜳珠占一泓,分明梵宇住蓬瀛。虹浮光彩生灵蚌,树拥楼台压巨鲸。湘女佩遗存颗粒,商人帆过拂檐楹。十年京国心南骛,应负沙头白鸟盟。"③珠江因江中有海珠石而得名。方信孺《南海百咏》第七十五首《走珠石》诗云:"底事明珠解去来,当时合浦已堪猜。贾胡不省何年事,老石江头空绿台。"诗前有小序:"旧传有贾胡自异域负其国之镇珠,逃至五羊。国人重载金宝,坚赎以归。既至半道海上,珠复走还,径入石下,终不可见。至今此石往往有夜光发,疑为此珠之祥。"④所谓"走珠石",即海珠石,二名皆源自"走珠入海而成石"的传说,据说"珠江"

① 孙蕡:《西庵集》卷六,《景印文渊阁四库全书》本,第538—539页。
② 孙蕡:《西庵集》卷五,《景印文渊阁四库全书》本,第522页。
③ 孙蕡:《西庵集》,《北京图书馆古籍珍本丛刊》本,第63页。
④ 方信孺:《南海百咏》,广东人民出版社,2010年,第39页。

也由此而得名。宋代羊城八景之一"珠江秋色",主景即为海珠岛一带江面。顾祖禹《读史方舆纪要》记载:"相传昔贾胡挟珠经此,珠忽跃入江中。今有石屹峙江心,南汉创慈渡寺于其上,亦名海珠寺。"①孙蕡此诗借助贾胡传说、灵蚌生珠等神话,赋予了海珠寺瑰异的色彩,并以之与京国相比较,更加凸显了岭南文化的海洋性和重商性,也凸显了广州在海上丝绸之路中的重要地位。

第三,着力于树立岭南文化偶像,以表征地方人文高度。前代"异物志"以及贬谪诗人的岭南书写,重物而不重人,造成了"岭南钟物不钟人"的印象。如柳宗元《送诗人廖有方序》指出:"交州多南金、珠玑、玳瑁、象犀,其产皆奇怪,至于草木亦殊异。吾尝怪阳德之炳耀,独发于粉葩瑰丽,而罕钟乎人。"②实事求是地说,明代以前岭南的知名文化人物确实不多,客观上造成了柳宗元的上述印象。唐代值得一提的岭南文人是曲江张九龄。张九龄官至尚书左丞相,为官直言敢谏,曾预言了安禄山之乱;为中书令时,天长节百僚上寿,多献珍异,唯九龄进《金镜录》五卷,言前古兴废之道;在岭南时,则开凿梅关古道,加强了岭南与中原的联系,故被誉为"岭南第一人"。孙蕡曾写《张曲江祠》赞美张九龄:"铁石肝肠鲠不阿,千年庙享未为过。胡儿反相知偏早,人主荒淫谏亦多。金鉴录存明皎日,玉环事杳逐流波。岭头手种松犹在,想见高材拄大罗。"③此诗高度概括了张九龄的一生功业,盛赞张九龄之于岭南就如青松之于庾岭,代表着岭南人物所能达到的高度。孙蕡甚至还挖掘一些鲜为人知的岭南人物加以表彰,以弘扬岭南文化。如孙蕡所作《上舍公墓表》,赞扬宋末岭南爱国学者区仕衡的爱国精神。区仕衡在南宋一朝籍籍无名,但是在岭南地方是一个重要人物。"故蕡也不揣无文而缕述之,以表其墓,亦欲使五岭以南万世有知有上舍先生而已。"④孙蕡这种确立文化偶像,为地方名人立传的努力,一方面旨在改变"岭南钟于物而不钟于人"的印象,另一方面也是开始建立岭南地方人文传统。

南园五先生对于岭南人文景观的书写,与一定的时间、空间及主观感受相关联,因而强化了人文景观的历史传统、空间标识和个性的独特性,超越了点缀式的地方风物描写和写实性的日常和都市生活描绘,具有文化自觉的特点。更为重要的是,南园五先生所传承和发展的人文景观书写,酝酿和

---

① 顾祖禹:《读史方舆纪要》,中华书局,2005 年,第 4599 页。
② 柳宗元:《柳宗元集》卷二五,第 661 页。
③ 孙蕡:《西庵集》卷九,《北京图书馆古籍珍本丛刊》本,第 70 页。
④ 孙蕡:《上舍公墓表》,载区仕衡《九峰先生文集》卷首,《丛书集成续编》第 130 册,新文丰出版公司,1988 年,第 122 页。

培育了深入人心的地方文化记忆。这种文化记忆,既是对本族群文化"原生纽带"①的忠诚和继承,又往往与一定的时间、空间及主观感受相关联,但带有一定的选择性。这种对山川土地、名胜景物和历史人物选择所造成的空间差异,在岁月的流逝中是恒久的存在,超越了朝代更迭和时世变换。这种穿越性意味着在同一空间中,不同时期的作家都在此生存和写作,而古往今来的作家对着同一空间的山水景物和人文传统抒怀寄意,进行描写和表现,并对这种不变之变的时空天地生发着特殊的感悟和追忆。作家与土地山川风貌、人文景观的这种关联,经历了漫长的时间演化,便由最初单纯的主客体关系生成为一种文化和文学传统。地域自然风物已不仅是作家文学作品的客观背景,而是构成其文学本身的重要的内在因子。它们经过时间的层累,形成了深厚的空间文化积淀,从而拥有了深厚的人文意蕴。

第三节　文学空间中的地方认同

在人地关系中,"地方"不仅具有地理和人文的含义,还有社会心理的内涵,其中地方认同就是地方的社会心理内涵的重要内容。地方认同,指人们对于某一地方产生强烈的感情体验,这样的"地方"在空间上有着多样化的尺度,某个房间、家、社区、城市,乃至区域与国家都可以成为地方感所依附的空间单元②。这样的认同主体也有多样化的尺度,既有个人的认同,也有集体的认同。如果说,孙蕡对于岭南风物和人文景观的个体和私人化的书写,尚只是体现了个体的地方认同的话,那么他通过组织南园结社,形成一个文人集群,对南园这一文学空间进行集体书写,则是一种集体的地方认同。

首先,让我们来弄清楚南园的具体位置。南园原属南汉王朝的一处皇家园林。《广东新语》载:"城南有望春园,有芳华苑,亦伪南汉故迹。其南园,则国初五先生倡和之地。"③清代范端昂《粤中见闻》卷四"南园"记载更为详实:"广州城南有望春园,有芳华苑,皆伪南汉故迹。明初孙蕡、黄哲、王

---

① 原生纽带,来自族群认同理论的"根基论"。根基论认为族群认同主要来源于根基性的情感联系,这种族群情感纽带是"原生的",甚至是"自然的"。对于个人而言,根基性的情感来自亲属传承而得的"既定资赋"(givens)。基于语言、宗教、种族、族属和领土的"原生纽带"是族群成员互相联系的因素,强调这些共同特征是整个人类历史上最基本的社会组织原则,而且这样的原生纽带存在于一切人类团体之中,并超越时空而存在。对族群成员来说,原生性的纽带和情感是根深蒂固的和非理性的、下意识的。
② Tuan Y.F, Rooted-ness versus sense of place, *Landscape*, 1980(1). pp.3—8.
③ 屈大均:《广东新语》卷一七,第471页。

佐、赵介、李德五先生结为诗社,唱和其中,振起岭南风雅。南汉时,三城之地,刘銾半为离宫、苑囿。北有望春园,桃花夹水二三里,东接靗靗之水,可以通舟,一名甘泉。"①南园可能在北宋平南汉以及北宋皇佑四年(1052)侬智高围困广州之战中遭到了破坏。熙宁四年(1071),程师孟任广州知府,开始修建广州西城。西城南延到了玉带濠(今南濠街)。同时,他在南濠旁边修建了"共乐楼",楼"高五丈余,下瞰南濠"②,南园一带又开始繁荣起来。然而,南园虽然最早起源于南汉时期,但宋元以来一直不见有文献记载,更谈不上文士吟咏。宋方信孺《南海百咏》多记五代南汉刘氏事,但无一字涉及南园。最早记载南园、并给以集中描述的,就是南园五先生。南园五先生写到南园的作品有孙蕡《南园》《南园夏日饮酬王赵二公子澄、佐》《南园怀李仲修》《南园歌赠王给事彦举》《别王彦举》《寄王彦举》《南园怀李仲修》《寄王给事佐》《今日良宴会》《琪林夜宿联句一百韵》(与王佐联句),王佐《酬孙典籍仲衍见寄》,李德《忆南园》《寄孙典籍仲衍》《济南寄孙仲衍》,黄哲《喜故人孙仲衍归》《王彦举听雨轩》,赵介《听雨》等。上述作品分两个层面对南园展开了描写:一是实体性描写南园风光及南园里的文化活动;一是虚拟性描写南园记忆及相关人事。

　　南园五先生对南园的实体性描写介绍了南园的景观、空间布局以及园林意境之季相、时相、气象、物象。孙蕡《南园歌赠王给事彦举》称:"昔在越江曲,南园抗风轩。群英结诗社,尽是琪林仙。"南园面临珠江,背枕南濠,为了方便结社,孙蕡等人在南园东侧修建了一座雅集之所——抗风轩。"抗风者,典籍孙先生所命也。"③"高轩敞茂树,飞甍落远洲。"登上气势巍峨的抗风轩,城南美景尽收眼底。南园中央,有一方水池,池内植有各色莲花,中央有一座怪石嶙峋的假山,池畔则是夹岸垂柳,"芙蕖被曲渚,灌木秀高林",描绘的就是这般情景。"南园二月千花明,当门绿柳啼春莺。"南园最美的季节要算春天了。早春二月,草长花开,群莺乱舞,园外杨柳依依,鸟鸣关关,园内更是百花齐放、争妍斗艳,可真是"青青几树河边柳,不待飞花已送春"④。南园诗人们喜欢在这里对酒当歌,挥毫泼墨,感物思人。孙蕡《南园怀李仲修》回忆当日南园美景云:"繁卉耀阳德,嘉木秀春暄。时旸燠土膏,流溅涨通川。荃兰扬朱英,山樊炫文轩。垂杨列曲渚,鸣鸟何关关。展席芳醑陈,开觞群物妍。"⑤

---

① 范端昂撰,汤志岳校注:《粤中见闻》,广东高等教育出版社,1988 年,第 29 页。
② 黄佛颐:《广州城坊志》,暨南大学出版社,1994 年,第 181 页。
③ 屈大均:《广东新语》卷一七,第 463 页。
④ 孙蕡:《西庵集》卷三,《景印文渊阁四库全书》本,第 495 页。
⑤ 孙蕡:《西庵集》卷一,《景印文渊阁四库全书》本,第 475 页。

雨过天晴后的南园,明媚的阳光照耀似锦繁花,茂盛的树木秀出勃勃生机。
荃兰绽开了红色的花朵,茂林掩映着彩画雕饰的栏杆和门窗。池塘中涨满
了溪水,夹岸的杨柳深处传来关关鸟鸣。诗人一边痛饮醉人的美酒,一边领
略这怡人的风景,真是人间快事。清人陈田在读到孙蕡《南园歌》时,感慨万
分地说:"读此诗,可想见南园风雅之盛。迄今游岭海者,诧为美谈。"①南园
的夜景,则更为迷人。孙蕡《南园》诗:"诗社良宴集,南园清夜游。条风振
络组,华月照鸣驹。高轩敞茂树,飞甍落远洲。移筵对白水,列烛散林鸠。
雅兴殊未央,旨酒咏思柔。玉华星光灿,锦彩云气浮。丽景不可虚,众宾起
相酬。长吟间剧饮,楚舞杂齐讴。陵阳杳仙驾,韩众非我俦。聊为徇时序,
娱乐忘百忧。"②夜色中的南园,清爽宜人。茂密的深林,掩映不住高大巍峨
的楼阁,诗人们一会儿登上高楼,俯瞰远处的沙洲,仰观皓月当空,群星璀
璨,而眼前飘过的白云在园中华灯的映衬下,仿佛一块块移动的锦彩;一会
儿他们又移席江边,点燃了蜡烛,相酬对饮,临水赋诗,完全忘记了尘世俗
务。可以说,雅集南园,既可享城市之乐,又有山林之趣。南园本是一个未
经文人注意和发现的园林,但是经由南园五先生的文学书写,形成了富于艺
术气息的文学空间。

　　南园五先生对南园的虚拟性描写,则出现在他们的怀人和寄赠诗中。
如孙蕡《别王彦举》《寄王彦举》《寄王给事佐》《今日良宴会》,李德《忆南
园》《寄孙典籍仲衍》《济南寄孙仲衍》,黄哲《喜故人孙仲衍归》等作。这些
作品,多与回忆性情感相连,没有对南园做细致刻画,只是选取了南园生活
中最有代表性的场景,以写意的方式点出,并以之作为对当下宦游生活的一
种否定。如孙蕡《寄王彦举》:"绿杨阴下玉骢嘶,丝络银瓶带酒携。梦入南
园听夜雨,不知身在蒋陵西。"李德《济南寄孙仲衍》:"南园虚夜月,风景罢
登临。巩洛成尘迹,青齐入苦吟。升沉凋壮节,匡济负初心。薄宦容身得,
宁辞雪满簪。"③分别选取了南园听雨、南园夜月两个典型意象作为南园的
意境主题。听雨意境,最为南园五先生所喜爱,曾在南园五先生诗作和日常
生活中反复出现。王佐的园林叫"听雨轩",而赵介则有《听雨》:"池草不成
梦,春眠听雨声。吴蚕朝食叶,汉马夕归营。花径红应满,溪桥绿渐平。南
园多酒伴,有约候新晴。"④文化空间通常有一个或数个固定的核心象征,这
些核心象征由集中体现其文化价值的符号组成,并被文化空间中的共同体

① 陈田:《明诗纪事》,第 200 页。
② 孙蕡:《西庵集》卷一,《景印文渊阁四库全书》本,第 473 页。
③ 梁守中:《南园前五先生诗》,第 113 页。
④ 梁守中:《南园前五先生诗》,第 20 页。

所有成员所认同。南园听雨、南园夜月,只在特定的季节、时间和特定的气候条件下,才能充分发挥其感染力的最佳状态。其出现虽然短暂,但受到南园五先生的集体赞赏,便具有永久的魅力,即《园冶》中所谓"一鉴能为,千秋不朽"①。南园诗人通过对于南园的虚拟性的描写,将这一典型意境经典化,并以之与当他们前的宦海浮沉、身不由己的现实生活相对照,从而成为南园诗人集体认同的典型意境。空间与此空间中人们的行为与关系互动形成人们空间的印象与地方感。而人们对其生存空间所产生的地方感,是他们日常生活中的行为的凭借与心灵的依赖。这样一来,虚拟性的南园书写,唤起了诗人们对南园美好时刻和以往经历的记忆与联想,产生了物外情、景外意,从而具有了一种精神建构意义,它不仅与故乡相连,与友情相连,而且与一种自由自在、无忧无虑、不受名利羁绊的诗意生活方式相连。

如此一来,经由南园五先生的书写,南园实际上从原生态的生活空间转化为创造型的文学空间。在南园这个文化空间里,原本互不相识或者散居各地的岭南文人个体,变成了关系紧密的文人集群。零散、疏离的个人因为南园这个公共文化空间而找到连结,并转型成精神相通、休戚与共的地域文人集群。个人游憩体验不再是封锁孤立的,而是共同的集体的经验,并被形塑成公共的记忆,从而凝聚了个体之间的文化认同。所以,南园五先生的南园书写,无论发生在何时何地,都会流露出一种群体的认同。这种"生命共同体"意识的萌芽,使南园五先生无论身处何方,历经何种世变,"南园"永远是"南园诗人"心灵得以栖居之所,也是诗人们挥之不去的牵挂,甚至成为后世岭南文人的精神家园。从这个意义上而言,五先生塑造了南园,而南园也塑造了五先生,后世所谓"有五先生不可无南园,有南园不可无五先生"的说法,道理就在于此。

第四节 南园五先生的岭南文化审美

南园五先生对于南园的书写,实际上将其建构成为了一个处在特定空间结构、关系结构中的具有文学意义生产的文学空间:凡南园书写,无论是实体性的,还是虚拟性的,均呈现一种彼此的家园结构,诗人们总是在家园与异乡这两极之间摇摆。前者如黄哲《王彦举听雨轩》在描写了南园的诗意生活后,笔锋立即转入"一别凄凉十二年,关河风雨隔

① 郭超、夏于全编著:《书谱园冶芥子园画传》,蓝天出版社,1999 年,第 52 页。

幽轩。……君入蓬莱献三赋，我践泥涂走中路。归来相见头总白，坐上逢人半新故"①。孙蕡《怀王彦举》其二："早岁南园开洛社，哦诗纵酒野云边。元龙豪气三千丈，翰苑文章二十年。春暖翠环欹白云，夜阑银烛飏青烟。幽期寂寞沧州里，何日天风泛画船。"②李德《寄孙典籍仲衍》："南园草色参差绿，忽忆佳人美如玉。玉堂挥翰事成陈，草屋悬灯照幽独。江湖狂客未言归，翘首东南泪湿衣。何时净拂青溪石？与尔横竿钓落晖。"③在南园书写中，南园即家园。南园对于南园五先生来说，变成了随身携带到最失望的环境中的一种强制力，帮助他们确立家的安宁，从而使之成为充满意义的展示。家园的向心性和异乡的疏离性的对比，成为了南园五先生最具个性的情感叙事结构。

这种情感叙述结构还扩展到了南园之外的地方书写中，甚至成为了南园五先生诗歌中的一种共同的地理景观和情感叙事结构。南园五先生的罗浮写作便体现了这一点。罗浮山是岭南道教名山，也是岭南山水胜景的典型代表。李昂英《罗浮飞云顶开路记》云："岭以南之山长罗浮，一岛浮海来沓于罗。……负抱大，标韵高，若张崔人品，以越产重天下，伟矣。"④罗浮山在岭南群山中的地位，就如同张九龄、崔与之在岭南文人中地位一样，是岭南的文化坐标，故南园五先生都投入了相当的热情进行描写，仅孙蕡就有十余首诗歌写到罗浮，如《罗浮歌寄洛阳李长史仲修》："亭亭西樵峰，宛在南海湄。日华丽仙掌，影漾金银池。我昔扁舟恣长往，凌风浩荡烟霞想。寻幽更欲探神奇，复向罗浮事仙赏。仙家三十六洞天，罗浮复与沧洲连。丹霞射影四山静，群真环佩来翩翩。蕊珠之峰数千丈，君时与我缘萝上。水帘直下飞晴虹，万壑天风度流响。山中刘郎司玉台，仙书授我琅函开。心如明月炯虚照，身与浮云同去来。此时会合那能再，尘土分飞忽三载。我行奏赋登金门，君亦乘轺渡淮海。淮海迢迢烟树深，相思岁晚结愁心。长风万里碧云远，何由一寄还山吟。山中洞房春寂寂，山中之人长叹息。松花酒熟人不归，瑶草春风几回碧。"⑤在这首诗中，孙蕡回忆了往日与李德同往家乡罗浮寻幽探奇的赏心乐事，然后转入孙、李二人尘土分飞、天各一方的现实处境，在家园——异乡对比性叙事抒情结构中发出了深沉的感慨。这几乎构成了南园五先生一种典型表达方式。如黄哲《分题赋罗浮山赠何景先百户》，也

① 梁守中:《南园前五先生诗》,第139页。
② 孙蕡:《西庵集》卷八,《北京图书馆古籍珍本丛刊》本,第59—60页。
③ 梁守中:《南园前五先生诗》,第105页。
④ 李昂英撰,杨芷华点校:《文溪存稿》,第27页。
⑤ 孙蕡:《西庵集》卷三,《景印文渊阁四库全书》本,第496页。

是先描写罗浮烟霞仙境,最后表达希望江南驿使归来同游,家园和异乡呈对比结构。家乡作为情感空间,和岭外流寓空间,隔着遥远的距离,表征着两种生活:岭南是美好的、闲适的、温暖的,岭外是陌生的、辛苦的、愁闷的,二者形成了强烈的空间反差和情感反差。这种对比性的空间叙事,实质上将岭南建构成了一个美学家园。明葛征奇指出:"有五先生不可无南园,有南园不可无五先生。譬之山有蠹者,有偃仰者,有盖而覆者,有嵌崎者,有坦而蜿蜒者,无罗浮、星岩、禺峡以之为宗,则培嵝之质,其于中原不啻丘垤,尚可与天下争洞天福地哉?五先生皆粤产,而其至性至事,有难湮没弗传者,则五先生之诗,不足尽五先生,而五先生之品之集,自足以尽粤诗也。"①这段话道出了后人对于南园和五先生的互文关系的理解。没有南园,五先生只是一个普普通通的文人群体,有了南园,五先生才成为一个精神上"岭南"的诗人群体,并因此而成为岭南诗人的代表。南园,实质上成为了南园五先生的美学家园。

南园五先生的地方书写,实际上呈现出了一种日常化、地方化和私人化的倾向,这在元明之际的文坛有一定的典型意义。元至正十二年(1352)二月,定远人郭子兴起兵濠州。三月,元惠宗下诏,南人有才学者,依世祖旧制,中书省、枢密院、御史台皆可用之。此一政策意在拉拢分化南方文人,但显然为时已晚,全国各地起义风起云涌。至正十三年正月,广东宣慰使世杰班殿谋害廉访使百家奴,后又被佥事八撒剌不花执杀。广州南雄大旱,湖南寇犯德庆,乡民何国宝、张宗达乘势倡乱。南海三山人邵宗愚、龙潭人卢实善兵起,自称元帅。这一年,结社不到一年的南园诗社因战乱而解散。孙蕡、王佐《琪林夜宿联句一百韵》共同回忆了结社及诗社因邵宗愚之乱解散的过程。元至正二十三年(1363),何真自惠州出兵夺取广州,逐走邵宗愚,广东终于赢得了一个短暂的平静期。这一年,何真被元朝廷任命为江西行中书省左丞,并于此年开署求士,孙蕡、王佐同被招致何真幕府,南园诗社再度重开。至正二十八年正月,朱元璋于应天即帝位,国号明,年号洪武。四月,征南将军廖永忠取广东,何真降,七月被召入朝。洪武三年(1370)五月丁酉,朱元璋诏天下守令询举有学识、笃行之士,礼送京师。参与过南园诗社的李德、赵汪中、赵澄等因各种名目荐至京师,洪武四年(1371)孙蕡因地方荐举,入京任工部织染局使。至此,岭南文人以群落的方式归顺明廷,南园诗社基本解散。入京后的岭南文人,最初颇受朱元璋的优待,但蜜月期过去之后,即刻感受到了新主的严霜般的威严。洪武五年,黄哲疏陈时务,数

---

① 葛征奇编:《南园前五先生诗》,《四库全书存目丛书》本,第2、3页。

上事,皆人所难言,上怒其狂,因乞归。孙蕡、李德自请外任。洪武十一年
(1378),王佐不乐枢要,即乞骸骨。上述局面,客观上决定了南园五先生与
中央文苑和其他文学群落的交往不多,南园五先生虽一度接受当时中央文
苑的台阁文风的影响,但主观上他们更愿意从事地方书写,并以一种日常
化、地域化、私人化的方式写作,从而表达了一种带有地方特色的文化的和
美学的自觉。这也是元末明初地域诗派兴起的原因之一。

　　如果说南园五先生对于岭南风物和山水的描写,还只是一种生存发展
的自觉,那么他们对于南园的书写,则是一种文化和美学上的精神追求。人
类的美学家园,是每一个自觉生存主体的精神家园。只要出现生存自觉,精
神就必然要求回归这一家园。南园书写中的情感叙事结构,实质上是南园
五先生文化人格和岭南地域文化性格的外化。尹守衡《明史窃》指出:"五
先生皆生元末,当其笑傲骚坛之上,睥视一世,何物冠冕可得撄其怀抱哉!
真主一出,二三君子遂乃共庆风云,弹冠并起。孙仲衍、黄庸之咸被知遇。
而蕡也旋输左校,旋戍辽东,竟以三寸之管自殃其七尺之躯;哲也东平一疏,
旋斥旋返,竟亦不能自逭于三尺之法。至乃诵蕡《绝命》一词,直将驱使大雅
以豁至怖,盖令人千载有余慨哉!王彦举给事黄门联珂玉署,应制操觚,润
笔余钞,犹得持归以了江头酒债,有光林壑,如更迁延帝乡,将恐仲衍余波来
及人矣。李仲修跃起贤科,栖迟散秩,壮心不任牢落,每念登高能赋,何失其
为大夫? 晚复依依一片寒毡,盖亦无聊之际,托之以自扩云耳。方数君子把
臂豪吟,人人气厉九霄。至于一堕风尘,魂销白日。伯贞先生自谓南园风
月,没世享之,蜂虿起于怀袖,卒以客死。人言诗人能泄造化之秘,为真宰之
所默仇。岂其然乎!"①元末时期,南园五先生在南园过着诗酒相酬、忘情山
水的生活,南园诗社成为他们在元末乱世的诗意栖居之所。明初,他们(赵
介除外)怀着建功立业的热望,先后踏上仕途,和明朝新政权度过了一段蜜
月期,并且以他们的务实行动,取得了一定的政绩。但是成长在岭南的才子
们,在明初的高压与专制环境中,无一例外地感到了"经世才迂不自由"。于
是,有的自请外放(孙蕡、李德、黄哲),有的辞官归乡(王佐),有的干脆拒绝
出仕(赵介)。他们不谙官场潜规则,对官场的尔虞我诈也不感兴趣。他们
自称"依依野田雀,本在桑榆间"②,宣称"我本江湖远游子"③,虽然经历不
尽相同,但普遍对宦途表现了一种疏远,其地方书写则流露出对地方的热

---

① 尹守衡:《明史窃》卷九七,周骏富主编《明代传记丛刊》第84册,第428页。
② 孙蕡:《西庵集》卷一,《景印文渊阁四库全书》本,第478页。
③ 孙蕡:《西庵集》卷四,《景印文渊阁四库全书》本,第514页。

爱,流露出回归岭南的热望。这实际上体现了岭南士子一种自甘边缘、但又独善其身的地方文化心态,是一种长期处于文化边缘与弱势区域的岭南文人的生命共同体意识。

这种生命共同体意识,在诗学上表现为对萧闲廖阒的山水园林意趣的审美追求。清代文人恽敬指出:"粤东之诗,始盛于南园五先生,王彦举题其集曰《听雨》,黄庸之构听雪篷,而题其集曰《雪篷》,盖诗人于萧闲廖阒之时,多所慨寄,故名之于是。番禺张子树题其集曰《听松集》。松于雨于雪则有间矣,其为萧闲廖阒则一也。"①这大概是由于岭南地处边陲,岭南历代人物鲜少进入政治中心,因而历史地形成了一种对政治比较冷淡的集体无意识。此外,如前所述,南园诗社本是一个由平民构成的、与政治无关的文艺性的诗社,其文化基因便是诗酒风流、宴饮酬唱、隐居自适。南园五先生典型呈现了地处弱势文化区域和政治边缘地区的岭南士人的文化性格。檀萃指出:"前五子当草昧之初,遭逢未偶;孙典籍窘踬百端,卒婴大戮;赵御史隐居避势,其藏固矣,亦以累逮,道殂南昌。岂雄文见采,虽入深林,难免哉。然五先生不徒以文重也。李仲修邃于经学,晚更潜心伊、洛。王仲翔天性孝悌,终身事廖元正如父,以报殡葬之恩,其高风懿德,尤可仰云。"②传统的形成并不只赖于自然条件与人文地理因素,文化在积累的过程中,传统还同时在不断地与其他因素相融合而生成其新质,丰富其空间层面,促进其传统性的生长与成熟。文化传统越是发展到后来,越是与人文素质、人文程度密切关联,形成某种比较稳定的人文精神和审美文化个性,传延后代。由此看来,南园五先生的地方书写,与他们的文化人格和岭南地域文化精神相连,从而将生命共同体意识转化而成了一种带有地域传统的审美家园。从全国诗坛来看,南园五先生的地方书写,带来了一种迥异于中央文苑台阁文学的山林文学。宋濂曾指出:"山林之文,其气枯以槁;台阁之文,其气丽以雄。岂惟天之降才尔殊也? 亦以所居之地不同,故其发于言辞之或异耳。"③显然,南园五先生的地方书写所体现的岭南诗歌的审美风格,是不同于当时中央文坛流行的台阁之风的。陈子壮指出:"五先生以胜国遗佚,与吴四杰、闽十才子并起,皆南音。"④这里所谓的"南音",其实是指由地方书写带来的地方审美特质。南园五先生的诗歌创作,正是以其独特性的地方审美,崛起于明初诗坛。蒋寅指出:"明初开国,由越派、吴派、江西派、闽派、五粤派瓜分

① 恽敬:《大云山房集》,《四部备要》本,上海中华书局,1930年,第100页。
② 檀萃:《楚庭稗珠录》,广东人民出版社,1982年,第50页。
③ 宋濂:《銮坡前集》卷七,《宋濂全集》,第481页。
④ 葛征奇编:《南园前五先生诗》,《四库全书存目丛书》本,第3页。

诗坛的局面,可以视为一个象征性的标志,预示了以地域性为主要特征的文学时代的到来。"①

葛征奇《重订五先生诗集旧叙》:"粤山森秀甲天下,而著者为罗浮,次则星岩、禺峡。非粤山尽于此,山之所宗,足以尽粤也。岭海逶迤浩淼,蔚为人文,风雅代开,狎主齐盟,而首宗者则称五先生。五先生之才之遇,亦差相仿佛,而更造霸于吴四杰、闽十才子之间,亦犹山之宗罗浮、星岩、禺峡云。上下三百年,榛莽未开,运会方新,有志之士,皆抱其孤致,以相角于骚坛茗垒,此南园所为社也。其身隐,其名彰,或为高旷,或为幽深,或为玄淡。仙才鬼语,各臻其妙,岂遂知后世有尸而祝之者哉。"②葛氏在这里以罗浮等岭南名山在岭南群山中的突出地位,比喻南园五先生在岭南诗人群体中的宗主地位,无意中也启示我们认识岭南的文化景观、文学空间、文化精神和南园五先生的共生互文关系:南园五先生的地方书写,不断伴随着一种文化和审美的发现,其语义经由以家乡风物为中心的地方生存的层次,进入以人文景观为中心的地方记忆层次,进入以文学空间为中心的地方认同层次,最后进入以生命共同体为中心的美学家园的层次。事实上,南园五先生的地域书写,经历了一个不断深入的过程:经由对家乡风物的情感认同,到对人文景观的地方意识,再到对特定空间——南园的共同记忆,不断强化着对地域和空间的认同,南园因而成为了他们的文学空间和审美家园,而南园五先生也因此而成为了岭南地方书写的奠基者,并因此而开创了具有鲜明地方特色的岭南诗派,从而在岭南文学和文化史上产生持久的影响。

---

① 蒋寅:《清代诗学史》第一卷,中国社会科学出版社,2012 年,第 38 页。
② 葛征奇编:《南园前五先生诗》,《四库全书存目丛书》本,第 2、3 页。

第六章　南园五先生的诗学理论

有关南园五先生的诗学理论,学界最有代表性的观点是:"粤派诗人没有遗下什么论诗或论文主张,但他们在创作上确有共同之处,这与他们彼此唱和、相互影响有关。也就是说他们的群体意识是在创作中自然形成的。"①事实上,南园五先生除了因彼此唱和、相互影响而形成共同的文学思想外,并不是"没有遗下什么论诗或论文主张",而是留下了颇为丰富的诗论,且彼此之间、诗派之间有自觉的理论交流传播,只不过相关文献散佚严重,因而导致当今学界的判断难免以偏概全。赵介之子赵绚在评价南园五先生时曾指出:"吾郡国朝初,作者迭出。然求其清词雅韵,雄浑悲壮,足以驰声中夏,追迹前古,亦不过孙典籍、李长史、黄雪篷、彭参政、郑御史、赵汪中、明中数公而已。"②他以"清词雅韵"、"雄浑悲壮"作为标准,概括了南园五先生的整体创作风格。那么,南园五先生是在什么样的文学思想和诗学理论指导下形成上述风格,并实现崛起岭表和驰声中夏的呢?

第一节　追迹汉唐与岭南传统

赵绚所说的"追迹前古",具体说来是追迹汉唐,这是南园五先生自觉且一致的艺术追求。

南园五先生创作的古体诗,对于汉魏六朝诗歌的模拟之迹十分明显。《南园五先生诗》所录孙蕡古诗有模拟汉魏古诗的《拟古诗十九首》、模拟汉魏六朝古乐府的《燕歌行》《短歌行》《将进酒》《梁父吟》等众多作品,确有

---

① 王学太:《以地域分野的明初诗歌派别论》,《文学遗产》,1989 年第 5 期。
② 黄佐:《广东通志》卷四二,第 1060 页。

"五古远师汉、魏"①的迹象。黄哲则有模拟建安作家徐幹的《自君出之矣》以及诸如《战城南》《临高台》《雉朝飞》《乌栖曲》等拟乐府古题作品,可见其"五言诗源本六代"②;李德则有五古《留题郎步山庄》《闲居》等作直接化用陶渊明的诗句;赵介五古《步虚词》,也为乐府古题。对汉魏古诗的模拟,使南园五先生之诗形成了雄浑古朴的风貌。南园五先生对盛唐诗的仿效,则并不拘于古体和近体,也不限于五言和七言。具体说来,孙蕡《骊山老妓行补天宝遗事,效白乐天作》模仿白居易《长恨歌》;李德七古《十二月乐章》模拟李贺同题作品,七律《春兴六首》模仿杜甫《秋兴八首》。赵介《瑶池》效法了李商隐、刘禹锡的咏史之作。顾起纶《国雅品》指出:"孙翰籍仲衍、黄待制庸之、李长史仲修,旧称'广中四杰',并有盛才,特闲于七言。如孙之《蒋陵儿》《次武昌》,黄之《战城南》,李之《秋晴》等篇,能自迥出常境,绮崭处亦类初唐语。楚《骚》云:'南州炎德,桂树冬荣。'三君子之谓也。"③明代岭南著名诗人邱浚《送钟太守诗序》曾指出:"羊城诗人在国初时有孙仲衍、黄庸之、王彦举、李仲修,此三四先生者,使生当唐盛时,当与韦苏州、柳柳州辈相颉颃,温、李而下不论也。"④综合而言,南园五先生的诗学路径可概括为"追迹汉唐"。温汝能《粤东诗海·例言》云:"有明以来,粤诗大盛。⋯⋯广南孙西庵崛起岭表,⋯⋯尝与赵伯贞、王彦举、李仲修、黄庸之开南园社,称五先生。西庵自汉魏、六朝、初盛中唐,无所不学,而炉锤独运,自铸伟词,固卓然名家。若赵、王二公,虽存诗不多,亦清超拔俗;庸之淋漓神致,时近青莲。仲修雕镂肺肝,或仿长吉,皆一时之杰也。"⑤道出了南园五先生创作上追迹汉唐这一事实。

南园五先生追迹汉唐的诗学路径,对于他们形成"清词雅韵,雄浑悲壮"的整体风格起到了至关重要的影响。如孙蕡曾模拟曹丕《燕歌行》而作《秋风词三首》,其序云:"魏文帝作《燕歌行》,盖《秋风》《四愁》之变,而其音韵铿锵,情思凄怆,为千古七言之祖。其后如少陵《秋风》两首、邢君实《秋风》三叠,皆本此而作者也。今特衍其词语,分为三首,略窃三叠之意,虽未能以配诗祖,则亦可仿佛《四愁》之遗响云。"⑥在这里,孙蕡自道学诗路径,其《秋风歌》实际上混合了汉魏和盛唐古体诗的两种传统,因而形成了"音韵铿锵,

① 朱彝尊:《静志居诗话》卷三,第60页。

② 朱彝尊:《静志居诗话》卷一,第77页。

③ 顾起纶:《国雅品》,《历代诗话续编》本,第1090页。

④ 邱浚:《重编琼台稿》卷一二,《景印文渊阁四库全书》第1248册,台湾商务印书馆,1986年,第238页。

⑤ 温汝能纂辑,吕永光等整理:《粤东诗海》,中山大学出版社,1999年,第17页。

⑥ 孙蕡:《西庵集》卷三,《北京图书馆古籍珍本丛刊》本,第21页。

情思凄怆"的特点。如李德七律《春兴六首》模仿杜甫《秋兴八首》，综括诗人在金陵、洛阳、济南、西安、汉阳的仕宦生活，与《秋兴八首》"以第一首起兴，而后七首俱发中怀；或承上，或起下，或互相发，或遥相应，总是一篇文字"①的结构基本一致，境界开阔，感慨深沉，气象雄浑。显然，南园五先生创作的古诗必综汉魏，得汉魏古诗之古直拙朴；近体必效盛唐，则得盛唐近体之雄浑气象，南园五先生的诗歌创作整体上形成了富有特色的"雄直气"。

　　南园五先生追迹汉唐的诗学实践，同时也是对岭南地域诗学传统的继承和发展。岭南诗歌追迹汉魏的传统，是由张九龄开创。屈大均《广东新语》指出："吾粤诗始曲江，以正始元音，先开风气。千余年以来，作者彬彬，家三唐而户汉魏，皆谨守曲江规矩，无敢以新声野体而伤大雅，与天下之为袁、徐、为钟、谭、为宋、元者俱变，故推诗风之正者，吾粤为先。"②所谓"正始元音"，就是指"曲江规矩"，即诗学汉魏。屈大均认为张九龄开岭南诗歌学汉魏之风气，是就岭南诗学的地域传统而言的。因此，从岭南地域诗学传统来看，学习张九龄，即等同于继承了岭南诗学汉魏的传统。不过，从唐诗发展史来看，张九龄是"联系初、盛两唐诗歌的桥梁"③，也是唐代诗歌开风气的人物。如此一来，岭南后学学习张九龄，除继承其诗学汉魏的路线外，还应包括学习张九龄本身所代表的唐音。真正做到将汉魏和唐音一起当做模仿对象加以学习、从而实现"家三唐而户汉魏"的是南园五先生。明末薛始亨《元超堂稿序》指出："诗学之不变于古，则吾粤为然。要亦不数数也。国初若孙、若黄、王、李、赵，奋起于草昧，是为五先生。……使曲江复作，追宗开元，殆无以过之矣。"④梁善长《念兹堂集序》称："吾粤自张曲江倡正始之音，明初南园五先生起而嗣响。"⑤岭南先贤张九龄的诗歌一面直接继承了汉魏古诗的传统，另一方面则直接启发了盛唐，继之而起的南园五先生，把汉魏古诗和张九龄开启的曲江规矩，一起作为"学为词章"的对象，形成了岭南诗歌"家三唐而户汉魏"的地域诗学传统。

　　南园五先生诗尚唐音，还有特殊的地域因素。"广东宋诗存者尤鲜。崖

---

① 王嗣奭：《杜臆》，上海古籍出版社，1983 年，第 277 页。

② 屈大均：《广东文选自序》，欧初、王贵忱主编《屈大均全集》第 3 册，人民文学出版社，1996 年，第 43 页。

③ 陈建森：《张九龄的文化价值取向与诗歌的美学追求》，《文学遗产》，2001 年第 4 期。

④ 邹兆麟修，蔡逢恩纂：《高明县志》卷一四，《中国方志丛书》第 186 号，成文出版社，1974 年，第 942 页。

⑤ 陈伯陶纂：《东莞县志》卷八八，《中国方志丛书》第 52 号，成文出版社，1967 年，第 3368 页。

门兵燹,版籍荡然,元、明均尚唐音,无人收拾。"①宋诗文献在岭南的缺失,客观上造成了南园五先生"学为词章"时多选择唐音。不过,南园五先生追迹汉唐的诗学路线,更大可能是一种地域意识自觉的产物。前代岭南本土诗人,最喜欢模仿的对象是前代贬谪诗人。如南宋李昂英即以继承苏轼为己任②。但是,南园五先生对于唐宋众多的岭南贬谪诗人,除了对苏轼略有兴趣之外,其余的则几乎没有触及。孙蕡《西庵集》有4首提到苏轼,都是因为他到过的地方与苏轼有关,如《题绵州同知曾傃古雪卷并序》"峨眉苍翠接仙台,缥缈坡翁跨鹤来"③,《灵洲诗》"坡老留题空断碣,德云种柏满幽庭"④,《次黄州》"何因散发林皋下,得似坡翁烂漫游"⑤。特别是《朝云》,其序文记载"道出合江,访东坡白鹤峰遗址"⑥,诗则拟东坡爱妾朝云口吻写成。但是,《西庵集》中对苏轼作品的步韵、模仿之作则几乎没有。这表明孙蕡对苏轼的接受,更多的侧重其豁达悠游的生活态度和他对岭南人文景观的发现,在诗学上并无追步。换言之,南园五先生虽然在文化上从前代贬谪诗人那里秉承了对岭南山水人文意蕴的发现,但是在学诗路径上并没有取法他们,他们学习的还是本土诗人张九龄所倡导的曲江规矩和所体现的盛唐气象。如孙蕡曾写《张曲江祠》赞美张九龄:"铁石肝肠鲠不阿,千年庙享未为过。胡儿反相知偏早,人主荒淫谏亦多。金鉴录存明皎日,玉环事杳逐流波。岭头手种松犹在,想见高材挂大罗。"⑦此诗在歌颂张九龄的同时,也实践了"近体必效盛唐"的诗学追求,气象开阔,颇具雄直的特点。可以说,南园五先生诗学汉唐,是对岭南自身诗学传统的传承和发展,是地方意识勃发的外在显现。

南园五先生"清词雅韵,悲壮雄浑"特点的形成,还与他们对汉魏乐府歌辞和岭南地方民歌艺术的自觉继承有关。陈融《论岭南诗人绝句》评孙蕡诗作云:"古追汉魏近追唐,乐府玲珑七宝装。双眼如猫对花碧,句中时有似冬郎。"⑧"双眼如猫对花碧"语出孙蕡七言古体《赠虹县颜景明》,"冬郎"是唐代诗人韩偓的小名。韩偓十岁裁诗走马成,初期仕途得意,生活优渥奢华,所作诗多是艳词丽句,被尊视为是"香奁格"的创始人。陈融认为孙蕡的古

①　何藻翔编纂:《岭南诗存》,至乐楼艺术发扬有限公司,1997年,第3页。
②　参本书第一章第五节。
③　孙蕡:《西庵集》卷四,《景印文渊阁四库全书》本,第516页。
④　孙蕡:《西庵集》卷八,《北京图书馆古籍珍本丛刊》本,第56页。
⑤　孙蕡:《西庵集》卷六,《景印文渊阁四库全书》本,第535页。
⑥　孙蕡:《西庵集》卷八,《景印文渊阁四库全书》本,第562页。
⑦　孙蕡:《西庵集》卷九,《北京图书馆古籍珍本丛刊》本,第70页。
⑧　广东文物展览会:《广东文物》卷九,第903页。

体学习汉魏乐府,得其清词雅韵,近体则主要是学唐诗,特别是一些艳词丽句,接近晚唐"香奁格",这是接近事实的。不过,陈融似乎尚没有充分注意孙蕡对于岭南民歌艺术营养的吸收。"广东音韵之妙,殆出天性,故于学诗尤近。"①南园诗人的拟乐府古辞之作之所以写得特别的情韵悠长、声情流丽,是因为他们从小受到岭南民歌的熏染,而岭南民歌与乐府古辞在艺术本质和特征上颇为接近。粤俗好歌,凡有吉庆,必唱歌以为欢乐。瑶峒月夜,男女隔岭相唱和,兴往情来,余音袅娜。其辞随口成文,如古谣谚,语浅俚而情遥深,得楚骚、古乐府遗意,"辞不必全雅,平仄不必全叶,以俚言土音衬贴之,唱一句或延半刻,曼节长声,自回自复,不肯一往而尽,辞必极其艳,情必极其至,使人喜悦悲酸而不能已已"②。南园五先生集中既有众多民歌体诗作,如孙蕡、黄哲皆有《白纻词》,黄哲有《折杨柳词》,王佐有《竹枝词》;也有大量的模拟古乐府、楚辞的作品。前者不胜枚举,后者则有孙蕡《和归去来辞》《关敏庙词》《飞仙归来辞,题武林朱以方招鹤轩》等。另外,南园五先生均擅长创作音乐性较强的七言体作品,其中孙蕡、黄哲擅长歌行体,而其他三人也颇多以"谣""曲""词"为题的音乐性较强的作品。南园五先生诗歌多语浅情深、音韵铿锵、富有音乐美的作品,显示他们从岭南民歌中吸取了精华,从而使其作品更加富有情思和古意。曾在南园常住、深受南园诗风影响的岭南诗人丘逢甲③,作《论山歌》诗:"粤调歌成字字珠,曼声长引不模糊。诗坛多少油腔笔,有此淫思古意无?"④他认为粤歌的声韵之美,比诗坛的许多油腔滑调的拟乐府诗作更具古意。这实际可以用来解释南园诗人乐府诗的魅力所在。

综上所述,南园五先生之"追迹前古",汇合了汉魏古诗、唐诗、乐府和岭南民歌传统,从而形成了颇具特色的岭南地域诗学传统。从宋元以来诗歌的演进来看,生当元末明初的南园五子,自觉学习汉唐,实际上走了与当时中原主流诗歌不尽相同的道路。元代早期诗人多由宋入元,创作自然为宋调;元代中期诗歌,诗学观念崇尚"雅正",诗坛上最流行的是歌功颂德、粉饰太平和赠答酬唱、题咏书画的题材;元末诗歌虽然打破了以"雅正"观念一统诗坛的格局,写实倾向大大增强,但艺术上表现出纤弱萎靡之风。明初文学推崇汉唐,但是台阁气息渐浓。南园五先生以汉魏盛唐为宗,一定程度接受了台阁文风的影响,但他们处江湖之远,故而诗歌因拟汉魏古诗而具有古贤

---

① 张元济著,顾廷龙编:《涉园序跋集录》,上海古典文学出版社,1957 年,第 266 页。
② 屈大均:《广东新语》卷一二,第 358 页。
③ 详参本书第七章第二节。
④ 丘逢甲:《丘逢甲集》,岳麓书社,2001 年,第 930 页。

雄直之气而少纤弱萎靡,所以能够以鲜明的"古格"崛起于当时的诗坛。四库馆臣评价孙蕡说:"蕡当元季绮靡之余,其诗独卓然有古格。"①其实,"古格"是南园五先生的共同风格,更是岭南诗歌的地域特色。从中国文学发展的大背景来看,汉唐时期是我国古、近体诗歌发展的黄金时代,汉唐诗歌因而成为古典诗歌的审美理想,然而自宋元以来,汉唐诗歌的审美理想遭到忽视。而岭南文学则不是这样,如前所述,南园五先生以前的岭南诗歌创作一直处在缓慢上升状态,直至元末明初南园五先生开始,才终于在全国地域诗派中有了一席之地。岭南诗歌一直坚持汉唐诗歌的审美理想,并且形成了汉唐兼重的地域诗学传统,也因此而形成了卓然独异的"古格"。担任过广东学政的翁方纲曾指出:"诗不但因时,抑且因地。……今教粤人学为诗,而所习者止是唐诗,只管蹈袭,势必尽以西北方高明爽垲之时景,熟于口头笔底,岂不重可笑欤?"②事实上,粤人学诗除了模拟唐诗外,对于汉魏六朝古诗以及岭南民歌也是同样重视的,岭南真正的地域诗学传统是追迹汉唐而不是一味学唐。

第二节　大贤倡之与崛起岭表

南园五先生的诗学理论,以主盟诗社的孙蕡最为丰富。其诗学理论散见于其诗序、诗作及专门的论诗文章中,是其创作实践的升华。孙蕡《祭灶文》述其为学为文的经历云:

> 臣少薄祜,零丁羁孤。佩服先训,忝名为儒。远祖颜孟,近师程朱。立志不群,抱道匪渝。弘深典谟,诘屈盘诰。《连山》《归藏》,卦象精到。群葩分敷,列宿穹昊。骚怨而响,庄荒而傲。班范旁通,荀扬曲造。昭彰隐微,洞彻突奥。悬灯墙壁,蓄火炉灶。诘朝喃喃,达曙叫噪。臣之于读书,可谓勤矣。灵台丹府,性之郛郭。徽猷懿行,人之天爵。湛然内观,秋月灼烁。盎然外和,春霭林薄。云影天光,鸢飞鱼跃。浮烟敛散,青山犹昨。轩庭雨余,草色如濯。臣之于性理亦略通矣。发舒蕴积,学为词章。文摛藻绘,诗咏凤凰。韩筋柳骨,玉洁金光。铺天炫耀,掷地铿锵。鸾堂凤阁,冠冕琳琅。绿窗青琐,粉艳兰香。闲云野水,惨

---

① 永瑢等:《四库全书总目·西庵集提要》,中华书局影印本,1965年,第1473页。
② 翁方纲:《石洲诗话》卷二,第70页。

淡微茫。牛神蛇鬼,百怪千狂。曹刘错愕,董贾回惶。海若宵哭,山精
昼藏。臣之为文,可谓有成矣。①

　　孙蕡在此文中指出了一条读书——养性——为文的文人成长道路,也
表述了其诗学观念:"发舒蕴积"的本质论和"学为词章"的创作论。"发舒
蕴积",即抒发内心的情感。而诗人的"蕴积",既源自博览群书所获得的
"学问",也包括外观内参而悟得的"性理",既包括自然景物的感召,也包括
自然和社会事相的感发,此为诗歌创作的本质。至于"学为词章",则指从前
人作品中学得作文的办法,学习的内容包括文辞、风骨、音韵、题材、风格等
方面。上述诗论承理学背景下的宋元诗学而来,但又调和了元代后期诗坛
上流行的"师古"和"师心"两派,显示了一种兼容的旨趣,具有很强的实践
性。孙蕡的诗集包括《孙典籍集句》一卷,又《和陶集》"②。《孙典籍集句》
是学习唐诗的产物,《和陶集》则是模拟陶渊明的诗歌。由此可见,孙蕡的
"学为词章"的创作实践与其追迹汉唐的主张是完全一致的。

　　孙蕡学习唐诗的方法是写作集句诗。他的《集古律诗》,即《西庵集》中
的《朝云》诗。四库馆臣指出:"小说载书生见苏轼侍姬朝云之魂者,得集句
七言律诗十首、七言绝句十五首,今乃在此集第八卷末。盖蕡游戏之笔,即
黄佐传中所称《集古律诗》一卷是也。"③《集古律诗》因不再单行,而序文散
佚,笔者从明人叶盛撰《水东日记》检得全文。这是岭南诗学中的一篇至为
重要的诗学文献。序云:

　　　予尝欲以唐人七言绝句分为十类,……凡此十类,引而伸之,诗之
　　格律概不越乎此矣。诸体之诗,以此求之,无有出于范围之外者矣。唐
　　诗世有见本,学者按此成例,自加编校可也。七言律诗篇帙尤繁,今择
　　其精粹明白、人所传诵者,亦以十类括为集句,凡若干首。其未完者,则
　　以同类他诗足之,期于成章而已。予居秘府时,见唐人八百家诗,洪容
　　斋编《唐人七言绝句》,且一万首,撑梁柱栋,不暇遍览,间尝信手抽阅,
　　其音响节奏亦与今行世者无异,则穷乡晚进,固不必以未见为多恨也。
　　又有晏窝先生者《梅花集句》,凡五百首,宋人《早朝集句》三十余首,文
　　丞相天祥《集杜句》亦百余首。虽其玩物丧志,不为醇儒庄士所称,然其

———————

① 孙蕡:《西庵集》卷九,《景印文渊阁四库全书》本,第 570 页。
② 黄虞稷:《千顷堂书目》卷一七,《景印文渊阁四库全书》第 676 册,台湾商务印书馆,1986
　年,第 494 页。
③ 孙蕡:《西庵集》,《景印文渊阁四库全书》本,第 472 页。

猎涉弘博,亦可谓至矣。予之所编,非不欲夸多而斗靡也。钩玄索隐,
已为古人所先,孤陋塞拙,倦于搜罗,姑存简约,冀示久远,聊以致远恐
泥,借口掩其不敏之愧,而于初学诗者亦不为无补云。①

　　所谓集句诗,就是从已有的不同诗作中选出句子重新组合一首新诗。
要写好集句诗,首先必须博闻强记,其次还有"六难":"属对,一也;协韵,二
也;不失粘,三也;切题意,四也;情思联续,五也;句句精美,六也。"②孙蕡认
为,集句对于"初学诗者",有助了解"诸体之诗"、"诗之格律"和"音响节
奏";对于成熟的诗人,则有助于他们对各类诗歌"猎涉弘博",从而形成风
格的多样化。孙蕡在广泛阅读《唐人八百家诗》《万首唐人绝句》的基础上,
将唐诗按题材分为台阁、山林、江湖、边塞、闺合、神仙、僧释、怀古、体物等十
类,在此基础上创作了集句名篇《朝云》。都穆《南濠诗话》称赞曰:"若出自
一手,而不见其牵合。本朝集句,虽多其人,视之仲衍,盖不止退于三舍
也。"③孙蕡把集句当作初学者学诗的一种方式,他因集句创作而获得了对
唐诗艺术的深刻认识,实现了审美迁移,从而形成了题材丰富、风格多样的
创作特点。张习《西庵集序》评价他的诗歌:"严之于庙朝,逸之于山林,固
无所弗体。尊之为道德,显之为政教,明之为事功,幽之为仙鬼,亦无所弗着
与。凡怀思、游行、羁泊、贬谪,不失于性情之和,若水在溪涧流衍而靡息,在江
湖浩荡而莫测。夫岂矩规模拟、雕刻剽掠,必假修饰之浅近而为之工者乎。"④
　　孙蕡诗学汉魏,则主要体现在"和陶"上。所谓和陶诗,是指后人因为
推崇陶渊明的诗歌,而以步韵、次韵、从韵等形式创作的作品。与和陶诗
相衍生的,往往是一种诗人风格批评。比如苏轼曾自述其和陶动机云:
"古之诗人有拟古之作矣,未有追和古人者也。追和古人,则始于东坡。
吾于诗人,无所甚好,独好渊明之诗。渊明作诗不多,然其诗质而实绮,癯
而实腴,自曹、刘、鲍、谢、李、杜诸人皆莫及也。吾前后和其诗凡百数十
篇,至其得意,自谓不甚愧渊明。今将集而并录之,以遗后之君子,子为我
志之。然吾于渊明,岂独好其诗也哉? 如其为人,实有感焉。"⑤孙蕡《和
陶诗》的创作也可以作如是观。《和陶诗》一卷已散佚,但其《和归去来
辞》仍存《西庵集》中。郭棐《粤大记》指出:"(洪武)十一年,罢归田里,

---

①　叶盛:《水东日记》卷二六,《笔记小说大观》三十六编,第 3 册,第 252—254 页。
②　沈雄:《古今词话》,唐圭璋《词话丛编》,中华书局,1986 年,第 846 页。
③　丁福保:《历代诗话续编》,第 1363 页。
④　《西庵集》,《北京图书馆古籍珍本丛刊》本,第 1 页。
⑤　苏辙著,陈宏天、高秀芳点校:《苏辙集》,中华书局,1990 年,第 1110—1111 页。

遨游云林中,益肆力于问学,所见益深,有轻生死、齐物我之意。尝和陶潜《归去来辞》以写其情。"①可见,孙蕡和陶,已超越了一般的拟古,从创作而言进入了心灵和哲学沟通的层面,从批评而言进入了风格批评。其《幽居杂咏》诗云:"渊明千载我知音,纵有冰弦不鼓琴。闻说商于寻绮角,寂寥谁识古人心。"又云:"平生最爱陶彭泽,风味全然似老夫。"孙蕡对汉魏其他作家的取法,也是如此。如《幽居杂咏》评价阮籍:"最爱佯狂阮嗣宗,秋怀赋得十分工。酣歌裸袒青林下,晚岁心期与尔同。"②

可以说,孙蕡对汉唐诗歌的追崇,虽重点在诗之格调,但并没有因此而"玩物丧志",他在"学为词章"时,始终坚持发舒蕴积,并致力于形成自己的风格。其集句诗《朝云》说:"非独以慰朝云,亦聊以自悼云尔"。正因为孙蕡把对汉唐诗歌的学习和情感的抒发统一起来,所以他尽管"学为词章",但最终形成了自己的风格。黄佐指出:"仲衍诗,初若不甚经意,而气象雄浑,兴喻深致,骎骎乎魏晋之风。"③李时远则指出:"仲衍豪迈玮丽,足追作者。其七言古体不让唐人。"④黄、李二人的评价,道出了孙蕡诗学汉唐对其创作题材、格律、声韵和风格的积极影响。因此,孙蕡之追迹汉唐,意不在拟古复古,而是在追求一种独特的个人风格,非一味拟古之作可比。

王佐与孙蕡同为南园诗社的首倡者,其诗论亦与孙蕡相互影响。陈田指出:"仲衍于诗社中独推许王彦举","彦举与仲衍踪迹最密。何左臣真开府广州,两人同为书记,后复同游琪林联句。彦举《酬仲衍诗》云:'春风草檄将军幕,夜月联诗羽客坛。'纪其事也。"⑤联句,即孙蕡、王佐共作《琪林夜宿联句一百韵》,正文云:"风流追谢朓,(佐)俊逸到阴铿。刻烛催长句,(蕡)飞筹促巨觥。欢娱随地有,(佐)意气札霄峥。乐事俄成梦,(蕡)忧端忽漫生。秦楼丝管歇,(佐)越峤鼓鼙兴。培塿封屯蚁,(蕡)沧溟吼怒鲸。孤城寻劫火,(佐)万姓转饥阬。奔走羞徒步,(蕡)艰危学避兵。彭衙愁杜甫,(佐)战国老侯嬴。"⑥由于联句诗是由两个或两个以上的诗人在同一场合吟咏的诗句或章节连属而成,故"必其人意气相投,笔力相称,然后能为之,否则狗尾续貂,难乎免于后世之讥矣"⑦。孙、王二人个性不尽相同,但有着共同的创作倾向、审美趣味,因此其联句"若出一手"。"风流追谢朓,

① 郭棐:《粤大记》卷二四,《日本藏中国罕见地方志丛刊》本,第467页。

② 孙蕡:《西庵集》卷一〇,《北京图书馆古籍珍本丛刊》本,第86页。

③ 黄佐:《广州人物传》卷一二,《四库全书存目丛书》本,第513页。

④ 朱彝尊:《明诗综》卷一一,《景印文渊阁四库全书》本,第364页。

⑤ 陈田:《明诗纪事》甲签卷九,第200、207页。

⑥ 孙蕡:《西庵集》卷五,《景印文渊阁四库全书》本,第566—567页。

⑦ 徐师曾:《文体明辨序说》,人民文学出版社,1962年,第111页。

俊逸到阴铿"、"奔走羞徒步,艰危学避兵。彭衙愁杜甫,战国老侯嬴"等联句,道出了他们汉唐兼重的学诗路径以及诗论相互影响的事实。黄哲《王彦举听雨轩》也记载了孙、王争胜并相互影响的事实:"当时雄笔谁更好,孙公狂歌君绝倒。横眠三日醉复醒,梦见池塘生春草。"①也指出了孙蕡、王佐二人,在诗风上既学盛唐李白之狂放,也学六朝谢灵运之巧思。

接受孙蕡影响并调整了学诗路径的是李德。《广州人物传》卷一二载:"德为诗多效长吉、太白。孙蕡笑之曰:'子真浑元皇帝远孙也。'德乃力追古作。"②李德早期诗歌的确曾模仿李贺。如其《十二月乐章》《天上谣》,直接模拟了李贺《十二月乐词》和《天上谣》。孙蕡认为李德一味模拟李贺,取法范围太窄而又没有形成自我风格。而李德也虚心接受了批评,马上学习孙蕡和陶诗的做法,大力模拟陶渊明。其《题陶渊明像》:"渊明节概士,远慕羲皇风。荣名奚足道,甘分固其穷。得酒即为欢,箪瓢常屡空。朝出山泽游,暮归衡宇中。豪华非所贵,但愿岁时丰。秋菊或盈园,栖栖谁与同?浊醪共斟酌,日入会田翁。此士不再得,吾生焉所从?"③旗帜鲜明地引陶渊明为同调,不仅宣称要学习陶渊明的生活方式,而且极力模仿陶渊明的诗歌风格。近人何藻翔在《岭南诗存》中评李德诗"短篇炼气归神,静穆而淡远"④。显然,李德的五言古诗写得恬淡有味,富有理趣,乃是得陶渊明诗之韵味,而孙蕡之提点也功不可没。

黄哲的诗学主张,也是汉唐兼重。史载他"尝借人《文选》,手抄之,沉玩究竟,遂能作诗,造晋唐奥域"⑤。黄哲因熟读《文选》而学会作诗,所以其诗歌自然是取法汉魏六朝的。此外,他曾游历吴中,集中也颇多模拟六朝吴歌的诗作。如其《乌栖曲》云:"《白苎》吴宫曲,能成哀怨音。"道出了他对汉魏六朝诗歌的审美趣味所在,与孙蕡所说"音韵铿锵,情思凄怆"也颇为一致。黄哲的近体则学唐人,也可能是接受了孙蕡的影响。如《次韵仲衍巫峡秋怀》步孙蕡《巫峡秋怀》之韵,二者风格十分接近,明显受到孙蕡的影响。

赵介"弱冠从黄士文游,授《诗》《书》《易》三经,至子史百家,靡不撷其芳而咀其华"。其读书经历与孙蕡《祭灶文》所述基本一致。赵介曾构"临清轩"为息游之所,又号其集曰《临清集》。"临清",立意取自陶渊明《归去来兮辞》中"登东皋以舒啸,临清流而赋诗"。这与孙蕡和《归去来辞》以写

---

① 梁守中点校:《南园前五先生诗》,第139页。
② 黄佐:《广州人物传》卷一二,《四库全书存目丛书》本,第515页。
③ 梁守中点校:《南园前五先生诗》,第104页。
④ 何藻翔:《岭南诗存》卷五,第12页。
⑤ 黄佐:《广州人物传》卷一二,《四库全书存目丛书》本,第514页。

其情的做法是一致的。孙蕡与《临清轩题壁》云："思君几日不得见,特向城南问隐居。巢鹤不惊流水静,一炉香炷数编书。"①赵介作《听雨》诗,有句云:"南园多酒伴,有约候新晴。"②赵介与南园诗人之间的酬唱,都强调了陶渊明那样的隐居情趣,显示了他们之间诗论的相互影响。陈琏指出:"惟先生韬隐于家,守约处晦,内自足而无所营于外,益得肆力于诗。虽出入汉、魏、盛唐诸大家阃奥,而尤究心《三百篇》之旨。"③可见,赵介"学为词章"的成长路径,也颇接近孙蕡,是南园五先生的共同道路。

　　综上所述,南园五先生的个性和诗风不尽相同,诗学主张也不完全一致,但是他们通过结社与酬唱,交流了诗学理论,调整了创作实践。其中,孙蕡提出的"发舒蕴积"的本质论、明道见性的功能论和"学为词章"的创作论,因其诗社盟主的地位而被普遍接受,从而成为了岭南诗派的核心主张。明末岭南著名诗人薛时亨指出:"生今之世,欲复古圣贤之道,非一手一足之烈,盖必一大贤倡之,而群贤者亦鼓吹应焉。"④道出了诗社盟主对于群体形成的重要作用。南园诗人正是通过大贤倡之与群贤鼓吹,强化了其追迹汉唐的地域诗学传统,因而能够以诗人集群之姿崛起于岭表,成为"岭南诗学"。

第三节　诗派交流与驰声中夏

　　明初,南园五先生除赵介外皆相继入京,他们一方面与各大地域诗派进行广泛交流,以积极的姿态融入全国诗论话语当中;另一方面则通过内部的往来酬唱,不断强调南园的诗论主张,从而使岭南诗派在驰声中夏的同时,得以保留其地域个性。

　　走出岭南的南园诗人首先接触的是活跃在南京的越派诗人。越派诗人多数是明初政治斗争中的风云人物,其佼佼者有刘基、宋濂、汪广洋等。明朝甫立,刘基、宋濂等人在朱元璋的支持下,着手改革元末文风,强调文学为现实政治服务,要求由山林之文转向台阁之文。南园五先生积极地响应了这种号召,其创作实践和诗学主张均有所变化。这一点以孙蕡接受宋濂的影响最为典型。孙蕡进京不久,即撰成《孝经集善》,为宋濂所重,后来又在

①　孙蕡:《西庵集》卷七,《景印文渊阁四库全书》本,第 545 页。
②　梁守中点校:《南园前五先生诗》,第 20 页。
③　黄佐:《广东通志》卷四二,第 1060 页。
④　薛时亨:《蒯猴馆十一草》,《广东丛书》第二集,商务印书馆,1947 年,第 6 页。

宋濂的推荐下,任翰林典籍,与修《洪武正韵》,因而与宋濂联系进一步密切,甚至以师生相称。孙蕡曾多次提到宋濂对自己的教诲。如《赞翰林宋先生诸老》云:"依依野田雀,本在桑榆间。深林荫栖息,卑枝覆羽翰。春风照九垓,阳和德泽宽。翱翔高汉上,乃得随鸳鸾。群公珪璧才,盛世仕明君。出入金门里,百辟同缤纷。显宦极崇高,下顾念斯文。惠然枉礼遇,揣已愧明恩。际会信有时,感激复何言。斐文谢嘉诲,久敬道弥敦。"①来自政治文化边缘区域的孙蕡,其早期之作无非风云月露之形、山川原隰之胜而已,流露的是山林隐逸的情趣,是典型的山林之文;而来到京师、特别是任翰林典籍后,在宋濂的"嘉诲"下,其作品多描写城观宫阙之壮、典章文物之懿、甲兵卒乘之雄、华夷会同之盛,渐染台阁之风。其《赠留隐士中美》云:"王道今清平,有才赞鸿猷。谁令抱孤志,坐恋林与丘。"②《驾游钟山应制》云:"燕赏太平当赋咏,小臣侍从愧非才。"③他由早期所主张的"发舒蕴积",逐渐转向为现实政治歌功颂德。邓球《泳化类编》云:"孙蕡博学善诗,豪逸足追古,为宋潜溪高弟。"④他以孙蕡为宋濂的弟子,可见孙蕡受到宋濂的影响是比较明显的。南园其他诗人也发生了类似的转变。黄哲元至正二十四年度岭入朝,为丞相李善长、参政张昶、汪广洋所荐,任翰林待制,侍太子读书,也留下了一些歌功颂德之作。如《呈张参政昶》云:"班马文章传旧学,夔龙勋业庆新朝。宫花露重金茎赐,御柳风清玉佩摇。江海微生叨近侍,也随丹凤舞萧韶。"⑤王佐洪武六年被征为给事中,亦为文学侍从,也受到越派诗人台阁文风的影响。王佐集中有《应制赐宋承旨马》诗。史载:"学士宋濂尝拜赐黄马。上为歌,命诸词臣和之。佐斯须而就,清新富赡,如宿构者,有'臣骑黄马当赤心'之句。上览之而喜。"⑥郭棐《粤大记》指出:"入我皇明,道化醇邕,人文宣朗,时则有孙蕡、黄哲、王佐、李德、赵介,结社南园,掞华振藻,时称五先生,与吴中四杰并蜚声寓内。或赋怀灵荃,或赓歌黄马,或和钟山两诗,均为当宁鉴赏,辉辉乎一代之黼藻也。"⑦南园五先生向越派诗人靠拢,以诗歌反映现实政治,使他们得以迅速融入了明初文坛的主流。不过,南园五先生并没有全盘接受越派诗人的主张。以担任文学侍从的时间来看,南园五先生对台阁文学的介入是有限的。他们在翰林院时间都较短、官职又

① 孙蕡:《西庵集》卷一,《景印文渊阁四库全书》本,第478页。

② 孙蕡:《西庵集》卷一,《景印文渊阁四库全书》本,第475页。

③ 孙蕡:《西庵集》卷五,《景印文渊阁四库全书》本,第525页。

④ 陈田:《明诗纪事》甲签卷九,第199页。

⑤ 梁守中点校:《南园前五先生诗》,第148页。

⑥ 黄佐:《广州人物传》卷一二,《四库全书存目丛书》本,第514页。

⑦ 郭棐:《粤大记》卷二四,《日本藏中国罕见地方志丛刊》本,第482页。

低,因而也就没有在明初的台阁文学中发挥较大的作用。从岭南地域诗派的角度看,这种介入不深使他们一旦离开中央文苑,就很快恢复到原来"追迹汉唐"的诗学路线,得以保留其地域诗论的特色。

南园五先生与吴中诗派亦有交往,其论诗主张颇有一致之处。如"吴中四杰"之徐贲与王佐交流颇为频繁,其《题王彦举听雨轩》描写王佐听雨轩景致及听雨情景:"高竹覆南荣,寒蕉满前渚。萧闲此中意,适对清秋雨。疏当帘外飘,密向窗前聚。声闻俱两忘,悠然坐无语。"①岭南诗人与吴中诗派的唱酬,主要表现在才情和才性的相互欣赏上,也可能也与他们的个人经历和文化背景相关。孙蕡晚年曾任苏州经历,与吴中文人交往很多,受吴中文化浸染,黄哲也因早年游历吴越,故而雅爱吴声,二人作品中多有模拟吴歌之作。黄佐《明音类选》云:"吴下四杰,岭南五先生,大家辈出,莫不比兴成音,其深于诗者乎?"②道出了南园五先生与吴中四杰在艺术上的一致之处。吴中诗派和岭南诗派一样,创作大体以明洪武元年(1368)为界,呈现出两种风格,前期主要表现为任情自适,张扬个性,后期则主要表现为沉郁浑雅,发忧患之音。吴中派在诗论方面提倡师法汉、魏、晋、唐,主张兼师众长,恢复古典的雅正。高启在其《独庵集序》中云:"诗之要三,曰格,曰意,曰趣而已。格以辨其体,意以达其情,趣以臻其妙也。体不辨则入于邪陋,而师古之义乖;情不达则堕于浮虚,而感人之实浅;妙不臻则流于凡近,而超俗之风微。三者既得而后典雅、冲淡、豪俊、秾缛、幽婉、奇险之辞,变化不一,随所宜而赋焉。……夫自汉魏晋唐而降,杜甫氏之外,诸作者各以所长名家,而不能相兼也。学者誉此诋彼,各师所嗜。譬犹行者埋轮一乡,而欲观九州之大,必无至矣。盖尝论之,渊明之善旷,而不可以颂朝廷之光;长吉之工奇,而不足以咏丘园之致,皆未得为全也。故必兼师众长,随事摹拟,待其时至心融,浑然自成,始可以名大方,而免夫偏执之弊矣。"③这与孙蕡发舒蕴积、追踪汉唐的诗学主张基本一致。后世颇喜将孙蕡和高启相比较,如汤先甲云:"西庵与季迪,先后俱以能诗受知太祖,其一生际遇大约相同。季迪作《郡守魏观上梁文》被诛,西庵为蓝玉题画受祸,何其似也。季迪曾任侍郎,西庵虽官禁近,仅为典籍,其爵秩去季迪远甚,又子姓久绝,著述亦多散佚,则天之阨西庵更酷耳。虽然,人固有幸不幸,而身后之名则不因官阶之崇卑、境遇之顺逆而有显晦。今去明初已四百年无论,季迪之诗已家弦

① 钱谦益:《列朝诗集》甲集第十,第1323页。
② 陈田:《明诗纪事》甲签卷九,第198页。
③ 高启著,金檀辑注,徐澄宇、沈北宗校点:《凫藻集》卷二,《高青丘集》,上海古籍出版社,1985年,第885页。

户诵。开西庵遗集,学士亦奉为珙璧,论者推为岭南明诗之首,则西庵真不朽矣。"①吴、粤派诗人的人生态度和诗风、诗学主张的接近,还与吴、粤之地经济和商业的繁荣,吴、粤才子形成了异于其他地区的生活理念和方式有关。他们放浪不羁、风流自赏,追逐享乐,追求现实人生的价值,他们多才多艺,多能兼诗、书、画。吴、粤两地文人追求个性的生活态度和追宗汉唐的诗风,均对明代的反复古文学有一定的启发意义,所以王夫之称"仲衍、季迪,开代两大手笔,凌宋争唐,不相为下也"②。不过,吴地诗人在明代中后期不断调整吴中诗派的主张,一些吴地作家(如徐祯卿、王世贞)受拟古思潮影响,成为了前后七子的代表性作家,走上了"文必秦汉,诗必盛唐"的拟古之路;而岭南诗派则一直坚持着自身抒情和复古相结合的传统,因而没有坠入拟古之途。朱彝尊《丁武选诗集序》曾指出:"当是时吴有北郭十子、粤有南园五先生,名誉实相颉颃。其后吴中之诗屡变,而闽粤独未之改。梁公实名列七子,诗犹循南园遗调。"③

岭南诗人与江西诗派也有交流。洪武三年,孙蕡参加乡试,为江西派诗人陈谟所取。朱彝尊《明诗综》卷一六"陈谟"条曰:"洪武庚戌曾校文广东,则孙仲衍乃其所取士矣。"④陈谟还曾品读不少南园诗人的作品,其《书柳主簿番禺卷后》称南园诗人赵讷七言古体"佳致可诵"⑤。孙蕡还与江西诗派代表人物刘崧颇有交往。孙蕡曾与刘崧共事,相交甚笃,孙蕡有《怀刘宪副子高》:"星酒兵曹老戟方,蒋陵花柳纵清狂。雨晴振佩还西掖,日宴鸣镳出未央。朝散锦袍香拂拂,吟成诗句玉琅琅。燕台此去西风冷,谁伴吹箫引凤凰。"⑥刘崧和孙蕡同年入朝,性格和才情均较接近,故有频繁的诗酒唱和与诗学交流。江西诗派标榜唐音,但对他们影响最深的是元代乡先贤虞集、范梈、揭傒斯等。刘崧《槎翁诗选》序言:"年十六得临川虞翰林、清江范太史诗诵之,昼夜不废,益求汉魏而下、盛唐以来号为大家者,究其意之所在,知成乐必本于众钧,故未尝执一器以求八音之备……"⑦刘崧诗学汉唐的主张,与孙蕡汉唐兼重的诗学主张基本一致。南园诗人中亦颇有诗风接近江西诗派者。如王佐诗歌,被评为"古风、歌行,伯仲高、岑之间;律绝则方驾虞、揭。"⑧显然,他们诗风的接近,缘于取法路径的一致。不过,江西诗派的未来发展与岭

---

① 郭汝诚修,冯奉初等纂:《顺德县志》卷一八,第1630页。
② 王夫之著,陈新校点:《明诗评选》卷一,第17页。
③ 朱彝尊:《曝书亭集》卷一五,《景印文渊阁四库全书》本,第73—74页。
④ 朱彝尊:《明诗综》卷一六,《景印文渊阁四库全书》本,第487页。
⑤ 陈谟:《海桑集》卷九,《景印文渊阁四库全书》本,第699页。
⑥ 孙蕡:《西庵集》卷八,《北京图书馆古籍珍本丛刊》本,第60页。
⑦ 刘崧撰:《槎翁文集》卷一〇,《景印文渊阁四库全书》本,台湾商务印书馆,1986年。
⑧ 黄佐:《广东通志》卷四二,第1060页。

南诗派并不相同。江西诗派刘崧等"以其纯厚廉慎的素质,深得朱元璋喜爱,在政治上表现出强有力的后劲,加上其典正和平的文学特质契合了明初盛国气象的需要,后继数帝亦对江右文人恩宠有加。君臣相契相得,推波助澜,使典正和平的文风代表了这个时代,进而发展成笼盖文坛的馆阁文学"①。而岭南诗派则由于个性疏狂,他们的发舒蕴藉之诗,难以得到统治者的青睐,只是在远离政治中心的岭南一隅发展成为绵延六百年的地域诗歌流派。

　　岭南诗派与闽中诗派缺少直接交往的证据。其中林弼曾任吏部主事,估计与王佐有过直接交往。其《题听雨轩图》云:"山窗酒醒梦魂清,竹外松边点点鸣。蒲涧寺前千尺瀑,都随黄叶作秋声。"②此诗表达了对于王佐审美趣味的认同。事实上,岭南诗派的诗歌审美趣味与闽中诗派相当接近。首先,岭南诗派和闽中诗派都宗唐。孙蕡在对唐诗进行分类的基础上集唐人诗句而成的《集古律诗》,意在帮助"初学诗者"了解"诗之格律"和"音响节奏",这与闽派诗人高棅把《唐诗品汇》作为学唐诗者之门径是十分接近的。不过略有不同的是,闽中诗派独钟盛唐之诗。如王偁引用高棅言论指出:"诗自三百篇以降,汉魏质过于文,六朝华浮于实。得二者之中,备风人之体,惟唐诗为然。然以世次不同,故其所作亦异,初唐声律未纯,晚唐气习卑下,卓卓乎其可尚者,又惟盛唐为然。"③而岭南诗派则是汉唐并举,古体学汉魏,近体效三唐。因此他们的诗歌比闽中诗人多一些"古格"。因此,四库馆臣论孙蕡诗风云:"蕡当元季绮靡之余,其诗独卓然有古格,虽神骨隽异不及高启,而要非林鸿诸人所及。"④从学习的目的来看,闽诗人学唐以格调取胜,是为了学习盛唐诗歌,为明朝鸣一代之盛,所以作品内容比较贫乏,他们把歌功颂德的谀词看成盛世之音;在艺术上则对初唐、盛唐应制之制在意境、音调、辞藻上亦步亦趋刻意模仿。而岭南诗派宗法盛唐,以才情取胜,目的是为了"发舒蕴藉",所以多抒发个人仕途感慨的江湖之文。从对明代文学的影响来看,闽中诗人以声律格调推尊盛唐的诗学理论,直接开启了明中期前后七子的复古思想,导致"终明之世,馆阁以此为宗。厥后李梦阳、何景明摹拟盛唐,名为崛起,其胚胎实兆于此"⑤。岭南诗人虽然也主张复古,但不专注于一时一体,也不拘泥于音调辞藻,尽管也写过一些应制应景之作,

①　饶龙隼:《明初诗文的走向》,《江西师范大学学报》,2001 年第 5 期。
②　林弼:《林登州集》卷七,《景印文渊阁四库全书》第 1227 册,台湾商务印书馆,1986 年,第 67 页。
③　王偁:《唐诗品汇序》,高棅《唐诗品汇》,上海古籍出版社,1988 年,第 4 页。
④　永瑢等:《四库全书总目·西庵集提要》,中华书局影印本,1965 年,第 1473 页。
⑤　永瑢等:《四库全书总目·唐诗品汇提要》,中华书局影印本,1965 年,第 1713 页。

但最主要的还是抒发性情的作品。屈大均引区启图的话评论岭南诗人和主流诗坛的差别时说："国朝之文章,自北地以还,历下继之,盛于嘉隆而即衰于嘉隆。其病在夸大而不本之性情,率意独创而不师古,遂使唐、宋、昭代畛分为三,声气之元,江河不返。"他认为区启图"能承家学,与李烟客、罗季作、欧子建、邝湛若四五公者唱和,其雄才绝力,皆可以开辟成一家,而兢兢先正典型,弗敢陨越。所著悉温厚和平,光明丽则,绝不为新声野体、淫邪佻荡之音,以与天下俱变,是皆岭南之哲匠也"①。如果说,闽中诗派通过复古而模拟,融入了当时的主流诗坛;那么,粤地诗人则是通过坚守将复古与诗本性情相结合的做法,所以区别于主流诗坛,形成了岭南独特的地域传统。不过,"孙蕡宗法盛唐而又以才情取胜的诗歌创作与林鸿宗法盛唐而以格调取胜的诗歌创作,有相互补充、相互推动的作用,从不同的方面为高棅的诗歌批评(以《唐诗品汇》为代表),奠定了创作基础"②。从对各自地域诗派的影响来看,二者的影响比较一致。汪端《明三十家诗选》指出:"仲衍、子羽诗,皆以盛唐为轨,仲衍以才情胜,子羽以风格胜。拟之司空《诗品》,仲衍如月明华屋、画桥碧阴,子羽如明漪见底、奇花初胎。虽无巨刃摩天、鲸鱼闹海之概,然春容大雅,视率易粗犷貌为杜韩者,有上下床之分矣。迨至隆万启祯,剽窃盛行、旁流杂出之时,粤则有瓯海目、邝湛若、陈元孝、屈华夫等,闽则有徐惟和、〔徐〕兴公、曹石仓、谢在杭等,皆卓然名家,可谓承嘉之末,复闻正始之音。朱竹垞言明诗凡数变,独粤、闽风气始终不易,则二人开创之功不可没也。"③孙蕡和林鸿作为各自地域诗派的开创者,其诗歌理论和诗学路径为地域后学所遵循,遂发展了各自精彩的地域诗派。

　　南园五先生入京后,不仅积极寻找与其他地域诗派的诗学共同点进行交流与对话,其内部之间的诗学交流也未曾停止。南园五先生在朝担任文学侍从的时间都不长,不久即或辗转各地为官,或退返岭南,在辛苦遭逢中体会到了现实政治的无情,其诗歌从歌功颂德回到了个人情性,因此留下了一批反映个人现实遭际的作品。不仅如此,走出岭南的南园诗人,仍然坚持以往来寄赠的方式,维系着岭南文人内部的诗学交流,所以岭南诗论的核心仍然得到了坚持。如孙蕡与王佐入朝后的酬唱,无一首不提及南园,不遗余力强调南园诗论主张。如孙蕡《南园歌赠王给事彦举》,是他们在"年华随水逝,事业与心违"等情况下的忆旧之作,强调了他们仿效唐人(李白)的作

---

①　屈大均:《广东新语》,第356—357页。
②　陈书录:《明代诗文创作与理论批评的演变》,凤凰出版社,2013年,第101页。
③　汪端:《明三十家诗选》二集卷三下,清同治癸酉蕴兰吟馆重刊本。

风与诗风的生活与创作情况。而黄哲《喜故人孙仲衍归》云:"十年东去入皇都,词赋争夸楚大夫。疏散又辞金马籍,佯狂须觅步兵厨。花开上苑啼鹦鹉,草绿南园泣鹧鸪。惟爱碧山吟卷在,夜随明月照蓬壶。"①既为孙蕡坎坷命运"发舒蕴积",又道出了孙蕡诗歌的"魏晋风",并以南园诗社为号召。上述酬唱,在实践和理论上,均强调凸显了南园诗人"发舒蕴积"以及"学为词章"的诗论主张,强化了岭南诗人的特色,也扩大了岭南诗人整体影响。

岭南诗派"发舒蕴积"以及追迹汉唐的诗论,带有鲜明的岭南地域特色,也一定程度顺应了我国古典诗歌批评发展的大势。朱彝尊曰:"明三百年诗凡屡变。洪、永诸家称极盛,微嫌尚沿元习。迨'宣德十子'一变而为晚唐,成化诸公再变而为宋,弘、正间,三变而为盛唐,嘉靖初,八才子四变而为初唐,皇甫兄弟五变而为中唐,至七才子已六变矣。久之公安七变而为杨、陆,所趋卑下,竟陵八变而枯槁幽冥,风雅扫地矣。独闽、粤风气,始终不易,闽自十才子后,惟少谷小变,而高、傅之外,寥寥寡和。若曹能始、谢在杭、徐惟和辈,犹然十才子调也。粤自五先生后,惟兰汀小变.而欧桢伯、黎维敬、区用孺辈,犹是五先生之调也。"②"五先生之调",即指五先生诗歌追踪汉唐所形成的风貌。朱氏之言,道出了岭南地域诗派之所以在有明三百年诗歌嬗递中自成一派,关键就在于其独具特色的地域诗学传统得到了有效传承。从我国古典诗歌的发展大势来看,南宋后期,诗论家严羽提出"以汉魏晋盛唐为师"③,嗣后"元人多学唐调"④,一直延续到明初。南园五先生诗宗的诗学主张可以说是承元末余绪,也可以说是明初共识。南园诗人自觉顺应了这一大势,在广泛继承的基础上,通过内部的诗学交流凝练了其主张,又通过与岭外其他诗派的交流强化了自身特色,终于实现了崛起岭表、驰声中夏。故陈田云:"有明诗流,吴下擅于青丘,越中倡于犁眉,八闽工于膳部,东粤盛于西庵,西江妙于子高,各有轨辙,不相沿袭。"⑤

第四节 南园诗学的代际传承

一个地域文人集群的诗论主张,能否发展成一个地域性的诗学传统,除

---

① 梁守中点校:《南园前五先生诗》,第155页。
② 朱彝尊:《静志居诗话》,第636—637页。
③ 严羽撰,郭绍虞校释:《沧浪诗话校释》,人民文学出版社,1998年,第1页。
④ 钱钟书:《谈艺录》,中华书局,1984年,第95页。
⑤ 陈田:《明诗纪事》戊签序,第1395页。

了取决于当代的文学交流外，还取决于能否实现代际传播。否则有源而无流，无法发展为地域诗学传统。

南园诗人首先以家族传承来实现代际传播。黄哲之子，字德舆，辑黄哲诗文十余卷，行于世。李德之子孚，字底信，亦能诗。赵介最善于教子，其诗学主要在家族内部传播。他在临清轩旁辟一室，集诸子诸生，教其读书作诗，勉其成立。其四子皆善诗文，有文名。次子赵绚，字怀璨，筑思训斋，佩父亲临终所诫格言，终身不忘。赵绚还请当时著名文人黎贞为父亲撰写《临清先生行状》、为父亲编订文集，并请陈琏撰写《临清集序》，传播父亲的文学。除此之外，赵绚还积极传承南园五先生的道德文章。他曾为孙蕡作传，称其"究天人性命之理、濂洛关闽之学，为岭表儒宗。官虽不甚显，而所至有声，出处穷达夷险一致"①。王佐逝世五十年后，遗稿散落，百不存一。赵绚为王佐编定了《听雨轩集》二卷。赵绚称："仆童龀时，获睹先生仪表，心窃慕之。既长且壮，尤乐诵先生之诗。而质性塞钝，极力肆意，终莫能窥其藩篱。今老之至矣，苟不能掇拾遗墨，成先生一家之言，俾与孙黄诸公并传而不泯，则岂古人尚贤之意也哉。"②因此他逐一收拾王佐遗文，编订成集。上述事实，充分说明了南园五先生的行谊风流对后代的影响。这种代际传承甚至传到了第五代。康熙《从化县志·人物志》载："赵鹤随，字颐素，水东人。其先赠监察御史介，博学能诗，洪武间与孙蕡、黄哲辈结社南园，称五先生。介五传至鹤随，颖悟善记，补番禺诸生。"③由此可见，南园五先生子嗣后辈对于他们的诗集和事迹的传播和推广，发挥了十分重要的作用。

师门传唱，较之家族传承，突破了血缘的限制，因而是南园诗人代际传播的更为重要的方式。南园五先生中孙蕡、黄哲都先后担任地方教谕，培养了一批学生和追随者，因而其诗歌传播突破了血缘的限制，在更大的范围内传播。黎贞，字彦晦，新会人。性坦荡不羁，乐以酒自放，故号陶陶生。晚更号秫坡，学者称之曰秫坡先生。少从孙蕡游，故学所成就，非一时流辈所及。发而为诗文，滔滔自胸中写出，无斧凿痕。洪武初举邑训导，不就，坐事戍辽东，寻放归。著有《秫坡集》《古今一览》《家礼举要》④。洪武三年，孙蕡游峡山寺作《峡山寺》诗，黎贞有同题次韵之作。可证黎贞当随孙蕡参加过南园第二次结社。后来孙蕡流放辽东，黎贞正好也被流放到那里，二人也颇多赠答之作，黎贞有《观猎西苑呈西菴孙先生》《从西菴孙先生出使高丽》《沙

---

①　黄佐：《广州人物传》卷一二，《四库全书存目丛书》本，第 513 页。
②　黄佐：《广东通志》卷四二，第 1060 页。
③　郭遇熙等纂：康熙《从化县新志》卷三，《故宫珍本丛刊》第 167 册，第 302 页。
④　黄佐：《广州人物传》卷一三，《四库全书存目丛书》本，第 515—516 页。

门渡海吟》与孙蕡酬唱。孙蕡被杀,黎贞抱持其尸,以衣里之,殡殓如礼,奉
枢葬于安山之阳,作《哭西庵孙先生前翰林典籍吏科孙给事》追悼,读者莫不
堕泪。后来,黎贞还收集孙蕡遗文,整理而成选本《西庵集》,这应该是最早
的孙蕡诗集。四库馆臣称:"贞少从孙蕡学诗,蕡集即其所编次,虽所造未
深,而风格尚为遒上。"①黎贞与南园五先生之赵介之子赵绚友善,曾应邀为
赵介撰写行状,表彰其德行与文学。黎贞与王佐、黄哲也有交往。洪武八年
秋,黎贞自京师辞官归,王佐、黄哲分别作《金陵赠别诗送彦晦先生南归》②。
总之,作为南园弟子,黎贞对南园诗人的推介是不遗余力的。

　　周尚文,香山人,初游邑庠,以颖俊选入郡学。时翰林待制黄哲解官家
食,尚文从游,读书番山,清苦该博,哲称重之。洪武甲子领解额第一,乙丑
登进士③。黄哲曾有《折桂歌赠周尚文会试》:"番山亭亭读书屋,萧森古桂
屯云绿。可怜芳树着秋花,西风吹吐黄金粟。周郎今年二十余,筑屋花边勤
读书。古诗研磨正风雅,志节矫矫非凡儒。秋来折得亭前桂,攘袂先趋棘闱
试。襕袍真带广寒香,名冠群英三十二。持书好去登春闱,朝天拜舞生光
辉。洪恩更许南归省,载酒花间荣绣衣。"④在黄哲的精心栽培下,周尚文被
称为"诗文皆妙悟有法,以韩柳李杜为宗,一时才子也"。不仅如此,周尚文
家族的文学,也颇有传承,"其孙慈坚,读书儒雅,有祖风致,社中士子多师
之"⑤。黄裳,字迪吉,番禺人,少从南园诗人李翔游。明经学,善文词。洪
武二十六年癸酉乡贡进士,卒业大学,永乐初授福建政和知县,后历任礼部
主事、郎中,刑部郎中。有学识,多所著述,按,李翔与南园五先生之赵介、黄
哲友善,曾参与南园诗社,黄裳既然从李翔游,因此可视为南园后学,其诗当
受到南园诗社的影响。郭棐指出:"时承南园诗社之后,广人多工诗,〔黄
裳〕尝与周断事溥敬、曾知县惟忠、儒士潘蕃、胡悌、梁粲、黎本宁、杨肇所皆
有名于时。继之者则赵不易、何潜辈也。东莞时有凤岗诗社,则陈靖吉、何
潜渊、罗泰为之宗,皆志欲追唐而力不逮,其流甚靡。后江门诗法既传,始翕
然徒之,为白沙诗教云。"⑥黄裳朋友圈中的一些人,与南园诗人有直接或间
接的联系。潘蕃,字景翔,南海人,也明显受到黄哲的影响。其《读雪篷集》
回顾黄哲生平,称赞其杰出才华和忠心报国、勤政为民的品质及其在岭南文

①　永瑢等:《四库全书总目·林坡诗稿提要》,中华书局影印本,1965年,第1550页。
②　黎贞:《重刻林坡先生文集》附录,《四库全书存目丛书》本,第521页。
③　郭棐:《粤大记》卷二四,《日本藏中国罕见地方志丛刊》本,第470页。
④　邓迁修,黄佐纂:《香山县志》卷七,明嘉靖二十七年刻本。
⑤　郭棐:《粤大记》卷二四,《日本藏中国罕见地方志丛刊》本,第470页。
⑥　郭棐:《粤大记》卷二三,《日本藏中国罕见地方志丛刊》本,第449—450页。

学史上的地位:"弟子谁为宋玉招,故人独有山公在。愁来翘首怅东津,海水潺潺海上昏。惟有白云山万叠,百年从此忆清尘。"①可见,他们确实以南园后学自命。南园诗社的影响,甚至通过后学的师友酬唱,实现了跨地域的传播。如时任广州府学训导的东莞人陈靖吉,也在训士之瑕,与上述诗人群"相唱和",而陈靖吉所宗主的东莞凤台诗社,与南园诗社"相望而兴"。李义壮《凤台诗社图序》:"余学诗时,则闻天顺初,吾广有南园诗社、东莞凤台相望而兴,时则陈靖吉辈为之宗。"②

甚至,白沙诗教也与南园诗人有一定的渊源关系。白沙诗教的创立者陈献章,为孙蕡弟子黎贞的再传弟子。陈献章之师梁继灏,为黎贞弟子。梁继灏字行素,号澹斋,新会人,博学有行谊,有《澹斋集》十卷。尝以书授生徒,其弟子知名者有鲁能、吴韬、邝慈,但最著名的是陈白沙。陈白沙说:"吾邑以文行教后进百余年,秫坡一人而已。余生也晚,不及秫坡之门。及长而与澹斋之子益游,始拜澹斋。澹斋诲余以秫坡之事缕缕,此岂一日忘其师者耶。当时在秫坡之门者不少,独澹斋传其学,教授罗山之下,使弟子有所矜式焉。"③由此可见,陈白沙可视为黎贞的再传弟子,在《陈献章集》中有众多诗文提及黎贞,而黎贞的道学思想中有关"道"、"理"、"气"等等的阐述被其接受并发挥,从而使陈献章思想从道学基础上向心学转化④,从而形成了所谓"白沙诗教"。屈大均曾指出:"粤人以诗为诗自曲江始,以道为诗自白沙始。白沙之言曰:'诗之工,诗之衰也。率吾情盎然出之,匹夫匹妇胸中自有全经,此风雅之渊源也。彼用之而小,此用之而大,存乎人。天道不言,四时行,百物生,焉往而非诗之妙用。'此白沙诗之教也。"⑤屈氏未来得及揭示的是:白沙诗教来自黎贞,黎贞诗学又得之于被称为"究天人性命之理、濂洛关闽之学,为岭表儒宗"⑥的孙蕡。

综上所述,南园诗人不仅有明确的诗学理论,而且通过大贤倡导、地域交流和代际传承形成了有岭南地域特色的诗学传统。

---

① 钱谦益:《列朝诗集》甲集第二一,第 2102 页。
② 陈伯陶:《东莞县志》卷三八,《中国方志丛书》第 52 号,成文出版社,1967 年,第 1258 页。
③ 郭棐:《粤大记》卷二三,《日本藏中国罕见地方志丛刊》本,第 454 页。
④ 王颐、倪尚明:《论陈献章与黎贞的思想渊源》,《湖南农业大学学报》(社会科学版),2006 年第 2 期。
⑤ 屈大均:《广东新语》卷一二,第 358 页。
⑥ 黄佐:《广州人物传》卷一二,《四库全书存目丛书》本,第 513 页。

第七章 南园记忆与岭南诗派传承

南园五先生之所以能够开创岭南诗派,一则是因为他们紧扣岭南自然和人文特点的地域书写,一则是因为他们在诗歌审美上继承和发展的岭南地域诗学传统。此外,南园及南园诗学得到了有效的地域传承和代际传播,形成了不断叠合的文学与文化记忆,也是岭南诗派得以成立的原因之一。明清以来,南园这一深具历史人文底蕴的文学空间,不仅仅是五先生的结社唱和的文学空间,也是后世岭南文人结社和追怀南园五先生的"记忆之场"①。从明中叶的"南园后五先生",到明末清初的"南园十二子",直至晚清近代"南园近五子"和当代的"南园今五子",皆以南园风雅为依归,南园成为岭南"六百年文人总会"。而南园后学对南园的修葺、对南园五先生的祭祀,对结社传统的传承,对五先生诗集的刊刻,在创作上对南园五先生的崇奉和模仿,在批评上对岭南文学地域特征的强调,历时性建构了岭南的地方诗学传统,岭南诗派因此而得到了不绝如缕的传承。

第一节 作为记忆之场的南园

明清以来,南园成为了岭南文人结社的胜地,五先生成为了岭南文学的标杆,南园诗社发展成为了广东影响最大的诗社。明代万历中赵志皋《浮丘社记》云:"余惟粤中自国初五先生富才情,畅吟咏,结社南园。风起人士,好为古诗歌文词。又多倜傥自许,玩时抚景,辄唱和以陶写其意。荐绅先生解组归田,类不问生计,惟赋诗修岁时之会。洋洋篇咏,遍溢里中。社于斯以续南园遗事,固宜。"②南园结社,无疑促进了广州文人好结

---

① [法]皮埃尔·诺拉主编,黄艳红等译:《记忆之场:法国国民意识的文化社会史》,南京大学出版社,2015年版。
② 郭棐编撰,王元林校注:《岭海名胜记校注》卷六,第185页。按校注本标点似有误,笔者径改之。

社传统的形成①。其中,结社发生在南园的主要有明中叶的"南园后五先生"、明晚期的"南园十二子"、道光年间的学海堂人抗风轩雅集、清末丘逢甲的南园诗钟会、梁鼎芬等人组成的"南园近五子"。民国时期则有结社地址不在南园、但自觉继承南园余绪的"南园今五子"和"南园新五子"。

　　"南园后五先生"。约嘉靖二十年(1541)②,欧大任、梁有誉、黎惟敬、吴兰皋、李时行五位岭南诗人,结社南园故址,人称"南园后五先生"。欧大任《五怀》序云:"孙蕡、王佐、黄哲、李德、赵介,岭南五先生也。国初结社南园,去今二百年矣。社已废而园故在,荒竹滤池,半掩蓬藋,其行谊风流,犹可想见。俯仰异日,爰怀五章。"③其《五怀诗》逐一概述南园五先生的生平,评述了他们各自的诗歌成就和艺术特点,表达了对他们的追思和赞扬。南园和五先生的行谊风流,是一种"往日景观"。这种"往日景观","反映与建构了人们工作与生活于其中并加以创造、经历与表现的社会。但就其留存至今而言,往日景观作为文化记忆与特性的组成部分之一,具有延续的意义"④。缘此,欧大任等人不仅选择南园作为重复使用的结社空间,追忆并模仿南园五先生的行谊风流,而且自觉继承南园前五先生的诗学传统,以延续文学记忆和发展文化传统。本来,欧大任和南园五先生并无师承关系,但他却大费周章地寻找自己与南园五先生的某种联系。欧大任《潘光禄集序》指出:"余友潘生少承诗最有名。嘉靖中,少承与余同受学于泰泉先生,而习于黎梁诸生者久。……明兴,天造草昧,五岭以南孙蕡、黄哲、王佐、赵介、李德五先生起,轶视吴中四杰远甚。百余年来,经术贵而声诗诎。……泰泉先生崛出南海,其持汉家三尺以号令魏晋六朝,而指挥开元、大历,变椎结为章甫,辟荒薉秽于炎徼,功岂在陆贾、终军下也。即少承之诗,得于先生为多,屹乎东南以垒。"⑤潘光禄与欧大任均以黄佐为师。黄佐虽然没有直接承教于南园五先生,但他为南园五先生撰写传记、收集他们的别集,并以孙蕡诗教弟子欧大任、黎惟敬、梁有誉等人。欧大任认为潘光禄之诗,直接得之于黄佐,因而也受到了南园前五先生的间接影响。叶春及《栎园集序》云:"吾粤诗本孙典籍,子朋其传也。子朋尊人光禄公,师黄宫尹。与典籍同时四

---

① 有关广州和广东诗社的情况,可参陈永正《广州历代诗社考略》(《羊城今古》,1998 年第 6 期)和李绪柏《明清广东的诗社》(《广东社会科学》,2000 年第 3 期)。
② 李艳:《明代岭南文人结社研究》,西南大学 2014 年硕士论文,第 40 页。
③ 欧大任:《欧虞部集·蓬园集》卷二,《北京图书馆古籍珍本丛刊》本,第 567 页。
④ [英]阿兰·R.H.贝克著,阚维民译:《地理学与历史学——跨越楚河汉界》,商务印书馆 2008 年,第 150—151 页。
⑤ 欧大任:《欧虞部文集》卷六,《北京图书馆古籍珍本丛刊》本,第 643—644 页。

公,宫尹后而师之,以其诗教粤中上足弟子。黎秘书、梁比部、欧虞部,皆与
光禄同门。子朋以父执故,从秘书游,而尤尊事虞部。虞部、比部、典籍,皆
子朋同县,源流可迹,有传而又能作,岂不盛哉。"①子朋,即潘子朋,著有《栎
园集》,为潘光禄之子。黄宫尹即黄佐。叶春及的论述,明确指出黄佐诗师
法南园前五先生,并将欧大任所论诗学传承关系进一步扩展到了明中叶岭
南文人群体,勾勒了"吾粤"诗学传承路线:即南园五子—黄佐—南园后五先
生(加上潘光禄)—潘子朋。应当指出的是,南园前五先生和黄佐没有直接
师承的关系。所以,欧大任、叶春及列出的传承谱系不是历史本身,而只是
对历史的选择性的文学记忆,而这种记忆之所以成立,是因为南园的存在。
朱彝尊云:"岭表自南园五先生后,风雅中坠,文裕力为起衰。如黎维敬、梁
公实辈,皆其弟子。嘉靖中,南园后五先生二子与焉。盖岭南诗派,文裕实
为领袖,不可泯也。"②罗云山《梁比部兰汀集列传》载:"为诸生时,师事黄
佐,结社南园,故与欧桢伯辈称后五子。"③其《吴归州兰皋集列传》:"吴旦,
字而待,号兰皋,南海沙头人。……为诸生时,师事黄泰泉先生,与欧大任辈
结社南园。"④《静志居诗话》卷一二云:"李时行,字少偕,番禺人。……罢官
归里,与梁公实、黎维敬、欧桢伯、吴兰皋结社,称'南园后五先生'。"⑤《南园
后五子姓氏》也云:"越嘉靖年间,复有欧虞部大任、梁比部有誉、黎秘书民
表、李驾部时行、吴归州旦踵前五子之后,复开抗风轩,以振南园之风雅,称
为'后五子'。"⑥显然,南园后五先生通过重复使用南园这一"往日景观"而
建构的文学记忆,得到了普遍的认同。此外,南园后五先生还模仿南园诗
社,经常开展群体书写活动。如欧大任《仲冬朔日修复山中旧社,得"寒"
字》《秋夜山楼对月,与黎惟敬、梁思伯诸君同赋》《喜梁、李二山人入社》,黎
惟敬《约卿宅同桢伯咏荷花,得"吟"字》,李时行《喜刘德夫携侄用明如社》,
都是当年诗社活动的产物。如梁有誉登进士第后,奸臣严嵩父子闻其才名,
欲罗致门下,有誉不屑与之多往,"谢病归,扃门吟哦,罕通宾客。修复粤山
旧社,招邀故人,相与发愤千古之事。作《咏怀》十五,诗社中人自以为不及
也"⑦。李时行有《咏怀五首》《感咏二十首》,叹古伤今,应该就是和梁有誉

---

① 叶春及:《石洞集》卷一四,《景印文渊阁四库全书》第 1286 册,台湾商务印书馆 1986 年,第
  679 页。
② 朱彝尊:《静志居诗话》卷一一,第 297 页。
③ 罗云山:《广东文献》第二册,江苏广陵古籍刻印社,1994 年,第 1166 页。
④ 罗云山:《广东文献》第二册,第 1245 页。
⑤ 朱彝尊:《静志居诗话》卷一二,第 353 页。
⑥ 罗云山:《广东文献》第二册,第 1129—1130 页。
⑦ 陈田:《明诗纪事》乙签卷二,第 1902 页。

的同题唱和之作。黎民表《修复山中旧社》:"寥落空山里,当时结社莲。吟尊移竹外,钓舫落池边。草奏三千牍,追游十八贤。云泥怜鹊举,岁月隔鸾笺。猿鹤看交态,烟霞怆结缘。树犹江总宅,耕是汶阳田。往事成陈迹,今吾岂故年。还怜稽吕驾,同在夜灯前。"①"草奏",用的是孙蕡为何真草拟降表的典故,此处借以描绘诗社重开的景象。除此之外,后五先生尚有多次在其他地方的结社。如梁有誉在京师与王世贞、李攀龙、谢榛等结有六子社②。与"黎民表、欧大任诸人结诗社"于"光孝寺西廊",命曰"诃林净社"③。黎民表"居清泉山中,开社,日与弟民衷、民怀,友人吴旦、梁有誉、欧大任、梁孜倡和其间。明自孙蕡五人以来,岭南诗学复振,与有力也"④。另外,李时行曾结小云林诗社,欧大任曾与陈于网、苏叔大等人结社诃林,黎民表还曾参与海西社、龙池社等⑤。显然,和元末明初的南园诗社一样,以南园旧社为中心,明嘉靖年间形成了一个岭南文人集群,而欧大任等五人成就较大,因此后人以"南园后五先生"名号称之。这一名号的取得,与南园五先生的名号,形成了一条前后相接的传播链,有利于岭南地域文人形象的集体传播。乾隆二十八年(1763),粤人请求地方政府同意以后五先生附祀抗风轩南园五先祠,合称"南园前后五先生祠"。至此,南园五先生发展成为了十先生。清人檀萃曰:"岭南称诗,曲江而后莫盛于南园。南园前后十先生,而后五先生尤为盛。……如海外五峰,桀礴端峙于烟霏雾冥中,昂然有与君代兴之势,其成就卓卓,本末昭然。"⑥

"南园十二子"。崇祯十一年(1638),礼部右侍郎陈子壮以抗疏得罪,除名放归广州,"复修南园旧社,与广州名流十有二人唱和"⑦。《陈文忠公行状》载修复旧社的十余人姓名:"(陈子壮)复修南园旧社,一时诸名流,区启图名怀瑞,曾息庵名道唯,高见庵名赟明,黄石傭名圣年,黎洞石名邦瑊,谢雪航名长文,苏裕宗名兴裔,梁纪石名佑逵,区叔永名怀年,黎美周名遂球,及公季弟名子升,共十二人,称南园后劲。"⑧欧主遇《忆南园八子诗序》记载:"盖自南园五先生结社南园,在大忠祠内,风雅攸存久矣。崇祯乙卯花

①　黎民表:《瑶石山人稿》卷九,《景印文渊阁四库全书》第 1277 册,台湾商务印书馆,1986年,第 100 页。

②　欧大任:《梁比部传》,载《献征录》,上海书店,1987 年。

③　梁鼎芬等:《番禺县续志》卷四〇,《中国方志丛书》本,第 570 页。

④　阮元修,陈昌齐等纂:道光《广东通志》卷二八〇,《续修四库全书》本,第 733 页。

⑤　李艳:《明代岭南文人结社研究》,西南大学 2014 年硕士论文,第 42 页。

⑥　檀萃:《南园后五先生集叙》,载梁守中、郑力民点校《南园后五先生诗》,中山大学出版社,1990 年,第 171 页。

⑦　屈大均:《广东新语》卷一二,第 355 页。

⑧　九龙真逸:《胜朝粤东遗民录》四卷附录,《明代传记丛刊》第 70 册,第 495 页。

朝,陈文忠公主监修复,四美并会,六诗振响,仰挹五先生风流韵事有十二人,气谊孔浃,唱和代兴,展时彦之盛已。"①欧主遇所说"南园八子",与序文所说"十二人"有出入,大概是因为诗社持续了一段时间而参与人数并不固定。黎遂球《南园花信集序》也记载:"南园为国初五先生觞咏处,其后以祀大忠三公。顷直指葛公来按粤,鸠公饬之。遂球因与吾师宗伯陈公邀诸公,复为南园诗社。"②早在崇祯元年(1628 年),黎遂球上京参加会试,不第,返粤,经扬州,参与扬州文人郑子超在憩园举行的"黄牡丹会",即席成七律十章,被钱谦益评为第一名,时号"牡丹状元"。黎遂球返粤后,把他写的十首律诗交给同社诸公品评,陈子壮、曾息庵、高建庵、黎邦瑊、谢伯子、区叔永、苏裕宗、梁渐子八人作和诗,后汇为一集名《南园花信集》。事实上,南园十二子中的一些骨干人员,还缔结了其他诗社。如崇祯末,陈虬起与萧奕辅、梁佑逵、黎邦瑊、区怀年等结芳草精舍诗社,"感伤时事,抑郁之气,时流露于诗词间"③。参与诗社的人,不仅有本土文学巨匠,更有很多外省人员,"后吴、越、江、浙、闽中诸名流,亦来入社,遂及时彦之盛"④。他们一方面效法南园前辈诗人,留下一些放情山水、诗酒自娱的作品,另一方面也留下了一批忧国忧民、感时伤乱的佳作。如陈子壮《答欧子建》、欧主遇作《不寐》等诗,表达了悲歌忧社稷之思。值得注意的是,南园十二子直接效法南园前五先生,而没有提及南园后五先生。与南园后五先生处承平之世不同,南园十二子遭逢明清易代的巨变,多数投笔从戎,试图力挽危局、救亡图存,但是最终无可奈何地走向了失败。残酷的战争和血腥的屠杀,留给了诗人们巨大的集体创伤,因此,他们彼此的南园酬唱,在诗酒风流之外多了一层南园后五先生所不具备的社稷之忧和创伤记忆,这与同样处于易代之际的南园前五先生更加接近。陈子升《舟泊平步怀孙典籍蕡》:"榕阴江岸起炊烟,忽忆词人草奏年。使节不须来陆贾,台关空说镇梅鋗。至今举眼思尧日,终古招魂隔楚天。吟向南园此时节,蝶残花尽草芊芊。"⑤概述了孙蕡早年事迹,表明了他对南园前五子的追慕和对南园风雅的继承。南明灭亡后,与南园十二子往来密切而又在战乱中幸存的诗人们常登临南园故地,吊古伤今,以寄托故国之思。如屈大均《恭谒三大忠祠》其二云:"祠堂寂寞越城边,一片风吹绿草烟。词客旧多亡国恨,骚人今有礼魂篇。将军力向天风尽,丞相心为

① 欧主遇:《自耕轩集》,《广东文献》四集卷一七,清同治二年刊本。
② 阮元修、陈昌齐等纂:道光《广东通志》卷一九八,《续修四库全书》本,第 331 页。
③ 梁鼎芬等:民国《番禺县续志》卷四〇,《中国方志丛书》本,第 571 页。
④ 九龙真逸:《胜朝粤东遗民录》卷二《欧主遇》,第 160 页。
⑤ 陈子升:《中州草堂遗集》卷一三,何氏至乐楼 1977 年影粤十三家本。

海日悬。羡绝当年孙典籍,太平光在圣人前。"①屈大均所说的怀有亡国之恨的词人骚客就是指"南园十二子"。"南园十二子"的南园诗歌的创伤性抒情,又成为明末清初幸存的岭南遗民的记忆对象,也成为岭南诗歌再现、生产和塑造过去的基础。可以说,是"南园十二子"及其所代表的文人集群发现(或者说发明)了"南园前五先生"南园书写感伤国事的一面,这实际是对南园记忆的一种丰富和发展。

"对自己的过去和对自己所属的大我群体的过去的感知和诠释,乃是个人和集体赖以设计自我认同的出发点,而且也是人们当前——着眼于未来——决定采取何种行动的出发点。"②从"南园前五先生"到"南园后五先生",再到"南园十二子",均将南园作为重复使用的空间,南园的记忆实际经由不同时期的结社经历了一个不断叠加的过程,南园诗派也因此而得以构建。南园诗社,可以说是与明代岭南文学相始终。康熙中叶,陈遇夫《岭海诗见序》:"有明三百年,吾粤诗最盛,比于中州,迨过之无不及者。其体大率亦三变:明初南园五先生倡之,轻圆妍美,西庵为首;嘉靖七子,建旗鼓于中原,梁公与焉,所尚富丽庄重,名'馆阁体';驯至启、桢,政乱国危,奇伟非常之士出,抚时感事,悲歌当泣,黎、邝诸君,发为慷慨哀伤之音,而明祚亦遂终矣。"③清代乾隆年间,檀萃指出:"前五子当草昧之初,遭逢未偶;……至后五先生,来轸方遒,际太平极盛,狎盟中原,声华逾卓矣。文忠际涉末流,乃纠后进,敷藻继声,虽诸人文采不少概见,而争迪前人光,亦足以作南园之后劲矣。噫!数楹老屋,而或兴或废,与有明一代相终始,亦奇矣哉。"④当代学者也指出:"明代的南园诗社三举三废,每一次修举都对岭南诗派的发展产生了至关重要的作用:第一次促使岭南诗派成型,第二次促使岭南诗派初兴,第三次则扩大了岭南诗派在当时和后世的影响,为清代岭南诗派的兴盛奠定了基础。"⑤南园在经历了有明一代的结社传承和发展之后,已逐渐发展成岭南文人建构群体和地域文化认同的"记忆之场"。明代的文学流派数量众多,如台阁派、茶陵派、复古派、唐宋派、公安派、竟陵派、吴中派、晋安派等,通常都有一定的组织和结社名称,但像南园诗社这样在同一文学空间延续数代的却是难得一见。噫,亦奇矣哉!

①　欧初、王贵忱主编:《屈大均全集》,第 894 页。
②　[德]哈拉尔德·韦尔策编,季斌等译:《社会记忆:历史、回忆、传承》,北京大学出版社,2007 年,第 3 页。
③　陈遇夫:《涉需堂集》,光绪六年刻本,第 7 页。
④　檀萃:《楚庭稗珠录》,第 50—51 页。
⑤　李玉栓:《文人结社与明代岭南诗派的发展》,《安徽师范大学学报》(人文社会科学版),2013 年第 6 期。

第二节　不断叠合的文学记忆

　　文学空间作为记忆之场,其功能在于将后人的文学记忆固定在某一特定的土地上,使之超过具体化的个人、时事等比较短暂的回忆,从而塑造了一种持久性的文化记忆。清代以来,南园作为重复使用的空间,结社作为一种仪式,不断以文章节义叠合南园记忆。

　　清初,南园在战争中遭到较大破坏,康熙六年、康熙二十二年,三大忠祠、抗风轩逐渐得到修复,南园文学活动也因之而发展。康熙戊戌(五十七年,1718),羊城布衣沈琦举行了一次大型诗歌征集活动。这次诗歌征集"以浮邱井、陆贾祠、虞翻苑、望气楼、沉香浦、荔枝湾、素馨田、抗风轩为题,体皆七律,预书笺致于城乡吟侣,匝月间共收三千余卷","选拔五百名,揭榜于桂香文昌宫,复开雕《峤华集》二卷。全作登集者十名,石樵先生与焉。居前者,曰梁无技、江渊、韩海、蔡道法、汪后来、梁文冠;居后者,曰黄朝举、麦穗、陈份。既又张燕召梨园侑觞,雅会于西郊长寿僧院,陈古村集中纪及之,亦一时之盛事也。《峤华集》后幅诗,则摘刻至百名以外。其馈赠谢教仪物,首名冠服全具,佐以银杯匕,及文房玩器数品。余视榜之高下重轻有差。自二百名后至榜末,概送丝履一緉云。粤中好为校诗之会,亦称开社,相传谓自明季番禺孝廉黎美周遂球礼闱之号,乡人艳之,遂启其风。至预布题,并订期收卷,列第揭榜,悉效浦江吴清翁月泉吟社故事。惟易其送诗赏之名曰'谢教',谦词也。诸吟卷不可效应试糊名,故皆隐其姓字,随意取片语为记,亦如月泉社中翁合老原署'蹑云',周暕原署'识字耕夫'之类。榜上胪列,谓之'花号'。或曰:'言花者,尚须更求其实云尔。'"①这则材料详细记载了这次征文活动的规模、组织形式,人们可以借此管窥当时文学活动的具体情况。不过,应该指出的是,粤中"开社",其创始权是南园前五先生,而非南园后五先生。这次征诗比赛,从组织形式到主题,都与南园诗社有一定的内在关系。如陈份《抗风轩》云:"鹤自高飞云自行,南园花开不胜情。五宫古乐千秋调,一席诗坛百雉城。树带晚风吟叶响,窗开微雨隔虫声。石桥流水依然在,欲向清波暂濯缨。"②抗风轩是南园五先生所首建,而"一席诗坛百雉城",语出孙蕡名作《广州歌》中"长城百雉白云里,城下一带春江水",这

①　罗元焕著,陈仲鸿注:《粤台征雅录》,《丛书集成新编》第 73 册,中华书局,1985 年,第 82 页。
②　转引自冯沛祖:《南园与南园诗社》,《炎黄世界》,2009 年第 3 期。

也显示了南园前五先生和南园诗社对这次征诗活动的影响。

嘉庆二十四年(1819),时任两广总督阮元设广东通志局,道光五年(1825)创办学海堂书院,聚集了一批文人,他们集资修复了抗风轩,并且仿效南园结社举行诗歌雅集。学海堂地址初拟于前明南园旧址,后因为地方狭隘而放弃,但学海堂人的南园情结一日不曾淡退。阮元编《学海堂集》卷十三录陈同、陶克昌《春日访南园故址》。陈诗云:"剩今老屋一椽耳,祠近三忠园近市。骚魂毅魄不可招,断瓦颓垣竟如此。我来访古春阴变,故宅寒荒人不见。"①记录的是南园尚未修复时的情景。吴兰修编《学海堂》二集,分别收录了杨荣和李能定的《拟重修广州城南三大忠祠碑》②。《学海堂》三、四集也收有数篇有关抗风轩的诗文作品。其中,卢必芳作《拟重修南园前后五先生抗风轩记》,建议"溯胜会于当年,谋鼎新于此日。爰形土木,以妥吟魂"③。学海堂的文人纷纷响应,捐薪俸修茸南园,江藩作《重茸抗风轩记》,追述南园历史,并且指出:"所以过此者,往往低徊不忍去。予承乏是邦,簿书之暇,循览图经,乃知旧址大半为居民隐占。今所存者,惟抗风一轩。因捐廉为丹艧涂墍之资,俾昔贤觞咏之地,不致鞠为蔓草焉。当日前五先生蜚声艺苑,与'四杰'并称;后五先生掉鞅词坛,与王、李并驾。是故世人推许在'闽中十子'之上,皆以诗人目之。然十先生事实,见于《明史》及《广州人物传》,其敦善行,励气节,可为后世矜式,岂仅以诗鸣者哉。"④邓维森作《修复南园疏池沼植花木诗》五律十首。其一云:"南园有坛坫,艳说抗风轩。祠道三忠借,诗名十子存。境幽僧占席,堂废燕留痕。古柳双株在,空心留故根。"谭莹、李征霨分别作《抗风轩》。谭作云:"高杨王李振宗风,岭外渊源溯曲红。社事聿修原结习,唐音代守即英雄。一朝才子论前后,万古词人定拙工。屡到南园寻故址,神弦非独吊三忠。"⑤由此可知,当日修复南园,还经常举行大型诗人雅集。学海堂人的南园情结几乎渗透了一切方面。著名诗人张维屏曾居于南园地,其《南园诗》写道:"东园住久住南园,咫尺邻街即里门。客馆近城仍近水,人家如画亦如村。斋前梵宇禅心净,屋后濠梁乐意存。助我高吟兼尚友,隔墙便是抗风轩。"⑥其《松心诗录》:"曰聚贤

① 阮元编:《学海堂集》卷一三,赵所生、薛正兴主编《中国历代书院志》第13册,江苏教育出版社,1995年,第237页。
② 吴兰修编:《学海堂二集》,《中国历代书院志》第13册,第645—646页。
③ 张维屏:《学海堂三集》卷一七,《中国历代书院志》第14册,第232页。
④ 江藩撰,漆永祥整理:《重茸抗风轩记》,《江藩集》,上海古籍出版社,2005年,第122页。
⑤ 陈澧:《学海堂四集》卷二六,《中国历代书院志》第14册,第232页。
⑥ 广州市越秀区人民政府地方志办公室、广州市越秀区政协学习和文史委员会主编:《越秀史稿》第2卷,第228页。

者,盖南园前后五先生也。率赋一诗:'大有濠梁意,城濠近屋垣。前贤余韵在,咫尺是南园。'"①学海堂文人谭莹《学海堂饯岁》诗将学海堂文人雅集溯源于南园:"历检搜罗又一年,群仙高会足流传。饮耽文字沿前例,局殿莺花得静缘。新岁太平犹战垒,南园风雅此离筵。一樽相对谈身世,百感中来共黯然。"②在谭莹的协助下,清代广州四大巨富之一伍秉鉴的第四子伍元华(字春岚),还在此校刊过《南园前五先生诗》③。学海堂人多为文人学者,他们的雅集表达了对于南园结社传统和南园诗派的继承。因为学海堂人对南园传统的推重,南园已俨然成为岭南地方文脉所在。咸丰年间,琼州诗人王沂暄游南园,作《秋日游南园有怀前后十先生》:"昔读先生诗,风雅皆我师。今来游南园,胜地千古存。当年结诗社,即今抗风轩。百越风骚启文献,历代流传古风远。冠冕南极声誉隆,大雅扶轮先后见。西庵才调冠当时,赵黄王李并骞驰。提倡粤雅归正始,岭表才名海内知。仑山复古相继起,重开诗社南园里。一时旗鼓正相当,瑶石兰汀与吴李。追逐李杜参庾徐,名士传来原不虚。漫将十子夸大历,还如四杰开唐初。风流遗韵道未坠,云淙师弟敦古谊。影园报道状元归,花信赓歌传韵事。一自烽烟卷地来,歌台吟席生尘埃。先后殉难何节烈,海棠花泪杜鹃哀。堂堂正气照天地,能以文章兼节义。百年大雅著作存,千秋遗迹名胜记。我来访古秋日明,荷池零落潭水清。昔日古人吟诗处,今日诗写古人情。太息沧桑经几度,祠宇重新地犹故。瓣香敬祝十先生,亮节高风深倾慕。"④此诗通过游览南园胜地,追述了岭南文学的文章和节义。

1906 年前后,"诗界革命一巨子"丘逢甲任广东学务公所议绅、广州府中学堂监督、广东总教育会会长,而广东学务公所借广雅书局地办公,办公室就在抗风轩,所以丘逢甲在此生活了多年,借此良机与同僚好友效法南园诗人做诗钟之会。其《丙午日记》记载:

> 八月初五日:"是夕作诗钟一唱,同作者况晴皋、覃孝方、陈少蘅、章锡三、李石甫、冯恫若、陶淑咏。"
>
> 八月初六日:"(午后)又送《且园吟草》与少蘅。"
>
> 八月初八日:"到学务公所与于公及立之谈,及(疑应为"立")之适

① 黄佛颐编纂,仇江等点注:《广州城坊志》,广东人民出版社,1994 年,第 464—465 页。
② 谭莹:《乐志堂诗集》卷一一,《续修四库全书》集部第 1528 册,第 548 页。
③ 谭莹:《乐志堂诗集》卷二《听涛楼歌为伍春岚都转作》,末句:"南雪高踪邈难企,暂此瓣香同祀十先生。"注云:"时春岚方校刊《南园前五子诗》。"第 422—423 页。
④ 王国宪:《琼台耆旧诗集》下册,海南出版社,2004 年,第 370 页。

来访于也。公所新筑洋楼在十峰轩之东,上为台,二层,可望远。晚饭后登台,新旧城烟火万家,俱在足下;东抱白云,西瞰珠江,诚胜境也。闻署使段十七将移眷入署,则此台已在住眷之旁,不便登涉矣;因约中秋置酒台上。当公所将附入学使署时,曾有诗云:玉带河边万柳丝,跨河楼阁郁参差。重来只恐风光异,再为南园住少时。"

八月初十日:"晚至学务公所,登台望月,旋在十峰轩作诗钟一唱。唱毕已三鼓矣,仍坐月西校书堂,得诗一首。"

八月十一日:"铭伯甚早来,相见于十峰轩,因取昨所写诗与之。此轩自开学务处,即为办事之所,今改在抗风轩矣。巳刻回中学堂。不填词久矣,见廖伯鲁《百字令》一阕,偶有所感,依谱韵为之:'峤南人物,问当今、谁是曲江风度?万劫不磨雄直气,空剩屈陈词赋。秦成哀云,越台吊月,愁听秋虫诉。南宗未坠,菩提何碍无树?历历弹指光阴,论橙品荔,乡味将人误。潦倒英雄成末路,饱领凉情热趣。倒海浇天,剖云行日,梦里留奇句。功名尘土,浩歌还谱《朱鹭》。'"

八月十四日:"署学使段公来拜。往谒于公不值,值于学务公所,于、段均在。是夜登台望月,甚乐,作诗钟一唱。"

八月二十日:"是日来客甚多,方作《和孝方秋怀诗》,至晚乃脱稿;往学务公所,持示孝方及同人,乃做诗钟一唱。"

八月二十九日:"晚到公所,作诗钟一唱。"

九月初七日:"下午往公所。夜与署使段公谈,作诗钟一唱。"

九月初十日:"抵公所宿,夜作诗钟一唱。"

九月十三日:"是日作叠秋怀韵诗,成四首。夜,立之携诗稿来,并约孝方来谈,三鼓后始去。"

九月十四日:"再叠秋怀韵诗,复成四首。午后立之来谈,晚孝方来。作三叠秋怀韵诗。"

九月十七日:"是夕与少蘅、晴皋诸人夜谈。"

九月十九日:"立之自题相片见赠,许子韫来谈。"①

从以上材料看出,丘逢甲一个多月内即在南园举行诗钟活动七次,不可谓不频繁。诗钟是学习对偶技巧的一种训练方法,又是欣赏对偶佳趣的一种文字游戏。诗钟活动的特点是限时限题写出一副七言律诗中的诗联,得名于

---

① 丘晨波、黄志萍、李尚行等编:《丘逢甲文集》,花城出版社,1994年,第350—367页。按引用时标点略有改动。

限时的方法。在钟表没有普及的时候,是用细线坠铜钱系在一根线香上,烧到一定的时间,铜钱落在下面承接的铜盘中,大家停笔。限题主要有两种方法,诗钟以此分为两种体式:分咏体要求在上下联分咏出绝不相干的两件事物;嵌字体要求在上下联指定位置嵌上毫无关系的两个字(或几个字)。不仅如此,丘逢甲心中始终不曾忘怀南园记忆。1909 年,丘逢甲作《南园感事诗》五首,回忆五年前的往事,其序云:"南园在文明门外,水木明瑟,为前明粤中前后五子赋诗高会地。后人即供俎豆于旧坛坫间。旁有宋三忠祠,故伊墨卿以'君臣三大节,词赋十先生'题其门,陈东塾为重书以揭之。其旁复有广雅书局,皆南园地拓也。两广学务处已借以治事,广东学务公所仍之。前后在事诸子,暇辄为诗钟之会。当其寸香甫烬,钟声铿然,斗捷夸多,争执牛耳。复创为表格,以积分法高下之,体制虽纤琐乎而与会者皆兴高采烈,以为此乐不减古人。年来伤离叹逝,意兴非昔。然其事尚不辍至今。今年公所始迁地,重重影事,思之怃然。张生六士有诗,为广其意和之,并索前在园诸子同作。"丘逢甲所组织的诗钟之会,组织形式和精神意趣皆自觉继承南园诗社传统。其一云:"一代风骚起海湄,千秋忠愤剩荒祠。兴亡并作斜阳色,如此江山合赋诗。"其二云:"五百年间几劫灰,南园非复旧池台。溶溶玉带河边水,曾见张乔照影来。"其四云:"女墙残月度钟声,捉鼻微吟笑洛生。不信风流今歇绝,夜乌啼雨过春城。"①上述诗作,皆回顾了南园五先生、南园十二子的诗歌传统。许南英回赠《南园感事和邱仓海工部原题五首》,其一云:"校书广雅开新局,跨水通桥傍古祠。寻迹南园独惆怅,十先生在敢吟诗!"其二云:"火烬薪传尚未灰,幽光辉暎越王台。宋明五百余年后,又见邱迟吊古来。"其三云:"亦爱今人爱古人,榜门十字出伊陈。门前清水濠边路,点缀秋槐气不春。"其四云:"不听孙蕡作粤声,抗风轩外草丛生。李黄王赵风流尽,一水环流绕越城。"其五云:"黄蕉丹荔已成阴,诸老风骚渺莫寻! 不信池亭邱壑胜,可能阅历几升沉!"②张六士及其他人的诗作,已经不可考。可以想见,当日以丘逢甲为首,在抗风轩有效法南园结社的诗钟之会,而且题咏颇多。不仅如此,这种诗钟会的风气还一直延续到民国乃至建国后 50 年代③。

1911 年初,广州绅士易学清、梁鼎芬、陈伯陶、吴道镕、江孔殷等人,联名上书粤督张鸣岐,要求将南园旧社划归地方士绅管理,同年五月二十三日

①　丘逢甲:《岭云海日楼诗钞》,上海古籍出版社,1982 年,第 274—275 页。
②　许南英:《窥园留草》"乙酉",民国二十二年六月北平初版本重刊。
③　何季镗:《广州诗钟社拾零》,载《广州文史资料》第 19 辑,广东人民出版社,1980 年,第 146—155 页。

获得张的批复："南园旧社为致祀三忠十献之所，素秋肃杀，劲节弥鲜，大音沦亡，逸响斯烈，所以保存遗徽，风示来哲者，岂惟邦人君子之雅怀，抑亦守土之属、典祀之吏所应敬谨将事者也。……仍冀将祀事典则管理事宜，揭橥昭垂，俾毋愆斁。庶几正气所在，日月常新；词客有灵，江河不废。当此贞元绝续之交，藉资顽懦观感之地，区区之意有厚望焉。再南园内之抗风轩、罗浮精舍两所，现寄储高等工业学堂化学品物。一俟该堂迁筑工竣，即由司饬遵移置、归并管理，以昭画一。"①同年闰六月十七日，梁鼎芬遂与姚筠、李启隆、沈泽棠、吴道镕、汪兆铨、温肃、黄节等共八人，聚于抗风轩，重开"后南园诗社"，号召振兴广东诗学。梁鼎芬诗云："十子芳型尚可镌，三忠词屋旧相连。儒生怀抱关天下，诗事消沉过百年。老柳疏疏人照水，山亭隐隐竹成烟。闲来风物当谁赋，空忆陈黎一辈贤。"②黄节作《南园诗社重开，呈梁节庵先生》：

> 盛时台笠却难忘，一赋《都人》已足伤。高会及来随老辈，雅歌还得共斯堂。兴微国俗诗将废，俯仰前尘地亦苍。独使南园不寥落，参天林木起朝阳。③

二人诗作追忆南园盛况，感慨旧体诗歌的衰落，但对广东诗坛仍旧充满信心，这正显示了南园五先生及南园诗社的持久的文化生命力。后南园诗社重开时还举办了一些文化活动，如展览广东历代名家书画，并以《过学海堂有怀阮文达公》《珠江夜月》等诗题向与会者征诗，参加者纷纷唱和，由梁鼎芬评阅选拔，各定名次，后来辑成《后南园诗社摘句图》一册，由蒋式芬、梁鼎芬作序刊行。《华字日报》1911 年 7 月 3 日曾报道了这次聚会："绅士易学清、梁鼎芬、陈伯陶、吴道镕、江孔殷等联禀张督，请将南园旧社仍归士绅经管，现奉院批允许，各绅定六月初七日八点钟，齐集抗风轩会议。"④不料，辛亥革命爆发，士绅收回南园之事遂作罢。黄节对南园诗社重开之事，一直念念不忘。民国六年（1917），他在北京做了一首名为《万生园赏菊赋呈节庵先生》的诗，诗的最后两句这样写："不似昔年诗社日，追陪重辟抗风轩。"梁鼎芬以《题野园看菊答黄节一首》回赠："话别南园泪已深，无诗负汝百回心。黄花多恨今方见，白发何因病更侵。秋事阑珊人几在，鸦声零落树全阴。思量此会凭何记，主客园亭值一吟。"⑤梁氏卒后，黄节作《梁节庵先生

①　两广官报编辑所：《两广官报》，《近代中国史料丛刊三编》本，文海出版社，1989 年，第 716 页。
②　梁鼎芬：《节庵先生遗诗六卷》卷五，民国十二年沔阳卢氏慎始基斋刊本，第 36 页。
③　黄节著，刘斯奋选注：《黄节诗选》，广东人民出版社，1984 年，第 53—54 页。
④　《华字日报》，1911 年 7 月 3 日。
⑤　严一萍编：《岭南近代四大家诗》，艺文印书馆，1983 年，第 201 页。

挽诗》,颈联云:"直道不回天下变,南园思续百年风"。①1921 年,广东鉴藏家罗原觉携所藏《南园诸子送黎美周北上诗卷》北上,请时任北京大学教授的黄节为之题句。黄节抚卷,题下"寥落莲须阁里诗,云淙别馆亦凌夷。十年旧忆南园会,留与伤心后辈知"的诗句。罗原觉为黄节当年结社南园、再续南园风流的雅行所感动,慨然持卷相让。民国二十二年(1933)黄节在其珍藏的《南园诸子送黎美周北上诗卷》上重提此事:"此予辛酉上元夜题此卷之诗也。其时罗原觉携置此卷北来,属为题句。既以予与南园诸子渊源有自,乃慨然以之相让,故予诗虽题,寻复裁去。荏苒又十二年,今日展卷,忆辛亥七月,梁节庵先生重开南园诗杜,与会者八人。予以齿最居后,今亦老矣。前辈零落已尽,不独少陵有高才凌替之痛,因复取旧诗,重题卷末。节庵先生南园诗社重开赋诗有云:'老柳疏疏人照水,山亭隐隐竹成烟;闲年风物当谁赋,空忆陈黎一辈贤。'予辍咏经年,去乡万里,悠悠往躅,自知非其人也。癸西夏六月,黄节寓北平题记,时年六十有一。"②东莞邓寄芳《忆南园诗社》云:"辛亥南园重启社,诗声才起又销沉。节庵欲继十贤后,孝达徒辜一片心。文教茫茫余坠绪,江山历历动微吟。抗风轩是旧游地,他日归来策杖寻。"③后南园诗社因辛亥革命爆发而只是昙花一现,但是其文化余波仍在荡漾。

民国中期,又有"南园今五子"的说法。1935 年,文坛名宿冒鹤亭(1873—1959,即冒广生)南来,因诗人陈融之介绍,得识其门下的五位青年诗人。1936 年冬,作《赠今五子》诗,题注:"余心一、熊润桐、曾希颖、佟绍弼、李履庵。""五子"前着一"今"字,以示与南园前、后五子一脉相承。熊润桐(1900—1974)和作《次韵酬冒鹤亭先生》云:"闻道常忧晚,于名讵敢先。抗风谁继武,得主客忘年。怀古遥云在,横空大月悬。深衷自有托,容借酒徒传。"小注云:"鹤亭以南园前后五子见戏。"陈融有《怀心一、希颖、履庵、绍弼、闰同,偶用斋壁惺默斋诗韵,并呈疚翁》一诗。疚翁就是冒鹤亭,而结尾处云"商诗一老外,屈指五人谋"之语,指的就是余心一、熊润桐、曾希颖、佟绍弼、李履庵。自此"南园今五子"之名便喧传广东诗坛④。陈融(1876—1955),字协之,号颐庵,别署松斋、颐园、秋山,广东番禺人。早年肄业于菊

---

① 黄节著,马以君编:《黄节诗集》,中国人民大学出版社,1989 年,第 156 页。
② 黄节:《蒹葭楼自定诗稿原本》,广东人民出版社,1998 年,第 309 页。
③ 张金祥、杨宝霖主编:《东莞邓氏诗文集》(上),《莞水丛书》第一辑第六种,乐水园印行,第270 页。
④ 有关"南园今五子"的详细情况,可参考林立《当代广州诗社考察与研究》(《九州学林》2005 年春季 3 卷 1 期)和陈永正《南园诗歌的传承》(《学术研究》2007 年第 12 期)。

坡精舍,攻词章之学。著有《读岭南人诗绝句》《陈颐庵先生读岭南人诗绝句拾遗》《黄梅花屋诗稿》等。其《读岭南人诗绝句》卷首有冒广生一序。此书收论诗绝句四千余首,咏及之岭南诗人二千余家。其论诗绝句云:"南园先后五先生,首数西庵气象横。闽十才人吴四杰,同时风雅动神京。"这里的"西庵",是指前五子的孙蕡。论南园后五先生中的李时行云:"罗浮一别下烟岑,苏北雄奇领略深。未染关河尘土色,粤风依旧带吴音。"又云:"南园后劲辟云淙,十二芳名有此翁。独出心裁三妇艳,感怀身世玉芙蓉。"①这是指十二子之黄圣年而言的。在陈融的影响下,"南园今五子"在生活方式和艺术追求方面自觉继承了"南园前五子"和明末的"南园十二子"。李履庵②曾作《怀颙园》一诗:"念远伤离百可忧,颙园苦忆旧风流。三年去国干戈老,四海无家天地秋。乱日犬羊同窟宅,盛时文酒负赓酬。元龙豪气应销尽,海上何人识故侯(苏东坡句)。"③佟绍弼(1912—1969),字立勤,满族旗人,世居广州,亦常来往于港、澳两地。早岁即著诗名,造语能健,句多拗折,晚年诗转雄浑、刚柔并济④。1949年之后,"颙园"诗人四散,熊润桐、曾希颖、李履庵先后移居香港。这些身处动乱中的诗人,其境遇与元末明初"南园五子"和明末"南园十二子"有相似之处,所以自觉继承他们的流风余韵。

　　20世纪60—70年代,又出现了"南园新五子"的说法。1962年,广东省文史研究馆创办省内第一所"私立广州文史夜学院",学制三年,开设中文专业,聘请学者、诗人王季子、潘叔玑、李曲斋、朱庸斋等讲授古文、诗词,老诗人们热心向前来求教的青年传授诗道。朱庸斋还在家设帐授徒,教授词学,学者甚众。在这样的环境下,广州出现了新中国成立后的第一批青年旧体诗人,其中最著名的就是"南园新五子":黎益之、潘元福、周锡复、刘斯奋和陈永正。他们常常聚会于老诗人佟绍弼的腊斋中,切磋诗艺。佟绍弼(1911—1969),原名立勋,字绍弼,号腊斋。曾任勷勤大学、广东大学、国民大学、广州大学教授。有《腊斋吟草》,已佚。中山大学陈永正教授辑得百数十首,题作《腊斋诗集》,刊于《广州诗社丛书》⑤。佟氏当时读到黎益之等五位年轻人的诗词,写诗称赞云:"南园五子十先生,玉润珠辉万古明。愧我才疏而志广,羡君年少更时清。鸢飞鱼跃天连海,鬼哭神愁句不情。吹裂伶伦

---

①　广东文物展览会:《广东文物》卷九,第905—912页。
②　李履庵生平,可参卢新贡《南园今五子之一李光略历》,《中山文史》总第11辑,广东省中山市政协文史编辑委员会1987年编印,第80页。
③　李履庵:《吹万楼诗》,民国二十三年印本,页41a—b。
④　周锡复:《中文写作新视野:从实用写作到文学创作》,三联书店香港有限公司,2007年,第233页。
⑤　佟绍弼著、陈永正编:《腊斋诗集》,广州诗社出版,2004年。

孤竹管,碧梧争唱凤新声。"①老诗人胡希明后来读到此诗,即开始称五人为"南园新五子",新五子之称遂广为人知②。周锡复写有《南园五子今昔谈》上、中、下三篇以及《南园诗社话沧桑》,介绍佟绍弼和"南园今五子",并追溯南园诗社的渊源和变迁③,流露出浓厚的南园情结。刘斯奋有《四家评点蝠堂诗词》收录生平诗作,其序云:"余髫龄习诗至今,所作大备于是,录之以存心迹,工拙所不计者。乙酉秋,余弟斯翰试为作评点。因复邀陈永正、梁守中、周锡复诸先生续评之,以增声价。数君与余订交于总角之年,灯下展读,得无鸿爪雪泥,白驹过隙之感乎!"④1982 年,广州老诗人刘逸生、杨伟群、周锡复、刘斯奋、梁鉴江等商议组织全市性的大型诗社。陈永正提出恢复"南园诗社"之名,以继承南园诗歌的传统,得到众人的同意。后呈请有关部门审定,最后定名为"广州诗社"。广州诗社成立后,以传承南园风雅为己任,频频雅集,古体诗词创作相当活跃。1991 年,邱世友教授作《临江仙·广州诗社建社八周年因忆明初南园五子》:"忆昔南园前五子,抗风轩内吟惊。珠江流月去无踪。板墙歌粤调,蒲涧结庐空。正自诗魂催唤醒,八年岭表青松。五层楼上倚熏风。古今多少事,为我赋苍龙。"自注:"孙蕡得罪,板筑萧墙,犹向都门讴粤声。黄哲性喜山水,往来罗浮、峡山、南华诸名胜,结蒲涧庐而息焉。"⑤时至今日,广州诗社不下二三十家,以广州诗社为核心的古体诗词创作和诗人雅集,仍然生机勃勃,不断传承南园风雅,彰显着南园诗社的持久的生命力⑥。

综上所述,清代岭南诗人不仅不遗余力地呵护着有关南园的记忆,还自觉建立自身行为与南园诗人的关联性,从而使南园记忆不断发展。"作为某个记忆共同体的成员,我的记忆与上一代人的记忆具有关联性,前代人的记忆又依次与前代的人记忆有关联,以此类推上溯至我们与其分享同一事件记忆的那一代人。"⑦正是循此逻辑,岭南文人多认为"吾粤风雅之地,端推南园",认为"南园为吾粤风雅之所系"⑧。经明清两代南园诗人的持续努

———————

① 杨伟群:《岭南当代诗词选》,广东人民出版社,1986 年,第 179 页。

② 金叶:《南园余韵风雅不绝》,《广州日报》,2008 年 4 月 20 日 B2 版。

③ 周锡复:《中文写作新视野:从实用写作到文学创作》,第 233—238 页。

④ 刘斯奋:《四家评点蝠堂诗词》,https://liusifen.artron.net/news_detail_567488. 2019 年 10 月 11 日。

⑤ 邱世友:《水明楼续集》,中山大学出版社,2007 年,第 186 页。

⑥ 林立:《当代广州诗社考察与研究》,郑培凯主编《九州学林》,2005 春季 3 卷 1 期,复旦大学出版社,2005 年。

⑦ [以色列]阿维夏伊·玛格利特,贺海仁译:《记忆的伦理》,清华大学出版社,2015 年,第 53 页。

⑧ 转引自钱仲联:《清诗纪事》,江苏古籍出版社,1989 年,第 14923 页。

力,南园无疑成为了岭南诗派的发源地、形成地。清代同治年间甚至有人用"南园派"来代称"岭南诗派"①。严明先生也指出:"在中国诗歌史上,形形色色的诗社组织何止千千万万,但能像南园诗社那样历史悠久、成就突出、影响深远的诗社却很少出现。南园诗社传统的形成和发扬,并不是偶然的,它与历代广东文人中普遍存有忠贞刚直的气节有着直接的关系,南园诗人们大都重视做人的气节与诗作的风骨,对形成岭南诗派的'雄直之气',起了很好的表率作用。从这个意义上说,南园诗社既是岭南诗派中的杰出代表,又是历代粤人尚直心态的集中体现。"②

第三节　诗集刊刻与诗学传承

与南园记忆相比,岭南后学对南园五先生诗集的刊刻,是一种更为直接有效的构建和传承地域诗学传统的有效方式。

南园五先生之诗,最初各自以单行本流传。如孙蕡《西庵集》由弟子黎贞编订,黄哲《雪篷集》十二卷由其子黄德舆辑录,李德有《易庵集》行于时,赵介《临清诗》由其子赵纯永乐十九年(1421)编订,王佐《听雨轩集》由赵介之子赵绚编订。成化年间,张诩《南园诗社》诗后有注曰:"国初,孙蕡、王佐、黄载(应为哲)、李德、赵介结诗社于此,时号'五先生',各有诗集藏于家。"③黄佐《广东通志》卷四二著录有《雪篷集》十二卷、《听雨轩》集二卷、《临清轩集》一卷、《西庵集》八卷、《和陶集》一卷、《易庵集》十卷,另有《五先生诗选》五卷。郭棐《广东通志》卷六十三记载与此相同,但不注卷数。南园五先生之别集,今存者仅有孙蕡《西庵集》。《西庵集》最古版本由孙蕡的弟子黎贞所编订,但是现已不存。弘治十六年(1503)金兰馆本《西庵集》,是曾任广东按察司金事的苏州人张习根据自己在广东任职时获得的《西庵集》(很可能就是黎贞本)校订刊刻的,这是现存的"蕡诗最古之本","不仅以稀见为珍,其坠简遗篇足以补阁本之阙失,为尤足贵也"④。不过,此本在苏州付印,在岭南地区流传不广。岭南地区流传最广的《西庵集》是万历叶初春本,此本也是《四库全书》本的底本。《四库全书总目提要》指

①　李保孺:《题宋芷湾诗卷真迹》,《委怀诗舫遗草》卷二,同治九年刻本。
②　严明:《粤人传统心态对广东诗风的影响》,《开放时代》,1993 年第 1 期。
③　方信孺、张诩、樊封:《南海百咏　南海杂咏　南海百咏续编》,广东出版集团,2010 年,第118 页。
④　傅增湘:《藏园群书题记》,第 837 页。

出："是编前有黄佐、叶春及所撰小传,称蕡著述甚富,自兹集外尚有《通鉴前编纲目》《孝经集善》《理学训蒙》《和陶》《集古律诗》。其《孝经集善》则宋濂为之序。蕡殁,诸书散逸,其诗文今行世者,为门人黎贞所编。然佐称《西庵集》八卷,而是编诗八卷,文一卷,卷端题姑苏叶初春选。"①叶初春(？—1621),字处元,直隶吴县洞庭西山人。万历八年进士,任顺德知县,进礼科给事中。蔡汝贤序指出："古吴叶处元甫令顺德,六经、文章、政事,卓然可纪,尤加意于表章。袤先生所遗佚,若古诗、歌行、五七言律诸体,合而梓之。"②嗣后,又有乾隆三十五年(1770)孙氏裔孙士斗刻本、乾隆四十年(1775)叶逢春刻本、道光三十年(1850)梁廷枏刻本、民国甲戌年(1934)龙官崇辑印自明诚楼丛书本。这些版本,与四库本所依据的叶初春本基本一致,但是做了一些辑佚和校订工作。梁廷枏指出："按,集凡五刻。初编自黎贞者,为最始。万历知县叶初春校刻,次之,即国朝《四库全书》著录本也。乾隆己未里人叶逢春、刘汉裔重刻,又次之。越才八年,其裔孙康业别刻藏于家者,又次之。道光庚寅藤花亭校刻,去《朝云集古》,补以附录,仍为八卷者,又次之。"③1934年,顺德龙官崇重刻《西庵集》,他在跋语对前面五版的介绍沿用了梁廷枏的说法,但他指出："又阅六十年,至道光十年庚寅,邑悲章冉梁公廷枏复据乾隆叶、孙两本,暨里人李琯琅(朗)所刻《五先生集》校刊,是为五版。虽当时编次,略加补删,然剖析异同,考核详博,殆出余本之上。惟卷首载梁泉序末题'乾隆二十五年'为独误。考孙康业本自序称'乾隆庚寅春三月玄侄孙孙士斗康业氏谨述',而梁泉序末实题作'三十五年',通体为八分书,因三写作古文'弎',而梁本误认作'弍'字尔。继是又阅一百奇五年,至民国纪元甲戌,官崇辑印自明诚楼丛书,乃将梁本收入,一照原编,仅正阙谬之显然者,是为六版。"④

南园五先生的最早合集始于何时,已经难以确考。已知的最早选本,是谈恺编选的《五先生诗选》五卷。谈恺序称："仕至广藩,索广中四杰诗读之。宫詹泰泉先生乃以是集见遗,如获拱璧,因造泰泉之居言诗。泰泉以为然,复出汪右丞集。……右丞尝为广东行省参政,四杰皆广人,其诗当梓于广无疑。……四杰诗或雍伟壮丽,或俊逸清新,或如高适岑参,或如王维李贺。昔之评品、后之推许,已略见之。"⑤据此可知,《南园五先生诗》诗可能

①　永瑢等:《四库全书总目·西庵集提要》,中华书局影印本,第1473页。
②　郭汝诚修,冯奉初等纂:《顺德县志》卷一八,第1627页。
③　郭汝诚修,冯奉初等纂:《顺德县志》卷二二,第2054页。
④　龙官崇:《孙西庵集跋》,载《西庵集》,顺德中和园《自明楼丛书》本,1937年,第1页。
⑤　黄佐:《广东通志》卷四二,第1061页。

有更早的刻本,但是黄佐所藏只有四杰的选本。谈恺正是在黄佐所藏的广州四杰诗集的基础上,再加上曾任广东行省参政的汪广洋诗,形成了《五先生诗选》这样一个选本。这个版本对于保存五先生中的诗作以及"五先生"名号的流传有很大贡献,但明显的缺陷有两点:一是破坏了"南园五先生"的说法;二是由于编入了汪广洋的诗作,导致这个选本的"广中"这一地域属性被破坏了。因此,陈暹指出:"五先生诗选广有旧刻,岁久朽落,仅人家有藏本而亦弗全。嘉靖丁巳,督府谭(谈)公、大参王公咸兴诗教,求五先生集于太史泰泉黄公处,得黄、李、孙、王而失其一。右丞固淮人,不当列于广。况先生之称,乃后进目其先哲之辞。右丞帅广,于五先生有统摄之分,不当与乡大夫伍,而并先生之称也。"朱彝尊指出:"(伯贞)集虽不传,然名在五先生之列,乃刊诗者去伯贞而冠汪忠勤于卷首,可为失笑也。"①说的就是谈恺选本。嘉靖乙丑(1565)夏,少参峒峰曹公,于梁孜(字中舍)家中,得其祖父梁储(1451—1527年)的家藏旧本,乃知黄、李、孙、王之外,有赵临清者。这大概《五先生诗选》的旧刻本。曹公将这个本子送给了陈暹。嗣后,陈暹将这个家藏旧本付梓,《五先生诗选》得以恢复本来面目,因此而更名《广中五先生诗选》二卷。这一选本,回归了《五先生诗选》的本来面目,其最大的贡献就在于传承了古本,并"补五先生之阙","于是五先生之诗始复其旧"②,从而"使人知岭表故多贤,而不必借才于异土也"③。

崇祯十一年,葛征奇修复南园时同步启动了南园五先生诗的刊刻,其最大的文化意义在于"不忘南园意也"④。葛氏找到嘉靖乙丑陈暹所编五先生诗选本后,见字迹漫灭不可识,于是一面亲自校订,一面让黎遂球选刻。黎遂球作《重刻五先生诗选序》,葛征奇撰《重订五先生诗集旧叙》,陈子壮作《重刻南园五先生诗旧序》,诗集最终由南海县令蒋棻校订后付刻。葛征奇指出:"有五先生不可无南园,有南园不可无五先生。譬之山有蠹者,有偃仰者,有盖而覆者,有欹崎者,有坦而蜿蜒者,无罗浮、星岩、禺峡以之为宗,则培嵝之质,其于中原不啻丘垤,尚可与天下争洞天福地哉?"他强调了南园与五先生的共生关系,并将南园五先生诗视为粤诗的代表。而陈子壮也说:"人皆称南园五先生,而五先生不有其南园。其废则为总镇行馆,而其兴则以祀宋之三忠。诵诗论世,可知已矣。五先生任草昧之功,而后世湮其已向之利,不得与王豹、绵驹等,亦非所以妥忠灵也。假如声音可以尽废,则是五

---

① 朱彝尊:《静志居诗话》卷三,第77页。
② 永瑢等:《四库全书总目·广中五先生诗选提要》,中华书局影印本,第1752页。
③ 葛征奇编:《南园前五先生诗》,《四库全书存目丛书》本,第2页。
④ 葛征奇编:《南园前五先生诗》,《四库全书存目丛书》本,第2页。

经当去《诗》,六艺当辍乐也。而可乎?此葛介龛使君修祀三忠,复不忘南园意也。"他不仅推崇南园和五先生,而且认为《南园五先生诗》的刊刻,可以对岭南诗歌"溯流穷源,树之风声"①。这个版本,到了清康熙年间已不多见。叶恭绰先生 30 年代曾得到这一版本,并在 1940 年广东文物展览会展出。叶氏《明崇祯本南园五先生诗选跋》云:"余前十年得之沪市,未之异也。嗣避兵香港,与同人开广东文物展览会,穷搜先哲遗著,竟无此刻本,始知其难得。越数年归沪,乃出之敝箧,时置几格间。余维五先生之诗,据《四库书目提要·集部》所载,明代凡三刻:一为嘉靖三十六年丁巳谈恺所刻,一为嘉靖乙丑陈暹所刻,一为崇祯十年葛征奇所刻,今皆不见。此书据蒋莱序文云:'五先生故结社南园,既乃因其地祠宋文、张、陆三公,会直指介龛葛公来按粤,修饬忠祠,余适令南海,乃手订五先生原刻付之梨枣。'其系年戊寅,乃崇祯十一年。余意此必即《四库书目提要》所指葛征奇一本,盖介龛即葛征奇,且官衔既同,时日相距未一载,殆必是一事,《提要》将葛之修南园与蒋之刻集误而为一,故属之葛耳。是书虽为明刻第三本,然藏家既罕著录,其可珍异自不待论。又卷首有陈子壮序文,不见于陈集中,亦碎金之可贵者。既冼玉清女士来函欲得此书,余以久病,将尽散所藏,乃举以赠之。玉清于粤中文物爱护臻至,今之有心人知必能珍藏此书勿令所失也。"②按,叶氏对此版本的考察是准确的,但他认为"《提要》将葛之修南园与蒋之刻集误而为一,故属之葛耳"的看法是错误的。因为葛征奇在《重订五先生诗集旧叙》说得很清楚:"旧刻漫灭不可识,复手订而命诸梨枣,以付南海蒋令莱。距嘉靖乙丑之刻,已七十余载矣。不敢谬加诠次,悉从其旧,志不朽也。因属蒋令叙之以行。"③葛刻和蒋刻,其实是一回事。

清康熙五十九年(1720),《南园五先生诗》已不多见,所以五羊李琯朗将其重刻,这就是所谓一箦山房本④。李氏《序》云:"《南园五先生诗选》由来旧矣,岁久湮没失传。嘉靖丁巳,督府谭(谈)公、大参王公,求五先生集于太史泰泉黄公家,仅得黄、李、孙、王,而失其一,误以《汪右丞集》并刻藩署,以足五先生之数。越乙丑,少参峒峰曹公,于梁中舍家得其祖父文康公家藏《诗选》旧本,乃知黄李孙王外,而有赵公介者,因以与陈公暹,陈公命工刻

---

① 葛征奇编:《南园前五先生诗》,《四库全书存目丛书》本,第 3 页。
② 叶恭绰:《矩园余墨》,辽宁教育出版社,1997 年,第 154—155 页。
③ 葛征奇编:《南园前五先生诗》,《四库全书存目丛书》本,第 2 页。
④ 李琯朗,字崇朴,号冬见,国子生,博极群书,并被荐举博学鸿词科。他在祖传碧梧园基础上,增修亭台楼阁,题额曰"一箦山房",聚集典籍,教育子女。(参杨芷华著:《李昂英》,广东人民出版社,2006 年,第 299—300 页。)

之,而五先生之姓名于是乎正。至崇祯间,距嘉靖七十余载,是选亦复湮没。按院葛公征奇,又继谭王曹陈四公,旁搜古本,乃得于黎公遂球家。因属南海令蒋公禁付之剞劂,而陈公子壮为之序,是《五先生诗选》凡四刻矣。今去葛公之刻未百年,士大夫家素号藏书者,予尝询之,已不可复得。……今秋因曝先人手泽,复为黄子惺若之请,知不可固辞,乃授之以梓。若夫孙先生诗不敢增入,悉从旧本,亦犹葛公《序》所云而已。呜呼! 梓力几何? 三百余年,《五先生诗选》几绝者五矣,能无望于后之继予而刻乎? 是为序。"①《南园五先生诗》在明代实际上只有三刻,算上已经失传的旧本,才能称得上是四刻。那么,一箦山房本就是第五刻了。

乾隆年间,《钦定四库全书》集部收录有浙江巡抚采进本《广州四先生诗》。《提要》指出:"不著编辑者名氏,乃明初广州黄哲、李德、王佐、赵介四人诗也。当时与同郡孙蕡并称,所谓南园五先生是也。……南园诸子中,惟孙蕡集尚流传,四人著作已多散佚,此乃后人重辑之本,以蕡集别行,故惟称四先生焉。"②比较这个版本与陈暹刻本、葛征奇刻本目次基本一致,只有个别篇章略有出入,显示二者应该是同源的,只不过此本没有收孙蕡诗而已。如《广州四先生诗·雪篷集》所收黄哲"古乐府"类诗,比葛征奇刻本少了一首《自君出之矣》;"五言排律"在"五言律诗"之后,而葛氏本正好相反。

同治九年(1870)南海陈氏对李琯朗一箦山房本进行了重刊。《四库全书存目丛书》集部375册《南园前五先生诗》五卷,采用的是首都图书馆藏清同治九年南海陈氏樵山草堂重刻本。此本卷首收录了陈暹、葛征奇、陈子壮、李琯朗四人的序跋,还有"南园社前五先生姓氏"以及李琯朗补充的"五先生诗评",卷内还有五人的小传。这表明,此本汇集了明、清两代版本的全部优势,是一个集大成的版本,也表明岭南后学对南园五先生的认识不断深入。1985年,梁守中以此本为底本进行点校,是一个合理的选择。

《西庵集》和《南园五先生诗》的编撰与刊刻,对于岭南诗学传统的建构和传承有着极为重要的意义。首先,岭南后学将文集的刊刻当作一种缅怀先贤、存亡继绪的一种有效方式。如后世《西庵集》的刊刻者,都流露出对孙蕡命运的同情和对其道德文章的推崇。如蔡汝贤指出:"西庵孙先生者,岭南之豪杰也。其行实具载本传,其诗见《五先生集》中,业已行于世矣。此复梓之者,表其遗也,亦以重其本也。夫山必自昆仑生焉,水必源星宿出焉。先生诗为岭南发祖,文人学士至今宗之。固山之昆仑、水之星宿也。可使其

---

① 葛征奇编:《南园前五先生诗》,《四库全书存目丛书》本,第4页。
② 《广州四先生诗·提要》,《景印文渊阁四库全书》第1372册,第1—2页。

泯没弗传耶。……先生博极群书,所著作甚富,惜零落不存。余阅《通志》,读《祭灶文》,低徊久之。因叹世之弃才何限也。兹并论著于篇,见先生之所以可传者,不独以诗也已。"①这里强调了孙蕡在岭南文学史上的地位以及刊刻《西庵集》的意义。叶逢春指出:"先生旧刻诗集,板已经蠹,存者寥寥。予思先生一生心血,尽寄于诗,苟任其残毁,不独先生之言不彰,而功德亦从此而晦,是诗亡较无祠更甚。爰搜旧箧,得先子珍藏一帙,再三校订,只字无讹,遂付剞劂,以公诸世。"②梁泉则从地域诗学和家族传承的角度说:"广东诗自张曲江开宗,至南园五先生为继,则孙西庵者,又南园之小宗乎。其诗清和婉约,源于风雅。后之名家,出入百氏,支分派别,而于先生不祧。故首祀于南园,俎豆修洁,况于其宗人乎?况于其宗人之爱其诗乎?……龙之叔康业君,得先生诗旧本,盖门人黎贞所编者,珍惜之,亟谋重梓,而问序于予。予喜孙氏之敬宗收族,而君能传其善也。古者氏族所以责功德,勉人使为善。贤如先生,虽子孙泯绝,犹得附于原族而享其祀,则为善可无惧矣。先生所著书多散佚,独诗文存,诗文亦散佚,独此本仅存。尝见坊刻狭陋,不足行远。君仍其旧而新之,将使慕先生者,皆得读其诗与文,想见其人所以明著后世,而显扬其祖者何如也?君游太学,好蓄书,督厉诸子。侄龙为郡诸生,每试则优。尤工诗,涵风写艳,多本其家学,将执持珠盘玉敦,以继南园风雅。于先生为兴宗,予日望之矣。"③龙官崇指出:"呜呼,五先生殁后迄今,骎骎五百四十五年,其集至是凡六出矣。而南园五先生诗经七易版,尚弗与焉。苟非其灵,集不终行。然非戈戈兹集之能动人,盖一旦赍志没地,节概凛然,有以动人也。非一旦节概之能动人,盖平居积养宁静之志、集义之气、豁达之怀,有以动人也。"④至于《南园五先生诗》的一再刊刻,也可作如是观。梁廷枬指出:"其(孙蕡)与王、李、黄、赵四家合刻称《南园五先生集》。自正德以前,已易三刻。嘉靖初,督府武进谭公恺复付剞劂,亡《临清集》,补以《汪右丞集》。乙丑,布政闽县陈公暹始得家文康公藏本,并锓焉。崇祯戊寅,巡按海宁葛公征奇修三忠祠成,爰求而授之梓,至此亦凡六刻。合以康熙庚子里人李君琯朗所刻,嘉庆甲戌罗云山丈《广东文献》所收,则凡八易板矣。非其人之能感人,固不及此,匪独诗也。"⑤一代一代的岭南后

①　郭汝诚修,冯奉初等纂:《顺德县志》卷一八,第 1627 页。
②　梁廷枬辑:《孙西庵集》,道光十年刻本。
③　梁泉:《西庵集序》,载孙蕡《西庵集》卷首,《明别集丛刊》第 1 辑第 16 册,黄山书社,2013年,第 103 页。
④　龙官崇:《孙西庵集跋》,载《西庵集》,顺德中和园《自明楼丛书》本,第 1—2 页。
⑤　梁廷枬辑:《孙西庵集》,道光十年刻本。

学,将南园五先生文集的刊刻,当作一种纪念和传承前人风雅的方式。南园五先生的别集和合集的刊刻,成为了一个意义不断衍生的文本。

其次,《西庵集》和《南园五先生诗》的编辑与刊刻,体现了岭南后学继承地域诗学传统的文化自觉。《南园五先生诗》所录以古体诗为多,近体诗较少,但观孙蕡《西庵集》中,近体诗却不少于古体。显然,明清两代的刊刻者对于"南园五先生"之诗歌的编选,是带有自身的审美选择:即偏向于古体。关于南园五先生的诗学路径,明清两代岭南后学皆有所揭示。明人王世贞曾详述其读了《南园五先生集》以及"南园后五先生"之梁有誉、黎惟敬诗集之后的感受:"盖余晚而得所谓孙蕡、五先生集者,既读稍异之,以为其人语不尽中程,亦时时操元音,然丽而有隽致。既又从西曹得尚书郎梁公实诗,则又异之,以为庶几太康、开元之风,惜不幸蚤死。而最后得今尚书职方郎黎惟敬诗,则益又异之。其五言古自建安而下逮梁陈,靡所不出入,和平丽尔,七言歌行,有卢杨沈宋之韵,近体飒飒,全盛遗响,诚征其辞而奏之肉,叶以正始,铿然而中宫商也,盖十得八九矣。"①作为岭外人的王世贞,通过对南园前后五先生作品的直接阅读,道出了南园前后五先生所代表的古体学汉魏、近体学盛唐的岭南地域诗学之路。这种对南园诗歌的审美感受,也为岭南后学所认可。如明中叶陈堂《南园五先生》诗云:"嗟哉五先生,性行何踽踽。南园结社时,意气扬千古。千古辞赋争豪雄,文光直射斗牛宫。谈诗三百薄汉魏,使人至今凛凛凌清风。我生二百余年后,南国踪迹能继否?"②显然,陈堂认识到了古诗必综汉魏,乃是孙蕡和南园五先生诗歌卓然有古格的原因。对于南园五先生近体诗"宗唐"的特点,岭南后学也有所认识。刘介龄《怀南园五先生》云:"中原文物回天地,洛社风流自古今。遥忆南园五星聚,漫夸东晋七贤林。阿谁大雅追唐律,遮莫希音有越吟。此日浮丘论往事,尊前何必叹升沉。"③黎遂球《岭南五先生诗选序》曰:"岭之南人人言诗,其在国朝,盖有五先生,窃尝论之。如孙仲衍视嵇中散、谢康乐先后一辙;王彦举乃得比汉二疏、唐贺季真;黄庸之为政,有韩退之徙鳄风;李仲修不愧太白、长吉称,其治义宁,则文翁化蜀;赵伯贞自拟渊明,诚孟浩然所不能及。虽出处各殊,然于唐诗有张文献,于我明有五先生。粤昔者称之,盖无异词云。……所以倡五先生者,嗣音继响,相与鼓吹休明,如唐初之有中盛哉。"黎遂球清理出了一条"张九龄——孙蕡"的岭南诗歌传承路线,并

① 王世贞:《瑶石山人诗稿序》,《弇州四部稿》卷六六,《景印文渊阁四库全书》第 1280 册,台湾商务印书馆,1986 年,第 151 页。
② 郭棐编撰,王元林校注:《岭海名胜记校注》,第 117 页。
③ 郭棐编撰,王元林校注:《岭海名胜记校注》,第 118 页。

且认为"惟其风流余韵,本不容没,则尚友者,亦可以知所师法也"①。屈大均将这一传统表述为"曲江规矩"。他说:"吾粤诗始曲江,以正始元音,先开风气。千余年以来,作者彬彬,家三唐而户汉魏,皆谨守曲江规矩,无敢以新声野体而伤大雅,与天下之为袁、徐,为钟、谭,为宋、元者俱变。故推诗风之正者,吾粤为先。"②其《修复浮丘诗社有作》云:"变乱以来遗响绝,后生不知分歌讴。抗风轩里失领袖,诃子林里谁赓酬。别裁伪体遍里巷,汉唐规矩同寇仇。泰泉弟子多古调,兰汀青霞居其优。我今欲作钟吕倡,欲得二三黎与欧。南园东皋总荒草,坛坫复有浮丘不?"③这里说的汉唐规矩,也就是"曲江规矩",即"家三唐而户汉魏"之"古调"。这一诗学路径,在南园后学中得到了遵循。乾隆三十年,粤中士人陈文藻等辑成《南园后五先生诗》,熊绎组为作序云:"嘉靖年间,复有后五先生欧大任、梁有誉、黎民表、吴旦、李时行者,继南园以结社,振诗学于式微。"④"南园十二子"中,陈子壮"际涉末流,乃纠后进,敷藻继声,虽诸人文采不少概见,而争迪前人光,亦足以作南园之后劲矣。"⑤区启图论诗则称:"国朝之文章,自北地以还,历下继之,盛于嘉隆而即衰于嘉隆。其病在夸大而不本之性情,率意独创而不师古,遂使唐、宋、昭代,畛分为三,声气之元,江河不返。"其诗作则"能承家学,与李烟客、罗季作、欧子建、邝湛若四五公者唱和,其雄才绝力,皆可以开辟成一家。而兢兢先正典型,弗敢陨越。所著悉温厚和平,光明丽则,绝不为新声野体、淫邪佻荡之音,以与天下俱变"⑥。明末,薛始亨指出:"间尝纵观洪、永、成、宏以迄于今,天下之诗,凡数变矣,独吾粤犹奉先正典型。自孙典籍以降,代有哲匠,未改曲江流风。……庶几哉,才术化为性情,无愧作者矣。"⑦岭南诗派之所以能够在明代诗坛独树一帜,其原因就在于其遵守先辈所树立的"家汉魏而户三唐"的地域诗学传统,这样他们"所得于师友者深,虽入王、李之林,习染未甚"⑧,"虽参预七子、五子之列,而于其叫嚣剽拟之习,熏染犹未深也"⑨。到了清代,南园后学仍然能够遵循南园前五先生奠定的岭南地域诗学传统,从而使岭南诗派继续保持鲜明的地域风格。清人将南园前

① 黎遂球:《莲须阁集》卷一八,《丛书集成续编》第 149 册,第 394—395 页。
② 屈大均:《广东文选自序》,《屈大均全集》第 3 册,第 43 页。
③ 《屈大均全集》第 1 册,第 200 页。
④ 梁守中、郑力民点校:《南园后五先生诗》,第 171 页。
⑤ 檀萃:《楚庭稗珠录》,第 51 页。
⑥ 屈大均:《广东新语》,第 356—357 页。
⑦ 陈子升:《中州草堂遗集》,《丛书集成续编》本,新文丰公司,1988 年,第 272 页。
⑧ 朱彝尊:《静志居诗话》,第 38 页。
⑨ 钱谦益:《列朝诗集小传》,上海古籍出版社,1959 年,第 432 页。

五先生、南园后五先生、南园十二子,视为一脉相承的岭南诗派,认为他们的共同之处就在于"以唐为宗"和"接轨梁陈"。如韩海曾指出:"吾粤诗多以唐为宗,宋以下概束高阁。远自南园五先生开其源,近则屈、梁、陈三大家树之帜。粤人士从之翕然,如水之赴壑。"①道光年间,姚莹有《南园秋草没荒陂》诗:"南园秋草没荒陂,接轨梁陈亦足奇。最是屈家吟不得,分明哀怨楚湘累。"②洪亮吉云:"尚得昔贤雄直气,岭南犹似胜江南。"③李威《粤东诗海序》明确指出:"粤东自曲江开正始之音,嗣后作者继兴,至前后五先生创立南园以提倡风雅,古诗必综汉魏,近体必效盛唐,皆能兴复古昔,蔚为辞章之华。"④道出了"古诗必综汉魏,近体必效盛唐",是岭南诗歌"雄直"之气的来源。潘耒《羊城杂咏》指出:"南园诗社明初盛,典籍才华最出群。中叶欧梁推秀婉,末年黎邓擅清芬。地偏未染诸家病,风竞堪张一旅军。韶石凄清珠海阔,湘灵雅调至今闻。"⑤《南园后五子姓氏》云:"按前明洪武初,有孙典籍蕡、赵封君介、李长史德、黄待制哲、王给事佐,结社于羊城南园抗风轩,祛宋元之习,开词源之宗,三唐之遗响犹存,曲江之风度不远。"⑥乾隆《番禺县志》卷一五:"岭南文学发源于始兴文献公。至国朝孙仲衍传金华之衣钵,唱导岭海。德靖之间,黄才伯、梁公实、黎惟敬、区海目、欧桢伯夹毂争胜。余于公车得韩孟郁于词林,得香山、南海二相君于门墙。皆衔华佩实,质有其文。由诸子以溯仲衍,由仲衍以溯金华云云。粤中诗派,实始于五先生。垂三百年,与明始终,其源流可睹。"⑦嘉庆年间诗人李黼平认为:"天下之诗派有三:河朔为一派,江左为一派,岭南诗自为一派。"⑧其《南园诗社行》云:"大匹久亡风委草,后生望古伤怀抱。朝阳未放节足音,蝉蟋嘶吟元末造。孙、王欻起五管中,力挽颓纲无限功。一时声律谐九奏,象箭胥鼓追姬宗。百余年间孰继轨?欧、梁、黎、李连翩起。琼琚玉佩放阙词,籍甚才名仍五子。有如《邶》《鄘》续《周》《召》,不比永嘉闻正始。文宴翰林兼子墨,丹青偶为丛祠饰。《国殇》《山鬼》送迎神,岂料铜驼徙荆棘!厓山波浪犹未灭,黄屋南来如一辙。取日难回壮士心,垂虹迥喷孤臣血。一代兴亡何处见?

---

① 转引自梁佩兰:《六莹堂集》,第 437 页
② 姚莹著,黄季耕注:《姚莹论诗绝句六十首注》,黄山书社,1986 年,第 84 页。
③ 洪亮吉:《洪亮吉集》第 3 册,中华书局,2001 年,第 1244 页。
④ 温汝能纂辑,吕永光等整理:《粤东诗海》序,中山大学出版社,1999 年,第 13 页。
⑤ 潘耒:《遂初堂诗集》卷七,《续修四库全书》集部第 1417 册,上海古籍出版社,2002 年,第 255 页。
⑥ 罗云山:《广东文献初集》卷一四,《广东文献》第二册。
⑦ 任果等修:乾隆《番禺县志》卷一五,《故宫珍本丛刊》第 168 册,第 242 页。
⑧ 李黼平:《著花庵集·自序》,民国梅县古氏铅印本。

抗风轩里诗三变。蒿藋吟成气慷慨，松桐谣起声凄恋。文章忠孝两臻绝，词人到此开生面。星移物换速奔蛇，春入南园千树花。胃户游丝穿乳燕，拂檐垂柳噪栖鸦。此地谁还盟玉敦？此时谁更飞银槎？惟馀火齐天香曲，翻作夷歌唱晚霞。"①他们一致认为，从"南园前五先生"到"南园后五先生"再到"南园十二子"，都高举南园旗帜，坚持南园"古诗必综汉魏，近体必效盛唐"诗学路线，从而使岭南诗派不同于其他诗派，以其鲜明地域特色耸立诗坛。一个流派的诗学主张，要发展为一种地域诗学传统，必须要有后学参与才能真正构建。如闽中诗派始祖严羽虽提出"汉魏晋盛唐为师"，但闽中后学林鸿等人则独推盛唐，故而闽中诗歌一直缺乏古直之气。又如江西诗派刘崧"大抵以清和婉约之音，提导后进"，但江西后学杨士奇"复变为台阁博大之体，久之遂浸成冗漫"②。相比之下，岭南后学对于南园五先生奠定的诗学传统的建构则是严格遵守地域传统，从而构建了绵延明清两代岭南地域诗学和地域诗派。由此看来，地域性的诗文合集、别集的刊刻，与着眼于地域诗的诗文评点合在一起，清晰地呈现了岭南的地域诗学传统。蒋寅先生指出："当地域传统在这些文献中浮现出来，并被人们所接受时，它就对一个地方的诗歌创作和批评产生极大的影响，使当地士人的学诗、写诗和评诗有了一个更切近的参照系，最终使得诗歌批评的价值标准不能再局限于自诗骚到唐宋的经典传统，而必须与地域的小传统结合起来。"③

第四节　地方应用中的南园诗魂

事实上，作为文学空间的南园，由于社会政治经济文化的变迁和时间的流逝而常常处在一种湮灭的危险之中，南园记忆也常常处在若断若续的状态，从而出现了一种碎片化现象。为了对抗这种碎片化风险，岭南地方社会将南园纳入了一个广阔的地方应用语境中，借助对南园的修复、地方祭祀仪式和凭吊文本，将南园当做一个整体的"记忆仓储"，当做一个不断扩大和过滤的"过去"，使南园文学记忆通过文化型构而"结晶"为文化记忆，使之"具有延续的意义"④。

洪武三年，南园五先生相继出仕，南园开始冷清。嗣后，南园诗社虽曾

---

① 陈永正选注：《岭南历代诗选》，第 424 页。
② 永瑢等：《四库全书总目·槎翁诗集提要》，中华书局影印本，第 1467 页。
③ 蒋寅：《清代诗学与地域文学传统的建构》，《中国社会科学》，2003 年第 5 期。
④ ［英］阿兰·R.H.贝克著，阙维民译：《地理学与历史学——跨越楚河汉界》，第 150—151 页。

短期重开,但已经难以恢复元末时期的盛况了。洪武十五年(1382),孙蕡外任苏州经历,洪武二十二年因事谪戍辽东,洪武二十三年被杀。至此,南园五先生已无一人存世,南园逐渐衰敝。明成化时期,南园曾一度废为总镇行馆。明嘉靖初,御史吴麟将已改建为总镇行馆的南园建成了三大忠祠,供祀南宋末年抗元将领文天祥、陆秀夫和张世杰,其左有臣范堂,右有抗风轩,同时他还创建罗浮精舍①。此次修复,赋予了南园多样的文化功能,臣范堂寄寓了岭南社会对于三位忠君爱国之民族英雄的敬仰,抗风轩表达了对于南园风雅的追忆,而罗浮精舍则是反映了岭南的佛教信仰。嘉靖十四年,御史戴璟于正气堂后移清风亭两所改建,"加以墙垣,增春秋二祭,议将废寺田十顷助祭田"②。约嘉靖二十年(1541)③,欧大任、梁有誉、黎惟敬、吴兰皋、李时行五位岭南诗人,结社南园故址,此时南园是"社已废而园故在,荒竹漉池,半掩蓬藋"④。万历中,郭棐致仕归,"与陈堂、姚光泮、张廷臣、黄志尹、邓时雨、梁士楚、陈履、邓于蕃、袁昌祚、杨瑞云、王鏊、陈大猷、王学曾、金节、郭槃,凡十六人,辟浮丘社,以续南园"⑤。万历二十四年(1596),郭棐《岭海名胜记》刊行,其卷三收录南园五先生的南园诗歌数首,同时收录有梁柱臣、陈堂的《南园五先生》诗,刘介龄、郑用渊、邓时雨、郭棐、杨瑞云、李时郁等人的《怀南园五先生》以及冯绍京的《南园旧社》。其中,郭棐《怀南园五先生》描写当时南园的风景:"郁郁南园数亩宫,当时结社尽人龙。抗风轩上青虹射,听雨庭边绿树秾。典籍声华魁四杰,临清词藻丽双松。易庵更有青莲兴,老鹤摩云几万重。"邓时雨《怀南园五先生》:"五子当年擅粤台,翩翩曾拟建安才。词场砥砺前茅进,石室深藏削竹来。聚散古今成梦寐,风流簸荡见琦瑰。南园再到寻幽胜,抚景能无首重回。"冯绍京《南园旧社》云:"南国山川溇至文,瑞时威凤五为群。九天日月开真主,一代词华勒首勋。社夹粉榆青自耸,池环苹藻翠难分。至今胜迹依然在,风雅谁能复似君。"⑥《岭海名胜记》将南园视为"名胜",并以众多的回溯性文学记忆,表达了岭南地方文人对于南园记忆的文学特性的强调。"重回""复似"等词语表明,万历时期的文人们其实是意欲通过地方化的文学传统将自己的文化身份合法化,从而发展自身的身份认同。岭南社会对南园的修葺、诗歌追怀,构成了一种

① 参见梁鼎芬等:《番禺县续志》卷四一,第575、577页。
② 戴璟:《广东通志初稿》卷五,广东地方史志办公室2003年,第112页。
③ 李艳:《明代岭南文人结社研究》,西南大学2014年硕士论文,第40页。
④ 欧大任:《欧虞部集·蓬园集》卷二,《北京图书馆古籍珍本丛刊》本,第567页。
⑤ 阮元修、陈昌齐等纂:道光《广东通志》卷二一八,《续修四库全书》第673册,第579页。
⑥ 郭棐编撰,王元林校注:《岭海名胜记校注》,第118—119页。

意义的互文性:南园五先生作为一种历史文本,为南园的修葺和诗歌追怀提供了依据与理由;而南园的修葺与后学的追怀,则说明南园五先生的历史意义与现实价值。

崇祯十一年(1638),按粤使者葛征奇组织重修了三大忠祠。黎遂球《三大忠祠赋》序云:"三大忠祠,祀故宋信国文公天祥,左丞相陆公秀夫,越国张公世杰也。地本广州南园旧址,当国初有赵御史介、孙典籍蕡、王给事中佐、李长史德、黄待制哲,是为五先生。结社南园,开我明岭表风雅之始。继而当事者因其地建祠以祀三公,为岁已久。崇祯戊寅直指葛公奉命巡按东粤,遂出俸镪,率僚属诸公庀材募工修之。池亭堂寝,无不完美。……因又举五先生所为诗重授剞劂,于以采风激俗,义有兼贯,一时绅僚咸勒碑矢颂,以志不朽。"①此次的修复,空间修复与文化的修复同时进行,不仅修复了南园空间建筑,还重刻了五先生的诗作。此后不久,在地方官绅的支持下修复了南园旧社,并且恢复了祭祀。张萱曾为之作记:"南园旧社,国初岭南五先生之旧。初祀废二百五十余年,今王太父太常虞石王公按粤时,偕黄士明、黄亮垣、韩绪仲、陈集生四太史,陈抑之、邓玄度、刘觐国三观察,高正甫太守,梁幼宁、韩寅仲二明府,韩孟郁、黎孺旬、黄逢永三孝廉及不佞萱捐资修复者也。"②按,张萱的这段话,透露出南园五先生曾经入祀,时间约在250多年前。由此可知,南园五先生的初祀,当在南园五先生逝世不久之后的洪武末年。古代对于入祀者的选择是非常慎重的。"古者祀有常典,凡山川、林谷、丘陵,能出云为风雨,与夫施法于民;以死墐事,以劳定国,御大灾、捍大患者,皆得以祀之。邑之庙祀不一,其尤昭著者,国之功臣,邑之先哲,或死于民社之寄,与夫山川、林谷、丘陵之能出云为风雨者亦当矣。"③朱元璋甚至说:"天下神祠有不应祀典者,即淫祠也。有司毋得致敬。"④对于这些祭祀对象,古人将其分为通祀、祀典、先贤、土人私祀四类。孙蕡被杀后,其祖籍地顺德熹涌人祀之于家祠左辅,其家乡顺德平步人祀之于乡贤祠。黄哲被杀后,"郡邑人士,家为祭奠"⑤。南园五先生并非国之功臣,孙蕡、黄哲二人是因罪被杀,他们的初次入祀,应该属于土人私祀。这次官方以南园祀三大忠,对于南园五先生也还有一定的积极意义。黎遂球指出:"以大忠之三公而存五先生之南园,以纡谟定命之公而存五先生之

①　黎遂球:《莲须阁集》卷一,《丛书集成续编》第149册,第199页。
②　张萱:《西园存稿》卷一〇,日本内阁文库藏清康熙四年刊本影印。
③　《祠庙叙》,杨潜纂《绍熙云间志》卷中,《续修四库全书》第687册,第28—29页。
④　张廷玉等:《明史》,第1306页。
⑤　黄佐:《广州人物传》卷一二,《四库全书存目丛书》本,第515页。

诗,均之不可谓非五先生之得所凭藉,然亦惟其风流余韵本不容没,则尚友者亦可以知所师法矣。"①这段话说明了南园五先生尽管功名不显,但是他们对于岭南地方风雅的振起、人才的化育,在广州及其家乡中还是得到了应有的承认。南园五先生以诗人群体的形象,不时唤起一代代岭南文士乃至寓岭人士的记忆与想象,因而他们得以成为一个不断进行文化叠加的叙事文本,从而谱写了一曲延绵不绝的南园诗歌接受史。有论者指出:"'南园'已从一个自然的地域概念转化为一个具有精神内涵的人文语汇——南园诗魂"②,这是合乎事实的。

明清易代之际,原来经过修复的南园,又因兵乱而荒圮。康熙六年(1667),番禺知县彭襄修复罗浮精舍,十年(1671)三大忠祠也得到重建,颜曰"正气堂"。其"右为臣范堂,左为远风堂,前池后濠,辉映俨翼"③。康熙二十二年(1683),番禺令李文浩在大忠祠东修复抗风轩,列五先生而祀之,并且撰文曰:"南园五先生开抗风轩,倡和于明初,为岭南风雅之宗。今大忠祠,其遗址也。予叨令兹邑,仰止弥深,乃即大忠祠东偏列主而祀之,轩仍故名,使来者有考焉。"④这是南园五先生正式列入官祀,标志着岭南社会对其"邑之先哲"地位的确认。康熙二十三年(1684),著名诗人王士禛《广州游览小志》描述南园:"大忠祠,祀宋文信国、陆丞相、张越国三公。其东,祠南园五先生。五先生者,孙典籍蕡、黄待制哲、王给事中佐、赵御史介、李长史德。明初结诗社于南园,此其遗址。崇祯戊寅,巡按御史葛征奇葺三忠祠,并镂五先生诗于版,久之皆废。同年彭吏部襄为番禺令,复新之。祠有池阁,背枕河流,亦一胜地。"⑤康熙二十五年(1686)八月,广东巡抚李士桢曾发布文告:"查大忠祠西边,有臣范堂,一座三间,规模宏敞,庭阶整洁,加之轮奂丹艧,及砌后墙,回廊栏槛,便可自观。……其三忠祠原以风励臣节,南园五先生祠原以表彰风雅,皆系名教所关,日久墙垣坊表损坏,俱宜一体修整完固。"⑥雍正年间,番禺诗人韩海作《抗风轩》诗:"南园骚雅忆前朝,背廓寻诗爱沈廖。江雨过时巢翡翠,溪风深处拜兰苔。精华羊石同难朽,俎豆鸡林更不祧。借问操觚谁后死,绕栏流水汐还潮。"⑦乾隆二十三年(1758),知

① 黎遂球:《莲须阁集》卷一八,《丛书集成续编》第 149 册,第 394—395 页。
② 高建旺、郭永锐:《"南园五先生"来历考论》《山西师大学报》(社会科学版),2006 年第 3 期。
③ 郝玉麟:《广东通志》卷五四,《景印文渊阁四库全书》第 564 册,台湾商务印书馆,1986 年,第 539 页。
④ 罗元焕撰,陈仲鸿注:《粤台征雅录》,中华书局,1985 年版,第 23—24 页。
⑤ 王锡祺:《小方壶斋舆地丛钞》第九帙,台湾学生书局,1985 年,第 455 页。
⑥ 王利器:《李士桢李煦父子年谱》,北京出版社,1983 年,第 221—222 页。
⑦ 乾隆《番禺县志》卷一九,清内府本。

县彭科修葺三大忠祠,增祀宋枢密使高桂等五人,额题"日星河岳"。乾隆癸未(1763),郡人请以后五先生附祀,颜曰"南园前后五先生祠"①。至此,南园五先生发展成为了十先生。祭祀空间与仪式的设立,不仅使南园具有某种"神圣"的意义,也使后来者得以在此空间进行文学记忆的交流。由此,南园在社会应用中实现了文学、名教的融合,南园记忆也实现了文本与仪式的统一。值得注意的是,在这种融合中,有关"南园十二子"的历史与记忆,由于南园十二子的反清立场而被有意地遗忘了。这表明南园文学记忆的传播,具有当下意识性(present-mindedness),可以依据当代文化发展的需要而改变。

乾隆四十一年(1776),寺僧普三重修罗浮精舍,知县张文植为此撰文并刻石纪之②。乾隆间罗元焕《粤台征雅录》载:"南园,即今大忠祠也。其中池榭幽胜,后临清水濠。今有僧居守。读书习静者,多假馆之。"③嘉庆年间,南园成为郡学课徒之所。番禺生员赵古农《玉尺楼赋选》自序云:"嘉庆壬戌,余课徒于南园抗风轩。"④嘉庆八年(1803),福建文人、著名书法家伊秉绶应粤中文人叶廷勋、冯敏昌、张维屏、宋湘等至友之热情挽留,乃客居广州多月。伊秉绶《寻南园故址》:"惆怅南园地,秋光共水清。君臣三大节,辞赋十先生。树古虫留迹,江空鹤有声。抗风轩上月,应为鉴精诚。"⑤道光五年间,学海堂书院的学者们集资修复了抗风轩,疏池沼、植花木,并举行诗歌雅集。当时的春秋祭祀事宜,则是由学海堂董事经管⑥。不过,南园祭祀事不久就荒废了。道光二十三年(1843),地方士人提议重修抗风轩,并且恢复祭祀,但是未能付诸实施。同治年间,"老辈往往寓居读书,树石多佳,池台就圮"⑦。同治六年(1867),三大忠祠重修,仍归学海堂学长管理,春秋致祭。陈澧曾撰文记其事⑧。同治十一年(1872)再度重修南园,陈澧题额抗风轩"此邦文献",并在门柱上手书伊墨卿所撰楹联"君臣三大节,词赋十先生"。五先生祠中,陈澧题联:"胜国数名流,与七子抗行,是三家先路;前贤留故迹,有两株檐柳,又万柄荷花。"⑨上联述南园后五先生与"后七子"并驾

---

① 黄佛颐编纂,仇江等点注:《广州城坊志》,广东人民出版社,1994 年,第 243 页。
② 冯沛祖:《南园与南园诗社》,《炎黄世界》,2009 年第 3 期。
③ 罗元焕撰,陈仲鸿注:《粤台征雅录》,中华书局,1985 年。
④ 梁鼎芬等:《番禺县续志》卷三二,第 413 页。
⑤ 连新福主编:《清代著名书法家伊秉绶法书大观》,海潮摄影艺术出版社,2009 年,第 4 页。
⑥ 两广官报编辑所:《两广官报》,《近代中国史料丛刊三编》本,第 717 页。
⑦ 两广官报编辑所:《两广官报》,《近代中国史料丛刊三编》本,第 717 页。
⑧ 陈澧:《东塾集》卷五《重修三大忠祠碑》,《清代诗文集汇编》第 637 册,上海古籍出版社,2010 年,第 238 页。
⑨ 广州市越秀区人民政府地方志办公室、广州市越秀区政协学习和文史委员会主编:《越秀史稿》第 2 卷,第 229 页。

的文学成就,下联写南园柳与荷花,暗含南园前五先生对南园实体性书写之意境。光绪十四年(1888),张之洞在南园旁边购买玉带濠北民房建东、南、西、北、前、后校书堂六所,以"十峰轩"为总汇,光绪三十三年(1907)扩建为名动儒林的广雅书局藏书楼。张之洞看到"南园将废,一并修治",于抗风轩题楹联:"诗如大历十才子,园似将军第五桥。"同时,他拆臣范堂,另外辟地建祠祭祀南园前后五子,颜曰"十献堂";又把罗浮精舍改建于抗风轩的东面,而把轩内佛龛撤除,名则仍从其旧。为了让南园以及大忠祠和广雅书局"绝不相混","界限自清"①,他还特设二门进出②。赵起鹏记载南园修复后的情景:"南园颓废,遗址为民间占据殆尽。南皮张公,搜剔而规复之。即其地设广雅书局,为前后校书堂,延访名流,校雠书籍。楼台临水,两岸垂杨,小作勾留,令人想见秦淮风景。"③光绪十四年(1888年),著名学者缪荃孙应张之洞之邀游粤,住广雅书局东校书堂,缪氏在日记中对书局有过这样的描述:"轩宇宏敞,水木明瑟,夹河华屋,接以红桥,真胜境也。下榻东校书堂,东即三大忠祠,祀文信国、陆枢密、张范阳三公,再东即南园十先生祠,中有抗风轩。环房八间,重碧迷离,房闼缭曲,栏外菏池十顷,假山数峰,均有幽致。"④1909年,广东提学使沈曾桐奏请在广雅书局旧址设立广东图书馆。同年12月,清政府颁布了《京师及各省图书馆通行章程》,规定各省一律开办图书馆。宣统二年,广东提学使沈曾桐耗资五万,计划为广东图书馆兴建了一座藏书楼——红楼。"观乎抗风轩之修建,书局之扩充,犹不失保存文化之意。"⑤纵观清代人们对南园的修复,重视程度明显超过了明代。这可能是因为南园五先生中的孙蕡、黄哲,在明代还是待罪之人,所以地方政府还不敢公开祭祀与追怀,而清代则没有了这种顾虑。清代对南园的修复,是由官方和民间合力完成的,从空间和精神两个层面进行的。具体说来,官方负责建筑的修复,而民间负责文化的修复。伴随南园的空间修复,有频繁的诗歌凭吊活动。官方看重的是三忠忠义,而乡绅看重的是南园风雅,再加之外来文人的游览和凭吊,使南园不仅成为了一处岭南游览胜地,也成为了一个精神生产的文本意义场。

---

① 两广官报编辑所:《两广官报》,《近代中国史料丛刊三编》本,第718页。
② 林贵添:《南园旧址考》指出:"整个广雅书局实以玉带濠为界,分濠北和濠南两部分,濠北部分并不属于南园旧址。故时常有人把后来的广雅书局整个都算作是南园旧址是错误的。"(载《羊城今古》,2006年第1期)这个看法是正确的。
③ 黄佛颐编纂,仇江等点注:《广州城坊志》,第467页。
④ 缪荃孙:《艺风老人日记》,北京大学出版社,1986年,第93—94页。
⑤ 杜定友:《广东文化中心之今昔》,广州市文史研究馆编:《羊城风华录:历代中外名人笔下的广州》,花城出版社,2006年,第211页。

　　民国以来,南园文物渐遭破坏。1912 年广东都督胡汉民命冯愿、李茂之等人筹办省图书馆,馆址就在文明门外聚贤坊,并附设夜校及师范传习所。1914 年教育部的《视察第七区(闽、粤、桂)学务总报告》(广东部分)"社会教育"条中描述馆内园林布局之优美:"地面广阔,景致绝佳。亭阁楼台,间以溪桥。青林翠竹,围绕四周。入之性静神怡,有超然尘世之想。"①杜定友则描述馆内景色:"广东图书馆成立后,园林清雅,回廊曲折,六脉渠间,筑桥相通,名'荷花桥'。茂林修竹,荷香扑鼻,诚为士子潜修福地,全省文献中心。"②1913 年,军阀龙济光部占驻了广东图书馆,随后许多军政机关,此去彼来,络绎不绝。先后占驻广东图书馆的有筹饷局、两广学务处、龙济光部、粤海道尹公署、广东课吏馆、广东筹赈处、广东修志局、保存古物所、广州市教育局、广东省公路处、两广盐运司。如黄友圃任广州教育局长,廖道传作《黄友圃任广州市教育局长索诗即赠》:"厓海陆沉三大节,南园骚雅十先生。抗风轩下怀香旧,翠竹苍梧想凤鸣。"③1915 年 7月,张鸣歧调广东任巡按使,地方开明士绅梁庆桂(1858—1931)作《致张坚白制府书》,称:

　　　　公启者,粤中风雅盛称南园,明初孙仲衍、王仲翔、黄荔湾、李仲修、赵贞伯五先生,当结诗社于此。迨欧苍山有《五怀》之作,因与梁兰汀、黎瑶石、吴兰皋、李青霞复联吟于抗风轩,所谓后五先生也。陈文忠公,敷藻扬声,雅续前轨,风流文采,称极盛焉。康熙朝番禺令李公建复抗风轩,列前五先生而祀之。乾隆朝郡人士,请以后五先生附祀,颜曰"南园前后五先生祠",盖由来者久矣。自是以来,方闻之士,辄觞咏其中,每当熙春凛秋,霞朝月夕,招邀朋盍,从论人天,携徐邈之酒鎗,斗江洪之诗钵,古欢易索,良会有常,不知其有兴废之感也。乃张安帅督粤,假其地为图书局,冠盖往还,吏胥杂沓,文燕之举,寂然无闻。旌节莅临,盖郡士夫因以规复为请,明公慨然许之。廉访秦公,备文移交,成案具存,士林颂德,历久弗衰。辛亥乱后,纲纪荡然,凫鹥下于鹿台,词坛荒于马肆,士习颓靡,风化凌夷,世道之忧怒焉。如持今值使星重莅,甘泽敷布,退思旧德,敢申前请,伏乞查炤原案,仍将南园移交,并饬令图书、印刷等局,迁移别地,出示立案,昭兹来

---

① 舒新城:《中国近代教育史资料》第 1 卷,人民教育出版社,1981 年,第 314 页。
② 杜定友:《广东文化中心之今昔》,《羊城风华录:历代中外名人笔下的广州》,第 211 页。
③ 廖道传著,廖国薇、梁中民点校:《三香山馆诗集》,中山大学出版社,2000 年,第 245 页。

许，庶几先贤遗躅，亘古不刊，继香火之前缘，成骚坛之韵事，扶值名教，丕振宗风，高风胜情，旷代若接。①

此文追述了南园的历史变迁，恳请地方当局移交地方，以"继香火之前缘，成骚坛之韵事"。但是，梁庆桂的请求没能被采纳实施。南园一直为各军政机关所占。入驻之机关，置文化历史于不顾，南园古籍散佚，牌匾石刻渐遭磨灭。如进驻大忠祠的盐务处曾将张之洞手书"广雅书局"四字磨灭②。张瑞机《广州杂咏》写当日南园残破景象："岭南诗社数南园，瘦竹肥蕉护石垣。前辈风流凋谢尽，沸羹飞炙抗风轩。"并自注："南园抗风轩为明清名士吟社，今为卖酒家矣。"③文化中心之气息，扫荡无余。1917 年广雅书局广东图书馆改名省立图书馆。民国 16 年，旅居美国、加拿大、墨西哥、古巴等地的华侨为纪念孙中山先生，筹资建立了广州市中山图书馆。1933 年，省馆曾一度停办，将馆藏图书五万三千余册移交广州市市立中山图书馆。1934 年春，为纪念孙中山先生的得力助手、著名民主革命家邓仲元先生，在广雅书局内设立了仲元中学，胡汉民是首任董事长，著名政治家刘芦隐为第一任校长。后因胡汉民逝世，董事会改组，蒋介石为名誉董事长，余汉谋为常务董事长，1942 年正式命名为"广东省立仲元中学"，红楼成为仲元学校的课堂和宿舍。广州沦陷后，仲元学校迁移，这里成了汪伪市政府公署及财政局、社会局所在地。1945 年抗战胜利后，广东省政府主席罗卓英批准省立图书馆迁回原址，红楼收归图书馆，同时拨款修建危楼颓壁④。清季以来，南园还曾一度成为革命的策源地。1893 年，革命党人尤列在广雅书局附设的广东舆图书局任测绘生，与局员相熟，得借抗风轩，与孙中山、郑士良等人以文会为名，举行了抗风轩会议，商议建立革命团体，为后来兴中会的建立以及 1895 年广州起义准备了条件。《孙中山自述》记载："广州行医期间，时得同志左斗山、魏友琴、程璧光、程奎光、王质甫、程耀宸诸人，遂假双门底圣教书楼后进礼拜堂及广雅书局内南园抗风轩为密谈时政之俱乐部，旧友尤列、陆皓东、区凤墀等与焉。"⑤今厦门图书馆还藏有《孙中山在抗风轩》的照片。

---

① 黄启臣、梁承邺编著：《梁经国天宝行史迹》，广东高等教育出版社，2003 年，第 151—152页。（原文个别标点有误，笔者径行改正。）
② 罗香林：《广州名迹记》，广州市文学艺术界联合会编《广州印象》，广州出版社，2007 年，第13 页。
③ 张瑞玑：《广州杂咏十八首》，王作霖编《张瑞玑诗文集》，北岳文艺出版社，1998 年，第 69—70 页。
④ 杜定友：《广东文化中心之今昔》，《羊城风华录：历代中外名人笔下的广州》，第 211 页。
⑤ 孙中山著、文明国编：《孙中山自述》，人民日报出版社，2014 年，第 18 页。

在南园抗风轩的对面,有一栋别致的楼房,即今文德东路的文德楼。这栋楼建于民国初年,1925 年间,周恩来同志和邓颖超同志曾经在这栋楼的 5 号三楼办公和居住过。《周恩来传》记载:"1924 年 9 月,周恩来返回位于亚热带的广州。……他的办公室设在文德路一幢小楼的二层,……这是中国唯一公开的中共办事处。"①晚清民国以来,玉带濠淤塞严重,加上沿江长堤一带逐渐开发,又开辟了马路,于是逐渐由盛到衰,濠畔街逐步演变成小商品作坊。由于污染严重,1950—1951 年间,玉带濠改为暗渠②。1955 年,广东省立图书馆和广州市市立中山图书馆再度合并,改名为广东省立中山图书馆,红楼成为广东省中山图书馆(又称文献特藏部)。1986 年广东省立图书馆整体搬迁到文明路 213 号,原馆改称为孙中山文献馆。令人叹息的是,近年来红楼(即广雅书局的藏版楼)因省馆主体馆舍迁建已遭拆除。原址据说正筹建广东文园,但工程目前并没有什么实质性的进展,至今仍是一片停车场。可以说,民国以来,南园虽然还保留了一些教育文化功能,但与明清时期相比,可谓是"前辈风流凋谢尽"。

文化记忆是"每个社会和每个时代所特有的重新使用的全部文字材料、图片和礼仪仪式的总和。通过对它们的'呵护',每个社会和每个时代巩固和传达着自己的自我形象。它是一种集体使用的、主要是(但不仅仅是)涉及过去的知识,一个群体的认同性和独特性的意识就依靠这种知识"③。南园文学记忆尽管由于政治经济社会的转型而面临碎片化的风险,但是这并没有摧毁其为岭南文学提供整体性和独特性意识的基本功能。明清以来围绕南园这一空间所进行的文学、文化活动,实质上是将南园建构成了岭南文学的记忆仓储,兼具"胜地"和"圣地"两重文化价值。所谓"胜地",着眼于南园优美的自然风景和优雅的结社雅集,主要通过园林的修复和诗歌酬唱来实现;所谓"圣地",着眼于南园诗人在岭南文学传承和发展方面的独特意义,主要通过祭祀和凭吊实现。前贤今彦的南园文化记忆,始终包含了一种对岭南诗派的回溯性想象,同时表达着岭南文学的自我形象及其身份认同,南园因而被视为岭南诗派的身份标识。

总而言之,元末明初以来,南园结社不绝如缕,南园不断被修缮,南园诗人不断被追怀、凭吊乃至祭祀,南园诗集不断被刊刻,南园逐渐发展成为岭

①　迪克·威尔逊著,封长虹译:《周恩来传》,解放军出版社,1990 年,第 66 页。
②　该书编委会:《中国市政工程设计通志》,中国建筑工业出版社,1998 年,第 179 页。
③　(德)哈拉尔德·韦尔策编:《社会记忆:历史、回忆、传承》,第 14 页。

南文人共享的"记忆之场",南园五先生事实上成为了岭南文学体系中的一个"凝聚性结构"①:在时间层面上,南园作为一个共同的经验、期待和行为空间,把南园结社和对它们的记忆固定和保存下来,并不断重现以获得现实意义;在社会层面,南园实际上已经成为了"此邦文献"所在,南园里的诗歌雅集、对五先生的祭祀和对南园的修葺,实际上使储存于其中的地方文学传统像晶体一样被维持着,从而得以抵抗时光流转和社会转型对于文学记忆的消解,并持续不断地进行当代文学和文化的生产。而南园五先生也因此而成为了岭南地域诗歌传统的符号和表征,对其批评和传承则成为了岭南诗派凭借文化记忆得以绵延发展的重要文学和文化生产方式,一方面不断左右着岭南地方的文学风气,同时成为文学批评中重要的参照系,另一方面则在与中国文学大传统的互动中不断建构和传承岭南地域文学传统。

---

① 黄晓晨:《文化记忆》,《国外理论动态》,2006 年第 6 期。

附录一　孙蕡佚文辑考

孙蕡(1344—1389)，字仲衍，号西庵，南海平步(今顺德)人。胡应麟《诗薮》续编卷一称"岭南诗派昉于孙蕡"。

孙蕡别集《西庵集》，最早由其门人黎贞整理，共八卷，但已散佚。《西庵集》现存最早的版本，是明弘治十六年金兰馆铜活字本，凡诗十卷，不收文。其原因大概是"明初自孙蕡以诗起，南海学士多宗之，其文未娴"(道光《广东通志》卷二百七十九)。《西庵集》流布最广的版本是明万历叶初春刻本，此本据称是以黎贞本为底本，凡诗八卷，第九卷为文、词，录文一篇(《祭灶文》)、词两篇。《四库全书》本及岭南传本多以此为底本，不断对孙蕡文进行辑佚。乾隆二十五年孙氏桂馥堂本补入《五仙观记》和《飞仙归来词》，道光十年刻本又补入《张都巡赞》一文。笔者近年从事《西庵集》整理点校工作，辑得孙蕡佚文数篇，可补诸本之阙，亦可见孙蕡文之基本面貌。现考录如下，以便学界研究利用。

一、《书何仙姑井亭记后》

天台孟士颖记何仙姑井亭事颇悉，然有可恨者，不记何仙姑所遗诗，岂旧志无所于考耶？仙姑，吾郡人，其诗吾及记之，今以附此。《炼药诗》云："凤台云母似天花，炼作芙蓉白雪芽。笑杀狂游勾漏令，却从何处觅丹砂。"《初昏长逝之夕，留诗砚屏间》云："麻姑怪我恋尘嚣，一隔仙凡道路遥。去去沧州弄明月，倒骑黄鹤听鸾箫。"《罗浮道中口占三绝寄家》云："铁桥风景胜天台，千树万树桃花开。玉笙吹过黄岩洞，勾引长庚跨鹤来。"又云："寄语童童与阿琼，休将尘事恼闲情。蓬壶弱水今清浅，满地花阴护月明。"又云："已趁群真入紫薇，故乡回首尚迟迟。千年留此井边履，说与草堂仙子知。"后二句无解之者。自开耀至洪武，今将六百年，而谢二令英方表其事于石。草堂，贰令号是也。"长庚"句亦不可晓。今余遇今增邑李大尹世英，问之，乃天台黄岩人。乃悟仙语无一不有谓云。洪武庚申八月望日识。

此文见于《增城县志》卷一八"艺文"（清嘉庆二十五年刊本），是孙蕡为孟士颖《何仙姑井亭记》所作题跋。孟士颖《何仙姑井亭记》见于同书卷十七"艺文"之"记状"，文中言作于"洪武十有一年"。又，《增城县志》卷十九"金石录"收录万历庚寅孟夏（1590）两广总督刘继文所作《重修何仙姑庙碑记》，其中提到了孙蕡此文："仙姑……迄今所传诗咏及井庙俱存，前翰林典籍孙蕡记之详矣。"李调元《南越笔记》卷二"春冈"条亦载："仙姑故善诗，孙典籍尝记其《罗浮口占寄家》三绝、《留研屏》一绝。"

关于《书〈何仙姑井亭记〉后》中所录何仙姑的诗歌，则颇为可疑。咸丰《顺德县志》卷十八"《西庵集》"条注引何景义《西庵集跋》："香山黄文裕公尝传仙释，谓述何仙姑诸诗，盖仿宋邕咏刘阮而寓言，与韩昌黎咏谢自然者异，持论甚正。然此才高狷笔之恒如《朝云》之类，未足多病，亦抑其少作也。"嘉庆《增城县志》卷二〇"杂记"录"异史一则"指出："按仙姑自开耀至开元，才三十余，而杨炯有'石楼纷似画'之句，则其迹亦久矣。唐人小说最多，止述其事，不传其诗，奚为至蕡而后传欤？细味诸绝，则皆后人所拟者尔。"注云："按此与众说殊，然颇为近理。"按，孙蕡颇喜托古以资谈谑。孙蕡曾作《朝云》，其序言谓其于庚戌十月在惠州西湖栖禅寺东廊得苏轼爱姜朝云诗凡十首。明黄瑜《双槐岁钞》第一卷"朝云集句"条认为是"盖传奇体以资谈谑尔"。蒋一葵《尧山堂外纪》卷七九也指出："托云朝云，盖传奇体以资谈谑耳。"钱谦益《列朝诗集》闰集第五《西庵记事一百韵》指出："其实皆仲衍自为之矣。"《书〈何仙姑井亭记〉后》所录何仙姑诗，性质与《朝云》一样，乃孙蕡代拟，目的亦是"以资谈谑"。

二、《七言集句诗序》

予尝欲以唐人七言绝句分为十类，如王建《宫词》："金殿当头紫阁重，仙人掌上玉芙蓉。太平天子朝元日，五色云车驾六龙。绣幙珠帘宰地垂，微风吹动万年枝。金笼鹦鹉耽春睡，忘却新教御制诗。"凡此类谓之台阁。王建《林亭》："绿树重阴盖四邻，苍苔日厚自无尘。科头箕踞长松下，白眼看他世上人。"杜牧《汉江》："溶溶漾漾白鸥飞，绿净春深好染衣。南去北来人自老，夕阳长送钓船归。"凡此类谓之山林。司空图《归山》："水阔风惊去路危，孤舟欲上更迟迟。鹤群长绕三珠树，不借人间一只骑。"杜牧《赠郑瓘》："广文遗韵留樗散，鸡犬图书共一船。自说江湖不归去，阻风中酒过年年。"此类谓之江湖。岑参《送封大夫》："汉将承恩西破戎，捷书先奏未央宫。天子预开麟阁待，祇今谁数贰师功。""官军西出过楼兰，营幙傍临月窟寒。蒲海晓霜凝马尾，葱山夜雪扑旌竿。"此类谓之边塞。杜牧《官词》:"监官引出暂开门,随例虽朝不是恩。银钥却收金锁合,月明花落又黄昏。"张籍《秋思》:"洛阳城里见秋风,欲作家书意万重。复恐匆匆说不尽,行人临发又开封。"此类谓之闺阁。韩翃《送齐山人》:"旧事仙人白兔公,掉头归去又乘风。柴门流水依然在,一路寒山万木中。"许浑《送道士》:"卖药修琴归去迟,山风吹尽桂花枝。世间甲子须臾事,逢着仙人莫看棋。"此类谓之神仙。李涉《开圣寺》:"宿雨初收草木浓,群鸦飞散下堂钟。长廊无事僧归院,尽日门前独看松。"秦系《明惠山房》:"檐前朝暮雨添花,八十胡僧饭熟麻。入定几时还出定,不知巢燕污袈裟。"此类谓之僧释。赵嘏《灵岩》:"馆娃宫畔千年寺,水阔云多客到稀。闻说春来倍惆怅,百花深处一僧归。"杜牧《秦坑》:"竹帛烟消帝业虚,关河空锁祖龙居。坑灰未冷山东乱,刘项元来不读书。"此类谓之怀古。王建《玉蕊花》:"一树笼葱玉刻成,飘廊点地色轻轻。女冠夜觅香来处,惟见阶前碎月明。"钱起《归雁》:"潇湘何事等闲回,水碧沙明两岸苔。二十五弦弹夜月,不胜清怨却飞来。"此类谓之体物。元阙一类,不知何谓。凡此十类,引而伸之,诗之格律概不越乎此矣。诸体之诗,以此求之,无有出于范围之外者矣。唐诗世有见本,学者按此成例,自加编校可也。七言律诗篇帙尤繁,今择其精粹明白、人所传诵者,亦以十类括为集句,凡若干首。其未完者,则以同类他诗足之,期于成章而已。予居秘府时,见唐人八百家诗、洪容斋编《唐人七言绝句》,且一万首,撑梁柱栋,不暇遍览。间尝信手抽阅,其音响节奏亦与今行世者无异,则穷乡晚进,固不必以未见为多恨也。又有晏窝先生者《梅花集句》凡五百首,宋人《早朝集句》三十余首,文丞相天祥《集杜句》亦百余首。虽其玩物丧志,不为醇儒庄士所称,然其猎涉弘博,亦可谓至矣。予之所编,非不欲夸多而斗靡也。钩玄索隐,已为古人所先,孤陋塞拙,倦于搜罗,姑存简约,冀示久远,聊以致远恐泥,借口掩其不敏之愧,而于初学诗者亦不为无补云。洪武庚申十月既望,翰林典籍迪功佐郎五羊孙蕡仲衍书于西庵。

此文见叶盛撰《水东日记》卷二六《录诸子论诗序文》。按黄佐《广州人物传》卷十二称:"蕡生平撰述甚富,有《通鉴前编纲目》七卷、《孝经集善》一卷、《理学训蒙》一卷、《西庵集》八卷、《和陶集》一卷、《集古律诗》一卷,传于学者。"焦竑《国朝献征录》卷一一一《孙仲衍传》亦云:"蕡所着有《通鉴前编纲目》《孝经集善》《理学训蒙》《西庵集》《和陶集》《集古律诗》,多数帙。"黄虞稷《千顷堂书目》:"孙蕡《西庵集》九卷。又《孙典籍集句》一卷。又

《和陶集》。"按,《集古律诗》和《孙典籍集句》应指同一书,亦即《七言集句诗》,也就是《西庵集》所收之《朝云》诗中的七言集古律诗十首和七言集古绝句诗十五首。《四库全书总目提要》卷一百六十九:"小说载书生见苏轼侍姬朝云之魂者,得集句七言律诗十首、七言绝句十五首,今乃在此集第八卷末。盖蕡游戏之笔,即黄佐传中所称《集古律诗》一卷是也。黎贞乃缀于集后,又并载其序,遂似蕡真有遇鬼事者。殆与林鸿集末附载张红桥诗同一无识。姜南《蓉塘诗话》又从而盛称之,更无当矣。"简而言之,《朝云》集句一卷,原本单行,题作《七言集句诗》,后来黎贞将其收入《西庵集》卷八末,于是单行本不再流行,其序文也因此散落。幸得苏州昆山人(孙蕡曾任苏州经历)叶盛辑录,才保存了这篇重要的诗学文献。此外,黄佐称"《集古律诗》一卷"并不确切,因为此书中既有律诗又有绝句。

三、《跋王右军瞻近帖》

余居秘府时,阅历晋诸家帖,而右军群昆季居多。荷华《暴鲊》,神俊天出,评者至以"龙跳天门、虎卧凤阙"称之,信不诬矣。此帖骨相差丰,岂操觚时在来禽喜色之前耶?不见赏于徽宗,而见珍于完颜。临风抚卷,足为世道一慨。前翰林孙蕡。

此文题目为笔者所拟,文见明李日华撰《六研斋三笔》卷三、清卞永誉撰《式古堂书画汇考》卷六、梁诗正辑《三希堂法帖》卷一第一册第六帖。《三希堂法帖》所录王羲之《瞻近帖》后,依次附欧阳玄、孙蕡、刘昺、董其昌、弘历跋文。董其昌跋文对孙蕡所说进行了商榷:"欧阳玄、孙蕡,俱以此书未入《宣和谱》,为是金时进御。及观瘦金标签,仍出徽宗手。盖《宣和谱》成锲本后,进书画者不绝。余所见数种,此真迹亦然。(辛酉中秋,董其昌观于张修羽尽舫,因跋。)"

又,《石渠宝笈》卷三二载:"宋徽宗《槟榔双雀图》一卷。素笺本,墨画。未署款,有押字,一上钤御书一玺,卷后有《皇姊图》,书一印拖尾。赵孟頫跋云:'《宣和水墨山茶槟榔雀图》,用笔简略,而生意具足,非生知之圣,何能至是耶?孟頫题。'又赵岩题云:'枝上云深见羽毛,金明池晓月轮高。五楼不见栖鸾凤,已作人间鸲鹆巢。赵岩。'又孙蕡题云:'双禽栖稳深宫树,花石纲中第几枝。好是内家闲貌得,龙煤香沁酒酣时。南海孙蕡题于穗石山房。'卷高九寸三分,广一尺五寸。"孙蕡诗,本集失载,然可证其任翰林典籍时,得睹宫廷典藏书籍字画甚多,颇有一些题跋之作。

四、《上舍公墓表》

　　呜呼！此有宋上舍九峰区先生墓也。先生讳仕衡，字邦诠，生于嘉定丁丑四月初二日。淳祐间乡贡，入太学，遂为上舍生，归而筑九峰书院，以聚徒讲学，学者称"九峰"云。据家谱及状，称其先世讳观显者，梁乾化中避江淮盗乱，迁岭南之韶州，隐居棉圃里。再传文杰，摄邕州军事推官。曾孙广能，为泰和令。广能元孙端，提举江州常平茶盐公事，是为迁五羊区姓始祖。端子志平，右文殿修撰，卜居南海陈村。志平生庆昌，西京留守推官。庆昌生孺文，泉州教授。孺文生绍霖，为实录院宣教郎。绍霖生泰亨，入玉牒所检讨，至国子助教。区氏后先列于史馆，衣冠文学彬彬矣。

　　仕衡为助教公长子，生而颖异，强识博闻，以先世多在史局，得纵观中秘书，故上自结绳，下及百家诸子，无不研究，而一以反本归约为宗。盖奉宋大儒程、朱二氏为王父尸也。尝出游钱塘、建康，收览形胜，谓："非建都要害。两河父老日望王师北转，何不移陛淮汝襄汉，以图恢复？上岂甘为晋元帝，偷安一隅哉！将相为豢酣湖山，殊无击楫渡江、闻鸡起舞之志，尚得谓国有人？"助教公曰："咄！小子何知庙堂大计。"及入太学，与乐清刘黼、吉水邹湟为莫逆交。时当贾似道弄权误国，率三学诸生刘黼等，疏论似道"为相不法，当严斥逐，以为人臣擅专之戒，天下事尚可为也。陛下苟以似道为可独任，使文臣不容效其谋，武臣不容竭其力。镇戍苦于转移，兵士苦于策应，荆湘苦于打算，江淮苦于抽丁，行都人心则已动摇矣。"疏入，不报。又值蒙古入寇，国势危急，先生画郭林宗像，赞之以自况，语具集中。遂遁归龙津，倡明经学，先后来就业者二百余人。先生自著论以示之，谓："六经《论》《孟》，圣贤糟粕，自程朱训诂后，发明尽矣。唯在守一而躬行，庶几不为书淫传癖，此亦岂仅仅屈首宋儒者。"诗文更务沉蔚婉雅，不落宋人齿颊。余友王黄门佐、黄待制哲称其有嘉祐风。惜其散佚少传，所称《九峰集》《理学简言》，亦在全缺间耳。德祐二年，元兵渐逼，端宗航海幸闻、广。先生家故饶，出万金，集乡兵为声援计，上陈丞相《恢复策》，曰："贾勇决战，先护六飞。据广为行在，一军为前锋，四军为左右翼，两军为游兵。一军向浙，一军向闽，皆由海往。一军由浈江向岭，一军由湘漓备楚蜀。北军虽强悍，无能为。且战且守，勤王之兵，旦夕四集，天下事未可知也。"议未决，帝次于惠州甲子门，曾逢龙、熊飞诸将屡战不利。先生知宋祚将倾，势不复支，景炎元年病即不食，曰："得为宋室完人，幸也。"自书其碣，命二子勿起坟，勿表墓。二子一为贡元子美，一为武仙县县丞子复。卒，葬大仑山甲向之原，盖从治命也。孙男五人，国瑞，子美出；国瑶、国瑛、国珍、国辅，子复出。国辅为元江西肃政廉访司副使。曾孙，男十一人，显宗、兴宗、敬宗、真礼、学礼、和礼、贤礼、辛礼、寅礼、宗礼。鼎，以字行，为禹民，则副使国辅子也。元末同侄太原、太吉、太忠立砦保障乡邑。我大明将军廖永忠兵下，禹民诸子首请归义，且书劝东莞何真入朝，词极详婉。余典郡教三年，得交欢四君子于何东莞所，窃叹区氏多才。诸子遂泫然流涕曰："吾属非上舍府君，宁有今日？其当宋社将屋时，府君间关以保如线之脉，岂唯吾属赖之，即乡邑父老，犹能口述也。向省元公兄弟重违先志，故不敢茔封表墓；副使公兄弟又倥偬于胜国干戈间。今海内有圣天子出，吾属幸际太平，辱于子为乡人，敢以是累子，子其为先府君图之。"余向得闻诸里人区鲁卿谈上舍先生事甚详，鲁卿得诸其父适子，适子与先生时地近也。先生才猷节义、经学诗词，可称宋家第一人。惜在乱亡，无有展扬之者。故蕡也不揣无文而缕述之，以表其墓，亦欲使五岭以南、万世知有上舍先生而已，岂阿所好哉。大明洪武七年，岁在甲寅孟春榖旦。

此文载区仕衡《九峰先生文集》（道光庚子诗学轩校刊《粤十三家集》本）卷首，作者为孙蕡。文中提到的区禹民及族子太原、太吉、太忠以及为此文提供有关区仕衡口述史料的区适子、区鲁卿父子，传记均见咸丰《顺德县志》卷二二。

五、《关敏庙记事》

元季不造，土酋割险，角起为寇。南海关敏氏，以义勇成土保民，死于事。洪武纪元春，征南大将军廖公行师纳降讨叛，开拓疆宇。征南公以其忠义，具实闻于朝，奉敕赠敦武校尉兵马司副指挥，立祠，以每岁秋九月祀之。命下，郡守徐公亲督其事，再阅月而庙成，报其忠也。其有关于名教亦大矣。

此文见道光《广东通志》卷二七一《关敏传》注引。《关敏传》正文载："关敏，南海人。……郡人孙蕡记其事，复为《忠义词》以赞之。"这里所说的《忠义词》，即《关敏庙词》，载万历本《西庵集》卷九。嘉靖《广东通志初稿》卷二二"关敏庙"条亦载："在顺德县黄连堡。洪武中以死事入祀。典籍孙蕡记。"又光绪《广州府志》卷六七"敦武祠"条亦注引此文，但字句略简。

六、《上廖平章书》

　　盖闻上古明君圣主当出之时,必有贤臣智将辅翼以成大业。观其治化必有德泽之流,进讨必有无敌之功,此文武之道备矣。忽二月初九日,得差都事刘尧佐、检校梁复初回,俱言阁下征闽功德之盛,令人莫不仰羡。更赐公文,俾其照回,得以善而迁,所出华翰,一一推诚信之义,不尚血刃之词。王者无敌,鉴古明臣智将,无以加于此矣。区区乃广海布衣之士,学识荒疏,不达时机,遭逢乱世,无自存身,强出头地,聚兵集士,徒保乡邑而已。岂意前元赐爵,位居二品,为人臣之道,未尝不以忠节为先,岂其天不佑元,遂使君臣颠倒,中原瓦解,南土驰崩,信夫天授,非人力也。顾我广东撮土,尚复谁争?况山河社稷,不过终归明主。阁下明示钱氏归宋之事、河水为誓之语,此乃顺天保民,理所当然,安敢以烦重誓,然后方莫受命为乎?伏惟阁下以生灵为念,戒师善临,抚而慰之,俾民举手加额,感王师之德,则区区虽失臣节,以救生灵,足矣。

　　此文最早见何真之子何崇撰《庐江郡何氏家记》“洪武元年”条(收入《玄览堂丛书续集》第4册)。崇祯《东莞县志》卷六《艺文志》、宣统《东莞县志》卷五十五《何真传》亦注引,作者皆题为“何真”。嘉庆《东莞县志》卷二七《何真传》载:“洪武元年二月,太祖命廖永忠为征南将军,由海道取广东。永忠至福州,以书谕真。遂航海趋广东,三月壬辰师至潮州。真遣都事刘尧佐诣军门,上印章。己亥,籍所部郡县户口军粮,奉表降。”按,孙蕡时任何真幕府,此降表为孙蕡代何真作。黄佐《广州人物传》卷十二载:“洪武改元戊申,征南将军廖永忠至。真求蕡作书请归附,曲尽诚款。永忠不戮一人而南海帖然者,蕡之力也。”《国朝献征录》卷一一一、《粤大记》卷二四、《明史》卷二八五所录《孙蕡传》,皆有相同记载,可证此文实为孙蕡代笔。

七、孙蕡文存目

　　1.《游山记》。见乾隆《番禺县志》卷五“古迹”之“碧虚观”条:“碧虚观,在蒲涧滴水岩上,久废。见明孙蕡《游山记》。上有安期飞升台、炼丹井。”同治《番禺县志》卷二四“古迹”有相同记载。按金兰馆本《西庵集》中有《怀碧虚观寄止庵萧炼师》五首、《安期升仙台》一首、《夏日过蒲涧寺后二岩观菖蒲》一首、《白云山》一首,可证孙蕡确曾游碧虚观、蒲涧等地。《游山记》为某次游览时所写,今已散佚。

　　2.《湛碧亭记》。见嘉庆《三水县志》(嘉庆二十四年刻本)卷一“古迹":"湛碧亭在胥江,昔杨子中居此,凿池为亭。前明南海翰林典籍孙蕡记。"光绪《广州府志》有相同记载。按南园五先生中,王佐有《湛碧轩诗》,见嘉庆《三水县志》卷一五。黄哲有《杨氏湛碧轩》,见《南园前五先生诗》卷五,末句云:"群贤思历下,吟啸属芳音。"据此可知,当日南园结社之时,南园五先生曾游湛碧轩,并有同题共作之诗,孙蕡为之记,但已散佚。

附录二　南园前五先生佚诗考补辑

　　南园前五先生,是指元末明初岭南诗人孙蕡、王佐、黄哲、李德、赵介五人。他们在广州南园组织诗社,以延一时名士,故号"南园五先生",又号"南园五子"、"广中五先生"。明嘉靖年间,欧大任、梁有誉、黎民表、李时行、吴旦五人在南园故址重开南园诗社。于是人们又把明初的"南园五先生"称为"南园前五先生",而欧大任等人则被称为"南园后五先生"。"南园前五先生"对于岭南诗派的形成起到了至关重要的作用。屈大均则认为五人"开有明岭南风雅之先"①。四库馆臣也认为:"粤东诗派,数人实开其先。其提唱风雅之功,有未可没者。"②

　　南园前五先生中,除孙蕡有别集《西庵集》单行外,其余四人别集皆早已散亡,现存作品收集在《南园前五先生诗》③中。鉴于南园五先生现存作品较少,梁守中先生进行过辑佚④,近年出版的《全粤诗》又做了进一步的辑佚⑤。笔者于专题研究之际,意外获得《南园前五先生诗》和《全粤诗》都失收的南园五先生的诗作若干,同时还对《全粤诗》有关"南园前五先生"诗的辑佚做了一些考订,现不揣浅陋,公布如下,以便学界利用。

一、赵介诗辑佚

白云山

　　山中白云如鸟翼,飞去飞来伴岩石。九曜已逝云长闲,却与山僧伴禅寂。随风半落绮窗前,带月常栖画檐隙。我来载酒访白云,直上层峰窥八极。九霄灏气生衣巾,万壑松涛泻空碧。茫茫四海多战争,遥望长

　　① 屈大均:《广东新语》,第463页。
　　② 永瑢等:《四库全书总目·广州四先生诗提要》,第1714页。
　　③ 梁守中点校:《南园前五先生诗》,中山大学出版社,1990年。
　　④ 梁守中:《"南园五子"佚诗辑录》,《羊城今古》,1990第4期。
　　⑤ 本文所引南园五先生诗,除注明出处者外,均见中山大学中国古文献研究所:《全粤诗》卷五七——六六,岭南美术出版社,2008年。

安空白日。吾将乘云呼九龙，挽下银河洗锋镝。浮屠寂寞空自苦，夷齐孤高竟何异。山僧一笑白云飞，知我高歌浮大白。

又：

　　宝刹临群削，云霞生客衣。长空双鸟没，落日一僧归。松影移禅榻，茶香过竹扉。远公莲社约，岁晚莫相违。

　　按，以上第一首见任果、檀萃所纂《番禺县志》卷一九①，第二首见汪兆镛辑《元广东遗民录》②。赵介诗，《南园前五先生诗》仅存六首，梁守中辑得《听雨》《朝汉台》《彩虹桥》共三首（见《全粤诗》卷六五）。赵介终身未仕，留存作品也较少，因而长期不为人所知，学界甚至有人认为他不曾参与南园诗社，不能列入"南园五先生"，笔者此前已撰文与这种说法做了商榷③。白云山地处广州城，乃南园诗人活动的主要场所之一，南园诗人多有题咏，如孙蕡《白云山》、李德《同诗社诸公游白云寺，分韵得"千"字》等。又，南园诗人喜用晋代庐山东林寺高僧慧远与僧俗十八贤结社念佛的"远公莲社"典故来代指南园结社。如孙蕡《望庐山》其二："归老倘酬仙赏愿，华文宁待远公招。"《杂画》云："曾记东林信杖藜，远公门对石桥西。长松月落猿声歇，赢得青山似虎溪。"赵介《白云山》其二末两句云"远公莲社约"，当指"南园诗社"。这两首佚作，可成为证明赵介曾参与南园诗社的又一证据。

二、王佐诗辑佚

纪事诗（按：此诗题目为笔者所加）

　　西海陇头搆茅屋，清幽不亚南山麓。藏书小阁俯清流，红叶缤纷古渡头。渡头黄犊三十六，幽人乐此勤耕读。祈晴课雨有余闲，自锄明月种菊竹。修竹参差荫坐隅，黄花烂漫放庭除。征歌岁岁邀诗友，会启餐英倒玉壶。玉壶倾处山月起，坐中诗兴浑未已。各自含毫□□书，淋漓醉墨皆盈纸。诗成酒后句多奇，再发新醅共赏之。借问柴桑旧居士，雅意胡能分彼此。举觥问花花不语，含霜微笑心如许。主人乐饮欲百觥，醉倒花前学花舞。④

①　任果、檀萃：《番禺县志》卷一九，第527页。
②　汪兆镛辑：《元广东遗民录》，民国十一年刻本。
③　陈恩维：《南园五先生南园结社考论》，《广东社会科学》，2010年第3期。
④　桂坫等：《南海县志》卷二六，清宣统二年刊本。

　　按,王佐和孙蕡同为南园诗社的组织者和领导者,但存诗不多,《南园前五先生诗》仅收录 14 首,《全粤诗》辑补 9 首,但此诗失收。《纪事诗》是反映南园诗社情况的重要史料。此诗见于清宣统《南海县志》卷二六"杂录":"元末大范乡张康侯,字锡蕃,隐居西海。乐善,喜吟咏,爱植菊花。与傅与砺、黄庸之、谭彦芳、李丹崖为忘年交。时王彦举与孙仲衍结社南园,开抗风轩。锡蕃往还其间,每于菊花时节罗致名流,衔觞赋诗,王彦举为句纪事诗云:……"此诗描述了岭南诗人张康侯的隐居生活及其与南园诗人雅集情景。张康侯诗歌现已不存,孙蕡、王佐《琪林夜宿联句一百韵》及序中罗列参与诗社诗人名单中没有张康侯,此诗对于研究张康侯以及南园诗社的参与人员和活动情况当有所助益。

赠方生游罗浮

　　我闻方邱三十载,昨者低头方拜之。曾见瑶池桃熟日,更逢沧海水清时。一身落落贫如此,万事幽幽笑不知。四百峰峦明月夜,天风吹下玉参差。[①]

　　《赠方生游罗浮》见清乾隆《博罗县志》卷一三"词翰五",作者题一"王"姓但阙名。此诗之前依次为孙蕡、黄哲之作,之后依次为李德、赵介之作,则此诗作者当为"王佐",五人正好组成了"南园五先生"。罗浮山,是我国道教十大名山之一,位于广东博罗县境内,素有"岭南第一山"之美称。岭南历代诗人最喜欢游息罗浮山中,并加以题咏。南园五先生当日结社时,也常常结伴登览吟诗。如孙蕡《罗浮歌寄洛阳长史李仲修》,赵介《怀仙吟题〈玉枢经〉卷后》(首句云"我昔采药罗浮巅")、李德《题萧炼师止庵》(按,萧为罗浮道士)、黄哲《分题赋罗浮山赠何景先百户》,独王佐现存诗作中没有涉及游罗浮的作品,《赠方生游罗浮》可填补这一空白。

三、黄哲诗辑佚

折桂歌赠周尚文会试

　　番山亭亭读书屋,萧森古桂屯云绿。可怜芳树着秋花,西风吹吐黄金粟。周郎今年二十余,筑屋花边勤读书。古诗研磨正风雅,志节矫矫非凡儒。秋来折得亭前桂,攘袂(卷一三作"扬袂")先趋棘闱试。襕袍

---

　①　陈裔虞:《博罗县志》卷一三"词翰五",乾隆二十八年刻本。

真带广寒香,名冠群英三十二。持书好去登春闱,朝天拜舞生光辉。洪恩更许南归省,载酒花间荣绣衣(卷一三作"绪衣")。①

此诗见录于明嘉靖《香山县志》卷七,卷一三列传亦引,题作《折桂歌赠周尚文会上春官》,文字基本一致。《广州人物传》卷一二载:"(哲)既南还,有司请哲领郡校事。横经授徒,四方至者多名士,岁凡数百人。"②周尚文,就是黄哲众多学生中的杰出代表。《广东通志》卷四五《人物志》载:"周尚文,香山人,初从翰林待制黄哲讲艺番山,清苦该博,哲器重之。洪武甲子领解额第一,乙丑登进士。……其文多妙悟,以韩柳李杜为宗。"③又,《南园前五先生诗》中收黄哲《将进酒赠彭生秉德》诗,末两句云:"尔行决科期第一,狐裘蒙茸发如漆。莫辞更尽金屈卮,直上排云振双翮",可与《折桂歌赠周尚文会试》对读。此二诗皆是黄哲送两位高足入京会试所作。

又,梁守中先生从宋广业《罗浮山志会编》卷一八辑得黄哲《罗浮游》一首,载于《全粤诗》卷六。诗云:

　　四百峰峦拱玉台,黍珠楼阁倚云开。斑枝花落山姑语,卢橘子青江燕来。苏老故居蟾化石,葛洪丹灶锦为苔。仙游倘遂临风约,羽服黄冠亦快哉。

按,此诗见于金兰馆本《西庵集》和万历本《西庵集》卷五、《南园前五先生》卷二,当为孙蕡所作。诗云:

　　四百峰峦拱御台,蕊珠楼阁倚云开。荔支花落山鸠语,卢橘子生江燕来。黄野故居羊化石,葛洪丹灶锦为苔。仙游倘遂凌风约,羽服黄冠亦快哉。

通过对校,我们发现二首诗文字大体一致,但从语意看,后者比前者可靠。更何况金兰馆本和万历本《西庵集》以及《南园前五先生诗》,均比《罗浮山志会编》成书早。因此,此诗无疑是孙蕡所作,文字也应以《西庵集》为准,《罗浮山志会编》属于误题。

---

① 邓迁修,黄佐纂:《香山县志》卷七,明嘉靖二十七年刻本。
② 黄佐:《广州人物传》卷一二,《四库全书存目丛书》本,第515页。
③ 郝玉麟:《广东通志》卷四五,《景印文渊阁四库全书》本,第161页。

四、孙蕡佚诗考

孙蕡佚诗,《全粤诗》辑录较多,但有误辑误题者。

1.《全粤诗》卷六四辑录《新会月华寺》,辑自明成化《广州志》卷二六,属误辑误题。

按,道光《新会县志》卷七"月华寺"条云:"月华寺,在城西六十里吴村慧能山。南唐元和间刺史孔戣奏赐月华寺额,后圮。宋景祐间,僧行宣坐化于此。后人又名慧能寺。元至正间,僧慧济重修。"注云:

> 按,王志《流寓·苏轼传》云:"元祐六年坐前草制讪谤谪知英州、安置惠州。"又云"再谪儋州,道出新会,爱月华寺之胜,徘徊题咏。过古劳乡,行山中,土人竞留。为筑亭以居,后名其亭曰坡亭,山曰坡山"云云。考坡公《别子由诗序》云:"元祐六年,余自杭州召还。数月复出,领汝阴。"冯应榴《东坡年谱》:"绍圣元年,坡公知定州,落职。知州未到任,再贬惠州。"何以云元祐六年,此大误也。坡公《月华寺诗》自注:"寺临岑水场。"考《元丰九域志》"曲江岑水三银场",则寺不在新会,此更有可据。翁方纲云:"寺去曹溪三十里,在韶郡南百里",见冯氏《苏诗合注》(三十八卷),亦甚详。志又云"筑亭以居"。夫既筑亭以居,则必留住兼旬,况有新亭之胜,岂集中无一字之存耶,此其最可疑者。志又载孙典籍《月华寺》诗有"坡仙遗墨成灰烬,老衲如今说未休"之句,安知非题韶之月华,后人误入邑志耶? 书之以俟参稽。①

上述考证,翔实而准确。新会月华寺,与苏轼无关。孙蕡此诗收入金兰馆本《西庵集》卷八②,题作《月华寺》,没有涉及新会,且诗中提到苏轼,应当是指曲江月华寺。《全粤诗》录孙蕡时宣称以金兰馆本参校,但没有补入此诗,其辑佚部分收此诗属误辑,题名亦误。辑佚者可能是没有看到《新会县志》的上述记载,也没有注意到《月华寺》已收入金兰馆本《西庵集》卷八。

2.《全粤诗》卷六四辑录《过梅关谒张曲江祠》,系误辑,特更正。

此诗乃辑自《中山孙氏族谱纪略》,原文云:"存公(按,指孙蕡)手迹只行书七律一首《过梅关·谒张曲江祠》:'提兵昔过梅关北,奉命今还梅岭

---

① 林星章等:《新会县志》卷七,道光二十一年刻本。
② 孙蕡:《西庵集》,《北京图书馆古籍珍本丛刊》本,第55页。

东。古庙尚留朱履迹,旧题惊见碧纱笼。一天云气千山雨,万壑松声百里风,谒罢遗祠重回首,蓬莱宫阙五云中。'"①此诗见崇祯《东莞县志》卷七,题作《洪武四年蒙宣回京钦差回广东收集军士道经梅关谒张九龄诗》,作者为"何真"。清罗学鹏《广东文献》三集卷九《何忠靖集诗》题作《洪武四年钦差回广东收集军士道经梅关谒张文献公祠》。按,《东莞县志》载:"(洪武)四年,命还广东收集旧卒。"②诗首句"提兵""奉命"云云,切合何真事迹。此诗当为何真所作。孙蕡曾入何真帐下,参与军事,为何真所重,亦与之有诗歌酬唱,但是没有提兵过梅关的经历。《中山孙氏族谱纪略》所载孙蕡"手迹",当是指孙蕡抄录何真诗,而非谓孙蕡创作了这首诗。又,金兰馆本《西庵集》卷九收录孙蕡《张曲江祠》,与何真此诗对比阅读,可知二者风格差别。

①　孙中山故居纪念馆编:《中山孙氏族谱纪略》,载《孙中山的家世——资料与研究》。
②　陈伯陶纂:《东莞县志》卷五五,《中国方志丛书》第 52 号,第 2042 页。

附录三　南园五先生年表

凡例

① 时事:简要记录当年全国和广东发生的大事,以便读者了解南园五先生所处之时代社会文化背景。

② 纪事:记录南园五先生的诗文创作和生平活动,对其作年可考的作品系年。

③ 附记:罗列有关资料,对纪事所录重要事件作说明与考订。

元顺帝元统二年(甲戌 1334)

【时事】二月己未朔,诏内外兴举学校。三月己丑朔,诏科举取士,且国子学积分、膳学钱粮悉依累朝旧制,孺人免役,选有德行学问之人任学校官。十月癸未,命台宪部官各举材堪守令者一人。是岁,禁私创寺观庵院,僧道人钱五十贯,给度牒,方可出家。

【纪事】孙蕡生。孙蕡,字仲衍,号西庵,南海平步(今广东顺德)人。

王佐生。王佐,字彦举,家世本河东,元末随其父宦南雄,遂占籍南海。王佐有一弟,字彦常。王佐父没时,其兄弟尚幼,有廖元正为料理丧事,殡诸南雄之五里山。

黄哲约于此年前后出生。黄哲,字庸之,番禺人,世为荔湾著姓。

李德约于此年前后出生。李德,字仲修,番禺人,少尝自号"采真子"。

【附记】孙氏原籍浙江钱塘县高塘乡。始迁祖为南宋时谏议大夫孙天球,疏讦权奸,贬为广州路推官,谪居南雄郡,遂为粤人。生二子,长希文,次希武,后益繁衍,是为粤东孙氏之始祖。二世祖希文,号质庵,因赘于顺德县熹涌乡(今顺德伦教熹涌)关氏,遂居顺德。三传曰玉莹公,迁平步(今顺德乐从)。传至四世,为孙西庵公。(参《中山孙氏族谱纪略》)

据金兰馆本《西庵集》卷八《乙卯除夕》诗:"四十今已过二年,明日又复岁华迁。头颅种种见白发,生计落落仍青毡。梅花乱开客愁里,云物长迷乡国边。且可吟诗酌春酒,烂漫取醉东风前。"又同书《除夕舟次英德》云:"西清去岁侍群仙,坐候晨钟拱御筵。沧海头颅今四十,彤庭礼乐旧三千。盛寒颇似庚申夜,漂泊还逢癸丑年。明日扁舟江上路,梅花开遍野云边。"洪武乙卯年为 1375 年,由此上推 42 年,可知孙蕡生于 1334 年。洪武癸丑年是 1373 年,由此上推 40 年也是 1334 年。二诗的说法完全吻合,孙蕡生于 1334 年无疑,其他说法都是错误的。

孙蕡《琪林夜宿联句一百韵》序称:"河东与余为同庚,情好尤笃。"河东指王佐,据此可知王佐与孙蕡同年出生。

黄哲生年失考。其《王彦举听雨轩》云:"辋川给事才且奇,自我相亲童冠时。"从黄哲自称与王佐童冠相亲看,他的出生年接近王佐,姑系于此年。

李德生年亦失考。据其出仕时间以及与孙蕡的唱和诗看,年龄与孙蕡大致相若,姑系于此。

元至正四年(甲申 1344)

【时事】诏修辽、金、宋三史,以中书右丞相脱脱为都总裁官,中书平章政事铁木儿塔识、中书右丞太平、御史中丞张起岩、翰林学士欧阳玄、侍御史吕思诚、翰林侍讲学士揭溪斯为总裁官。十二月丙申,诏写金字《藏经》。是年,诏征逸脱因、伯颜、张瑾、杜本,杜本辞不至。

【纪事】十一月十七日,赵介生。

【附记】黎贞《临清先生行状》:"先生讳介,字伯贞,宋秦悼惠王廷美十九世孙也。考讳可,仕元,历朝列大夫、临江路治中。妣黎氏,以至元甲申十一月十七日生先生。"(载《重刻秫坡先生文集》卷七,《四库全书存目丛书》集部第 25 册。)

元至正十一年(辛卯 1351)

【时事】正月庚辰,元帝命江浙行省左丞孛罗帖木儿讨方国珍。三月丙辰,亲试进士八十三人,朵烈图、文允中进士信第,其余赐出身有差。五月辛亥,颍州人刘福通作乱,以红巾为号。

【纪事】孙蕡、王佐、黄哲、李德等,均潜心读书,广泛涉猎,学有所成。二月,孙蕡、王佐等在番禺府城南二里结"南园诗社",筑"抗风轩"。参与诗社活动的诗人还有黄哲、李德、黄楚金、黄希贡、黄希文、蔡养晦、蒲子文、黄原善、赵安中及其弟赵澄、赵讷等。

黄哲父母逝世,刻苦读书,学有所成。其诗本《文选》,能造晋唐奥域。

李德博览群籍,尤遂于经学,明《毛诗》《尚书》。

赵介八岁,入社学,知读书,日记数百言,觉进进不已。(《临清先生行状》)

【附记】孙蕡《琪林夜宿联句一百韵》序云:"因思年十八九时,承先人遗泽,得弛担负,过从贵游之列。一时闻人,相与友善,若洛阳李长史仲修、郁林黄别驾楚金、东平黄通守庸之、武夷王征士希贡、维扬黄长史希文、古冈蔡广文养晦、番禺赵进士安中及其弟通判澄、征士讷、北平蒲架阁子文、三山黄进士原善,皆斯文表表者也。共结诗社南园之曲,豪吟剧饮,更唱迭和。"

孙蕡《祭灶文》云:"臣少薄祜,零丁罹孤。佩服先训,忝名为儒。远祖颜孟,近师程朱。立志不群,抱道匪渝。弘深典谟,诘屈盘诰。连山归藏,卦象精到。群葩分敷,列宿穹昊。骚怨而响,庄荒而傲。班范旁通,荀扬曲造。昭彰隐微,洞彻突奥。悬灯墙壁,蓄火炉灶。诘朝喃喃,达曙叫噪。臣之于读书,可谓勤矣。"

《广州人物传》卷一二:"哲弱冠而孤,刻苦读书,通五经。尝借人《文选》,手抄制,沉玩究竟。遂能作诗,造晋唐奥域。"

《广州人物传》卷一二:"(德)博览群籍,尤遂于经学,明《毛诗》《尚书》。"

元至正十二年(壬辰 1352)

【时事】二月丁丑,以集贤大学士贾鲁为中书添设左丞。是月,定远人郭子兴与其党孙德崖等起兵濠州。三月下诏,南人有才学者,依世祖旧制,中书省、枢密院、御史台皆可用之。

【纪事】这一年是南园活动的鼎盛期,诗人们足迹遍布广州名胜,多唱和赠答之作。主要有孙蕡《南园》《南园夏日饮酬王、赵二公子澄、佐》《夏日过蒲涧寺后二岩观菖蒲》《荔湾渔隐》《光孝寺》《罗浮游题三首》《景泰寺》《西樵》《宋伯贞处士东园》《寄琪林黄道士》;黄哲《题蒲涧读书》《分题赋罗浮山赠何景先百户》;李德《同诗社诸公游白云寺,分韵得"千"字》《暇日游城西玄妙观》《赠虚明道人》《宿栖云庵》《栖云庵》《闲居》《峡山寺》。

【附记】孙蕡《南园》:"诗社良宴集,南园清夜游。条风振络组,华月照鸣驺。高轩敞茂树,飞甍落远洲。移筵对白水,列烛散林鸠。雅兴殊未央,旨酒咏思柔。玉华星光灿,锦彩云气浮。丽景不可虚,众宾起相酬。长吟间剧饮,楚舞杂齐讴。陵阳杳仙驾,韩众非我俦。聊为徇时序,娱乐忘百忧。"

《广州人物传》卷一二:"(哲)性好山水,结庐蒲涧,栖息其中。往来罗浮、峡山、南华诸名胜。"

元至正十三年(癸巳 1353)

【时事】正月,张士诚与弟士德、士信及李伯升、吕珍等十八人起兵。广东宣慰使世杰班殿谋害廉访使百家奴,后又被佥事八撒剌不花执杀。广州南雄大旱,湖南寇犯德庆,乡民何国宝、张宗达乘势倡乱。左辖何真拨送兵役,李质募乡兵二万。南海三山人邵宗愚、龙潭人卢实善兵起,自称元帅,各据乡土。

【纪事】广州时局动乱,地方叛乱蜂起,南园诗社为避兵乱而临时解散,朋从散落。

【附记】孙蕡、王佐《琪林夜宿联句一百韵》共同回忆了结社及诗社因邵宗愚之乱解散的过程："宴坐咸嘉会,(蕡)兴言忆旧盟。丰姿初得睹,(佐)怀抱即相倾。友谊芝兰契,(蕡)文声铁石铮。乡关虽异县,(佐)年齿幸同庚。才迈谁能匹,(蕡)情亲我所兄。长游期楚蜀,(佐)任侠拟幽并。雅结南园社,(蕡)狂为北郭行。山风红叱拨,(佐)野日锦繁缨。博带皆时彦,(蕡)高筵即上卿。柳塘晴睡鸭,(佐)杏圃暖啼莺。南内霓裳曲,(蕡)梁川雁柱筝。风流追谢朓,(佐)俊逸到阴铿。刻烛催长句,(蕡)飞筹促巨觥。欢娱随地有,(佐)意气札霄峥。乐事俄成梦,(蕡)忧端忽谩生。秦楼丝管歇,(佐)越峤鼓鼙兴。培嵝封屯蚁,(蕡)沧溟吼怒鲸。孤城寻劫火,(佐)万姓转饥坑。奔走羞徒步,(蕡)艰危学避兵。彭衙愁杜甫,(佐)战国老侯嬴。袖贮生毛刺,(蕡)家余折脚铛。娇婴须橡栗,(佐)邻姬遗蔓菁。旧绣裁新褐,(蕡)寒灯翳短檠。苦心灰一寸,(佐)吟鬓雪千茎。养志悲华黍,(蕡)伤时赋伐樱。草玄供寂寞,(佐)居素保幽贞。世态何多易,(蕡)人情实饱更。驽骀先历块,(佐)嫫母妒倾城。康瓠迷周鼎,(蕡)淫哇乱帝猷。含沙丛毒蜮,(佐)触气捷飞虻。默处忧心悄,(蕡)傍观怒目睁。"

汪廷奎指出:"笔者认为至正十三年邵宗愚起兵三山,离广州城和孙蕡的家乡(今顺德平步)都很近,且邵并非'吊民伐罪'之人,而是一个野心家,所以在广州及其附近受到邵的威胁后,南园诗社诸友才散落了。由于没有包括月份在内的确实时间可考,大致上可以认为南园诸友的散落时间在至正十三、十四年间。"(参汪廷奎《关于孙蕡、王佐等结社南园的时间》,《广东社会科学》,1997年第6期。)

元至正十四年(甲午1354)

【时事】正月,张士诚在高邮称诚王,国号大周,年号天佑。七月,朱元璋克滁州。东莞人王成、陈仲玉作乱。

【纪事】孙蕡、王佐、李德、黄哲、赵介均隐居于广州府县,彼此难得一见。

【附记】孙蕡《荔湾渔隐》:"家住半塘曲,沿回几折湾。门前荔支熟,屋后钓舟闲。杳邈熊罴兆,空蒙虎豹关。如何三里外,便是五湖间。"荔湾在广州城之南郊,位于珠江之畔,因盛产荔枝而名荔湾。此诗前半部分写景,以白描之笔,简单勾勒隐士之家居环境;后半部分用熊罴、虎豹喻指元末社会之恶势力,以比兴手法写出远祸心理;而"五湖"句则借春秋末年越国大夫范蠡乘轻舟以隐于五湖的典故,表达隐居之志。

元至正十五年(乙未1355)

【时事】正月辛未,大翰耳朵濡学教授郑哽建言于帝,认为蒙古乃国家本族,宜教之以礼,而今犹循本俗,不行三年之丧,又收继母、叔婶、兄嫂,恐贻笑后世,必宜改革,绳以礼法,帝不听。中原红巾军建立政权。新会土寇黄斌作乱,攻陷县城。是年,何真举义兵。

【纪事】孙蕡、王佐、李德、黄哲、赵介均隐居于广州一带。

元至正十六年(丙申 1356)

【时事】二月甲戌,命六部、大司农司、集贤翰林国史两院等正官各举才堪守令者一人,不拘蒙古、色目、汉人和南人,从中书省斟而用之。己卯,命集贤直学士杨俊民致祭曲阜孔子庙,并修葺其庙宇。三月,朱元璋集庆建制,徽州老儒朱升献策。熊天瑞攻陷南雄韶州路。

【纪事】孙蕡、王佐、李德、黄哲、赵介均隐居于广州一带。

元至正十七年(丁酉 1357)

【时事】朱元璋军队攻取浦江,偕夫人贾专、仲子璲、长孙慎避兵入诸暨。

【纪事】王佐因担心战乱中家人的安危而回乡省亲,李德作《王彦举南雄省亲》相赠。

赵介十四岁,始有诗名。

【附记】李德《王彦举南雄省亲》:"神工剪水寒凝指,南浦颓云吹不起。王郎气酣走马去,三尺龙泉拂流水。玉壶愁破酒如兵,鹅管呜呜咽不鸣。幽红啼露香凝幕,蜀锦缝衣寄君着。象床醉卧紫氍毹,凤简封题草字书。北树南云一千里,愿携径尺托双鱼。"

《临清先生行状》:"十三四岁,善作诗,与五羊群彦相颉颃。"

元至正十八年(戊戌 1358)

【时事】朱元璋以康茂才为营田使,办理屯田。吴兵续取浙东各地,三月,克建德,改称严州府;十二月,克婺州,改称守赵府(后改金华府)。吴在宁赵开郡学,聘宋濂等讲学。

【纪事】王佐在南雄,作《戊戌客南雄》。

【附记】王佐《戊戌客南雄》:"寂寞江城晚,依依独立时。回风低雁鹜,返照散旌旗。家在无人问,愁来只自知。几回挥涕泪,忍诵《北征》诗。"此诗可证实戊戌年以前南园诗社因兵火而"朋从散落",他与孙蕡已各在一方了。(参汪廷奎《关于孙蕡、王佐等结社南园的时间》,载《广东社会科学》,1997 年第 6 期。)

元至正十九年(己亥 1359)

【时事】三月壬戌,元帝诏定科举流寓人名额,蒙古、色目、南人各十五人,汉人二十名。五月壬寅,察罕帖木儿请今年八月乡试河南举人,及避兵儒士,不拘籍贯,依河南省原定额数,就陕州置贡院应试,诏从之。

【纪事】孙蕡、王佐二十六岁。

元至正二十年（庚子 1360）

【时事】正月乙卯,元廷会试举人。三月甲午,廷试进士三十五人,赐买住、魏元礼进士及第,其余出身有差。三月,以胡大海荐,宋濂、刘基、章溢、叶琛至应天。闰五月丁卯,朱元璋以宋濂为儒学提举司提举,遣子标受经学。

【纪事】孙蕡、王佐二十七岁。

元至正二十一年（辛丑 1361）

【时事】元江南行台侍御史八撒剌不花杀廉访使完者笃、副使李思诚、佥事迭麦赤,遂据广州。广州增城、香山兵起。

【纪事】赵介从黄士文游,授《诗》、《书》、《易》三经,至子史百家,靡不撷其芳而咀其华。迨长,宽厚寡言,喜怒不形于色。

元至正二十二年（壬寅 1362）

【时事】正月,小明王封朱元璋为吴国公。十月,邵宗愚攻入广州,杀八撒剌不花,广州又乱。

【纪事】孙蕡、王佐二十七岁。

元至正二十三年（癸卯 1363）

【时事】何真自惠州出兵夺取广州,逐走邵宗愚,被元朝廷任命为江西行中书省左丞,并于此年开署求士。

【纪事】孙蕡、王佐同被招致何真幕府,掌书记军旅事,多见咨询。时李质以德庆豪帅据有肇庆,佐与蕡往说之,遂通好。孙蕡、王佐劝何真招致李质帐下名士江右伯颜、子中,茶陵刘三吾、建安张智归,真由此号称得士。何真之子何贵、帐下高彬、关景熙等,此时与孙蕡相识。

春,赵介父赵可被命龙潭慰抚,为贼所留,其伯父本泉府君以疾卒。赵介棺殓太公丧毕,即匿而避之,仅可得免,而其父亦无恙。其母黎氏死于行间,赵介极力营殓毕,旋乃挈家潜就龙潭,求治中养焉。其师黄士文为贼执,欲加害,赵介即往赎之,乃得免。

【附记】孙蕡《琪林夜宿联句一百韵》序:"河东与余拆袂奔走,邈不相见,凡十余年。乃幸前左辖宝山何公,恢复兹郡,开署求士,而余二人首被礼接。"王佐与孙蕡自元至正十三、四年因战乱分别,至此已经十余年了。

《皇明史窃》卷二九载:"何真者,东莞人也。……二十一年,广东廉访使八撒剌不花尽杀廉访司官,据广州。于是诸邑豪民,各逐其长吏,一时并起。三山盗邵宗愚遂假义旌,执八撒剌杀之,城中扰乱。真闻,自惠还攻宗愚,宗愚走还三山。真复遣弟何迪分兵讨平诸邑豪民,行省乃复,进真为左承,分省广州。真开府署,延名士孙蕡、王佐等共参军事。或陈符瑞戏为尉佗计者,真即逮戮之。受元正朔,徐待天下时变。德庆人李质守端州,称一时豪帅。真遣贲、佐二人往招之,质遂通好。湖南盗入寇德庆,真遣兵往助讨平,辟为行省员外。"

黎贞《临清先生行状》:"至正癸卯春,三山寇酉屠城酷甚,适治中府君将命龙潭慰抚,为贼所留,本泉府君以疾卒。于时贼寇甚急,先生遂棺殓太公丧毕,即匿而避之,仅可得免,而治中亦无恙。既而母黎氏亦卒于行间,先生即竭力营殓毕,旋乃挈家潜就龙潭,求治中养焉。而黄士文为贼执,欲加害焉,先生即往赎之,遂得免。"

《明史·李质传》:"李质,字文彬,德庆人。有材略,元末居何真麾下,尝募兵平德庆乱民,旁郡多赖其保障。名士客岭南者,茶陵刘三吾、江右巴延、子中、顺德孙贲、建安张智等皆礼之。"

李贽《续藏书注》卷二四:"高彬,字文质,南海人,何真部曲也,仕元,至万户,佩金虎符。入国朝,乃走江湖,为巨贾。征为武职,固辞。久之,把笔学为诗,有奇语,孙贲称之。晚年日坐一小楼读《易》,不知其身之老也。号蟾溪云。"

元至正二十四年(甲辰 1364 年)

【时事】正月,参知政事李善长、大将徐达屡上表劝进,至是奉朱元璋为吴王。建百司属。置中书省,以李善长为右相国、徐达为左相国、常遇春及俞通海为平章政事、汪广洋为右司郎郎中、张昶为左司都事。三月,朱元璋至建康,定大都督府等衙门官制品级。何真自博罗还,再逐邵宗愚,广州复平。

【纪事】孙贲、王佐在何真府中,掌书记军旅事。赵介二十一岁,偶尔参与南园诗社,故与孙贲、黄哲皆有酬唱。赵介《听雨》、孙贲《临清轩题壁》、黄哲《与伯贞、彧华二友会》,可证赵介的确参与了南园诗社。"南园五先生"的说法,最早当起于此时。

是年底,黄哲度岭北上,倚篷听雪,以为天下奇音。游历吴中,一时湖海英豪,皆与纳交。当风雪时泊舟秦淮,遇朱文昭、涂颖辈,握手吟咏,沽酒大噱。二人啴曰:"君才如白雪,吾虽知音,如寡和何?"此间作品有《秋夜杂兴呈涂典签颖》《简涂叔良朱仲雅二博士》《折杨柳枝词,戏赠朱文昭》《行路难为洪都义士杨安赋》等。

【附记】孙贲《琪林夜宿联句一百韵》序云:"乃幸前左辖宝山何公,恢复兹郡,开署求士,而余二人首被礼接,因偕从军西征,谈笑油幙。方苏离索之气,而侄偬又告别矣。"

孙贲《送何三元帅北上》:"何郎昔年十六七,明珠虎符光照室。锦臂苍鹰掣暮云,青丝白马嘶晴日。此时我作座上宾,星楼月帐长相亲。班超英杰耻投笔,孙楚兀傲犹参军。"

《往平原别高彬》云:"高彬昔年桑梓雄,好贤乃有古人风。东林诗社静来结,北海酒樽长不空。朅来弓剑已萧索,短发如丝犹好客。"

孙蕡《广州歌》大约作于此时。汪廷奎《孙蕡〈广州歌〉内容的时代和写作时间》一文指出:《广州歌》的写作和歌末四句以外对广州"风物"的描绘,决不是明代的事情,而是元末。歌中广州风物和对外贸易繁盛的内容乃孙蕡少年时广州的情况,此情况的具体时间当在元末至元十一年及以后的几年内。此歌撰于何真第一次攻入广州之后、孙蕡在何真幕府期间,即元至正二十三年到二十五年十月邵宗愚将何真逐出广州的这段时间。(广东省社会科学院历史与孙中山研究所编《广东省社会科学院历史与孙中山研究所建所五十周年纪念文集》,银河出版社,2008 年版,第 124 页。)

《明史·孙蕡传》:"何真据岭南,开府辟士,与王佐、赵介、李德、黄哲并受礼遇,称五先生。"

《明诗综》卷十:"岭南无雪,惟杨孚宅仅一见之。杜子美诗所云'南雪不到地'也。庸之度岭而北,倚篷听雪,诧曰:天下奇音莫是过矣。"

黄哲《行路难为洪都义士杨安赋》云:"知君爱君心独亲,相逢正值秦淮春。"

元至正二十五年(乙巳 1365)

【时事】九月,邵宗愚挟廉访使广宁等叛,复围广州。真拒战,部将马丑寒与宗愚通,据博罗。十月,何真往博罗平叛。邵宗愚乘机陷广州城。(《羊城古钞·何真以广州附明》)

【纪事】孙蕡、王佐等往增城避乱,与张元度等人隐居于增城招贤山。

【附记】光绪《广州府志》卷一二三:"二十五年乙巳九月,宗愚挟廉访使广宁等叛,围广,真御之。逾十月,部将与贼通,绝粮道,真出避,城陷。赣州熊天瑞,引舟师数万,欲图真。真迎之胥江。天大雷雨,折天瑞舟樯,击走之,广人赖以完。"

光绪《广州府志》卷一一:"招贤山,在城北四十里崇贤都,上多块石,昔有贤隐此。或云即孙蕡、王佐与邑人张度元季遁迹处,故山与都皆以贤名。"

元至正二十六年(丙午 1366)

【时事】何真自博罗还,再逐邵宗愚,民争出城应真,宗愚惧,复还走,真即得复广州。升广东省右丞。东连潮惠,西达苍梧,皆真保障。朱元璋置博士厅,设博士一人,典签十余人,以备顾问。博士有许瑗、许存仁,典签则刘秩、鲍颖、吴毅、刘辰、黄哲、涂颖之属,侍从文学之职。

【纪事】孙蕡、王佐等从增城回到广州。

黄哲因丞相李善长、参政张昶、汪广洋推荐,拜翰林待制,入禁阁侍太子读书,寻兼翰林典签。太子爱重之,钞币之赐无虚日。黄哲此间作品有《初入书阁呈董宗文博士兼简同舍诸公》《十一月十二日四望山陪祀礼成呈诸执事》《呈汪朝宗参议》《呈张昶参政》《赞相国李公善长》《秋夜杂兴呈涂典签颖》《简涂叔良、朱仲雅二博士》。

【附记】《殿阁词林记》卷十三:"丙午年六月,旱,上祷雨钟山,获应,赋七言《喜雨》诗,命待制黄哲等赓和。"

元至正二十七年(丁未 1367)

【时事】三月丁丑,朱元璋始设文武科取士。五月己亥,朱元璋初置翰林院。十月甲辰,太祖遣起居注吴琳、魏观以币求遗贤放四方。丙午,令百官礼仪尚左。甲寅,定律令。戊午,正郊社、太庙雅乐。

明洪武元年(戊申 1368)

【时事】正月,朱元璋于应天即帝位,国号明,年号洪武。立妃马氏为皇后,世子标为皇太子。四月,征南将军廖永忠取广东,何真降,七月被召入朝,授中奉大夫,江西行中书省参政知事。邵宗愚诈降被识破,被捕杀。

【纪事】四月,征南将军廖永忠至。真求孙蕡作书请归附,曲尽诚款。永忠不戮一人而南海帖然者,蕡之力也。廖永忠征孙蕡典郡教,黎贞、唐豫约于此时入郡学从之学。孙蕡劝廖永忠重建被火烧毁的五仙观,作《五仙观记》。又作《关敏庙词》,祭同乡好友关敏。

王佐归南雄故里。

李德在番禺,作《暇日游城西玄妙观》。

春,黄哲奉命溯黄河北上安抚地方。兵始袭汴,舟师逾彭城,北入汴南塔张口,溯漫流而西。(详见"洪武四年"条)

赵介奉父自龙潭归广州。(黎贞《临清先生行状》)

【附记】孙蕡《五仙观记》序云:"某年春,征南将军中书平章廖公镇广东,驻节藩治,兵寓,斯观误烈薪火毁焉,由是一区废为榛莽。中书掾钱塘高君过之,为慨然曰:'是灵境也。'即请于廖公作而新之,以答休贶。廖公曰:'吾志也。子其成焉。'若乃择吉日,选有司,规没人之赢,购免青之氓,具器就作,用集厥事。"(见《岭南文献补遗》卷五。《楚庭稗珠录》录《孙典籍招五仙词》,多异文。又见《羊城古钞》"五仙观"条。)

《明史·王佐传》:"真归朝,佐亦还里。"

唐豫,字用之,南海平步人。父奎,字景文,洪武初乡贡,授增城县学教谕。博洽群书,乡人号为"唐书柜",有《龟峰集》传于时。豫生而颖悟,少从

翰林典籍孙蕡游,作诗文,有古人风度。(黄佐《广州人物传》卷十三)

《广东通志》卷四一:"关敏,南海黄连人。至正末,豪民各据其乡,敏亦筑城聚众,为乡土计。洪武改元,征南将军廖永忠下广州,敏以城降,民皆释兵归田。独龙潭负固,敏为向导,擒苏世禄等百余人。永忠署敏巡检,已而世禄党攻敏,杀之及其妻子二十余人。永忠愍焉,表其乡曰:'忠义'。事闻诏,赠敦武校尉兵马司指挥,令有司立庙,岁时祀之。"

《皇明史窃》卷二九载:"洪武元年,廖永忠师下福州,移书谕真。真知天命有归,元祚已尽,率父老缟素,大临于常衙厅,奉图籍归命。高皇帝大喜,手诏褒谕,以真保境安民以待有德,视汉窦融、唐李勣奚让。特召乘传入朝,赐白金文绮,侍膳内廷,授中奉大夫、江西行中书省参知政事。"

明洪武二年(己酉1369)

【时事】二月诏修《元史》。四月,命翰林院定官民书礼仪式,禁革民间名字有先圣先贤、大国君臣并汉晋唐宋等字者。四月,诏中书省编《祖训录》,定分封诸王及国邑官属之制。八月,《元史》成一百五十九卷。九月,廖永忠回京。广州府学重修。

【纪事】黄哲奉命出使青州、徐州,劝谕当地叛乱势力。后出任山东东阿知县。胥史初以儒士易之,哲剖决如流,案牍无滞,且不事缴绕苟察,民乐其宽,一县帖服。值旱,麦苗尽凋,乃斋戒徒跣烈日中,诣洪范池龙祠祷焉。词旨哀恻,甘澍应时优渥,民欢呼曰:"黄公雨也!"狼溪有怪物为幻,窃人嚼之,哲为文祷于天,须臾,风雷大作,一青蛟毙于水上。时经毛贵乱后,民多流徙他乡,闻哲善政,修建铜城驿、增修黄石公祠。复其业者亡虑数千人,户口日滋。其时作品有五言古诗《谒黄石公庙》《洪范祠龙池祷雨获应答隐士文正暨邑中群彦》《吊陈思王》,七言古诗《游泰山》《寓治谷城寄京华诸友》《费将军凯旋歌》。七言绝句《游洪范池与刘文正》《赠刘宗弼司业赴浙西金事》《从军行赠指挥使二首》。

是年,孙蕡仍典郡教,参与广州府学重建。九月,送征南将军廖永忠还乡,作《征南将军回乡》。

赵介奉伯父本泉枢葬于景泰陂头山,与安人许氏同穴。自此隐居家乡读书。

【附记】刘宗弼者,丞直之字,赣县人,元至正进士,于吴元年十月官国子司业,洪武二年为浙江按察司金事。按浙三年以疾归。王祎论其诗尤工选体,出入鲍谢之间。(《浙江通志》卷一四七、《大清一统志》卷二五四、一二五、《江西通志》卷九四)

道光《东阿县志》卷五"铜城驿"条:"洪武二年知县黄哲建。"卷八"黄石公祠"条:"明洪武二年知县黄哲增修。"

黄哲《游泰山》云:"今年初出承明班,折腰从政青徐间。神州二月雨新斋,我来万里观名山。"

洪武三年(庚戌1370)

【时事】正月,朱元璋命徐达李文忠分道北伐,授宋濂翰林学士知制诰兼修国史。二月戊子,诏有司其悉推访,以礼遣天下贤才,任六部职。五月丁酉,诏天下守令询举有学识、笃行之士,礼送京师。六月朔,帝亲祷于山川坛,越五日,雨。八月,设科取士。

【纪事】孙蕡仍在广州任郡教。十月,孙蕡游罗浮山,作《朝云》《别王彦举》。七月,何真移山东行省,孙蕡为其父子送行,作《投赠山东何方伯二首》。八月,为陈谟所取,乡荐入京听选,授工部织染局使。孙蕡此期作品有《别弟》《别邻》《别友》《别内》《代友赠别》《代内赠别》《赠留隐士中美》《峡山寺》《十八滩》《赠郑进士毅德宏》等。孙蕡曾致书友人梁谨,劝他出仕,云:"以子之才,揆今之务,弹冠结绶,曳紫托红,捷如拾芥,此其时也。"梁谨回绝,并作七律《送友人会试》回赠。

此年入京的广东士人,还有参与过南园诗社的李德、赵汪中、赵澄,以及南海人郑毅。

是年,李德以明《尚书》荐至京师,明太祖亲策问,授洛阳长史。(黄佐《广州人物传》卷十二)李德此期作品有五言律诗《金陵逢赵汪中》、七言古诗《河阳月简颜光宏》。

是年,黄哲朝京师。(详见"洪武四年"条)

【附记】孙蕡《上舍公墓表》:"余典郡教三年。"(载区仕衡《九峰先生文集》,《粤十三家集》本。)

孙蕡《西庵集》卷八《朝云》序云:"庚戌十月,余与二客自五仙城泛舟游罗浮。道出合江,访东坡白鹤峰遗址还。舣舟西湖小苏堤下,夜登栖禅寺,留宿精舍。时薄寒中霜月如昼,山深悄无人声,二客醉卧僧榻上。余独散步东廊,壁光皎洁若雪,隐约有字,急呼小童篝灯读之。字体流丽飞动,似仿卫夫人书法,诗凡十首,皆集古语而成者。"

孙蕡《峡山寺》自注云:"其三与郑御史、李蹈国同登,时再召赴阙。"黎贞有《峡山寺次韵西庵先生韵》。

《广东通志》卷四七《人物志》:"郑毅,字德宏,南海人。洪武庚戌举于乡,释褐监察御史。尝按八闽,以清直称。才思敏赡,所为诗挥毫立就,一时言能诗者必曰郑御史。"

《博罗县志》:"洪武庚戌,诏天下设科取士,蕡中高选。其年遂往罗浮,赋咏久之,乃北上。"

朱彝尊《明诗综》卷一五:"如南海孙蕡、番禺李德,皆乡贡进士,而缉地志者削去乡贡字,竟称进士。后人因之不察,遂谓蕡中洪武三年进士。不知洪武三年第下科举之诏,以是年八月为始,未尝会试天下士。后虽下三年迭试之诏,惟辛亥有登科进士尔。此一误也。"卷十六"陈谟"条曰:"洪武庚戌曾校文广东,则孙仲衍乃其所取士矣。"

洪武四年(辛亥 1371)

【时事】正月,左丞相太师韩国公李善长致仕。中书右丞忠勤伯汪广洋为右丞相,参政胡惟庸为右丞。汤和、廖永忠、傅友德取蜀,进抵重庆,明升降。二月,宋濂授奉议大夫、国子司业。三月会试天下贡士,赐吴伯宗等进士及第,出身有差。诚意伯刘基致仕。八月,宋濂任京畿乡试主考官。坐仪孔庙礼连旨,降为安远县(今属江西)知县。何真回广东收集军士。

【纪事】孙蕡任工部织染局使。与宋濂交,执弟子之礼。孙蕡撰成《孝经集善》,宋濂为之序。有作《异橘图》等。

四月,黄哲迁东平府通判,东阿士民遮道攀泣,抵府境乃返。是岁黄河决梁山,中书省发民疏浚,哲董东平之役,经画有方,民不告劳。有司欲复堰黄陵冈,哲建议止之。有《东平谒尧祠》《曲阜里谒庙》。

【附记】孙蕡《异橘图》:"去年起作京华游,台端六月如九秋。"

黄哲《河浑浑》并序云:"洪武辛亥夏六月,工部主事仇公、中书宣郎观公奉旨按行黄河,北环梁山,逆折西至巨野、曹、濮,达盟津,发民疏浚浅壅,俾通粮漕。予亦承乏,分领东平之役,济宁则有守御千户张将军董其事焉。诸公偕会梁山。余记元年春奉命溯河北来时,兵始袭汴,舟师逾彭城,北入汴南塔张口,溯漫流而西。三年,余朝京师,道出其左,则塔张之津已淤,舟之汴洛者,北趋戈泊口,任城开河闸西以行。今由梁山,则迁其故流,又及千里矣。且复晨夕徙迁无常,漕舟苦焉。盖其弥漫奔决,能困兖、豫、徐、冀数州之民,而深不足引舟漕。有司常具舫寻源,标帜以前导,翌日则又徙而他流矣。涂路朽坏流沙,数百里间,篙楫畚锸无所施其功。故议者欲上闻,有复堰黄陵冈之举。噫!此季元之覆辙,何足与议哉。因赋《河浑浑》。"

宋濂《孝经集善序》云:"故余为疏历代所尚之异同,序于篇端。蕡字仲衍,洪武壬寅乡贡进士,今为织染局使云。"(《文宪集》卷五)

梁廷枏指出:"《献征录》及华亭蔡布政汝贤并云'第进士'。考《明史·选举志》,洪武三年八月设科举,明年会试,令各行省连试三年,以官多缺员,举人俱免会试,赴京听选,六年遂罢科举,至十七年始复。是三、四、五年皆举乡试,而会试惟行于四年,故《太祖纪》五至十七年无赐进士之文。先生领三年乡荐,即授工局。当复行科举时已罢归、起复,计生平止一应四年会试耳。《艺海珠尘》收是年登科录,广东四人,无先生名,为未第进士之明证。"按:洪武四年的会试并不是一种淘汰举人的"大比"。因为从整个结果来看,凡是赴南都会试的举子,几乎都得授官。会试的目的,只是为了确认授官的大小,并决定是留在中央朝廷任职还是赴地方任职而已。孙蕡在洪武三年已授工部织染使,没有参加洪武四年的会试。

梁廷枏指出:"《谟烈辑遗》称先生为宋公高第,诸传失考,惟《泳化类编》载之。按,明选举志:'举人免会试。擢年少优异者张唯等入禁中文华堂肄业,宋濂为之师。'或先生当时获与是选,故其《送宋归金华诗》有'门生日日侍谈景,独向孙蕡眼尚青。几度背人焚谏草,风灰蝴蝶满中庭'之语,当指都门受业而言。"(道光三十年梁廷枏刻《西庵集》序)

洪武五年(壬子 1372)

【时事】遣翰林院待制王祎使云南,被执不屈,死。夏四月,赈济南莱州饥。六月,赈山东饥,免被灾郡县田租。何真收集广东所部旧卒三千五百六十人,发青州卫守御。

【纪事】春,御史黎光、刘友贤拜访孙蕡,孙蕡作《奉酬刘友贤、黎仲辉二御史见过》。又作《题黎仲辉御史先君墓志》。五月,孙蕡任虹县(今安徽泗县)主簿,有《虹县行》《治县事作》。与虹县隐士颜景明有诗歌酬赠,作《复虹县颜征士景明》《赠虹县颜景明》。曾与郑真共论吕氏之学。作《怀彭万里给事》。九月九日作《虹县九日登五女冢》五首。另有《淮上忆京》《淮南赠友》《淮上思家》等诗。

黄哲上疏陈时务数十事,帝怒其狂。会山东分省奏哲捐俸修先圣祠,筑积水湖堤,有成绩,乃释不问。哲亦乞归,得允。

秋,赵介之父领荐入觐,道卒于临江。赵介闻讣即往,迎枢归。

【附记】孙蕡《淮上忆京》:"去岁兹辰客帝畿,蒋陵西曲雁萋萋。秋风丛菊开荒径,落日浮云满翠微。老去吟边芳物改,别来天上故人稀。登临复对青樽酒,醉倚淮山忆禁闱。"《淮上思家》:"正月二月花草芳,水鹅拍拍芰菰塘。"

郑真《书吕朴卿春秋五论》云:"洪武壬子,忝冠浙江,多士选典教中都,之临淮,以使命至虹县。而南海孙进士蕡仲衍适簿是邑,相与论吕氏之学,盖有合焉。既归,书《五论》,以遗之仲衍,其必因是而得圣人之微意矣哉。"(《荥阳外史集》卷三九)

《广东通志》卷四十五:"彭通,字万里,南海人。早失怙恃,力学工诗,隐居教授,从之游者常数百人。洪武四年,由儒士举铨部,以名入见。帝亲阅之,拜给事中。参劾封驳,正直庄严,同列皆以为莫及。"

黎光,字仲辉,东莞人。中举人,拜监察御史。

洪武六年(癸丑1373)

【时事】二月停科举,命有司察举贤才。三月,设六科给事中。五月,《祖训录》成,录于诸王宫殿正殿及内宫东壁。降中书省右丞相汪广洋为广东行省参政。详订《大明律》,颁行天下。

【纪事】孙蕡自虹县经高邮返回京城。六月,因故返乡,与王佐会,共作《琪林夜宿联句一百韵》,回忆南园诗社。作《罗浮歌寄洛阳李长史仲修》。

黄哲自东平回到南京,然后自南京返乡,作《舟泊龙湾寄孙仲衍》,告别孙蕡。归,构一轩,名"听雪篷",学者称"雪篷先生"。有司请哲领郡校事,横经授徒,四方至者多名士,凡数百人。周尚文、彭秉德等从之学。黄哲有《分韵得"也"字,赠林生瑛充贡》《将进酒赠彭生秉德》《醉歌行为邝复初雄飞昆仲赋》《寓官窑候邝雄飞使回不至》《寄复初景翔诸友》《送邵、李二巡简赴京》。

十二月,赵介将其父与母亲黎氏同葬。抚育诸妹,皆配名族。

【附记】孙蕡《高邮》:"微官所得几何计,吟鬓四十今苍苍。"《罗浮歌寄洛阳李长史仲修》:"此时会合那能再,尘土分飞忽三载。我行奏赋登金门,君亦乘轺渡淮海。"

金兰馆本《西庵集》卷九《除夕舟次英德》:"西清去岁侍群仙,坐候晨钟拱御筵。沧海头颅今四十,彤庭礼乐旧三千。盛寒颇似庚申夜,漂泊还逢癸丑年。明日扁舟江上路,梅花开遍野云边。"表明此年除夕,孙蕡仍在广东英德。

《琪林夜宿联句一百韵》序云:"岁六月,余还自钟山,与王河东佐寻真郡城琪林,因寓宿其东偏之得闲亭。……河东与余拆袂奔走,邈不相见凡十余年。乃幸前左辖宝山何公,恢复兹郡,开署求士,而余二人首被礼接,因偕从军西征,谈笑油幕,方苏离索之气,而倥偬又告别矣。兹焉时平,岭峤清奠,余二人者乃复会遇于此,怅然思痛,潸然涕零,晤然顾怀,犹以为此身之尚在梦寐中也。"

黄哲《赠戴云》:"十年惯听京华雪,忽忆闻鸡梦觉时。万户晓钟金气应,九重仙仗佩声迟。湟州桂树谁招隐?庾岭梅花有所思。一曲《阳春》知寡和,郎官清胜浩然诗。"黄哲自至元二十四年度岭至此,已经十年,因痛感自己的忠君爱民之心不被理解,产生效法孟浩然归隐之意。

《广东通志》卷四十五《人物志》:"周尚文,香山人,初从翰林待制黄哲讲艺番山,清苦该博,哲器重之。洪武甲子领解额第一,乙丑登进士,明年选龙岩丞。"

洪武七年（甲寅 1374）

【时事】孙贵妃卒，命吴王行慈母服，斩衰三年。十月，皇长孙雄英生，为太子之长子。十一月，《孝慈录》成。命冯胜、邓愈、汤和仍镇北边。詹同致仕。

【纪事】春，孙蕡在广州。曾作《上舍公墓表》，悼念乡贤九峰先生区仕衡。

二月，孙蕡从广州赴南京，途经保昌、英德、赣州、南昌，作《碌碌行寄保昌县丞童豫》《至储潭庙留题》《南昌铁柱观》。三月，孙蕡再赴虹县，作《送虹县尹陈景明》。

同年，孙蕡被召入为翰林典籍学士，学士宋濂、乐韶凤、承旨詹同辈，亟称之。日侍上左右，奏对敏便而容观飘逸，濂辈皆自以为莫及。回京后，有《钟山应制》《再游钟山》《驾游钟山应制》《新春从幸天界寺》《次詹冢宰钟山应制韵》《会乡友》《词林送赵生晋南归》《曾氏耆寿翁诗》《诸王之国观礼有作》《呈中书参政汪公》《奉致仕詹天官》《送张翰林孟兼赴山西行谒》。

【附记】孙蕡《上舍公墓表》末句云："洪武七年，岁在甲寅孟春穀旦。"

《殿阁词林记》卷一八云："七年五月，命学士承旨罢所兼职，待以优礼。又以大学士宋濂老而艰于行步，特命皇太子选良马以赐，上御制《白马歌》，令群臣赓和，示宠辉焉。"（按：洪武七年，应为"洪武九年"，参下文"洪武九年"条。）

按：孙蕡洪武五年任虹县主簿，正式离任在洪武七年底。其《送张仲庸归陕西》："虹亭腊月天欲雪，洪州旅客归心折。秦关远在黄河西，行李萧萧待明发。忆昔长安全盛年，君骑白马锦鞍鞯。五陵花月映红袖，京兆春风摇玉鞭。年光去去如流水，华发栖迟簿书底。却随征雁向南云，三载离家数千里。浮云往事复谁论，近喜天书出午门。黄帝事简得休暇，归访商颜山下村。临歧送君饮君酒，五女峰头握君手。壮君行色百无有，明年二月君到家，寄声为道平安否。"这里的"天书"，是指召孙蕡回京任翰林典籍、参编《洪武正韵》的诏书。史载孙蕡在虹县任仅一年，不确。

《碌碌行寄保昌县丞童豫》云："碌碌复碌碌，驱驰半世为斗粟。去年腊冬江左边，今春又驾江南船。家贫每畏别离苦，不知携累还颠连。炎云四月关门道，青泥滑滑杂流潦。黄梅雨里钩辀啼，瘦妻前僵子后倒。君时相见能相怜，自出床头官俸钱。东家塞驴觅借我，使我枯槁回春妍。贫贱结交常草草，多难逢君识君好。不得与君长周旋，关门长望令人老。"据此诗可知，孙蕡洪武六年回乡，是因为"瘦妻前僵子后倒"，即妻、子相继病重。此为返回南京时所作。

《送虹县尹陈景明》："甲寅三月春欲尽，我来洪州寻吏隐。芳声令誉谁最多，太丘之孙陈大尹。大尹昔是会稽人，文章破的推殊伦。奉天门下拜天子，来作洪州司土臣。"

洪武八年（乙卯1375）

【时事】诏天下立社学。刘基卒。淮安侯华云龙以擅用元故宫中禁物，召还，中途死。杀功臣从此始。取天下教职曾被荐擢者，赴京师，上廷试之。命翰林院儒臣择唐宋名臣笺表可为法式者。词臣以柳宗元《代柳公绰谢表》及韩愈《贺雨表》进，令中书省颁为式，并禁骈俪对偶体。

【纪事】三月，孙蕡任翰林典籍，在南京参修《洪武正韵》，日与宋濂、詹同、刘三吾、刘崧（字子高）等人侍上左右，为宋濂、乐韶凤、詹同所重。作品有《怀刘宪副子高》《赠答禄修撰道夫》《寄黄员外文博时佐守徐州》《送何都阃济南省亲至京还广》《赠高彬》《题高彬白云山房手卷》《送高文质游杭州》《怀海珠寺》《怀白云山房》《乙卯除夕》。八月，太祖召见宋濂等赐坐馔。宋濂不善饮酒，太祖勉强，濂即席而饮，太祖赋《醉学士歌》赐之，命侍臣咸赋，"俾后世知朕君臣同乐如此"。闻而续赋者五人，秦府长史林温、太子正字桂彦良、翰林编修王琏、张唯、典籍孙蕡。（参《双槐岁钞》第一卷《醉学士歌》）

四月，朝廷召取黄哲回山东，不久到达到南京，年底在京城和王佐一起与黎贞送别。

李德约于此年转任济南，有《寄孙仲衍典籍》《济南寄孙仲衍》等作。

秋，孙蕡门人黎贞以明经辟至京师。时例由荐辟至京师者，俱赴吏部考试乃授职，贞不乐仕进，托病不往，在京居留二个月后，赋诗出郭而归。部使者以其有学行，属为本邑训导。是年，王佐也因为部使者的推荐到了京师。黎贞南归，黄哲、王佐皆有《金陵赠送别诗送彦晦先生南归》（诗见《重刻秋坡先生文集》附录）。

【附记】宋濂《洪武正韵序》云："于是翰林侍讲学士臣乐韶凤、臣宋濂，待制臣王僎、修撰臣李叔允、编修臣朱右、臣赵埙、臣朱廉、典簿臣瞿庄、臣邹孟达、典籍臣孙蕡、臣答禄与权。钦遵明诏，研精覃思，壹以中原雅音为定，复恐拘于方言，无以达于上下，质正于左御史大夫臣汪广洋、右御史大夫臣陈宁、御史中丞臣刘基、湖广行省参知政事臣陶凯，凡六誊稿。始克成编。其音谐韵协者，并入之，否则析之义同字同而两见者合之，旧避宋讳而不收者，补之。注释则一依毛晃父子之旧，勒成一十六卷计七十六韵，共若干万言。书奏，赐名曰《洪武正韵》，敕臣濂为之序。……洪武八年三月十八日翰林侍讲学士、中顺大夫、知制诰同修国史、兼太子赞善大夫臣宋濂谨序。"

翰林院修撰朱善《金陵赠别序送彦晦先生南归》云：“大明洪武八年岁次乙卯季东之朔。”

洪武九年（丙辰 1376）

【时事】正月二十七日，朱棣订亲，册徐达长女为燕王妃。秦、晋、燕王受命赴中都。六月，授予宋濂翰林学士承旨、知制诰，仍兼太子赞善大夫。以宋濂长孙慎微殿廷仪礼司序班，次子璲为中书舍人。何真致仕。

【纪事】六月，孙蕡作《陪翰林宋承旨游钟山》。八月，以奉常官的名义赴四川成都监祀。一路途经安徽池州（李阳河、雷风港）、九江、武昌、岳阳、赤壁、荆州、巫山、忠州，最后抵成都。停留十日后，自成都沿原路返回。去程写下《望九华山》《次李阳河》《阻风雷港》《望庐山》《次浔阳》《次九江》《寄江洲》《次武昌》《武昌别鲁侍仪舍人文浚》《过岳阳》《岳州送丘祥甫》《过赤壁》《过荆州》《次黄州》《昭陵》《黄歇》《二乔》《赤壁》《次归州》《巫峡秋怀》《发忠州》《巫山》；回程写下《出蜀》《怀四川》《怀青城》《下瞿塘》《过瞿塘》《归州赠莫三》《巫峡秋怀》等。在成都有《赠关景熙元帅》《云南乐》《赠成都画者徐文珍》《盐井》《题四川都府照磨陈庭学小兰雪轩》《题张侍仪贞白独冷轩》等作。约于十一月到京，有《送夏仲寅之桐城》《怀修撰朱备万》。

王佐被荐，征为给事中，有《赠吕希曾》。七月，作《应制赐宋承旨马》。是年，始有归乡之思，见《题桑直阁〈江山胜概图〉》及《忆舍弟彦章》《书所见感旧》《江行》。

黄哲在京，年底与孙蕡会，有《次韵仲衍〈巫峡秋怀〉》。

李德任济南长史。

【附记】《明史·孙蕡传》：“九年，遣监祀四川。”《西庵集》卷四《赠关元帅景熙》诗云：“前年佐县淮山阴，今春待诏入词林。比来奉节领祀事，会面错愕惊愁心。”与孙蕡《送虹县尹陈景明》所云“甲寅三月春欲尽，我来洪州寻吏隐”吻合，可证其任职虹县确实在洪武七年。《过瞿塘》云：“离家江月今三皎，归棹乘流须及早。”据此可知孙蕡往返四川时间约 3 个月。

王佐出仕，学术界一般定于洪武六年。其依据是《广州人物传》卷一二所云：“洪武六年，部使者荐于朝。……居官二载，即乞骸骨。上怜其诚，特俞所请。”《本朝人物考》《列朝诗集》《明史》《粤大记》，记载均与此相同。其实，这段话颇有问题。《太祖实录》卷一〇六：“（洪武九年五月至六月甲午）以儒士王佐为给事中。”据此可知，王佐到京时间是洪武八年，而正式出仕时间是在洪武九年（1376 年）。王佐《书所见感旧》：“两鬓秋霜明镜里，十年春梦夜灯前。湖山隐约人何在？空负当年罨画船。”《江行》云：“十年踪迹无人问,莫便逢人问故乡。"自洪武元年归里至今,已是十年。

廖道南撰《殿阁词林记》卷三:"朱善,字备万,江西丰城人。少聪颖,十岁能文,通五经、四书大义……洪武八年廷试诸儒,善为首,乃以为修撰,署院事知制诰。逾年,以奏对失旨,谪戍辽东,复改典籍放还。"

洪武十年(丁巳 1377)

【时事】翰林学士宋濂致仕,六日陛辞,十日乘舟离京。以胡惟庸为左丞相,汪广洋为右丞相。

【纪事】正月,宋濂致仕,孙蕡作《饯宋承旨潜溪先生致仕归金华》七首律诗,又作七绝《送翰林宋先生致仕归金华》二十五首。二月,孙蕡居翰林三载,力求外补,为平原簿。

赴平原途中,作品有《别妓》《代妓送别》《北上》《过隋宫故址》《金山寺》《过扬州怀萧太史惟一》《过东阿怀雪篷》《清河口》《古河》《思家古河》《圯上》《过三洪》《过吕梁》《吕梁洪》《徐州洪》《汉祖庙》《项羽庙》《歌风台》《戏马台》《范增墓》《过黄石公祠》《聊城》《过东昌与通守王梦璘话旧》《过睢宁怀叶知县夷仲》《过扬州》《下邳》《聊城见荷》《武城》《过往平望峄山》《周公》《荆轲》《苻坚》《魏台》《往平原别高彬》等。

五月份,约于到达山东平原县。后作《寄高彬》《平原行》《平原田家行》《客平原春日有怀》《送何三元帅北上》《过济南别何方伯》《挽李樵云》《怀京》等。秋,因事逮系,诣台对簿,备极辱苦。旋有旨输左校筑萧墙,望都门讴吟为粤声。督者以闻,召至陈诗《输役萧墙》,皆忠爱语,特命释之。逮系期间,孙蕡作《奉寄文渊学士吴公》《怀朱太史芾宋舍人璲》。

王佐在京,任给事中。

【附记】孙蕡《怀京》:"一官旅寓青齐北,常忆江南是胜游。云日九天龙虎气,莺花三月帝皇州。美人扶醉歌金缕,狂客挥鞭纵紫骝。寥落客怀归计阻,江湖烟水正悠悠。"《奉寄文渊学士吴公》:"翰苑摛文沐宠多,又升近侍在銮坡。谠言屡进分香日,直笔常濡太液波。入相内庭称褚亮,荐贤当路说常何。独怜落职东迁客,远道西风鬓欲皤。"《输役萧墙》:"系组赴乌台,解佩辞禁垣。弛刑许输役,获谴尚承恩。踯躅感明宥,引咎复何言。平明操板筑,日没就徽缠。寒气袭敝裘,重负赪我肩。抚已谅无愧,服勤思盖愆。息杵入屏城,仰瞻东华门。祥风拂左蠹,卿云护彤轩。翚凤丽羽翰,飞棱高中天。重关起象魏,光彩一何鲜。百辟罗周行,鸣珂翕锵然。皋夔俨穆肃,董贾来翩翩。白日光昭融,下照宁有偏。微命嗟薄劣,独兹阻周旋。"

僧人来复作《送翰林孙仲衍之官平原》:"清朝外补选词臣,佐邑平原别紫宸。直道岂无明动世,苦吟应有句惊人。花园祖帐江天晓,柳映宫袍济水春。定约弥衡同作赋,未夸鹦鹉笔如神。"(来复撰,法住编:《禅门逸书》初编第7册125《蒲庵集》,明文书局股份有限公司,1981年。)

孙蕡《祭灶文》云"一入词林,旋罹斥逐",则"似外调非己意"。(梁廷枏语)

洪武十一年(戊午 1378)

【时事】朱元璋封十一子椿为蜀王,十二子柏为湘王,十三子桂为代王,十四子英为肃王,十五子植为辽王。燕王在中都凤阳。秦、晋二王就藩。改南京为京师,开封罢称北京。北元爱猷识里达腊死,子脱古思帖木儿嗣位,改明年为天元元年。朱元璋派中官吴诚赴湖广视军,宦官预军事之始。禁天下奏事关白中书省。

【纪事】秋,孙蕡罢归田里,回到故乡南海平步乡(今顺德乐从镇),作《出京》《闷兴》《还山作》《拜祖墓》《幽居杂咏七十四首》(注云:自洪武十一年平原还家作也)《祭灶文》《和归去来辞》《立秋次清江》等,在故乡平步建读书堂和烟霞寄傲亭,肆力于学问。其《通鉴前编纲目》《和陶》两部著作,可能作于此时。

李德约于此年转任西安长史。

王佐性不乐枢要,是年即乞骸骨,上怜其诚,特俞所请,并赐钞五十千以为道路费,士林羡之。盖天威严重,臣僚自陈者多被谴斥十人而九,佐以恭顺得归,故当时以为难。临行有《发龙湾别王惟吉张廷彦》赠别,又有《舟次匡庐寄同朝诸公》。孙蕡作《送王给事南还》,王佐回赠《酬孙典籍仲衍见寄》。不久,孙蕡放还,与王佐会,作《南园歌赠王给事彦举》,回忆当年结社往事。黄哲也分别作《王彦举听雨轩》和《喜故人孙仲衍归》欢迎南归的王佐和孙蕡。

【附记】孙蕡《祭灶文》云:"洪武戊午腊月下澣二十有四日,玄阴告晏,景翳虞渊,云敛高汉,斗斜孟陬,室壁有焕,孙子徙倚南轩,弭节寄傲,女流喧哗,方夜祀灶。询其所由,则进对曰:……之官济上,还寻治狱。对款台端,拘挛瑟缩。论输左校,亲亲板筑。犹赖仁恩,得解桎梏。余生幸存,残喘仅续。委顿风埃,颠连水陆。越山之阳,瘴海之曲。荆榛为门,茅草为屋。寒衣结鹑,饥饭脱粟。严冬露肘,稔岁枵腹。心摧意沮,魄畏神促。腼颜细君,取笑僮仆。抚迹如此,何赋予之。……今臣年甫不惑,未踰知命。寒心虽灰,宿志犹劲。威如怒彪,气如炊甑。"

孙蕡《和归去来辞》云:"归去来兮,离家十年今始归。返故园之初服,抱去国之余悲。慕古人之远引,高风邈其难追。嗟弱龄之昧道,及暮齿而知非。回独轸于修途,振江海之轻衣。望松楸其匪远,睇桑梓之依微。爰憩我

马,自兹惊奔。复扫花径,重开荜门。朋旧载过,宗族具存。既列琴瑟,亦罗
匏樽。俯清泉以濯足,荫嘉树而怡颜。喜尘缘之静尽,觉灵府之闲安。挹凉
风以抗牖,延素月而开关。极林野之清娱,纵卉木之奇观。岁将阑而独往,
日既夕而忘还。感风霜之交集,立桧柏之桓桓。归去来兮,罢吴楚之宦游,
抚四方者倦矣。获素愿兮奚求?穷岁时以静赏,摅夙昔之烦忧。侣渔樵于
山泽,服稼穑于田畴。心淡止水,身如虚舟。慰佳辰以雅集,散遐瞩于高丘。
慨吾年之日迈,阅逸景之星流。守穷闾以待尽,依先陇之余休。已矣乎!人
生会遇良有时,丹崖绿壑不少留。世路如此将安之?心与造物游,全归以为
期。问桑麻于井里,课僮仆之耘籽。饮柴桑之薄酒,咏秋菊之新诗。信流行
与坎止,达生委运其何疑。”

　　郭棐《粤大记》卷二四:“十一年,罢归田里,遨游云林中,益肆力于问
学,所见益深,有轻生死、齐物我之意。尝和陶潜《归去来辞》,以写其情。其
一曰《怀灵荃》,志不忘君也。”

　　孙蕡《送王给事南还》:“良时幸一遘,嘉运难再逢。流序若飞电,倏忽
岁云终。羡子瑚琏器,林麓隐高踪。适此征俊彦,奋起惠家邦。观光充上
宾,恩礼赫以隆。金门拜给事,百辟肃敬恭。回翔忽敛翼,言归沧海东。昔
若云中凤,今若南飞鸿。出处各有道,显晦讵能同。微君惭苟禄,仰首慕清
风。文成德亦著,节立道斯崇。愿言秉夙志,永保贞素躬。”

　　王佐《发龙湾别王惟吉张廷彦》:“日日摛毫纪玉音,敢期清梦到山林。
贾生对策曾前席,疏傅归来更赐金。日月行瞻丹阙迥,烟霞归去草堂深。相
看已是康衢叟,击壤无忘报国心。”《舟次匡庐寄同朝诸公》:“翰墨同时侍禁
闱,恩荣宁谓及寒微。舍人旧掌丝纶诰,御史新裁锦绣衣。天上鹓鸾还接
武,江边鸥鹭已忘机。他时行部如相觅,觅秋水芦花是钓矶。”

洪武十二年(己未 1379)

　　【时事】正月,始合祀天地于南郊。冬十二月,赐汪广洋死。再编而成的
八十韵本的《洪武正韵》正式完工,仍分十六卷。

　　【纪事】孙蕡在家乡闲居,或游山玩水,或参禅悟道,或吟诗题画,作《寄
诃林长老明静照》《白云山》《题黄万户德清罗浮图》《送人之南京》《赠皇甫
隐士文远》《赠黄观复先生》等。

　　黄哲应诏回山东任职,但因在郡违误而置于法。郡邑人士争赙之,且家
为奠祭。其子德舆将其遗文整理为十卷,行于世。

　　王佐病逝,享年46岁。

　　【附记】《广州人物传》卷一二载黄哲“乙卯(洪武八年)四月,朝廷取回
山东,治在郡违误,竟置于法”。人们常常据此将黄哲卒年定于洪武八年。

据《重刻秫坡先生文集》附录《金陵赠别序送彦晦先生南归》记载,黎贞自"大明洪武八年岁次乙卯季冬之朔"自金陵南归,黄哲有《金陵赠送别诗送彦晦先生南归》。洪武九年(丙辰)九月孙蕡监祀四川时作《巫峡秋怀》组诗,黄哲还有《次韵仲衍〈巫峡秋怀〉》唱和。洪武十一年秋,王佐、孙蕡相继南归,黄哲还分别作《王彦举听雨轩》和《喜故人孙仲衍归》。由此可见,黄哲被杀在洪武十一年到十二年。

黄哲《喜故人孙仲衍归》:"十年东去入皇都,词赋争夸楚大夫。疏散又辞金马籍,佯狂须觅步兵厨。花开上苑啼鹦鹉,草绿南园泣鹧鸪。惟爱碧山吟卷在,夜随明月照蓬壶。"

孙蕡《寄诃林长老明静照》:"师言是悉有漏因,我今已入无色界。十年奔走乱如丝,对榻论空不遂期。每叹道缘于世浅,惟师与我最相知。"《白云山》:"繁华往似东流水,昔时少年今老矣。荔子杨梅几度红,柴门寂寂秋风里。"

王佐卒年,学术界一般定在洪武八年。这是由于错误推定王佐出仕时间所致(参"洪武九年"条)。

洪武十三年(庚申1380)

【时事】三月,燕王之国北平(今北京),给燕王中、左二护卫侍从及将士五千七百七十人。左丞相胡惟庸以谋反罪被杀,御史大夫陈宁、御史中丞涂节被杀,株连一万五千人,罢中书省及丞相,升六部秩。十一月二十八日,宋濂长孙慎因胡惟庸案牵连被杀。次子璲受株连被戮。宋濂当连坐,因马皇后及皇太子救援,改全家贬谪茂州(今四川茂汶)。何真请子贵参侍东宫,上授贵北城兵马指挥。永嘉侯朱亮祖扩建广州城。李质拜靖江王相,因靖江王废,坐死。

【纪事】是年闰五月,李质(号樵云)被杀,孙蕡作《挽李樵云》哀悼。八月,孙蕡游增城,与县令李世英、县丞谢英游,作《书何仙姑井亭记后》。与谢英共作联句诗《与谢县丞坡山联句》,另有《题昭阳草堂手卷为增城县丞谢英》诗。十月,将唐人律诗按题材,分为十类,作《西庵律诗》并序(疑《西庵律诗》又名《集古律诗》),目的在于教育初学者。又作《桑梓图为左布政徐本赋》《题唐仙方伎图布政徐本所藏》。

李德约于此年自陈不能吏,转任汉阳教谕。其在汉阳的诗作有《春兴六首》《寄妻弟郑子玉》《立秋日登汉阳朝宗楼怀乡中诸友》《对鹦鹉洲》《闲居》等。

【附记】孙蕡《书何仙姑井亭记后》末云:"洪武庚申八月望日识。"(载嘉庆《增城县志》)

叶盛《水东日记》卷二六引孙蕡《七言集句诗序》:"予尝欲以唐人七言绝句分为十类,……洪武庚申十月既望,翰林典籍迪功佐郎五羊孙蕡仲衍书于西庵。"

民国《增城县志》卷一三"职官":"谢英,吉安人,(洪武)十年任(县丞),廉谨,能信于民。"

李德《春兴六首》其四:"十年趋走金陵道,到老低垂汉水滨。"

洪武十四年(辛酉1381)

【时事】何真与子贵通往云南画粮饷,开道路以候大军征进。傅友德等征云南,曲靖平,元梁王自杀,云南平。还,何真升任山西右布政使。五月二十日,宋濂行至夔州(今四川奉节),自经卒,葬夔之莲花峰下。

【纪事】是年,孙蕡友人何县丞卒。

【附记】王直《抑庵文后集》卷三二《县丞何先生墓碣铭》:"丁卯七月廿九日生。先生天资明敏,夐出侪辈,少治《尚书》,后更通《春秋》,其余诸书皆博览,文词瑰奇浩瀚。至正丁亥领乡荐第四人,以元季隐居不出,国朝更化乃成名。当时贤达如翰林编修宋濂、典籍孙蕡、湖广行省参知政事陶凯,皆推重之,有文字之好。……其葬以洪武辛酉正月十一日,其墓在青螺嶂大坑山之原。"

洪武十五年(壬戌1382)

【时事】马皇后病逝,燕王奔丧京师。僧道衍随燕王还北平。云南全境平。设锦衣卫。设四辅官、殿阁大学士。秋八月复行科举。十一月置殿阁大学士。

【纪事】孙蕡被起用,召拜苏州府经历。苏州为东吴剧郡,素号难治,蕡赞画有方,政用大和。在苏州的诗作有《西塘图为姑苏吴隐君题》《姑苏台》《灵岩寺》《姑苏开元寺》《范蠡》《伍子胥》等。

【附记】孙蕡《怀碧虚观寄止庵萧炼师五首》其三云:"平生最有沧洲趣,一住三吴十二年。"《怀罗浮》其二云:"误解兰缨下翠峰,十年飘泊厌西东。秋风楚塞尘随马,夜雨吴江浪打篷。旅邸寂寥芳岁换,仙游烂漫几时同。罗浮此日南薰转,无数漫山荔子红。"

洪武十六年(癸亥1383)

【时事】二月,令天下学校岁贡士于京师。何真致仕,回粤收集旧部。

【纪事】孙蕡在苏州。李德在汉阳。赵介在番禺。

【附记】《明太祖实录》卷一五五"洪武十六年七月丁巳"条:"山西布政使何真乞致仕,从之,命真还广州。真至乡,寻招集旧所部兵校二万七百七十七人并家属送京师。"

洪武十七年（甲子 1384）

【时事】三月颁科举条式。李文忠卒。宋晟破西番。禁内官与政,并敕诸司不得与文移往来。

【纪事】孙蕡在苏州,有《顾左思闲居吴中别业》诗。李德在汉阳、赵介在番禺。受到黄哲培养的周尚文乡试中解元、彭秉德中举人。孙蕡、黄哲的好友戴云领乡荐。(《广东通志》卷三二"选举志")

【附记】《明太祖实录》卷167"洪武十七年闰十月戊申"条:"致仕布政使何真复招集广东旧所部兵三千四百二十三人送京师,间多道亡者,请追捕之。"

洪武十八年（乙丑 1385）

【时事】三月始选进士入翰林及为庶吉士。定翰林院官制。郭恒案发,株连万人。何真诏起为浙江左布政使。

【纪事】孙蕡在苏州,作《乙丑元夕送傅城进士还桂林》《寄罗友章先生》《再寄罗友章先生》等。

李德在汉阳,赵介在番禺。戴云连捷南宫,授刑部主政,改御史。周尚文登进士。

【附记】孙蕡《乙丑元夕送傅城进士还桂林》:"忽报故园归思切,素琴惆怅不胜弹。"《寄罗友章先生》:"三年薄宦淹吴楚,长忆先生在海涯。"《再寄罗友章先生》:"无因一献长杨赋,辜负清游四五年。"

洪武十九年（丙寅 1386）

【时事】傅友德平云南诸"蛮"。遣行人刘敏等偕内监出使真腊等国。汤和巡视海防。冯胜准备攻北元。

【纪事】孙蕡在苏州。孙蕡的门人黎贞以事为讼者所诬,发戍辽东十三年。

李德约于此年因汉阳教谕秩满,改任广西义宁县教谕。

周尚文任龙岩丞。

【附记】李德《春兴六首》其六云:"江汉漂零今六载,故园迢递尚三千。"

《广东通志》卷四五"人物志":"周尚文,香山人。初从翰林待制黄哲讲艺番山,清苦该博,哲器重之。洪武甲子领解额第一,乙丑登进士。明年选龙岩丞,莅任。公勤廉洁,尝修虎渡桥以便民,请改铁贾为折钞,免远运之苦。召为御史,未行。坐事,谪戍驯象卫。时丁显偕戍,相与倡和,超然自得。其文多妙悟,以韩柳李杜为宗。"

洪武二十年（丁卯 1387）

【时事】以蓝玉为大将军,帅师北伐至金山,元将纳哈出降。辽东平,置大宁都司。何真获准致仕,八月封东莞伯。

【纪事】孙蕡在苏州。作《张都巡赞》。

【附记】《张都巡赞》文末题"洪武二十年丁卯孟春谷旦翰林典籍孙蕡。"(此文为梁廷枏道光十年刻本《西庵集》所收,其他各本无。)

洪武二十一年(戊辰 1388)

【时事】七月,以解缙为监察御史。九月,秦、晋、燕、周、楚、齐、湘、谭诸王进京朝见。四月,蓝玉率师抵捕鱼儿海,破北元兵,北元脱古斯及太子天保奴等十余骑遁去。俘元主次子、妃等。八月,颁武臣大诰。沐英破思伦发。汤和解兵归第。元主脱古思帖木儿被也速迭儿杀。三月,何真卒于京师,年六十七。

【纪事】孙蕡在苏州。

洪武二十二年(己巳 1389)

【时事】正月,改大宗正院为宗人府,以秦王为宗人令,晋、燕王为左、右宗正,周、楚王为左、右宗人。

【纪事】孙蕡因事谪戍辽东,怡然就道,酌酒赋诗无异平日。时都帅梅义节镇三韩,素闻蕡名,迎置家塾。作《戍辽渡海二首》《渡海呈同游》《沙门岛》《观海》《送陈御史孟阳之官三河》等。期间,曾和流放辽东的学生黎贞同游,有观猎、出使高丽等活动,黎贞有《沙门渡海吟》《观猎西苑呈西庵孙先生》《从西庵孙先生出使高丽》记其事。(《重刻秫坡先生文集》卷二)

秋,赵介因被里人诬告,逮赴京师,卒于南昌舟中,享年四十六岁。

【附记】黎贞《临清先生行状》:"二十二年己巳秋,里中有异学,愤先生外其道,反以其所恶者诬之,遂有京行。既而得白,南还,舟次南昌,得疾。作遗命戒诸子曰:'今世之人,凡居丧礼不以哀戚为本,专尚虚文而惑于异端。吾自幼读书,于知命乐天之道、存心养性之学、鬼神幽明之迹、原始反终之理,无不究心。是以察理颇明,不为惑也。汝曹当继吾志,守此一道,不得效仿世人所为。惟尊信吾儒高明正大之学,惟勤惟俭,克忠克孝,则吾含笑于地下,为有子矣。'书讫而终。是年十一月十七日也,享年四十有六。假子义永扶枢归。先生始取李氏,先卒;继娶蒙氏,皆番禺诗礼大家。子四人,长洁,李出也;次绚、绎、纯;一女,蒙出也。蒙善抚育诸子,复命诸子学,遣纯入郡庠,领永乐戊子科乡贡。以永乐十年葬先生于景泰乡榄坑山之原。绚以状请于古冈黎贞。贞视先生丈人行也,且知先生之详,故敢摭先生之实行为状焉。"

洪武二十三年(庚午 1390)

【时事】重兴胡惟庸案,谭王妃父坐胡惟庸党,谭王惧罪自杀。肃清逆党。四月,赐太师、韩国公李善长死,时年七十七,其家属七十余人皆诛。

【纪事】孙𫲆以党祸见逮,人皆劝其以疏自明,𫲆不答,歌一诗长啸以就刑。有"黄泉无客舍,今夜宿谁家"之句,天下冤之。享年五十七岁。门人黎贞时亦在戍,解衣裹其尸,奉柩葬之安山之阳。为文哀之,读者堕泪。家乡人祀之乡贤祠。

李德在义宁秩满,当道方荐达之,而德约于此年以倦游南归,后卒于乡,其卒年不详。

【附记】黎贞《哭西庵孙先生前翰林典籍史科孙给事》:"岭南佳气属英髦,霁月光风品格高。籍籍才名台阁器,斑斑文彩凤凰毛。青年登第心何壮,白首从戎气尚豪。垂老天涯零落尽,空余遗恨满江皋。"

孙𫲆之死因及卒年有两种说法:1. 黄佐《广州人物传》卷一二《孙𫲆传》载:"(洪武)二十二年以事谪戍辽东。……时都帅梅思祖节镇三韩,素闻𫲆名,迎置家塾。是年竟以党祸见杀。人皆劝其以疏自明,𫲆不答,歌一诗长啸以就刑,天下冤之,年五十有六。门人黎贞时亦在戍,奉柩葬于安山之阳"。此说中有两点错误。一是梅思祖在洪武十五年(1382)已因胡惟庸案死,其"子义,辽东都指挥使。二十三年追坐思祖胡惟庸党,灭其家"。黄佐把梅义说成是梅思祖是大错特错的。胡惟庸于洪武十三年(1380)以"谋反"罪被诛,已株连甚多,十年后的洪武二十三年又重新追查胡党,除李善长家70余口被诛外,还有陆仲亨等七侯"皆同时坐惟庸党死,而已故营阳侯杨瑞、济宁侯顾时等追坐者又若干人"(《明史·李善长传》)。这"又若干人"中便有梅思祖,因其已死,故追坐其子梅义,并灭其全家。显然,黄佐等又把孙𫲆遭"党祸"被杀的时间弄错一年。据上,故此说应改正为:孙𫲆于洪武二十二年谪戍辽东,辽东都指挥使梅义将他迎置家塾;洪武二十三年"以党祸见杀"。卒年也应将五十六岁改为五十七岁。(详参汪廷奎《孙𫲆之死考辨》)

2. 孙𫲆于洪武二十六年(1393)死于大将军蓝玉"谋反"一案。《明兴杂记》云:"高皇诛蓝玉,籍其家。凡有只字往来,皆得罪。𫲆因与玉题一画,故杀之。此诗乃绝命也。上问监杀指挥:'孙𫲆死时何语?'指挥以此诗对。上怒,云:'彼有此好诗,汝乃不复奏而杀之,何也?'竟杀指挥。"焦竑《玉堂丛语》卷八曾记道:"(孙𫲆)为蓝玉题画坐诛。临刑,口占曰:'鼍鼓三声急,西山日又斜。黄泉无客舍,今夜宿谁家?'死后,太祖闻知此诗,曰:'有如此好诗,不复奏,何也?'并诛监斩者。"《明史·孙𫲆传》:"复坐累,戍辽东。已大治蓝玉党,𫲆尝为玉题画,遂论死。临刑作诗长讴而逝。时门生黎贞亦戍辽东,𫲆尸乃得收敛。"此说与孙𫲆享年五十六岁说矛盾。据上所述,可以判断:约因抄蓝玉家确曾发现孙为蓝所题一画,再加其他传闻,故而有《明兴杂记》据闻而记的孙蕡死于蓝玉案的那一则,而此说是不真实的。焦竑虽是史家,在其不同的书中对孙蕡之死之原因及年份皆矛盾,不值得考究。然而《明史》记事及考证向受赞誉,其记述孙蕡之死何以基本上也是从《明兴杂记》之说呢? 可能是发现黄佐《孙蕡传》及《国朝献征录》有误,又未能发现赵绚为何人和未见到黎贞《秫坡集》(此书少见)中那首诗的缘故。

黄佐《广州人物传》卷一三:"黎贞,字彦晦,新会人。性坦荡不羁,乐以酒自放,故号陶陶生。晚更号秫坡,学者称之曰秫坡先生。贞自少岐嶷异群儿,七八岁时与弟浴于塘,弟溺塘井中,双指犹漾漾未没,贞亟没水以手捉其足'登浅处',乡间异之。五羊孙蕡狂者,才美绝人,文章操笔立就,生死、荣辱、得失,一不以介意。贞从之游,故学所成就,非一时流辈所及。……初,贞在辽时,孙蕡以事死。贞抱持其尸,以衣裹之,殡殓如礼,奉柩葬于安山之阳,典衣营其事。为文祭之,读者莫不堕泪。"

主要参考文献

孙蕡:《西庵集》,影印明弘治十六年金兰馆本,《北京图书馆古籍珍本丛刊》第 100 册,书目文献出版社,1990 年。

孙蕡:《西庵集》,《景印文渊阁四库全书》第 1231 册,台湾商务印书馆1986 年。

孙蕡:《孙西庵集》,桂馥堂孙氏藏板,清乾隆三十五年刻本。

孙蕡:《西庵集》,乾隆四十年刻本。

孙蕡:《西庵集》,道光十年刻本。

孙蕡:《西庵集》,顺德中和园自明楼丛书本,1937 年。

陈暹:《广中五先生诗选》,《景印文渊阁四库全书》本,台湾商务印书馆,1986 年。

葛征奇编:《南园前五先生诗》,《四库全书存目丛书》本,齐鲁书社,1997 年。

不著编人:《广州四先生诗》,《景印文渊阁四库全书》本,台湾商务印书馆,1986 年。

梁守中、郑力民点校:《南园前五先生诗 南园后五先生诗》,中山大学出版社,1990 年。

张廷玉等:《明史》,中华书局,1984 年。

尹守衡:《明史窃列传》,《明代传记丛刊》本,明文书局,1991 年。

傅维麟:《明书列传》,《明代传记丛刊》本,明文书局,1991 年。

黄佐:《广东通志》,广东省地方志办公室誊印,1997 年。

郝玉麟等监修,鲁曾煜等编纂:《广东通志》,《景印文渊阁四库全书》,台湾商务印书馆,1986 年。

戴璟:《广东通志初稿》,广东地方史志办公室,2003 年。

王兆云:《皇明词林人物考》,《四库全书存目丛书》本,齐鲁书社,1996 年。

黄佐:《广州人物传》,《四库全书存目丛书》本,齐鲁书社,1996 年。

沈德符:《万历野获编》,中华书局,1959 年。

焦竑：《国朝献征录》，《续修四库全书》本，上海古籍出版社，2002 年。

史澄等：《番禺县志》，《中国方志丛书》本，成文出版社，1968 年。

梁鼎芬等：《番禺县续志》，《中国方志丛书》本，成文出版社，1967 年。

郑梦玉等：《南海县志》，《中国方志丛书》本，成文出版社，1966 年。

桂玷等纂：《南海县志》，《中国方志丛书》本，成文出版社，1966 年。

冯奉初等：《顺德县志》，《中国方志丛书》本，成文出版社，1966 年。

梁联芳等：《顺德县志》，《中国方志丛书》本，成文出版社，1966 年。

黄培芳等：《新会县志》，《中国方志丛书》本，成文出版社，1966 年。

邓迁修，黄佐纂：《香山县志》，明嘉靖二十七年刻本。

陈伯陶：《东莞县志》，民国十六年铅印本。

陈裔虞：《博罗县志》，乾隆二十八年刻本。

邓迁修，黄佐纂：《香山县志》，明嘉靖二十七年刻本。

郭棐编撰，王元林校注：《岭海名胜记校注》，三秦出版社，2012 年。

郭棐：《粤大记》，《日本藏中国罕见地方志丛刊》本，书目文献出版社，1990 年。

史澄等：《广州府志》，《中国方志丛书》本，成文出版社，1968 年。

佚名纂：《顺德龙江乡志》，《中国方志丛书》本，成文出版社，1967 年。

周去非著，屠友祥校注：《岭外代答校注》，中华书局，1999 年。

屈大均：《广东新语》，中华书局，1985 年。

罗元焕撰，陈仲鸿注：《粤台征雅录》，中华书局，1985 年。

黄佛颐编纂，仇江等点注：《广州城坊志》，广东人民出版社，1994 年。

范端昂撰，汤志岳校注：《粤中见闻》，广东高等教育出版社，1988 年。

仇巨川纂，陈宪猷校注：《羊城古钞》，广东人民出版社，1993 年。

檀萃：《楚庭稗珠录》，广东人民出版社，1982 年。

段公路：《北户录》，《景印文渊阁四库全书》本，台湾商务印书馆，1986 年。

刘纬毅：《汉唐方志辑佚》，北京图书馆出版社，1997 年。

顾祖禹：《读史方舆纪要》，中华书局，2005 年。

两广官报编辑所：《两广官报》，《近代中国史料丛刊三编》本，文海出版社，1989 年。

《梁氏家庙》，同治三年钞本。

孙中山故居纪念馆编：《孙中山的家世——资料与研究》，中国大百科全书出版社，2001 年。

吴海林、李延沛合编：《中国历史人物生卒年表》，黑龙江人民出版社，1981 年。

钱仲联主编:《中国文学大辞典》(修订本),上海辞书出版社,2000年。

岭南文化百科全书编纂委员会:《岭南文化百科全书》,中国大百科全书出版社,2006年。

中山大学中国古文献研究所:《全粤诗》,岭南美术出版社,2008年。

郭茂倩:《乐府诗集》,中华书局,1979年。

钱谦益:《列朝诗集》,中华书局,2007年。

张邦翼:《岭南文献》,《四库全书存目丛书补编》本。

杨瞿崍:《岭南文献轨范补遗》,《四库全书存目丛书》本,齐鲁书社,1997年。

梁善长编:《广东诗粹》,《四库全书存目丛书》本,齐鲁书社,1997年。

温汝能纂辑,吕永光等整理:《粤东诗海》,中山大学出版社,1999年。

罗云山:《广东文献》,江苏广陵古籍刻印社,1994年。

叶春及:《石洞集》,《景印文渊阁四库全书》本,台湾商务印书馆,1986年。

何藻翔编纂:《岭南诗存》,至乐楼艺术发扬(非牟利)有限公司,1997年。

赵所生、薛正兴主编:《中国历代书院志》第14册,江苏教育出版社,1995年。

区仕衡:《九峰先生文集》附录,《粤十三家集》本。

李昴英撰,杨芷华点校:《文溪存稿》,暨南大学出版社,1994年。

罗月霞主编:《宋濂全集》,浙江古籍出版社,1999年。

黎贞:《重刻秫坡先生文集》,《四库全书存目丛书》本,齐鲁书社,1996年。

欧大任:《欧虞部集》,《北京图书馆古籍珍本丛刊》本,书目文献出版社,1990年。

黎民表:《瑶石山人稿》,《四库全书存目丛书》本,齐鲁书社,1996年。

欧初、王贵忱主编:《屈大均全集》,人民文学出版社,1996年。

九龙真逸:《胜朝粤东遗民录》,《丛书集成续编》本,新文丰出版公司,1989年。

黎遂球:《莲须阁集》,《丛书集成续编》第149册,台北新文丰出版公司,1988年。

陈子升:《中州草堂遗集》,香港何氏至乐楼1977年影粤十三家本。

叶春及:《石洞集》,上海古籍出版社,1993年。

谭莹:《乐志堂诗集》,《续修四库全书》本,上海古籍出版社,2002年。

叶盛:《水东日记》,《笔记小说大观》三十六编,第 3 册,台湾新兴书局,1975 年。

邱浚:《重编琼台稿》,《景印文渊阁四库全书》本,台湾商务印书馆,1986 年。

恽敬:《大云山房文稿》,国学整理社,1937 年。

欧主遇:《自耕轩集》,《广东文献》四集,清同治二年刊本。

薛时亨:《蒯缑馆十一草》,《广东丛书》第二集,商务印书馆,1947 年。

查慎行纂:《得树楼杂钞》,《丛书集成续编》本,新文丰出版公司,1988 年。

朱彝尊:《曝书亭集》,《景印文渊阁四库全书》本,台湾商务印书馆,1986 年。

朱彝尊:《静志居诗话》,人民文学出版社,1990 年。

江藩撰,漆永祥整理:《江藩集》,上海古籍出版社,2005 年。

丘逢甲:《岭云海日楼诗钞》,上海古籍出版社,1982 年。

丘晨波、黄志萍、李尚行等编:《丘逢甲文集》,花城出版社,1994 年。

张瑞玑著,王作霖编:《张瑞玑诗文集》,北岳文艺出版社,1998 年。

许南英:《窥园留草》,民国二十二年六月北平初版本重刊。

黄节著,马以君编:《黄节诗集》,中国人民大学出版社,1989 年。

邱世友:《水明楼续集》,中山大学出版社,2007 年。

方信孺、张羽、樊丰:《南海百咏　南海杂咏　南海百咏续编》,广东出版集团,2010 年。

汪端:《明三十家诗选》,清同治癸酉蕴兰吟馆重刊本。

陈永正:《岭南历代诗选》,广东人民出版社,1985 年。

陈奋:《三水历代诗词选》,花城出版社,1999 年。

黄雨选注:《历代名人入粤诗选》,广东人民出版社,1980 年。

刘斯奋选注:《黄节诗选》,广东人民出版社,1984 年。

杨伟群:《岭南当代诗词选》,广东人民出版社,1986 年。

黄瑜:《双槐岁钞》,中华书局,2006 年。

永瑢等:《四库全书总目》,中华书局影印本,1965 年。

陈田:《明诗纪事》,上海古籍出版社,1993 年。

傅增湘:《藏园群书题记》,上海古籍出版社,1989 年。

郭绍虞:《照隅室古典文学论集》,上海古籍出版社,1983 年。

钱仲联:《清诗纪事》,江苏古籍出版社,1989 年。

吴文治主编:《明诗话全编》,江苏古籍出版社,1997 年。

邓之诚:《清诗纪事初编》,上海古籍出版社,1984年。

吴景旭:《历代诗话》,《景印文渊阁四库全书》本,台湾商务印书馆,1986年。

丁福保:《历代诗话续编》,中华书局,1983年。

吴升:《中国历代书画艺术论著丛编30·大观录》,中国大百科全书出版社,1997年。

胡应麟:《诗薮》,上海古籍出版社,1979年。

王夫之:《姜斋诗话》,《清诗话》本,上海古籍出版社,2015年。

王夫之评选,陈新校点:《明诗评选》,文化艺术出版社,1997年。

刘熙载著,王气中笺注:《艺概笺注》,贵州人民出版社,1986年。

屈向邦:《粤东诗话》,香港龙门书店,1968年。

陈融:《读岭南诗绝句》,香港1965年誊印本。

广东文物展览会:《广东文物》,中国文化协进会,1941年。

汪宗衍:《广东文物丛谈》,中华书局香港分局,1974年。

陈泽泓:《广府文化》,广东人民出版社,2007年。

李焕真:《岭南书画考析李焕真美术文集》,岭南美术出版社,2006年。

广州市文史研究馆编:《羊城风华录:历代中外名人笔下的广州》,花城出版社,2006年。

广州市文学艺术界联合会编:《广州印象》,广州出版社,2007年。

李小松、梁翰:《禺山兰桂》,政协番禺县委员会文史资料研究委员会出版,1986年。

谢国桢:《明清之际党社运动考》,辽宁教育出版社,1998年。

廖可斌:《明代文学复古运动研究》,上海古籍出版社,1994年。

欧阳光:《宋元诗社研究丛稿》,广东高等教育出版社,1996年。

何宗美:《明末清初文人结社研究》,南开大学出版社,2003年。

陈永正主编:《岭南文学史》,广东教育出版社,1993年。

陈永正:《岭南诗歌研究》,中山大学出版社,2008年。

左东岭主编:《中国诗歌通史·明代卷》,人民文学出版社,2012年。

何宗美:《明末清初文人结社研究续编》,中华书局,2006年。

陈书录:《明代诗文创作与理论批评的演变》,凤凰出版社,2013年。

保罗·康纳顿著,纳日碧力戈译:《社会如何记忆》,上海人民出版社,2000年。

哈拉尔德·韦尔策编,季斌等译:《社会记忆:历史、回忆、传承》,北京大学出版社,2007年。

阿维夏伊·玛格利特著,贺海仁译:《记忆的伦理》,清华大学出版社,2015 年。

曾大兴:《文学地理学概论》,商务印书馆,2017 年。

戴伟华:《戴伟华自选集》,中山大学出版社,2017 年。

汪辟疆:《近代诗人述评》,《南京大学学报》,1962 年第 1 期。

王学太:《以地域分野的明初诗歌派别论》,《文学遗产》,1989 年第 5 期。

陈庆元:《区域文学史建构当议》,《江海学刊》,1994 年第 4 期。

严明:《岭南诗风与岭南艺术》,《暨南学报》,1992 年第 1 期。

蒋寅:《清代诗学与地域文学传统的建构》,《中国社会科学》,2003 年第 5 期。

黄坤尧:《"岭南诗派"相对论》,《学术研究》,2012 年第 3 期。

杨权:《诗派标准与"岭南诗派"》,《学术研究》,2012 年第 3 期。

寒操:《广东诗人孙蕡》,《羊城晚报》,1981 年 5 月 11 日。

官大梁:《孙蕡的卒年》,《学术研究》,1982 年第 3 期。

游建业:《顺德诗人和南园诗社》,《顺德文史》第 6 辑,中国人民政治协商会议广东省顺德县委员会文史资料研究组,1985 年。

侯月祥:《"南园"诗社与岭南诗风》,《广州史志》,1987 年第 2 期。

饶展雄、黄艳嫦:《也谈广州"南园"诗社》,《广州史志》,1987 年第 5 期。

宁祥:《南园五先生》,《佛山科学技术学院学报》(社会科学版),1988 年第 5 期。

李德超:《粤东南园诗社及前后五先生》,《华岗文科学报》第十六期,1988 年。

梁守中:《岭南诗宗孙蕡及其集句》,《羊城今古》,1988 年第 4 期。

何季锃:《广州诗钟社拾零》,《广州文史资料》第 19 辑,广东人民出版社,1980 年。

梁俨然:《广州诗社略考》,《开放时代》,1988 年第 5 期。

梁守中:《"南园五子"佚诗辑录》,《羊城今古》,1990 年第 4 期。

梁守中:《试论南园前五先生的诗》,《中山大学学报》(社会科学版),1992 年第 1 期。

何冠彪:《孙蕡生卒年考辨》,《中华文史论丛》第四十六辑,上海古籍出版社,1990 年。

戴毅:《南园史话》,载《东山文史资料第 3 辑》,中国人民政治协商会议广州市东山区委员会学习文史委员会,1994 年。

汪廷奎:《孙蕡之死考辨》,《广东史志》,1996 年第 2 期。

汪廷奎:《孙蕡、王佐等结社南园的时间》,《广东社会科学》,1997 年第 6 期。

李绪柏:《明清广东的诗社》,《广东社会科学》,2000 年第 3 期。

陈永正:《广州历代诗社考略》,《羊城今古》,1998 年第 6 期。

陈永正:《南园诗歌的传承》,《学术研究》,2007 年第 12 期。

林贵添:《南园旧址考证》,《羊城今古》,2006 年第 1 期。

冯沛祖:《南园与南园诗社》,《炎黄世界》,2009 年第 3 期。

金叶:《南园余韵风雅不绝》,《广州日报》,2008 年 4 月 20 日 B2 版。

林立:《当代广州诗社考察与研究》,郑培凯主编《九州学林》,2005 年春季 3 卷 1 期,复旦大学出版社,2005。

谭赤子:《南园诗社——岭南诗坛的第一个交响乐章》,《广东农工商管理干部学院学报》,2000 年第 1 期。

常贵梅:《南园前五先生近体诗用韵研究》,《五邑大学学报》(社会科学版),2006 年第 2 期。

高建旺、郭永锐:《"南园五先生"来历考论》,《山西师大学报》(社会科学版),2006 年第 3 期。

王颋:《"南园诗社"、"广州五先生"考辨》,载东莞市政协编:《东莞历史文化论集》,广东人民出版社,2007 年。

张纹华:《"南园诗"之"南"》,《岭南文史》,2008 年第 4 期。

谢敏、李春华:《元末明初"南园五先生"前期诗歌初探》,《作家》,2009 年第 16 期。

谢敏、李春华:《元末明初"南园五先生"岭南诗探析》,《山东文学》,2009 年第 4 期。

谢敏、李春华:《孙蕡前期诗歌探析》,《山东文学》,2009 年第 6 期。

唐朝晖:《南园诗社新探》,《湖南城市学院学报》,2010 年第 1 期。

陈圣争:《孙蕡生平事迹考辨》,左鹏军主编《岭南学》第 3 辑,中山大学出版社,2009 年。

左东岭:《孙蕡的诗歌创作历程与明初文人命运》,《中国文化研究》,2012 年第 2 期。

左东岭:《南园诗社与南园五先生之构成及其诗学史意义》,《西北大学学报》,2013 年第 1 期。

李玉栓:《文人结社与明代岭南诗派的发展》,《安徽师范大学学报》(人文社会科学版),2013 年第 6 期。

史洪权:《李德洛阳任职》,《岭南文史》,2010 年第 4 期。

陈艳:《南园五先生生平疑事考》,《阅江学刊》,2016 年第 3 期。

谢敏:《元末明初南园五先生研究》,江西师范大学 2003 年硕士论文。

张敏:《南园后五先生诗歌研究》,暨南大学 2007 年硕士论文。

李甜:《孙蕡研究》,上海师范大学 2012 年硕士论文。

陈艳:《元末明初南园五先生研究》,复旦大学 2013 年硕士论文。

余艳萍:《南园五先生笔下的文学景观研究》,广州大学 2013 年硕士论文。

李艳:《明代岭南文人结社研究》,西南大学 2014 年硕士论文。

陈恩维:《岭南诗宗孙蕡》,《顺德文丛》第 3 辑,人民出版社,2011 年。

陈恩维:《论地域文人集群与地域诗派的形成——以南园诗社与岭南诗派的形成为例》,《学术研究》,2012 年第 3 期。

陈恩维:《南园五先生结社考论》,《广东社会科学》,2010 年第 3 期。

陈恩维:《试论岭南地域诗学传统的构建——以明初"南园五先生"为中心的考察》,《广州大学学报》,2014 年第 5 期。

陈恩维:《元末明初南园五先生生卒年考补证》,《古籍整理研究学刊》,2010 年第 5 期。

陈恩维:《"岭南诗宗"孙蕡佚文辑考》,《古籍整理研究学刊》,2012 年第 5 期。

陈恩维:《南园前五先生诗辑补考》,左鹏军主编《岭南学》第 5 辑,中山大学出版社,2013 年。

陈恩维:《元末明初岭南诗人黄哲简论》,《岭南文史》,2009 年第 2 期。

陈恩维:《试论明初岭南诗人赵介的生平、结社与创作》,《佛山科学技术学院学报》(社会科学版),2009 年第 2 期。

陈恩维:《试论元末明初岭南诗人王佐的生平与创作》,《韶关学院学报》,2009 年第 4 期。

陈恩维:《元末明初岭南诗人李德简论》,《五邑大学学报》(社会科学版),2010 年第 3 期。

陈恩维:《从异物到乡邦:明代以前的岭南书写及其意义》,《学术研究》,2017 年第 5 期。

陈恩维:《文化场域中的地方书写与地域诗派——以南园五先生的岭南书写为例》,《社会科学战线》,2018 年第 12 期。

陈恩维:《空间、记忆与地域诗学传承——以广州南园和岭南诗歌的互动为例》,《文学遗产》,2019 年第 3 期。

后　记

　　终于到了要写后记的时候了。这一天，我等了十年。2007年初，我在写作《梁廷枏评传》的时候，发现睁眼看世界的梁氏对乡贤孙蕡也颇为服膺，不仅整理刊刻其别集，而且用心考证其生平。他一面给予孙蕡极高评价，一面也感慨孙蕡的研究不足，生平记载颇多抵牾之处。出于对梁廷枏学问的崇敬，也有感于长期以来南园五先生研究的不足，我2007年11月以"南园前五先生研究"为题申报广东省社科规划地方特色历史文化研究项目，成功获得立项，相关研究由此渐次铺开。2016年9月，本项目获得国家社科基金后期资助。

　　我遇到的首个难题，是现存文献不足。鉴于南园五先生作品存量较少、生平资料欠缺且歧异颇多，我以孙蕡为中心开始了基础文献的整理与研究，收集了《西庵集》现存的所有版本。2008年9月，我向全国高校古籍整理委员会申报了"《西庵集》整理点校"项目，获得了间接资助。研究期间，我陆续发表了《"岭南诗宗"孙蕡佚文辑考》《南园前五先生佚诗考补辑》等文章。其中《"岭南诗宗"孙蕡佚文辑考》，发现了其《七言集句诗序》，既可用之解释孙蕡集句诗成功的原因，推动对孙蕡集句诗的相关研究，也可用于了解明初粤诗派的诗学理论，打破学界"粤诗人没有什么诗学理论"的刻板印象。《南园前五先生佚诗考补辑》一文，在梁守中先生和《全粤诗》的辑佚的基础上，又做了进一步的辑录，发现了一些重要作品，对于了解南园五先生的生平和南园诗社活动情况颇有助益。文献资料上的发现，给予我解决疑难问题、推进相关研究的信心。如南园五先生的生卒年问题、南园结社的时间问题，我都依据新发掘的史料，得出比较确切的结论。在此基础上，我又逐一对南园五先生进行个案研究。其中，王佐、黄哲、李德、赵介四人，向无专题论文，我钩沉史料，结合作品，首次发表了有关他们的单篇研究论文。孙蕡研究方面，则于2011年出版了学界第一部孙蕡研究专著《岭南诗宗孙蕡》，纳入了《顺德文丛》第三辑，2011年由人民出版社出版。上述工作，使我的研究站在一个相对扎实的文献和前期研究基础上，也因而能够较前人有所推进。

我遇到的第二个关键问题,是如何开展地域诗人集群和诗歌流派研究的问题。我的博士后合作导师——福建师范大学陈庆元教授,给了我诸多指导和启发。陈先生早年治中古文学,后又专治福建文学史。他在90年代即提出"区域文学史的建构,非常强调它的地域特殊性",但同时"也必须将其置于整个中国文学发展史的进程中来进行"。我在硕、博士阶段攻读汉魏六朝文学,到广东工作后转而研究岭南文学,学术路径颇得先生之启发,故在研究南园五先生时也谨遵先生提示之原则来思考研究方法和方向。2011年12月,中山大学中国语言文学系、中国古文献研究所与广东省文学艺术界联合会在广州合作举办了首次"岭南诗派"学术研讨会,我提交了论文《论地域文人集群与地域诗派的形成——以南园诗社与岭南诗派为例》,承蒙会议主持人杨权教授邀请做了大会主题发言,当时引起了一些关注和讨论。一众前辈学者的首肯,让我坚定了信心,也萌生了将文人集群研究拓展到地域诗派研究的想法,并陆续发表了几篇论文。2015年,杨权教授申报国家重大项目"岭南诗歌文献与诗派研究",邀请我担任子课题"岭南诗派研究"的负责人。在"岭南诗歌文献与诗派研究"重大项目开题的时候,我有幸得到了北京大学廖可斌教授,中国社科院张国星研究员,中山大学吴承学教授、彭玉平教授,华南师范大学戴伟华教授、陈建森教授等诸多前辈学者的点拨。书稿完成后,陈庆元教授、廖可斌教授审读了全部书稿,多次在往来邮件中给予指导,提出了许多中肯的修改意见,并先后为拙作撰写了序言。上海大学饶龙隼教授,了解到我的相关成果后,吸收我参加他主持的国家社科基金重点项目"明代作家传记研究",并多次邀请我参加明代文学国际学术研讨会,使我进一步开阔了眼界,开始在明代文学的大背景下审视岭南诗派。此外,中国文学地理学会会长、广州大学曾大兴教授,多次邀请我参加学会年会,并邀请担任学会常务理事,于文学地理学研究理论和方法方面多有引导,使我进一步在文学地理学学科视野下思考岭南诗派的独特性与普遍性,致力于通过对岭南诗派的研究探讨地域诗派形成的一些规律,试图以自己的个案研究为中国文学地理学学科的理论建设尽个人的绵薄之力。最后,要特别感谢国家社科基金后期资助的五位匿名评审专家,提供了专业而又细致的审阅意见,特别是其中的批评性意见,让我进一步修正了文稿,改正了许多错误。

此外,跨学科的研究实践,也给予了我诸多助益。在过去的十余年间,我的学术兴趣一度从古代文学转向地方文史、特别是非物质文化遗产研究。如果说岭南文学属于精英层面的文化,那么岭南地方文史和非物质文化遗产更偏向于民间层面的文化。长期以来,精英文化和民间文化研究有着明显的分界,但是二者在本课题的研究中获得某种程度的会通。一方面,对地方民间文化的长期研究,使我获得理解精英诗人创作与生活的文化钥匙,从而能在岭南地域文化的大背景下认识岭南诗派的独特性;另一方面,对文化精英的地方书写的长期关注,也使我更深刻地理解地方文化的意义内涵。不仅如此,二者的会通,还使我获得了跨学科方法和理论上的某种自觉。比如,我以文学地理学为参照,尝试将社会学和民俗学中的空间理论、社会记忆、文化记忆等相关理论相结合,来理解诸如地方书写如何塑造文学记忆、南园文学空间何以成为岭南文学的"记忆之场"、弱势文化区域的地方诗学传统如何得到传承等问题,从而对南园五先生与岭南诗派的关系有了创新性的见解。更为重要的是,长期的地方文化和文学的研究还让我牢牢树立了一种以学术研究服务于当代文化建设的使命感。南园,为岭南文学"圣地",为岭南六百年风雅所系。目前,地方政府正在考虑在南园筹建"广东文园"。我希望,我的此项研究能为弘扬岭南优秀传统文化和当代岭南文化建设尽一份绵薄之力!

回首自己的成长路径,我对岭南文学的研究呈现出由一个人(孙蕡)到一群人(南园前五先生)到一个诗派(岭南诗派)的演进轨迹。呈现给学界的这份成果,虽然由于学力有限而所造不深,但于我个人而言,学术成长的轨迹清晰可见。长期以来,我一直担心像"南园五先生与岭南诗派"这样一个"小"选题,在喜欢宏大叙事的学术界可能会因为选题的狭窄而导致学术影响力不彰等问题,但是通过扎扎实实的"小题大做",我不仅收获了个人的学术进步,也获得了学术界的一些认可。项目前期成果中有数篇文章刊于《文学遗产》《学术研究》《广东社会科学》《社会科学战线》《古籍整理研究学刊》等刊物,最终成果则获立 2016 年度国家社科基金后期资助项目。这无疑是对我的巨大鼓励。谨在此感谢那些一路扶助我成长的匿名评审专家和编辑老师们。

我的点滴进步,要特别感谢一路上不断为我提供帮助的单位和个人。感谢我原来的工作单位佛山科学技术学院提供的基础性支持,感谢我现在的工作单位广东外语外贸大学提供的优良的工作环境,感谢顺德区委宣传部、佛山市社科联、广东省社科规划办、全国高校古委会、全国社科规划办所提供的项目支持。感谢《学术研究》杂志社陶原珂研究员、《文学遗产》杂志社马昕副编审等师友的大力帮助和提携。他们或者提供交流学习机会,或者给予资料支持,或者帮助成果的出版与发表。感谢上海古籍出版社黄亚卓女士。亚卓女士是我的读硕时的师姐,在我硕博士求学阶段即提供热情指导和帮助,毕业之后仍然一如既往关心鼓励我的成长。感谢上海古籍出版社龙伟业先生的细心审读,为拙作避免了许多错误。拙著能在上海古籍出版社这样一个学术声誉卓著的专业出版社出版,是我之荣幸!可以说,没有各位师友和各级领导的帮助,就不会有这本并不成熟的小书。

最后,我要感谢我的父母、爱人和孩子。亲人们的理解、支持和关爱,让我得以在学术的道路上心无旁骛,一路向前而不忘初心。

2016 年 4 月 8 日初稿

2019 年 10 月 23 日修订

图书在版编目(CIP)数据

文学地理学视野下的明初岭南诗派研究/陈恩维著
. —上海：上海古籍出版社，2019.12
ISBN 978－7－5325－9439－9

Ⅰ. ①文… Ⅱ. ①陈… Ⅲ. ①古典诗歌-文学流派研
究-中国-明代 Ⅳ. ①I207.209

中国版本图书馆 CIP 数据核字(2019)第 269076 号

文学地理学视野下的明初岭南诗派研究

陈恩维 著

上海古籍出版社出版发行

(上海瑞金二路 272 号 邮政编码 200020)

(1) 网址：www.guji.com.cn

(2) E-mail：guji1@ guji.com.cn

(3) 易文网网址：www.ewen.co

上海商务联西印刷有限公司印刷

开本 787×1092 1/16 印张 17.25 插页 4 字数 300,000

2019 年 12 月第 1 版 2019 年 12 月第 1 次印刷

ISBN 978－7－5325－9439－9

I·3448 定价：72.00 元

如有质量问题,请与承印公司联系